영원한 달빛
신사임당

글씨 경후 김단희

Nihil Obstat:
Rev. Thomas Kim
Censor Librorum
Imprimatur:
Most Rev. Boniface CHOI Ki-San, D.D.
Episc. Incheon
2013. 12. 20.

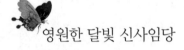

영원한 달빛 신사임당

초 판 1쇄 발행 2007년 3월 17일
보급판 1쇄 발행 2008년 4월 11일
증보판 3쇄 발행 2016년 1월 4일

글 안 영

펴낸이 백인순
펴낸곳 위즈앤비즈
주소 서울 영등포구 선유동2로 46 (당산동5가, 유원제일2차아파트상가) 304호
전화 02-324-5677 **팩스** 02-334-5611
출판등록 2005년 4월 12일 제 313-2010-171호

ISBN 978-89-92825-73-3 03810

영원한 달빛

신사임당

안영 장편소설

글씨 경후 김단희

위즈앤비즈
Wisdom & Vision

아름답고 정겹고 또 가치 있는 소설

문학이 꼭 아름다워야 하느냐는 질문에 나는 언제나 그렇다고 대답을 했다. 문학이 꼭 교훈적이어야 하느냐는 질문에도 나는 언제나 그렇다고 대답했다. 특히 역사문학은 역사를 기록하는 근원에 교훈적인 의미가 담겨 있었던 까닭으로 치治와 란亂의 의미는 사람에게도 적용되지 않을 수 없다는 게 내 생각이다. 우리가 살아가면서 아름답고 정갈하면서도 교훈적인 소설을 가까이 할 수 있다면 그 소설을 읽는 사람들은 행복감을 만끽할 수 있을 것이며, 또 살아가는 일에 반려가 될 수 있을 것이라는 것도 내 생각이다.

이번에 안 영 선생께서 상재한 장편소설 『그 영원한 달빛, 신사임당』은 위에 적은 역사소설 또는 소설이라는 형식에 내포된 문학의 가치를 아주 명료하게 드러내 보이는 아름답고 정갈하면서도 교훈적인 작품이다. 저간의 우리 역사소설의 흐름을 살펴보면 재미없는 시대거나, 혹은 가치 있는 이야깃거리라고 하더라도 상업주의와 영합되지 않으면 아예 쓰지를 않는 이기주의적인 면이 아주 없었다고 볼 수가 없다. 우리에게 자애롭고 위대한 어머니로 추앙을 받는 신사임당이나, 석봉 한호의 어머님과 같은 분들은 소설뿐만이 아니라 그 흔한 영상분야에서도 기피하는 인물로 치부된다. 흥행성이 없기 때문이다. 뿐만이 아니라 난설헌 허초희와 같은 천재여성의 문학적인 생애조차도 우리 풍토에서는 외면을 당해 온 것이 엄연한 사실이다.

작가 안 영 선생의 결기는 바로 여기서 출발한다.

"그런데, 그토록 오랜 세월 동안 온 국민이 당신을 기려 왔으면서도, 정작 당신을 다룬 소설 한 편이 없더군요. 탄신 500년 후에야 부족한 제가, 가슴 떨리는 사명감으로 당신 생애를 더듬어 이렇게라도 엮어 내오니 기쁘게 받아 주십시오."

— 본문 중 작가의 편지에서

평소에도 안 영 선생을 만나면 정갈하고 정겨운 모습이 아주 자연스럽게 드러나곤 한다. 그 아름다운 심성이 이번 소설에서는 살아있는 사람들의 지혜가 되어 졸졸졸 소리 내며 우리 곁으로 다가온다. 아니 조선 조 여인들의 심성으로 흘러들어가서 지혜로운 삶이 무엇인가를 행동으로 보여주게 한다. 그 점이 바로 내가 감동적인 독후감을 쓰게 되는 연유가 아닌가 싶다.

이 소설에는 사임당의 오라버니(성호)와 같은 창작된 인물도 등장하지만, 사실과 픽션의 조화로 작가가 말하지 않으면 누구도 알아차릴 수 없을 만큼 인물들의 캐릭터가 절묘하게 살아있다. 소설의 마지막 대목에 이르면 아드님 율곡이 어머님 사임당의 존재를 입에 담는다.

"다 같은 사람이라도 잘 살다 간 사람은 결코 죽지 않습니다. 육신만 없어지지 그와 함께 나누었던 정, 말씀, 모두 남은 가족들의 마음 안에 남아 있기 마련입니다. 산 자가 죽지 않는 한, 죽은 자도 살아 있는 자의 가슴에 영원히 남게 되지요. 당자를 보지 못한 후손들에게도 그분 덕담을 들려주면 그 빛과 향기가 대대로 전해 질 것이 아닙니까. 결국 어머니처럼 잘 살다 간 사람은 이 세상에 생명이 사라지지 않는 한, 영원히 함께 사는 것이지요. 그리고 언젠가 우리가 이승을 떠나면 저승에서 얼굴을 맞대고 만날 날이 있겠지요."

- 본문 중에서

『율곡전서』 어디를 펼쳐 읽어도 이런 구절은 없다. 결국 소설가 안 영 선생의 말이 율곡의 입을 빌려 이 소설의 주제이자 향기로 살아나고 있음이 아니겠는가. 이 같은 여러 대목을 접하면서 역사문학이 교훈적이어야 한다는 내 생각과 완연히 일치되는 기쁨을 맛본다.

이 소설을 통해 많은 독자들이 참 어머님의 모습이 어떤 것인지를 알게 되고 사임당과 같은 성정을 갖추어 준다면 얼마나 행복할 것인지…, 또 문학의 힘이 얼마나 큰 것인지를 알게 된다면 그보다 더 행복한 일이 어디에 있을까 싶은 것이 안 영 선생과 같은 길을 걷고 있는 내 염원이자 행복이기도 하다.

2007년 3월
극작가 · 예술원 회원
신봉승

모든 주부들의 필독서가 되기를

2004년 신사임당 탄신 500주년을 보내며, 소설가 안 영 선생이 2005년 1월부터 가톨릭교회 월간지 〈참 소중한 당신〉에 『그 영원한 달빛, 신사임당』을 연재하기 시작한다는 소식을 듣고 참으로 가슴 벅찼습니다.

이제 2007년 3월로 연재를 마친 그 소설이 한 권의 책으로 나온다 하니, 신사임당 기념행사를 주관하고 있는 (사)대한주부클럽연합회로서는 더없이 뿌듯하고 감회가 깊으며 일천여 명의 작가 회원들에게는 큰 희망을 안겨 주게 되었습니다.

인간이 지켜야 할 기본인 도덕과 윤리, 예의와 효를 일상생활에서 자연스럽게 실천해 가르쳐 주신 분이 바로 율곡의 어머니 신사임당이십니다. 신사임당은 가정교육과 사회 교육은 물론 성현들의 가르침을 통해 지혜와 덕을 알려준 훌륭한 교육자였습니다. 아내의 도리와 책임을 다하고 부모와 자식에 대한 도리를 다했는가 하면, 여성의 능력을 통해 개인의 자존심을 살리면서 감히 그 시대의 여성으로서는 상상할 수도 없을 만큼 뛰어난 문화 예술로 높은 덕을 고루 갖추신 겨레의 어머니임이 분명합니다.

어떤 이들은 율곡 선생이 없었다면 신사임당의 존재가 있었겠느냐고 말하지만, 율곡 선생이야말로 신사임당의 영향이 없었다면 당대의 대학자로서 길이 남을 수 있었겠느냐고 반문하는 것이 오히려 당연하다고 생각됩니다.

1959년 음력 5월 17일(당시 양력 7월 1일) 경복궁에서 '제1회 신사임당의 날 기념행사'를 시작한 지 금년으로 제39회가 됩니다. 1960년부터 음력을 양력으로 하여 가정의 달인 5월 17일, 오전에는 8개 부문(시, 수필, 아동 문학, 한글, 한문, 문인화, 자수, 예다 등) 예능 대회를 경복궁 등가대에서 현장 휘호와 문학 작품을 통해 여성들의 숨겨진 자질을 발굴 시상함과 아울러, 오후에는 경복궁 근정전 동편에서 그 해의 신사임당상 수상자 추대식을 거행하여 현재 38명의 수상자를 탄생시켰습니다.

1964년, 나라의 흥망성쇠는 여성과 주부들의 의식에 의해 좌우된다는 고 김활란 박사님의 뜻에 따라 20명 내외의 의식 있는 선배님들과 마음을 모아 여성의 이상상 정립을 위해 외부 인사 모윤숙, 이관구, 장덕순, 내부 인사 김활란, 정충량, 백신한, 원선희 선생 등이 여러 차례 사전 회합과 전문가의 자문에 의해 남성들의 사표가 문관에 이율곡, 무관에 이순신이라면 여성들의 이상상은, 세계적인 인물 퀴리 부인이나 잔 다르크를 능가할 겨레의 어머니 신사임당임을 천명하고, 민간 여성 단체인 주부클럽의 주도 아래 그분을 기념하는 행사를 시작하였습니다.

10년이면 강산이 변한다는 세월을 네 번이나 넘기면서 고비 고비 희비애락과 고충이 왜 없었겠습니까만, 그보다는 행사를 거듭할수록 보람이 더 크다는 것이 내가 총무로 시작하여 오늘에 이르기까지의 솔직한 고백입니다.

신사임당을 흠잡고 싶어 하는 몇몇 인사들로부터 받아 온 신사임당의 시집살이와 친정살이 부분의 석연치 않은 오해가 이 소설을 통해 비온 뒤 맑게 갠 하늘빛과 같이 분명히 밝혀진 점에 큰 감명을 받았습니다. 오랫동안 가슴에 남아 있던 꺼림칙한 오물이 물에 씻긴 듯 개운하고 뿌듯합니다. 그리고 자료 수집을 위해 수없이 강릉을 오가면서 기록이 미비하여 가슴 조이면서도 역사적인 자료를 바탕으로 사임당을 가장 현실감 있게 살려내 주신 작가님의 능력과 지혜에 감탄하며 치하를 보냅니다.

작가는 이 소설 속에서 신사임당을 인격 높은 학자요, 시를 즐겨 읊고 짓는 시인이요, 그림 글씨에 능한 서화가요, 자수에도 능한 높은 경지의 예술 문학자이지만, 살림살이가 넉넉지 못해 친정 덕을 보고 살면서 일곱 남매의 옷을 깁고 손질해 입히며 알뜰하게 근검절약하는 흔적을 꾸밈없이 그려내어 한 가정의 아내와 어머니로서의 생활인임을 잘 표현해 주셨고, 특히 마지막으로 조운을 떠나는 남편 이원수 공과 마주앉아, 아이들이 어려서 기를 사람이 없다면 모르지만 아이들이 다 컸으니 한 번 혼인한 것을 소중히 여겨 '내가 죽거든 재취하지 말라'고 간청하는 대화를 통해 지아비에 대한 아내의 참모습을 보여주셨습니다.

이렇듯 보통의 아낙네들의 내면을 인간적으로 표현해 주신 솜씨는 작가의 높은 경지에서 나온 것이라 아니할 수 없습니다.

우리나라는 다른 나라에 비해 성현들에 대한 기록이 미약하여 이를 제대로 알 수 없는 것이 안타까운데 하물며 가부장제도 하에서 이름도 없이 사라져간 뭇 여성들이 살던 그 시대의 허약하고 미약한 자료를 바탕으로 소설을 탄생시킨 안 영 선생의 노고에 깊이 감사드립니다. 아울러 월간 〈참 소중한 당신〉의 기획과 결단이 없었다면 감히 생각도 못할 일이었음에 잡지사 주간 차동엽 신부님께도 깊이 감사드립니다.

가정의 해체가 심각한 사회 문제로 대두되고 있는 이 시대에 행복한 가정생활 및 자녀 교육의 지침서로 꼭 필요한 이 소설의 탄생을 거듭 축하하며, 이 땅의 모든 주부들의 필독서가 되기를 바라는 마음 간절합니다.

2007년 3월
(사)대한주부클럽연합회 회장
김천주

교육의 천년 대안을 생각하며

모두가 더불어 잘 사는 사회가 되기 위해서는 어떻게 해야 할까요.

저는 30여 년 교단생활을 하면서 인성교육의 중요성을 뼈저리게 느꼈습니다. 아무리 생각해도 교육의 천년 대안은 '인성교육'뿐임을 부르짖고 싶습니다.

인간은 7세 전후에 인격, 생활습관, 심지어 지능계발까지도 거의 다 영글게 된다고 합니다. 그러기에 최초의 학교인 가정에서, 최초의 교사인 부모가, 그 중에서도 어머니가, 임신 중의 태교에서부터 유아기, 아동기, 소년기에 교육한 모든 것이, 더불어 잘 사는 사회에 절대적으로 필요한 '인성'을 좌우한다고 믿습니다.

2004년 봄, 저는 신사임당 일가의 가정교육을 택해 저의 교육관을 펼쳐 보자는 소망을 품었습니다. 그것은 뜨거운 사명감이었습니다. 한 달포 국립중앙도서관으로 출근하여 온갖 자료를 찾아 복사하고, 마침내 강릉을 들락거리며 더 많은 자료를 구해왔지요. 그러고는 『소학』, 『효경』, 『내훈』, 『명심보감』, 『사기열전』, 사서삼경 등 사임당이 읽었음직한 수십 권의 고전과 어머니의 교육에서 영향을 받았을『율곡전서』를 정독하고, 사임당의 예술 세계를 이해하기 위해 한시, 그림, 서예, 자수 등에 관한 책도 구해 읽으면서 글을 쓰기 시작했습니다.

글을 쓰는 동안, 시공을 초월해 강릉 북평촌과 제 고향 광양군 진월면 수렛골을 들락거리면서, 또 사임당의 외조부와 서도를 즐기시던 제 조부님을 동일시하면서 사임당의 어린 시절을 그릴 수 있어 행복했습니다. 또 하나, 신사임당 시대에 온 나라가 신봉했던 유교의 '하늘 공경' 사상과 저의 종교 '하느님 흠숭' 사상이 일치되었기에 보편 진리를 전함에 있어 더욱 신명이 났습니다.

이 글은 결코 혼자 쓰지 않았습니다.

처음부터 이 글을 쓸 수 있도록 축복해 주시고, 2005년 1월부터 귀한 지면에 연재를 권유하신 월간 〈참 소중한 당신〉 주간 차동엽 신부님의 은혜를 잊을 수 없습니다.

또 연재하는 동안 계속해서 자료를 챙겨 주신 강릉시립 박물관 정항교 관장님, 제 질문에 성실히 답해 주시며 도움말을 주신 율곡 교육원 정문교 원장님께도 많은 은혜를 입었습니다.

가장 큰 도움을 주신 분은 노산 이은상 선생님이십니다. 그분은 1960년대부터 1980년대까지, 무려 20년에 걸쳐 끊임없이 연구하고 보완하며『신사임당의 생애와 예술』을 6판까지 거듭 내신 분입니다. 그 귀한 저서를 접할 수 있었던 것은 참으로 큰 행운이었습니다.

이렇게 여러 분들의 도움을 받으며, 막힐 때마다 기도하고 묵상하며『그 영원한 달빛, 신사임당』을 완성할 수 있었습니다.

2007년 봄 초판 발행 후, 저는 참으로 바쁘게 살았습니다.

이 소설을 읽은 분들이 신사임당의 눈물겨운 효성, 본으로 보여준 자녀교육, 자아성취의 열정 등을 널리 알리고 싶다며 여기저기서 강연을 요청해 왔기 때문입니다.

전국을 돌며 신사임당의 생애를 홍보하던 중, 고액권 화폐의 주인공을 놓고 갑론을박이 끊이지 않았습니다. 여성대표로서 신사임당이 거론되자, 너무나도 뜻밖에 일부 여성 단체에서 반발했습니다. 가부장적 제도 아래서 현모양처로 살다간 인물은 여성대표가 될 수 없다는 것이지요. 신사임당을 제대로 모르는 그들이 너무나 안타까워 더욱 소리 높여 그분의 삶을 홍보했습니다.

어려운 집안의 최고 경영자가 되어, 몸에 밴 겸손으로 남편을 다독이며 바른 길로 이끌어 준 아내! 사람됨을 최우선으로 자녀 교육에 정성을 쏟아 율곡을 구도장원공으로 길러낸 어머니! 게다가 바쁜 시간 틈틈이 시문, 그림, 서예, 자수 등으로 자아성취를 이루어 낸 예술가 신사임당! 그분이야말로 500년을 앞서간 미래지향적 여성으로 그보다 합당한 여성대표가 어디 있겠습니까?

또 율곡 선생이 이미 화폐에 나와서 곤란하다는 의견도 있었지만 그러기에 더욱 의미 있는 일이라고 여겨졌습니다. 일찍이 모자가 각각 화폐에 등장한 경우는 없었으니 세계만방에 자랑할 일이요 국민적 자부심을 심어주는 일이지요. 우리에게는 이토록 훌륭한 겨레의 어머니가 계시다고.

마침내 2009년, 신사임당이 오만 원권 화폐의 주인공으로 등장하자 많은 분들이 환호하며, 저에게도 국민 여론 조성에 한 몫 했다고 박수를 보내 주셨습니다.

때를 같이하여 출판사로부터 온 국민이 읽을 수 있도록 보급판을 내자는 요청이 들어와 분량도 줄이고, 이야기 전개 순서 및 제목도 바꾼 『대한민국 여성 NO.1 신사임당』으로 오랫동안 사랑을 받았습니다.

그러나 저로서는 처음 원고로 되돌아가고 싶었습니다.

이에 다시 미비했던 몇몇 곳을 보완하고 다듬어서 증보판『영원한 달빛 신사임당』을 내게 되었습니다.

아무쪼록 국민 모두가 겨레의 어머니 신사임당을 정확히 알고, 언제 어디서나 당당히 자랑할 수 있기를 바랍니다. 특히 젊은 여성들이 그분을 역할 모델 삼아 자녀들의 인성 교육에 힘쓰고 자신의 꿈을 성취하기 바라는 마음 간절합니다.

2013년 봄
안 영 실비아

0
프롤로그

초충도 ┃ 신사임당, 조선/16세기

사랑하는 며늘아기에게

새아가,

내가 보낸 육아일기를 단걸음에 다 읽고, 답신으로 보낸 '이메일' 잘 받았다.

"어머님, 여러 가지 음식보다도 육아일기가 대 히트였어요. 어머님께 정말 잘해 드려야겠다고 결심했어요."

말만 들어도 행복하구나. 정말 고맙다.

나는 그 옛날 잠이 모자라 죽겠다 하면서도 내 일기는 물론, 삼남매 육아일기 쓰는 일을 놓치지 않았다. 그게 드디어 빛을 보았구나.

갓난이가 잠을 안 자고 하도 울어서 너희 둘이 고생한다는 전화 받고, 책장 서랍에서 잠자고 있던 37년 전 육아일기를 꺼내어 읽어 보았지. 갈피갈피 우는 아기 키우느라 힘들었던 상황, 그리고 방긋방긋 웃는 아기 키우느라 행복했던 상황, 두 줄기 기록이 씨줄 날줄처럼 엇섞여 있어 흥미롭게 읽다가, 너희들에게 도움이 될 것 같아 국제우편으로 보냈던 것이란다.

친정어머님이 건너가 한 달간 수고해 주셨으니 감사하기 이를 데 없고, 나는 갈 수 없는 사정이라 밑반찬이라도 준비해 보내면서, 소포 상자 속에 육아일기를 넣었던 것인데, 그토록 너희를 기쁘게 했다니 나도 기쁘다.

아무튼 친척도 없는 타국에서 직장 생활하랴, 애기 키우랴, 얼마나 힘들까 짐작이 가고도 남는다. 아기가 걸핏하면 깨서 많이 운다고? 흥흥. 말도 마라. 삼남매가 다 잠이 없어 나를 애태웠다만, 네 남편은 유난히 자주 깨어 울어대서 참말이지 서너 시간 잠 한번 자보는 게 소원이었단다. 그 때 내가 했던 말이 무언 줄 아니?

"원, 소설 쓰기가 세상에서 제일 어려운 줄 알았더니, 그건 약과구먼. 이 세상에 육아보다 더 어려운 일이 또 있을까?"

정말이었다. 갓난이를 기르는 건 사투였다. 그러나 너도 느꼈겠지만 생명이란 얼마나 소중하고 사랑스럽더냐. 잠 안 자고 깨어 울면 그렇게 밉다가도, 빵긋빵긋 눈 맞추며 웃으면 좀 전까지의 피곤은 눈 녹듯 사라지고 행복의 절정에서 싱글벙글 웃게 되지 않더냐. 그야말로 즐거운 전쟁이 아니더냐.

그렇단다. 고통 없이 어찌 기쁨만 얻을 수가 있겠니. 단맛이 있으면 쓴맛도 있는 법.

그래도 네가 짜증 안 내고 육아에 정성을 쏟고 있다니 고맙다. 더구나 모유로만 키우고자 고집 부린다는 얘기 듣고 더욱 기뻤다. 그럼, 그럼, 모유야말로 갓난이 최고의 양식이지. 게다가 엄마 품에 안겨서 젖 먹는 아기는 정서적으로 얼마나 안정이 되겠니. 엄마도 마찬가지지. 열 달을 함께한 나의 분신을 품에 안고 젖 물릴 때처럼 행복한 순간이 어디 있겠니. 아기들은 금세 자라니까 조금만 참도록 해라.

그리고 너에게 기쁜 소식을 전해 줄게.

우리 가족 지도 신부님께서 석준이 사진을 놓고 이목구비를 살피시더니 해 주신 말씀이다.

"제가 관상을 좀 봅니다. 영락없는 영재예요. 부모가 신경 써서 잘 길러야겠어요. 한국의 인재로만이 아닙니다. 미국에 살고 있으니 글로벌 인재로 길러야 합니다."

어때? 기쁘지 않니?

하느님께서 우리 가정에 큰 선물을 주셨으니 감사하는 마음으로 정성을 다해 잘 길러다오.

니는 결혼생활에 임할 때, 역할 모델이 있었다. 그분이 바로 신사임당이시다.

그런데, 우연히도 내가 이분을 월간 〈참 소중한 당신〉에 연재소설로 쓰게 되었고, 그동안 너희가 결혼하게 되었으며, 단행본으로 출판한 뒤엔 출산의 기쁨까지 안겨 주었단다. 이것도 우연일까?

그래서 나는 너와 네 또래의 젊은이들에게 이 소설을 읽히고 싶구나. 너희들이 나름대로 자기 분야에서는 박사일망정 육아에는 유치원생이 아니냐.

　새아가,
　너는 대한민국에서 가장 자랑스러운 여성이 누구라고 생각하니?
　한국의 역사상 현인의 경지에 근접한 인물을 들라면 대개 율곡 선생을 꼽는다. 잘 알려진 바와 같이 선생은 아홉 번 과거시험에 모두 장원 급제하신 분이다. 우리 역사상 전무후무한 일이지. 그분이야말로 모든 분야에 식견이 탁월한 정치가요, 사상가요, 교육자요, 철학자였다. 그분은 또 예언자적 능력도 뛰어났다. 임진왜란을 미리 예견하여 10만 양병설을 주장한 것은 너도 배워 알지? 그게 다 어린 시절 훌륭한 외할머니, 어머니, 두 분에게서 전수받은 지혜의 덕이란다.
　그분에게는 한국의 제갈공명, 퇴계 선생과 더불어 한국 정신사의 양대 산맥, 성리학의 대가 등의 수식어가 따라다니지. 우리나라에서만 아니라 동양에서도 이름난 학자란다.
　신사임당은 바로 그분을 길러낸 어머니가 아니시냐. 오천 원권에 율곡 선생, 머지않아 나올 오만 원권에 신사임당. 이 얼마나 자랑스러운 일이냐. 새 돈 나오면 보내 줄 테니 미국 친구들에게도 당당히 자랑해라. 우리에겐 이렇게 훌륭한 겨레의 어머니가 있다고.
　그 어르신 자녀 중 율곡 선생 말고도 큰딸 매창, 막내아들 옥산 역시 학문에 뛰어났고, 글씨, 그림 등으로 우리 문화예술계에 이름을 남긴 분들이다. 그 어머니에 그 자녀들!
　그러니 신사임당 어른의 자녀 교육 방법에는 분명 남다른 비법이 있지 않겠니?

이 책 속에는,
너희 또래 젊은이들이 그렇게도 바라는
자녀교육의 천년대안이 있고, 자아성취의 비법이 있다.
적극적이고 진취적인 사고로 500년을 앞서간 신사임당!
미래 지향적인 삶을 살다간 민족의 선구자!

눈물나게 효성 지극한 딸로서,
부족한 남편을 다독거려 기를 살린 아내로서,
태교에서부터 영아, 유아, 청소년 시절까지
자녀교육의 비전을 제시한 겨레의 어머니로서,
자아성취의 열정으로 예술혼을 불태운 자연인 한 여성으로서,
은은히 흐르는 달빛 같은 소프트 파워로
우리들 가슴을 파고드는 대한민국 대표 여성 넘버 원!

새아가,
아무리 바빠도 이 책만은 손닿는 데 놓고
자주자주 펼쳐 읽으며 행복한 가정을 꾸리기 바란다.
머지않아 너는
이 책이야말로 그 어떤 보석보다 값진 지혜의 보고寶庫,
네 시어머니의 유산임을 알게 될 날이 올 것이다.

2008년 4월
사랑을 담아서, 시어머니가

1
오죽 烏竹 동산에서

습작묵매도(習作墨梅圖) ㅣ 신사임당, 조선/16세기

눈꽃송이

강릉 산골에 눈이 내리고 있었다. 넓고 파란 경포호鏡浦湖에도 하얀 눈꽃이 소곤소곤 떨어졌다. 떨어진 눈꽃송이는 호면에 닿자마자 형체도 없이 사라졌다. 호수 주변의 풀밭에도 눈꽃이 떨어졌다. 떨어진 눈꽃송이는 하얗게 쌓여 갔다. 초가지붕 위에도 눈이 쌓였다. 늦가을, 햇짚으로 엮어 인 이엉들이 하얀 눈 속으로 파묻힌다. 보기만 해도 포근하고 아름답다. 집 울안 오죽 동산의 푸른 댓잎 위에도 보송보송 눈이 쌓였다. 성급하게 솜옷을 갈아입는 댓잎들. 그 사이사이로 검고 가느다란 대나무 둥치가 행여 꺾일세라 빳빳이 고개를 치켜들었다.

마당을 한 바퀴 돌고 있던 이사온李思溫은 솜바지저고리를 여미며 안채 쪽으로 들어갔다. 집안은 고즈넉했다. 어제만 해도 동지 팥죽을 쑨다고 여인네들이 오락가락하더니 오늘은 죄다 아랫목에서 바느질이라도 하는지 기척이 없다.

"게 아무도 없느냐?"

안방 미닫이가 열리고 아내 최 씨가 내다본다. 그 뒤로 손녀들도 고개를 내민다.

"인덕아, 인선이 데리고 바깥채로 건너오너라."

"네, 할아버지."

인선仁宣(사임당의 본명)이 먼저 뛰어나오고 인덕仁德이 뒤따라 나온다. 셋째도 뒤뚱뒤뚱 문지방을 넘는다.

"셋째는 그냥 있거라. 눈조차 오는데 넘어질라고."

두 손녀가 할아버지를 따라 바로 앞에 있는 바깥채로 들어선다.

"우리 손녀들 그동안 숫자는 얼마나 익혔는고?"

"네. 백까지 셀 수 있어요. 또 가르쳐 주세요, 할아버지."

여덟 살 인덕이보다 다섯 살 난 동생 인선이 더 열심이다.

"그래라. 저기 산가지[算竹] 소쿠리 가지고 오너라."

"네. 여기 있습니다."

인선이 할아버지 문갑 위에서 산가지 소쿠리를 갖다 내민다. 그 속에는 어른 손가락같이 생긴 대나무 토막들이 그득 담겨 있었다. 그것은 이사온이 울안에 있는 오죽 동산에서 시들어 가는 대나무를 끊어다 손수 만든 것이다. 노인은 그것으로 외손녀들에게 숫자 개념을 가르쳐 왔다.

"다섯 개 이쪽으로 세어 놓아라."

"거기서 세 개만 빼 보아라."

"거기다 열 개를 더해 보아라."

"그것을 세 덩어리로 나누어 보아라."

"그래. 한 덩어리에 몇 개씩 남았느냐?"

"네 개씩이요."

두 아이들은 신명이 나서 대답한다.

"그래. 잘했다. 그럼 이제 열 개씩 열 무더기를 만들어 보아라."

두 어린이는 산가지를 하나 둘 셋 넷 열심히 헤아려 열 개씩 열 무더기를 만든다. 문득 겨울 한낮의 고요로움을 깨고 오죽 동산에서 댓잎 부딪치는 소리가 스스스스 들린다.

"자, 물어보자. 열씩 여섯 무더기가 되면 얼마인고?"

"예순이요."

"그래. 그럼 거기서 다섯을 빼어 보면?"

"예순다섯이요."

인덕이 대답을 하자, 인선이 얼른 고쳐 대답한다.

"아닙니다. 쉰다섯입니다. 언니는 보태기로 알아들었나 봐요, 할아버지."

"괜찮다. 틀리기도 해야 이 할애비가 재미있지. 자, 그럼 그 열 무더기 다는 얼마인고?"

"백이요. 백."

두 어린이가 힘차게 대답한다. 그 소리에 놀랐는지, 밖에서 어미 개가 컹컹 짖는다.

"그래. 그럼 지금부터 산가지 하나씩 들고 열 무더기 다 세어 보아라. 마지막에 백 하고 만세를 부르다. 빨리 세다가 틀리지 말고 천천히 세어서 소쿠리에 다시 담아라."

하나 둘 셋 넷… 두 어린이는 소리를 맞추어 열심히 세어 소쿠리에 담는다.

"백! 만세!"

"허허. 우리 손녀들 잘했네. 자, 상이다."

할아버지는 두 외손녀에게 종이 한 장씩을 나누어 준다. 밖에는 눈보라가 치는지 뒤꼍 소나무 밭에서 휘잉 솔바람 소리가 몰아치고 이사온의 방 문풍지가 파닥파닥 달싹거린다.

"우리 인덕이 먹 좀 갈래? 먹을 반듯이 세워서 정성껏 천천히 가는 것 알지?"

"네, 할아버지."

인덕이 먹을 갈 동안 노인은 이것저것 글씨 쓸 준비를 한다. 인선은 할아버지가 꺼내는 붓통을 찬찬히 들여다본다. 크고 작은 붓이 많이 꽂혀 있다. 항상 붓만 보면 만져보고 싶어진다. 할아버지는 글씨 쓸 준비를 마치고 붓을 잡는다. 큰 붓이다. 한 획 한 획 글자를 쓴다.

"자, 인덕아. 이제 너도 여덟 살이니 부지런히 글을 배워야지. 인선이는 아직 어리다만 언니 옆에서 어깨너머로 배워도 좋지. 할애비 따라 읽어라. 자, 자세부터 똑바로 하고."

인덕과 인선이 할아버지가 써 놓은 글자를 보며 자세를 바로 한다.

"글자마다 제가 지닌 뜻이 있고 소리가 있다. 이건 하늘을 뜻하는 것이고, 이건 땅, 이건 검다는 뜻이고 이건 누렇다는 뜻이고… 자, 그럼 나를 따라 읽어라. 하늘 천, 따 지, 검을 현, 누를 황."

두 어린이는 할아버지를 따라 소리를 내서 읽는다. 하늘 천, 따 지,

검을 현, 누를 황.

"오늘은 이 네 글자만 배우고 익히자. 내가 내일 아침에 불러다 물어볼 테니 자꾸 익혀라. 아까 할애비가 준 종이 이리 내 봐. 다시 써줄 테니까 방에 갖다 놓고 에미한테 물어가면서 자꾸 읽어 보아라."

할아버지가 글자를 쓰고 있는 동안, 인선은 붓을 만지고 싶어 응석을 피운다.

"할아버지, 저 작은 붓 한번 만져 보면 안 되나요?"

"어허, 어린것이 벌써부터 붓을 갖고 싶다고? 그럼 이걸 가져라. 좀 망가져서 할애비는 안 쓰는 것이니."

"감사합니다. 할아버지."

인선은 뛸 듯이 기뻐하며 그 붓을 가지고 자기 종이에 글자를 그린다. 이사온은 빙그레 웃는다. 인덕도 빙그레 웃다가 나도 한번, 나도 한번, 하고 인선이 그려 놓은 글자 옆에 하늘 천 자를 그려 놓는다.

"그래. 잘들 했다. 그럼 이제 건너가 보아라. 내일도 또 건너오고."

"네."

초당에 피는 사랑

겨울로 접어들어 농한기가 되자 이사온은 손녀들 글공부에 바짝 마음을 썼다. 사온은 용인 이씨로 조부 유약有若은 삼수군수三水郡守, 아버지 익달益達은 전라도 병마우후兵馬虞侯를 지냈지만 그는 소과小科에 합격은 했으나 벼슬 없이 생원生員으로 살고 있다.

그가 강릉 북평촌北坪村*에 자리 잡은 지도 수십 년이 되어 간다. 이곳은 원래 이조참판을 지낸 최치운崔致雲의 일가친척이 많이 사는 곳

---

*북평촌:현재 오죽헌이 있는 동네.

이었다. 그중 치운의 아들 응현應賢은 다복하게도 위로 아들 다섯, 아래로 딸 여섯, 열한 명의 자녀를 두었는데, 용인 이씨 사온은 그 댁의 일곱 번째, 그러니까 딸로서는 둘째를 아내로 맞게 되었다. 그때부터 최씨 일가들과 어울려 외롭지 않게 살았다. 그는 장인 덕으로 지금의 집에 살림을 꾸리면서 집 앞 동산에 하나 둘 자생하는 검은 대를 눈여겨보고, 귀하게 가꾸었다. 사람들은 대의 빛깔이 까마귀처럼 검다 하여 오죽烏竹이라 불렀다.

키가 자그마하고 밑동이 가느다란 오죽은 생명력이 강인해서 강릉 추위에도 잘 자랐다. 봄이 되면 죽순이 돋아 햇대가 나오는데 첫해에는 여느 대처럼 초록색을 띠다가 이듬해가 되면 조금씩 검어지고 삼 년이 되면 알아보게 검어졌다. 키가 작달막한 게 야무지고 강직해 보여서 그는 애정을 가지고 오죽을 길렀다. 일꾼들을 시켜 황토를 대밭에 뿌려 주기도 하고, 죽순을 적당히 솎아 주기도 하면서 집안의 수호신처럼 잘 길렀다. 여러 해 묵은 대는 밑뿌리에서부터 제거하고 새순이 나오면 정성을 들여 잘 길렀다. 몸뚱이가 검어진 다음 대개 칠 년 정도 더 살다가 시들시들 죽게 되니 십 년이 제 수명인 듯하였다. 그래저래 세월이 가다 보니 이제 오죽은 넓은 동산을 이루어 근동에서 보기 드문 귀물이 되었다.

그 밖에도 그곳 마당엔 두 그루의 귀한 꽃나무가 서 있었다. 하나는 별당 뒤 오른쪽에 서 있는 홍매화나무요, 하나는 별당 앞 오른쪽 구석에 서 있는 배롱나무였다. 사군자 중의 하나인 매화는 추운 겨울 눈보라 속에서도 지조를 굽히지 않고 이른 봄 누구보다 일찍 꽃을 피워, 사람들은 그 꽃을 보며 충성을 생각하고 절개를 생각하고 희망을 생각하였다. 그 매화나무가 백 년 넘은 고목으로 별당을 지키며 튼실하게 서 있으니 어찌 귀하지 않으랴.

또 하나 앞뜰의 배롱나무도 이곳의 귀물이다. 그 역시 오래된 수목인데 별당에서 문만 열면 바라보이는 곳에 의젓이 서 있다. 백일 동안 꽃이 핀다고 해서 나무 백일홍이라고도 부르고, 특별히 꽃은 자디잔 모습에 진분홍색이라 자미화紫薇花라고 불렀다. 늦봄부터 피기 시작하면 여름이 다 가도록 끊이지 않으니 그 또한 얼마나 대견하고 고마운가.

별당 마당에서는 이 고을의 자랑인 경포호鏡浦湖도 보였다. 넓기도 넓었지만 하도 물이 맑아 볼 때마다 명경지수明鏡止水라는 글자 그대로 마음까지 맑아지는 호수.

그 호숫가 언덕에는 높지막한 대臺도 있어 고을 사람들뿐 아니라 타지 사람들도 자주 찾아와 풍류를 즐겼다. 또 저 멀리 호수의 끝에는 솔밭이 있었고, 소나무 우거진 속에는 한송정寒松亭이 있었다. 경포대와 한송정은 신라 때 화랑들이 차를 달여 마시던 곳이라니 조상의 숨결이 살아 있어 더욱 정답고 의미 있는 곳이 아닌가.

어찌 북평촌뿐이랴. 그는 이 고장 전체에 대해 새록새록 대단한 애정을 갖게 되었다.

강릉은 영동과 영서를 가르는 태백산맥이 북에서 남으로 동해를 끼고 뻗어 내려오다가 그 한 자락을 병풍처럼 둘러친 곳에 자리한 분지였다. 서쪽으로 구름을 뚫고 높이 솟은 대관령, 동쪽으로 끝없이 뻗어 있는 동해 바다, 산과 바다의 조화가 절창을 이루어 팔도강산에서 명승 중에 명승지로 손꼽히는 곳. 옛날 예濊의 도읍지였던 고을로 오랜 문화와 전통이 서려 있고 곳곳에 낙락장송이 서 있어 선비의 지조를 일깨워 주는 곳. 사당도 많고 향교도 많고 여기저기 열녀각이야 효자각이 서 있어 바라만 보아도 효심이 절로 이는 곳. 아름다운 자연 환경 덕분에 인심조차 후한 곳.

그는 이 좋은 곳에서 아리따운 최 씨를 만나 혼인도 했고, 양갓집 사위로 융숭한 대접을 받고 살았으니 이제 누구보다 이 고장을 사랑하는 강릉 사람이 다 되었다.

그는 비록 벼슬에 나아가진 않았으나 여러 성인들의 글을 읽으면서 조용한 선비로 양심 바르게 살고 있으니 큰 근심은 없다. 그러나 한

가지, 항상 가슴 한구석이 텅 빈 듯 섭섭한 것이 있었다. 어찌 된 일인지 최 씨와의 사이에 오직 딸 하나를 두고 그만이었다. 아들이 하나만 있었으면 얼마나 당당하랴. 아니 딸이라도 두엇 더 있었으면 덜 쓸쓸하지 않으랴.

다행히 그는 외동딸이 자라는 걸 보면서 기쁨을 되찾았다. 그는 딸에게 글을 가르치고 성현의 책을 읽혔다. 그런데 그 딸이 보통이 아니었다. 글자 깨치는 것도 놀랍게 빠르고 문리를 터득하는 것도 기대 이상이었다. 사내아이라면 과거 급제는 맡아 놓은 당상이지 싶었다. 무엇보다 마음씨가 착해 남을 배려할 줄 알았다. 외동딸이라 귀하게 길렀건만 효성이 지극했고, 일꾼이나 하님*에게도 마음을 썼다. 벼슬에 오르면 오직 백성을 위해 일하는 청백리가 될 그릇이었다. 아들이 아닌 것이 그래서 더욱 아쉬웠지만 벼슬이 없으면 어떠랴.

그는 외동딸을 고이 길러 평산 신씨, 저 고려 태조 때 건국 충신이던 장절공 신숭겸의 18대 손, 영월군수 숙권의 셋째 아들 명화[申命和]를 사위로 얻으니 더 바랄 것이 없었다. 사위는 그 훌륭한 가문에 걸맞게 어려서부터 성현의 글을 읽고 스스로의 언행을 경계하며 인격을 닦으니 언제 봐도 듬직하였다.

그런 사위에게 그는 늘 미안한 마음을 떨치지 못한다. 딸이 처음에는 한양 시댁에 들어 살았지만 한때 아내 최 씨가 앓아눕게 되자 친정 어머니 간호를 맡아 북평촌에 왔다가 그만 주저앉고 말았던 것이다. 남편은 한양 시댁에서 지내고 아내는 이곳에서 부모님을 모시고 살기로 둘이서 약조를 했다는 것이었다. 한양과 강릉 사백 리 길을 사이에 두고 사위는 일년에 두어 번씩 처가에 다니러 와야 하니 그 걸음이 어찌 가벼우랴.

둘은 그렇게 어쩌다 만나면서 어느새 딸만 셋을 낳았다. 그 딸이 지

---

*하님:여자 종을 대접하여 부르는 말.

금 또 넷째를 가졌으니 하늘이 무심치 않다면 아들 손자 하나는 점지해 주겠지. 그의 소원은 바로 그것뿐이었다. 아내인 최 씨 부인의 소원도 물론 그것뿐이었다.

그런데 그는 요즈음 둘째 외손녀 인선을 보고 범상치 않음을 느낀다. 어린것이 마음 쓰는 것이며 글자 깨치는 것이 보통을 넘었다. 큰손녀 인덕을 가르치려고 시작한 글공부건만 어깨너머로 배우는 인선이 훨씬 속도가 빨랐다.

인선은 연산군 10년(1504) 시월 북평촌에서 태어났다. 그 해, 조정에서는 갑자사화가 일어나 몹시 시끄러웠다. 연산이 생모를 폐위시킨 여러 신하들을 학살하고 이미 죽은 신하들까지 부관참시剖棺斬屍하여 거리에 내걸었던 무시무시한 해였다.

그러나 강원도 산골, 북평촌에야 무슨 화가 있으랴. 여느 때와 같이 평화롭게 가을걷이를 끝낸 시월 스무아흐렛날 기다리던 아들 손자 대신 둘째 외손녀를 얻었던 것이다. 그는 물론 아내 최 씨의 섭섭함은 이루 말할 수가 없었다. 그러나 딸의 마음은 오죽하랴 싶어 내색도 못하고 있었더니, 이듬해 장인 최응현이 병조참판에 오르는 영광을 입어, 섭섭한 마음을 조금이나마 달랠 수 있었다.

그렇게 태어난 인선은 가족들의 사랑을 독차지하며 곱게 자랐다. 다섯 살부터 깨치기 시작한 글이 요즈음 들어서는 대청마루 기둥에 써붙여 놓은 글귀를 머뭇거림도 없이 읽어 내기에 이르렀다.

"할아버지, 저것 읽을 수 있어요. 입 춘 대 길, 맞지요?"

"허허, 우리 인선이 제법이네. 그럼 저쪽에 것은 무엇인고?"

"건 양 다 경."

"아이고, 우리 인선이 장하기도 하지. 그럼 저쪽엣 것은?"

"부 모 천 년 수, 자 손 만 대 영."

"야, 우리 인선이 어찌 그렇게 총기가 좋은고. 내가 또 상을 주마."

그는 아이가 글을 깨칠 때마다 종이를 상으로 주었다. 헌 붓을 갖고

부터 아이는 종이를 찾았다. 종이도 흔치 않은 세상이라 그는 붓글씨 쓸 때마다 한 번 쓴 종이를 덧써 가며 아끼고 있지만 아이에게 주는 상은 아깝지가 않았다. 아이는 처음 그 종이에다 비틀배틀 글씨를 그리더니, 차츰 보이는 사물을 그림으로 그리기 시작했다. 아무도 가르친 이 없건만 신통한 일이었다. 아이의 붓이 지나가는 자리마다 무언가 형체가 생기고 있었다. 문갑 위의 연적도 화단의 꽃들도, 뒷동산의 대나무도, 할머니의 얼굴도 아이가 붓으로 흉내를 낼 때마다 제법 비슷한 형체를 띠고 살아나는 게 아닌가.

사온은 그림도 그림이지만 아이에게 글을 더 가르치고 싶었다. 예사 아이가 아니었다.

"쯧쯧, 저것이 고추만 하나 달고 나왔으면 얼마나 좋을까."

"누가 아니랍니까? 그렇게만 되었더라면 세상 부러울 것이 없으련만."

외딸 하나 낳고 단산이 되어 버린 최 씨는 늘 남편에게 미안해서 다른 여자를 봐 자식을 더 낳자고 조르기도 했었다. 그러나 이사온은 사려 깊고 똑똑한 딸 하나, 열 아들 부럽지 않다며 딸 교육에 힘쓰다가, 이제 외손녀에게 반하여 딸에게 쏟던 정성 이상으로 남은 힘을 인선에게 쏟고 있다.

그는 틈만 나면 손녀들을 불러 가르치는 기쁨을 만끽한다.

"우선 따라 읽어 보아라. 부자유친, 형우제공, 장유유서, 붕우유신."

인덕과 인선은 할아버지가 시키는 대로 소리를 맞추어 따라 읽는다.

"공부가 별다른 거 아니다. 사람다운 사람이 되자고 배우는 게 공부야. 제일 중요한 것은 이 네 가지다. 부모님께 효도하고, 형제끼리 우애하고, 웃어른을 알아보고, 친구 간에 신의를 지키고. 이것만 잘하면 사람다운 사람이 되는 거야. 그러니 할애비 말 잘 듣고 잘 배워서 훌륭한 사람으로 자라야 한다."

그는 이것저것 실례를 들어 한참 설명하고 확인을 하는 것도 잊지 않는다.

"자, 그럼 물어보겠다. 이 중에 부모와 자식간의 관계는 어떤 것인고?"

"부자유친이요." 인덕이 대답한다.

"그렇지, 그렇지. 그럼 붕우유신은 무슨 뜻인고?"

인덕이 인선을 바라보며 눈짓한다.

"친구 사이에는 거짓말을 하거나 약속을 어기는 일을 해서는 안 된다는 말입니다."

"그렇지. 그럼 이 글씨를 한 자도 놓치지 말고 외어 읽을 수 있도록 하여라."

"몇 번씩이나 읽어요?"

공부가 조금 지루해진 인덕이 묻는다.

"네가 다 알라면 열 번은 넘게 읽어야겠지? 그것 다 끝나면 나가서 놀아도 좋다. 대신 오늘은 숙제 하나를 내마. 밤에 자기 전에 에미한테 옛날 효자 이야기 하나 듣고 오너라. 할애비가 내일 너희들한테 이야기를 듣고 싶구나."

둘은 중얼중얼 열 번씩을 읽고 종이를 덮는다. 인덕이 문을 벌컥 열고 뛰다시피 나간다.

"어허, 인덕아, 이리 오너라."

인덕이 놀라 다시 들어온다. 이사온은 좋은 말로 타이른다.

"어른 앞에서 나갈 때는 조용히 뒷걸음으로 물러가는 것이다. 문도 조용히 열고, 조용히 닫고, 알겠느냐? 그리고 공부를 배웠으면 감사합니다, 하고 인사를 해야지. 어디 다시 한번 나가 볼까?"

인덕이 "감사합니다" 하고, 뒷걸음으로 조심조심 다시 나간다.

인선도 "감사합니다" 하고, 뒷걸음으로 조심조심 방을 나간다.

열린 방문 밖으로 앞집 굴뚝에서 매캐한 저녁연기가 뭉게뭉게 피어오른다.

어머니가 들려주신 옛이야기

그날 밤 두 딸은 어머니 이 씨를 졸라 육적회귤陸績懷橘의 고사를 들었다.

"중국 오나라에 나이 일곱 살 된 육적이 원술이라는 사람을 만났단다. 원술은 귀한 귤을 내다가 육적에게 대접했지. 그런데 원술이 잠시 바깥에 나갔다 와 작별을 하려고 하는데, 육적이 일어서서 절을 하자 품속에서 귤 세 알이 또르르 굴러 나왔단다. 원술은 웃으면서 어찌 품속에서 귤이 떨어지는가, 하고 물었지. 그랬더니 육적은 너무나 무참하여 무릎을 꿇고, '잘못했습니다. 우리 어머니께 갖다 드리려고 했던 것입니다. 늙으신 어머니가 지금 병으로 앓고 계십니다' 하고 대답했다는구나. 그러자 원술은 어머니 생각하는 그 효성이 기특하다며 남은 귤을 더 얹어서 싸 주었단다. 자, 어떠니? 재미있어?"

"하하하. 우습다. 아이고 챙피해라."

인덕은 크게 웃었고, 인선은 아무 말을 하지 않는다.

"왜, 인선이는 재미없니?"

"네. 육적이 안 됐어요. 맛있는 것 보니까 앓고 계신 어머니 생각 나 마음대로 먹지도 못하고."

"그렇지. 어머니 생각하는 마음에 그만. 그렇다고 남의 집에 가서 먹는 것 몰래 가져오라는 것은 아니고, 그토록 어버이를 생각하는 마음이 효라는 것이지. 어버이에 대한 사랑이 없었다면 어찌 그런 일을 했겠니. 그런데 육적은 또 하나 더 훌륭한 일을 했다. 잘못을 얼른 뉘우치고 무릎 꿇고 빌지 않았느냐. 그게 바로 예의라는 것이지. 이 이야기에서 너희는 효도 배우고, 예의도 배워야 한다. 언제 어디서든 잘못을 알고도 아무 말 하지 않는 것은 예의가 아니다. 알았느냐?"

"네."

이튿날 이사온은 손녀에게서 이 이야기를 듣는다. 인덕이 대충의 이야기를 마치자 인선이 보충 설명을 한다.

"그런데 할아버지! 육적이 무릎을 꿇고 빌었대요. 잘못했다고."

"오, 잘 들었구나. 그래. 너희는 어버이가 없으면 이 세상에 태어날 수도 없었다. 어버이와 너희는 천륜으로 맺어진 관계야. 너희가 아프면 어버이도 아프고 너희가 기쁘면 어버이도 기쁜 거야. 그러니 어버이 은혜를 잊으면 안 된다. 그리고 우리의 몸은 머리카락 하나까지도 다 부모님께 받은 것이니, 몸 다치지 않게 항상 조심해야 한다. 알았느냐?"

"네. 할아버지 감사합니다."

인선은 하루하루 새로운 것을 배우는 재미에 시간 가는 줄을 몰랐다.

그림으로 보인 소원

인선 자매가 글을 깨쳐 가는 동안 겨울은 깊어 가고 또 한 해가 저물었다.

그새 이 씨 부인은 또 딸을 낳았다. 이제 딸만 넷이 된 것이다. 온 가족의 섭섭함은 이루 말할 수가 없었다. 한참 재롱둥이인 셋째도 영문 모른 채 주눅이 들 정도로 온 집안에 냉기가 돌았다. 찬 겨울의 냉기도 견디기 힘든데, 방안 공기까지 더하여 가족들 모두는 아무 재미가 없었다. 누구보다 이사온의 낙심은 말이 아니었다. 글씨를 써도 재미가 없었고, 두 손녀 글 가르치는 것도 재미가 없었다. 외손녀만 넷이라니…. 자기 대에 딸 하나로 끝이어서 손자 대에는 아들딸 고루 여러 남매 보는 것이 소원이었건만 그 또한 뜻대로 되지 않았다. 아내 최 씨도 한숨을 쉬기는 마찬가지였다. 금쪽같은 외동딸 산바라지에 여념이 없다가도 남편 옆에 앉으면 한숨을 쉬었다.

"이제 봄이 되면 사위가 올 터인데 염치없어 어이 볼까요?"

"그러게 말이오. 하지만 그게 어찌 사람 맘대로 되는 일이요. 다 하늘에 맡겨야지. 신 서방이 속이 깊은 사람이니 이해하고 위로해 줄 거요. 너무 걱정 말고 산모나 마음 상하지 않게 신경 씁시다."

그는 아내를 안심시키고, 자기도 섭섭한 마음을 갖지 않으려 노력했다.

그런데 어느 날 아침이었다. 사온이 대문 앞을 나서다가 문기둥에 기대어 넋 놓고 한길을 바라보며 서 있는 인선과 마주쳤다.

"왜 여기 서 있느냐?"

"할아버지, 저도 저 아이들처럼 동네 서당에 가면 안 되나요?"

저만큼 책 보따리를 허리춤에 묶고 둘씩 셋씩 짝지어 걷고 있는 사내아이들이 보였다.

"서당? 거긴 사내아이들만 가는 곳이다."

"우리는 왜 못 가나요, 할아버지?"

"글쎄, 그게 남녀칠세부동석이라서…. 그보다 사내아이들은 글공부를 하는 것이고, 계집아이들은 길쌈이며 바느질 같은 집안일을 배우는 것이고, 그렇게 구별이 있는 법이다."

"저는 글공부가 재미있는데… 한번 가 보고 싶어요."

"왜, 할애비하고 공부하는 게 재미가 없느냐?"

"아니요. 아침이면 다들 저렇게 나가니까 부러워서요."

"할애비가 있는데 부럽긴 뭐가 부러워. 어서 들어가자."

짝지어 서당으로 가고 있는 학동들은 무엇이 그리 즐거운지 재잘재잘 시끄럽다. 이사온은 시무룩해 있는 외손녀의 손을 잡았다. 어린것이 얼마나 가고 싶었으면…. 사온은 안쓰러운 마음에 쯧쯧 혀를 차며 손녀를 데리고 안으로 들었다.

그런데 바로 그날, 그를 놀라게 한 일이 생겼다.

인선이 바깥채로 들어오더니 그림을 그리고 놀겠다고 했다. 그는 종이 한 장을 꺼내주고, 아무 생각 없이 글을 읽고 있는데, 인선이 그림을 다 그렸다고 보여준다. 그런데, 이게 누군가. 아주 조그맣고 예쁜 사내아이였다. 아무리 생각해도 주변에 있는 아이는 아니었다.

"아니, 이게 누구냐?"

"할아버지, 어머니가 다음에 이런 아이를 낳았으면 좋겠어요. 그럼 할아버지 할머니도 기뻐하시고 어머니도 좋아하겠지요? 언니랑 우리들도 기쁠 거고요."

"아니, 왜 이런 생각을 했을까, 우리 손녀가?"

"동생 낳고 할아버지, 할머니, 웃지도 않으시니까 저도 재미가 없어요. 글도 잘 안 가르쳐 주시고."

"내가 그랬나? 아이고, 미안해라. 아니다, 아무렇지 않아. 딸이면 어때서? 우리 인선이처럼 이렇게 예쁜 딸이면 더 좋지."

"근데 할아버지, 사람들이 왜 아들을 더 좋아해요?"

"글쎄. 아들은 집안 대를 이을 수 있으니까."

"집안 대가 무엇인데요?"

"응, 고조부, 증조부, 조부, 아버지, 이렇게 아들 중심으로 한 집안의 내력이 이어지는 거란다."

"딸은 왜 집안 대를 못 이어요?"

"시집을 가면 그 집 사람이 되는 것이니까."

인선이 그 말을 이해했는지 못 했는지 눈을 똥그랗게 뜨고 할아버지를 바라보다가 말한다.

"그럼 저 시집 안 가고 집안 대 이을래요."

"하하, 시집을 안 가면 되나. 그것 말고도 이유가 있단다. 남자가 되면 공부 많이 해서 과거 시험 봐 벼슬에 오를 수도 있고, 벼슬에 오르면 부모님을 기쁘게 하기도 하고."

"그럼 저 공부 많이 해서 과거 시험 볼래요, 할아버지."

"알았다, 알았어. 이제 아무 걱정 말아라. 이 할애비가 잘못했다. 대신 이 그림, 에미한테는 보이지 말자. 지금 몸조리해야 하는데 이런 그림 보이면 에미가 마음 상하거든. 그러니까 할아버지 문갑 속에 집어넣어 두어라."

인선은 칭찬받을 줄 알았다가 그만 풀이 죽어, 문갑 속에 그림을 집어넣고 할아버지 방을 나왔다. 바깥채를 벗어나 안채로 들면서 별당 뒷마당으로 갔다. 바둑이가 인선을 졸졸 따라온다. 인선은 강아지를 쓰다듬으며 속으로 물어본다. 너는 아들이니, 딸이니?

별당 뒷마당에는 인선이 좋아하는 홍매화 한 그루가 서 있었다. 할머니 말씀에 따르면 백 년이 넘은 나무라고 했다. 겨울이 가는지, 꽃망울이 송알송알 맺혀 있어 곧 꽃을 피울 것 같았다. 하도 오래된 나무라 둥치가 굵었다. 인선은 이 나무를 벗 삼아 중얼거린다.

"나무야. 너희들도 아들딸 구별하니? 너는 아들이니, 딸이니? 너도 딸이면 좋겠다. 그래야 내 마음을 알지. 어른들은 이상하지? 왜 아들만 좋아할까? 난 그게 참 슬프단다."

인선은 매화 둥걸에 기대서서 잠시 뾰로통해 있다가 안채로 들어갔다. 어머니는 갓난이를 옆에 뉘어 놓고 미역국에 하얀 쌀밥을 말아서 먹고 계셨다. 밥 때도 아닌데? 인선은 의아해서 할머니를 쳐다보았다.

"어머니 왜 또 밥 잡수세요?"

"아이를 낳으면 너무나 힘이 드니까 하루 네 끼 다섯 끼 먹어야 회복을 한단다."

외할머니의 말씀을 들으며 인선은 궁금한 것이 더 많아진다. 아이를 어떻게 낳는담?

"인선아, 인교 어디 갔니? 네가 잘 챙겨라. 먼 데 못 가게 하고."

어머니도 한마디 했다. 새로 동생을 낳고 누웠으면서도 또 셋째 걱정을 하시는구나. 인선은 그러는 어머니가 몹시 안 되어 보여서 자기도 모르게 약속을 했다.

"어머니, 걱정 마세요. 셋째는 제가 잘 볼게요."

인선은 그 약속을 지키기 위해 다음 날부터 늘 인교를 데리고 다녔다. 친구들과 밖에서 놀 때도, 할아버지 방에 가서 그림을 그릴 때도 늘 셋째를 달고 다녔다.

홍매화 나무를 벗 삼아

갓난이가 무럭무럭 자라는 동안, 겨울이 가고 봄이 왔다. 경포 호수를 덮었던 살얼음도 녹고, 고샅*마다 얼어붙었던 빙판길도 녹아 온 땅이 질컥거렸다. 무엇보다 잿빛 천지가 연둣빛을 띠며 나날이 생기를 되찾아갔다. 오죽의 댓잎들도 더욱 윤기가 돌았다.

인선의 어머니 이 씨도 산후 건강이 회복되어 조금씩 방 밖 출입을 할 수 있었고, 외할머니 최 씨도 딸 산바라지에서 벗어나 대문 밖 출입도 할 수 있게 되었다.

그런 어느 날 아침이었다. 마당가 감나무 가지에서 까치가 있는 힘을 다해 노래를 불렀다. 까악깍 깍깍 까악깍 깍깍 지치지도 않고 부르고 또 불렀다. 하도 시끄럽게 굴어대니까, 마당가에서 텃밭을 일구던 할머니 최 씨가 나뭇가지를 쳐다보며 말했다.

"아마도 네 아범이 오려나 보다. 올 때도 되었지."

인선의 아버지 신명화는 일 년이면 두어 번 북평촌 처가로 와서 한 달쯤 머물며 가족을 만나고 갔다. 한양에서 강릉까지 사백 리가 넘는 길. 그 먼 곳을 아흐레 정도 걸어서 오자니 더운 여름과 추운 겨울은 피하고 봄가을을 택해서 왔다.

"아버지가 오신다구요?"

할머니를 도와 텃밭에서 돌을 추려내던 인선이 기쁨에 겨워 소리친다.

인선은 아버지가 오시면 맨 먼저 그동안 배운 글들을 읽어드리고 싶

---

*고샅:시골 마을의 좁은 골목길.

었다. 그림도 보여드리고 싶었다. 무어든 잘해서 기쁘게 해드리고 싶었다. 할아버지 문갑 속에 감추어 둔 사내아이 그림도 보여드리고 싶었다. 인선은 그 그림에 생각이 미치자 아들과 딸이 왜 달라야 하는지 또 한번 속이 상했다. 아버지도 할아버지 할머니처럼 많이 섭섭해 하시면 어쩌나. 인선은 자기가 아버지를 기쁘게 해드릴 일이 없을까 궁리하다가 별당 뒤에 있는 홍매화나무 앞으로 갔다. 키는 별로 크지 않지만 밑동이 두텁고 가지도 무성했다. 이른 봄 빨간 꽃을 피워 가족들의 사랑을 받았다. 요즘 꽃이 곱게 피어 있어 더욱 아름다웠다.

"안녕? 어쩌면 오늘 우리 아버지 오실 거다. 그렇지만 우리 어머니가 또 딸을 낳아서 아버지가 실망하실까 봐 걱정이란다. 그래서 나, 아버지를 기쁘게 해드리고 싶거든? 넌 우리 아버지가 좋아하는 나무잖아. 우리 집에 오시면 늘 너를 바라보고 좋아하셨잖아. 그래서 너를 좀 잘 그려가지고 아버지 가실 때 드리고 싶어. 너, 내 머릿속에 잠깐 들어와 줄래?"

인선은 나무를 한참 바라보았다. 그리고 할아버지 방으로 건너갔다. 마침 붓글씨를 쓰고 계셨다.

"할아버지, 저 종이 한 장만 주세요."

"뭐하려고?"

"그림 그리려고요."

"그래라. 무엇을 그릴래? 또 사내아이냐?"

"아뇨. 아들 그림은 이제 안 그려요. 저 별당 뒤에 있는 매화를 그리고 싶어요."

"매화를? 어디 그럼 그려 보아라."

인선은 조금 전에 보고 온 매화를 상상하며 정성껏 붓을 놀렸다. 조금씩 조금씩 매화 비슷한 것이 되고 있었다. 이사온은 적이 놀랐다. 인선은 그리다 말고 붓과 종이를 들고 밖으로 나간다.

"할아버지, 매화나무 앞에서 그리고 싶어요."

"그래라. 그래라."

노인은 손녀의 재주에 감탄해서 인선이 밖에서 그림을 그릴 수 있도록 벼루는 물론 종이 밑에 깔개까지 챙겨 주며 밖으로 따라나선다. 인선은 나무를 찬찬히 바라보며 굵은 매화 둥치와 가지를 완성하고, 자잘한 꽃들을 그리고 있었다. 할머니가 마당을 지나다가 이 광경을 보고 곁으로 왔다.

"아니, 조손간에 여기서 무얼 하시는 거요?"

할머니의 눈이 인선이 그리고 있는 그림에 머물렀다. 강아지도 따라와 꼬리를 흔들며 곁에 서서 구경을 한다.

"어머나, 이게 웬일입니까? 영락없이 매화로구면."

"할머니, 매화 같아요? 아버지 오시면 드릴 선물이에요."

"아니, 애가 외갓집 피를 닮았나 봅니다. 윗대 할아버지 한 분이 그림을 잘 그리셨다더니."

"그러게 말이오. 이건 타고난 재주요."

두 노인은 인선의 그림을 소중히 들여다 놓고 사위 맞을 준비를 하자고 했다. 까치는 보고 싶은 사람들이 멀리 떨어져 있어 서로 소식이 궁금할 때, 그 마음을 전해 주는 영물인가. 까치가 유난히 우짖어대는 날은 어디서든 소식이 오곤 했다. 틀림없이 오늘 내일 사이에 사위가 올 것만 같다. 안채에서는 이것저것 반찬을 준비하고 별당에서는 쓰지 않던 방을 청소하고, 아궁이에 장작불을 때느라 바빴다. 매캐한 연기가 온 집안을 감싼다.

그리고 그날 늦은 저녁 때, 정말 신명화가 왔다. 그가 들어서는 기척에 온 가족이 마당으로 달려 나가 그를 반겼다. 그는 들어서자마자 마루 끝에서 장인 장모에게 큰절을 드리고, 달려 나간 인덕, 인선, 인교를 버쩍버쩍 안아 그동안 목말랐을 부정을 나누어 주기에 바빴다. 반갑기로야 아내 이 씨가 으뜸일 터이나 부엌에서 나와 행주치마를 두른 채 빙그레 웃는 것으로 인사를 대신했다. 그는 온 가족에게 둘러싸여 그동안 궁금했던 한양과 북평촌의 소식을 잠시 나누고 아내를 따라 방으로 들었다.

"수고했소. 그래, 순산은 했소?"

신명화는 그 인사부터 치렀다.

"네. 한양의 부모님은 안녕하신가요?"

아내 이 씨 역시 늘 걱정되는 시댁 어른들 안부를 진심으로 물었다.

넷째는 누운 채, 뽀얗게 웃는 얼굴로 아버지를 맞았다. 일곱이레를 다 지나 제법 또록또록 눈을 맞추면서 방실방실 웃고 있었다.

"어허이, 우리 딸 예쁘구나. 수고했소."

"염치없습니다. 이렇게 딸만 나아서 어쩐답니까?"

"어디 당신 혼자 낳았소? 우리 딸들 잘 키워서 현모양처 만들면 그게 덕을 쌓는 것이지."

"둘째 인선이가 글공부도 제법이고 그림도 제법이라고 외할아버지, 할머니 칭찬이 대단하십니다."

"그래요? 그것 참, 기특한 일이오."

그들의 다정한 대화를 엿들으며 홍매화 송이들은 등롱燈籠을 켠 듯 별당 뜰을 밝히고 있었다.

그림 솜씨

신명화는 밖으로 나가 이곳의 귀물인 매화나무부터 찾아보았다. 한양에서도 보기 드문, 이미 백 년도 더 되었다는 우람한 정매庭梅였다. 추운 겨울 눈보라를 견뎌내며 이른 봄 누구보다 먼저 고결한 꽃을 피우는 매화. 그는 처가에 올 때마다 마치 자기를 반겨주는 듯한 매화의 아릿한 향내에 취하며 행복해 하곤 했다. 그는 오랜 세월 동안 퉁퉁히 살 오른 매화 등걸을 쓰다듬으며 눈인사를 하고, 바깥채로 딸들을 불러 그동안 배운 공부를 점검해 보았다. 위로 두 딸은 글자를 많이 익혀 『사자소학』四字小學을 좔좔 읽으며 뜻도 잘 파악하고 있었다.

"부생아신 모국오신, 복이회아 유이포아

(父生我身 母鞠吾身 腹以懷我 乳以哺我).

아버지 날 낳아 주시고, 어머니 날 길러 주셨네. 어머니 배로써 날 품어 주시고 젖으로써 날 길러 주셨네."

"그래. 글을 배우면서 우리에게 제일 중요한 것이 무엇이라고 생각되었느냐?"

인덕이 인선을 바라본다.

"언니가 대답해."

"네가 대답해 봐."

"부모님께 효도하고 형제간에 사이좋게 지내고요, 어른 공경하고 친구들한테 의리를 지키는 것입니다."

과연 둘째로구나. 신명화는 인선의 의젓함에 지극히 만족스러웠다. 장인어른이 그렇게 고마울 수가 없었다. 사실, 사대부집 아니고서는 대부분 아들에게만 글을 가르치고 딸들에게는 살림살이와 길쌈만 가르치면 되었다. 그런 시대 풍조 속에서, 어찌 딸이라고 교육에 소홀할까 보냐, 그 딸들이 나중 어머니가 되고 그 어머니를 통하여 자식 교육이 이루어질 것을 생각한다면 딸에게 더욱 높은 교육을 시켜야 하지 않겠느냐, 하는 장인의 말에 백번 동감이었다. 아이들이 나가자 이사온은 문갑 속에서 두 장의 그림을 꺼내 놓았다. 딸에게는 마음 상할까 봐 안 보였던 인선의 사내아이 그림을 사위에게는 보여주고 싶었다.

"자, 보게나. 인선이 자네 준다고 그렸다네. 이건 다음에 낳을 아들이고, 이건 저 마당가 홍매화나무네. 아무리 봐도 타고난 재주네."

"아니, 어린것이 어떻게 이런!"

"글공부도 그렇고, 셈도 그렇고, 그림도 그렇고, 마음 쓰는 것도 여느 아이들과 다르네. 어멈이 또 딸을 낳았다고 우리가 좀 섭섭해 했더니 그 사내 그림을 그렸어. 어멈에게는 안 보였네만, 그게 어디 보통 아인가. 자네도 그리 알고 인선이한텐 신경을 좀 쓰도록 하게."

"참으로 기특하군요. 그런데 그림에 타고난 소질이 있는 모양입니다. 다음에 한양 가면 필요한 것들을 구해서 보내겠습니다."

"그렇지, 뒷바라지를 해주게나. 좋은 그림들도 있으면 보내고. 우선은 훌륭한 사람들 것을 보고 모사를 하는 게 공부거든."

"네. 그러면, 우선 저기 있는 안견의 산수화 족자를 모사하게 하면 어떨까요?"

"산수화? 좀 어렵지 않을까 싶네만 그래도 언제 한번 시켜 보기로 하세."

신명화는 인선이 자랑스러웠다. 아들이 아니면 어떠랴. 아들 못지 않게 잘 기르자 하였다.

그는 한 달쯤 그곳에 머무르면서 갈수록 둘째 딸 인선에게 마음을 빼앗겼다. 아무리 봐도 예사 아이가 아니었다. 『사자소학』의 말씀을 비틀거리는 글씨로나마 써대고, 걸핏하면 사물을 그림으로 그려대는데, 아이에겐 그게 바로 재미난 놀이였다.

어느 날, 그는 바깥채 장인의 방에 있는 안견安堅*의 산수화 족자를 인선 앞에 내려놓고, 흉내를 내보라고 하였다. 그는 종이 한 장과, 큰 붓 작은 붓 여러 자루의 붓을 챙겨 놓고는 먹을 갈아 주며 말없이 기다렸다.

인선이 대가의 그림을 한참을 바라보며 갸웃갸웃하더니 붓을 들어 모사模寫를 시작했다. 아이가 집중해 붓놀림을 하는 동안 그림이 점점 윤곽을 드러냈다. 참으로 놀라웠다.

"아버지, 어려워요. 이렇게밖에 안 됩니다."

"아니다, 아니다, 아주 훌륭하다. 아주 잘 그렸어."

---

*안견(安堅) : 조선 시대 화가. 세종 때 「몽유도원도」(夢遊桃源圖)를 그림.

그는 만족스럽게 웃으며 큰소리로 가족을 불러들였다. 기쁨에 넘치는 사위의 목소리를 듣고 장인 장모는 물론 부인 이 씨까지 다 들어와 그림을 보고 놀랐다.

"아이고, 이게 웬일인가. 저 어린것이 이걸 그렸단 말인가."

누구보다 외할머니 최 씨는 입을 다물지 못했다.

"참 별일이네. 저 윗대 할아버지 때부터 그림들을 좋아해 늘 펴놓고 보고 또 보고 하더니만."

"참판 댁에는 좋은 글씨, 그림들이 많지. 언제 우리 인선이 데리고 가서 좀 보여주구려."

인선은 그 말이 귀에 쏘옥 들어와 할머니를 졸라 어머니네 외갓집에 자주 가 보리라 결심했다. 인선은 글을 배우는 틈틈이 그림을 그렸다. 칭찬을 받으니 더욱 신이 났다. 할아버지 문갑에 얹혀 있는 개구리 모양의 연적을 보고 개구리를 그렸다. 마당 화단의 맨드라미, 봉선화, 원추리, 꽈리, 그저 보는 대로 흉내를 냈다.

신명화는 그런 인선이 대견했다. 딸의 그림들을 한양 집으로 가지고 가 어른들께 자랑도 하였다. 딸 손녀만 낳는다고 섭섭해 하시던 어머니도, 형님들도 인선의 그림을 보더니 신기하다며 기뻐해 주었다. 그는 그 뒤부터 봄가을로 처가에 오는 것이 더욱 큰 기쁨이었다. 올 때마다 책이나 종이를 가져다 딸들이 공부하는 데 도움을 주었고, 인선을 위해 그림 도구를 사다 날랐다. 붓도 크기에 따라 고루 사다 나르고, 귀한 물감도 사다 날랐다. 그리고 그곳에 머무는 동안 딸들의 교육에 힘썼다. 붓을 잡는 법도, 묵화를 치는 법도, 자상하게 가르쳐 주면서 인선이 자라는 것에 큰 희망을 걸었다. 그리고 자기 자신, 그런 딸에게 부끄럽지 않기 위해 책 읽기에 더욱 정진하였다.

"인선이 고추만 달고 나왔으면 얼마나 좋았겠소."

그는 이따금 부인과 마주앉으면 자기도 모르게 그런 말을 뱉어내고, 공연히 미안해져서 어찌할 바를 몰랐다. 사실 자기는 장손이 아니니 집안 대를 잇지 못해 걱정할 것은 없지 않는가.

신명화가 둘째 딸 인선에게 반하여 자주 처가에 드나드는 동안, 세월은 덧없이 흘러 부인 이 씨는 또 딸 하나를 더 보탰다. 이제 딸만 다섯이 된 것이다. 이 씨는 남편에게 염치가 없어 오다가다 여자 하나 봐서 아들을 얻으라고 권하였다. 지나가는 말이 아니라 진정으로 권하였다. 그러나 신명화는 아무 걱정 말라며 이 씨의 권유를 거절했다. 오히려 여느 아이들과 다른 인선을 잘 키우기나 하라고 격려를 아끼지 않았다.

"나는 한양에 있고, 부인이 아이들 곁에 있으니 아무래도 당신 교육이 더 중요하오. 다행히 장인어른이 우리 아이들 공부시키는 데 재미를 삼고 계시니 안심이 되오만."

"이쪽 일은 걱정 마시고, 부디 서방님도 열심히 공부해서 과거 급제하십시오."

"과거 급제? 요즘같이 어수선할 때 벼슬은 해서 무엇하겠소. 그저 글 읽어 인격이나 닦고 조용히 묻혀 지내는 게 제일이오. 어서 성군이 들어서야 할 텐데…."

"그러게 말입니다."

이 씨는 남편의 너그러움에 감사하며 덩달아 나라의 태평과 백성의 안녕도 빌어 보았다.

만났다 싶으면 헤어질 때가 오고, 떠났다 싶으면 다시 만날 때를 기다리며, 대관령고개 너머 한양과 강릉에 따로 사는 부부의 정은 식을 줄을 몰랐다. 금슬 좋기로 소문난 외조부모 이사온과 최 씨, 그리고 그에 버금가는 부모, 신명화와 이 씨 사이에서 인선네 다섯 자매는 무럭무럭 자라갔다.

2
아버지가 주신 행복

초충도(봉숭아) | 신사임당, 조선/16세기

오순도순 다섯 자매

입춘이 지나자마자 정월 대보름이 돌아왔다. 설날 기분이 채 가시기도 전에 다시 명절을 맞아 북평촌이 또 한번 분주해졌다. 아낙네들은 오곡으로 잡곡밥을 짓고 박나물, 버섯, 호박고지, 가지, 곰취, 곤드레취 말린 것들로 나물을 만들었다. 그네들은 그런 요리를 하는 동안 온갖 정성을 쏟았고, 천지신명에게 마음을 모아 빌었다.

"하늘이여, 부디 금년 한 해 아무 탈 없이 지내도록 보호해 주시옵소서. 무더운 여름철, 온 가족이 더위를 타지 않고 몸성히 살 수 있게 도와주시옵소서."

아이들은 또 아이들대로 이른 새벽부터 날밤, 호두, 은행, 잣 등을 깨물었다. 귀한 호두 대신 저장해 둔 무나 배추 뿌리라도 깨물었다. 그들은 아무 뜻도 모르면서 어른들이 시키는 대로 시절 음식을 먹었다. 평소 흔히 먹던 것이 아니어서 재미로도 먹고 맛있어서도 먹었다.

"이런 거 왜 먹는 줄 알아?"

동생들을 데리고 호두를 까먹이던 인선이 물었다.

"보름이니까 먹지."

셋째 인교가 야무지게 말했다.

"먹으라니까 먹지."

이제 다섯 살 난 막내 인경도 끼어든다.

인선은 막내가 귀여워 볼을 쓰다듬고는 어머니에게서 배운 것을 찬찬히 일러준다.

"보름날 오곡밥에 갖은 나물을 먹고, 이런 부럼을 까먹는 것은 옛날부터 내려온 풍습이란다. 일 년 동안 무사태평하고 여름에 더위 같은 것 타지 말라고 먹는 것이래. 특히 여름에 종기나 부스럼이 나서 사람들이 고생을 많이 하거든. 그래서 밤, 호두, 은행, 잣 등을 깨물어 먹는 거야. 부스럼이 나지 않게 해달라고 빌면서 먹는 거니까 부스럼이라는 말에서 따 가지고 이것들을 '부럼'이라고 부른단다."

"부럼?"

"응. 부럼. 그리고 말이야. 오늘은 아침나절 동안 남에게 더위를 파는 희한한 놀이도 있어."

"더위를 판다고? 어떻게?"

"여름철에 자기가 더위 먹을까 봐 미리 남에게 더위를 판다는 거야. 남은 더위 먹으면 좋은가 뭐. 그렇지?"

"글쎄. 근데 어떻게 팔아? 얼른 말해 봐. 재미있겠다."

"이상하다. 지금 겨울인데 더위가 어디 있다고 팔아?"

동생들이 재미있다는 듯 마구 묻는다.

"그러게 말이다. 그러니까 놀이지. 아침에 일어나 밖으로 나갔다가 누구든 만나면 무조건 그 사람 이름을 부르는 거야. 그리고는 그가 대답하자마자 얼른 맞받아 '내 더위', 하고 말하는 거야. 그럼 그 사람이 내 더위를 사 가는 거래."

"우습다. 그럼 돈은 얼마를 주고?"

넷째 인주가 물었다.

"좋지도 않은 더위를 사 갈 사람이 어디 있어? 안 좋은 것을 팔았으니 돈은 받을 수도 없지."

"와, 우습다. 한번 해봐야지. 인주야."

셋째 인교가 인주를 불렀지만 대답할 리가 없다. 그때, 저쪽에서 인덕이 걸어온다.

"인덕 언니."

인교가 얼른 부른다. 그러나 인덕은 이미 그 놀이를 알고 있었기에 대답 대신 고개를 들어 보이면서 웃는다.

"아침나절, 누가 이름 부르면 대답하지 말라고 가르쳐 준 거야. 너희는 그런 것 팔지 마. 알겠지?"

더위를 남에게 팔다니, 놀이치고는 심술궂은 놀이라 해도 아이들은 모두 그 놀이를 즐겼다. 그러나 보름날 아침이면 서로들 누가 불러도 대답을 하지 않으려고 긴장을 하기 때문에, 그런 식의 더위팔기는 결코 녹록치 않았다. 그렇더라도 어쩌다 깜빡 잊고 대답을 하는 경우가 있어 '내 더위!' 하고 더위를 팔게 되면 모두들 신이 났다. 심지어 대담한 아이들은 어른들에게도 더위를 팔아서 웃기곤 했다. 그래서 보름날만 되면 여기저기서 까르르까르르 웃으며 그 놀이를 즐겼던 것이다.

여자들은 또 울안에서 널뛰기를 즐겼다. 울긋불긋 화려한 한복을 입고, 댕기 머리를 늘어뜨린 아가씨들이 이 집 저 집 모여서 널을 뛰었다. 쿵덕궁 쿵덕궁. 서로들 있는 힘을 다해 두 발로 널판을 눌러대면서 물색 고운 치맛자락이며 댕기 머리를 허공으로 날렸다. 한 번, 두 번, 널뛰기 횟수가 늘어갈수록 아가씨들은 더욱 높이 치솟고, 공중에 오른 그들은 집안에서도 어렵잖게 담 너머 바깥세상을 구경할 수가 있었다. 갇힌 사회에서도 그 짧은 순간이나마 무한한 자유와 해방감을 느끼며 보름 명절을 신나게 즐겼다.

달님을 바라보며

금세 저녁때가 되었다. 오늘은 날씨가 맑아서 밝은 달을 볼 수 있으리라 했다. 마을 사람들은 답교踏橋놀이를 즐기러 남대천 지류인 '억지다리' 앞에서 모이기로 했다. 그 다리는 초당 마을에서 송정 가는 중간에 있었다. 다리 이편과 저편에서 서로 자기네 다리라고 억지를 쓰는 바람에 본래 이름 '삼형제 다리'였던 그곳은 언제부턴지 '억지다리'라는 이름으로 바뀌어 있었다. 달이 뜨기 전에 모여야 하고, 기왕이면 저쪽 마을 사람들이 그 다리를 건너오기 전에 이쪽 마을 사람들이 먼저 건너야 좋다고 했다.

술시戌時도 못 되어 하나 둘 젊은이들이 집을 나섰다. 인선네 다섯 자매도 나설 채비를 했다. 행랑채 홍천댁의 아들 덕배도 나왔다.

"나도 갈 거야. 나도 갈 거야."

"가긴 어딜 간다고 그래? 엄마는 애기 때문에 못 가는데… 그냥 집에 있어."

"싫어, 싫어, 나도 갈 거야."

"호랭이가 물어갈 놈의 새끼 이리 못 와?"

아이가 칭얼대는 소리를 듣고 마당으로 내려서던 이 씨는 깜짝 놀란다.

"아니, 무슨 말을 그렇게 하나. 제발 맘에도 없는 소리 좀 하지 말게. 인덕아, 덕배도 좀 데리고 가거라."

"덕배까지?"

"언니, 덕배는 내가 돌볼게."

인선이 덕배를 데려와 여섯 아이들은 동구 밖을 나선다.

갑자기 사내아이 덕배가 한 가족으로 끼어드니 어쩐지 조금 어색하다. 아니, 주변이 넉넉해진 것 같다. 인선은 덕배의 손을 잡고 걸으면서 문득 부모님의 마음이 헤아려진다. 다섯째 인경이라도 사내였으면 얼마나 좋았을까. 인선은 그런 생각이 들 때마다 갑자기 가슴께가 더워지는 것을 어쩌지 못했다. 그래서 자기도 모르게 자꾸 결심을 해보는 것이었다. 내가 우리 집안의 아들 노릇을 해야지…. 기어이 내가, 내가.

송정으로 가는 길은 동네 사람들로 줄을 이었다. 모처럼 얻어 입은 설빔으로 화려하게 차려입고 삼삼오오 짝을 지어 긴 행렬을 이루었다. 젊은 아낙네와 아이들은 빛깔이 다채로운 물색 옷과 색동저고리를 입었다. 솜바지 차림의 남자 어른들도 많았다.

"우리도 아버지가 이곳에 계셨으면 같이 와 주셨을 텐데…."

넷째 인주가 말하자 다른 자매들도 모두, 그렇게 말이야, 하고 고개를 끄덕였다. 그러나 다행히 외가의 당숙이며 육촌 형제들이 많이 왔다. 외할머니를 따라 자주 드나들며 얼굴을 익혔고, 명절 때마다 오며

가며 음식을 나누고 정을 나누어 왔기에 친형제처럼 스스럼없이 지내고 있는 친척들이다. 그중에서도 외당숙네 두 아들이 나왔다. 첫째인 성규는 인덕과 동갑, 둘째인 성호는 인선과 동갑이어서 가깝게 지내는 사이였다. 다행히 생일이 빨라 인선은 늘 그를 오라버니라고 불렀다.

"오, 인선이도 왔구나."

"응, 오라버니들 왔네. 숙모님은 좀 어떠셔?"

자주 편찮으신 외당숙모님 건강이 생각나 인선이 안부를 묻는다.

"아직도 그래. 할머니가 늘 고생이시지 뭐. 난 건강한 사람들이 제일 부러워."

그때였다. 누군가 소리쳤다.

"와, 달이다. 보름달, 와, 크다."

사람들은 모두 다 고개를 쳐들어 하늘을 보았다. 정말이었다. 맑은 하늘에 커다랗고 둥근 달이 두둥실 떠올랐다. 여기저기서 환호성이 쏟아졌다. 그리고 그들의 걸음이 빨라졌다.

"와, 정말 크네. 금년 농사는 대풍이겠구먼."

"야, 신난다. 우리 소원 빌자."

사람들은 한 치의 빈틈도 없이 가득 차오른 달을 보며 각자의 소원을 빈다. 인선도 마음속으로 소원을 빈다.

'조부모님이랑 부모님 오래도록 건강하게 해주세요. 그분들 기쁘게 해드리고 싶어요. 그림 잘 그리게 해주세요. 아버지도 과거 급제하게 해주세요. 어머니가 아들 하나 낳게 해주세요….'

달빛이 밝아지자 앞에 가는 사람들이 뚜렷이 보인다. 인덕 언니도 저만큼서 성규 오라버니와 이야기를 하며 걷고 있다. 남녀칠세부동석 이라지만 이런 날은 웬만큼 자유가 주어져서 좋았다. 다리에는 건너 가는 사람, 건너오는 사람, 벌써 많은 사람들이 다리 위에 가득하다. 언제 왔는지, 길가에서 농악대도 무리를 지어 징이야 꽹과리야, 장구야 북을 친다. 징 징 지잉 지잉, 깽매 깽매 깽매 깽매, 쿵기덕 쿵덕 쿵기덕 쿵덕, 덩덩 덩덕쿵 어얼쑤—! 굿패들은 때를 기다렸다는 듯 상모를 돌린다. 뱅글뱅글 잘도 돈다. 하양 빨강 노랑 파랑. 열두발 상모는 굽실굽실 물결 되어 공중을 가르며 춤을 춘다.

그 인파 속에서도 맏형들은 행여 자기 아우들 넘어질까 챙기느라 누구야, 누구야, 이름을 불러댄다. 시끌시끌, 더러는 노래도 부르면서 답교놀이에 여념이 없다. 이 놀이를 잘 마쳐야 금년 한 해 운수 대통이라도 할 것처럼 다들 열심이다.

놀이는 자기 나이 수만큼 다리를 왔다갔다 건너는 것으로 되어 있다. 그래야만 일 년 내 다리도 안 아프고 건강하게 살 수 있다고 했다. 인선은 자기네 일행의 나이를 헤아려 보았다. 우선 덕배와 인경이는 다섯 살. 제일 먼저 끝나겠고 인주가 여덟 살, 인교가 열 살, 인선과 성호는 열셋, 인덕과 성규는 열여섯, 그들이 제일 늦게 끝날 것이다. 먼저 끝난 아우들 중 짝수 나이는 다리 이편에서 기다려야 하고, 홀수 나이는 다리 저편에서 기다려야 할 것이다. 그럼, 인덕 언니와 성규 오라버니, 그리고 인주와 인교는 짝수 나이니 다리 이쪽에서 끝나겠구나. 나와 성호 오라버니, 그리고 막내와 덕배는 홀수 나이니, 다리 저편에서 끝나 어딘가로 돌아야 하겠구나. 다행이다. 넷씩 넷씩 알맞게 편이 갈리는구나.

사람들은 흥에 겨워 노래를 부르기도 하고, 시를 읊기도 한다. 멀리서는 북 치는 소리도 들리고 징 치는 소리도 들린다. 모두들 신이 났다. 갑자기 인덕이 동생을 부른다.

"인선아, 너도 이럴 때, 시나 하나 읊어 봐라."

"시?"

"응. 너 시 좋아하잖아."

"우리 형제들 다 나오니까 생각나는 시가 있긴 하네."

"뭔데? 읊어 봐."

"형제애를 노래한 게 있거든."

"형제애? 그거 좋겠다. 읊어 봐, 읊어 봐."

성호가 더 반기며 졸라댄다. 언니도 동생들도 졸라댄다. 인선이 못 이기는 척 시를 읊는다.

　　환하니 빛 넘치는 산앵두꽃 피었네.
　　세상 사람 중에서 형제 같음 다시없네.
　　죽을 고비 당해서도 형제라면 생각하고
　　송장 깔린 그곳에도 형제라면 찾아가네.

　　들에 있는 할미새 몹시 바쁘듯
　　형제면 어려울 적 급히 구하네.
　　아무리 좋은 벗이 있다 하여도
　　그럴 때는 우리의 탄식만 사리.

"어허, 좋다.『시경』에 나오는 거지?"

인선이 낭송을 마치자 성규가 물었다.

"네. 오라버니. 좋아서 외웠지요."

"그래. 형제처럼 좋은 게 없지. 집안에서는 알콩달콩 싸워도 밖에서 누가 동생 때리면 내가 가만두겠냐?"

"아, 형 그거 참말이야?"

"그럼 넌 형이 맞아도 그냥 지나갈래?"

성규 성호 형제들의 이야기를 들으며 인선은 친오라버니가 없는 게 섭섭하다.

"오라버니들은 좋겠다. 서로 지켜주고."

"무슨 소리? 사촌도 육촌도 다 형제야. 너희도 무슨 일 나면 지켜줄 게. 우리 모두 조상은 같잖아."

"그럼 덕배는?"

성규 오라버니의 말끝에 갑자기 인경이 묻는 바람에 난처해진 인선이 대답했다.

"당연히 덕배도 한 형제지. 한 집에 같이 살잖아. 어머니는 항상 덕배 아버지 어머니가 우리 일 도와주니까 산다고 하시는 걸? 그러니까 당연히 덕배도 한 형제지, 그렇지?"

인선은 덕배의 뺨을 쓰다듬으며 말했다.

"환하니 빛 넘치는 산앵두꽃 피었네. 세상 사람 중에서 형제 같음 다시없네…."

여덟 아이들은 인선을 따라 시를 읊으며 신나게 다리를 건넌다. 달님은 그러는 아이들이 예뻐서 더욱 화안히 더욱 포근히 지상을 감싼다. 금년 일 년 모든 질병 얼씬도 말아라, 모든 횡액 얼씬도 말아라, 달님도 그들을 위해 노래를 부르는 듯.

외갓집 성호 오라버니

일찌감치 자기 나이만큼 다리를 건넌 아이들이 다리 끝에서 언니들을 기다린다. 짝수와 홀수 나이가 자연스레 한데 뭉친다. 성호와 인선은 인경과 덕배를 데리고 멀리 돌아 다리가 아닌 냇물을 건너기로 했다. 홀수 나이 사람들이 둘씩 셋씩 짝지어 냇물의 상류 쪽을 향해 걷는다. 가장 짧은 거리로 물을 건널 수 있는 곳까지 가야 한다. 두 사람은 아이들을 업었다 내렸다 안았다 하며 걷는다. 자연스레 어깨가 닿을 듯 가까이 걸으며 대화를 나눈다.

"너, 그동안 글공부 많이 했어?"

"응, 그렇지만 서당에 다니는 오라버니보다야 덜 했겠지."

"글쎄. 너, 요즘은 무슨 책을 읽었니?"

"『소학』, 『효경』은 다 읽었고, 『논어』도 보고 『시경』도 좀 보고 있어.

오라버니는?"

"나도 비슷해. 넌,『소학』에서 어떤 구절이 기억에 남아?"

"부모님께 대한 효를 가장 중요시한 게 인상적이야. 공자께서 증자에게 말씀하신 '신체발부 수지부모 불감훼손 효지시야 입신행도 양명어후세 이현부모 효지종야'.* 그 말이 마음에 깊이 와 닿았지. 허지만 나는 좀 속이 상해."

"아니, 왜?"

"우리 여자들이야 이름을 떨칠 기회는 없잖아. 우리 집엔 딸만 다섯이니 효의 마침은 불가능하잖아. 그게 안타깝지 뭐."

"아아, 그런 생각까지 했구나. 딸이라고 왜 이름을 못 떨치나?"

"우선 과거를 볼 수도 없으니까."

"과거를 봐야만 이름을 떨치나? 너, 그림 잘 그린다고 소문났잖아."

"에이, 그게 무슨! 오라버니네는 아들이 셋이나 돼서 좋겠다."

"나는 네가 너희 집 아들 몫을 충분히 해내리라고 믿어."

"고마워. 근데 난 정말 궁금한 게 있어. 사람마다 자기 어머니 소중한 건 알면서, 왜 남녀를 차별하는 것일까. 참 이상도 하지?"

"글쎄. 그게 남녀유별이라서."

"그런 인습 때문에 우리 어머니는 외동딸이라 처녀 때부터 마음고생 많았을 텐데, 또 딸만 다섯을 낳으셨으니 어떻겠어. 그래서 난 어머니 생각만 하면 마음이 아파."

"그렇지만 당고모는 동네에서도 대접 받으시잖아. 공부도 많이 하셨고."

"대접 받으면 뭐해, 어머니가 섭섭해 하시는 건 마찬가지지."

---

*신체발부 수지부모 불감훼손 효지시야 입신행도 양명어후세 이현부모 효지종야(身體髮膚 受之父母, 不敢毁損 孝之始也, 立身行道 揚名於後世 以顯父母 孝之終也): 부모에게서 받은 신체를 다치지 않는 것이 효의 시작이요, 후세에 이름을 떨쳐 부모를 드러냄이 효의 마침이다.

대화를 나누며 걷고 있는 동안, 냇물을 건너야 하는 지점에 왔다. 떼 지어 냇물의 상류로 찾아 든 사람들이 둑길 아래로 내려선다. 이제 물 위로 얼굴 내민 돌을 찾아 딛고 때로는 발도 좀 적시며 내를 건너야 한다.

　"자, 이제 내를 건너야겠다. 아무래도 덕배가 좀 더 무겁겠지?"

　성호는 덕배를 안는다. 인경도 기다렸다는 듯 인선에게 업힌다.

　"인선아. 내가 앞장설 테니 넌 내 뒤만 따라와."

　"다행히 물이 많진 않네."

　"겨울이라 그렇지. 여름 같으면 어림도 없다."

　성호는 냇물 안의 큼직한 돌들을 골라 징검징검 걷는다. 덕배를 안고 있어 뒤따라오는 인선의 손을 잡아 줄 수 없음이 안타까운 듯 가끔 뒤를 돌아보며 살피곤 한다. 인선은 조심조심 성호가 골라준 돌들을 딛고 내를 건넌다. 휘영청 달이 밝아 고맙기 그지없다. 얼마쯤 가다가 성호가 걱정스레 말한다.

　"아이고, 여긴 안 되겠네. 돌 사이가 너무 멀다."

　성호가 뒤를 돌아본다.

　"인선아. 너 거기 조금만 기다려. 내가 저쪽에다 덕배 내려놓고 올게."

　"그냥 내가 건너 볼게."

　"안 돼. 너무 멀어. 더구나 인경을 업고서."

　아닌 게 아니라 인선이 아이를 업고 건너기엔 돌의 간격이 너무 떴다.

　성호는 덕배를 안고 성큼 저쪽 돌로 건넌다. 판판한 돌을 찾아 덕배를 내려놓고 다시 온다. 인선 쪽으로 길게 팔을 내밀어 인경을 받아 안는다. 그리고 성큼 간격이 뜬 돌다리를 건너 저쪽의 반석 위에 인경을 내려놓는다. 그리고 다시 인선에게 와서 손을 내민다. 인선은 왠지 부끄럽다. 잠시 멈칫한다. 하지만 어쩔 수가 없지 않는가. 방긋 웃으며 손을 내민다. 성호가 손을 잡는다. 그의 손에 이끌려 돌다리를 건너간다. 후유.

"이제 다 왔다. 다 왔어."

한길에 이른 아이들이 좋아라고 깡충깡충 뛴다. 두 사람은 마주 보고 웃으며 나란히 걷는다. 다리밟기 덕분에 모처럼 참 많이 걸었다. 날씨는 아직 차가웠지만 두둥실 떠오른 달빛이 시종 그들과 함께 있어 조금은 포근하게 느껴지는 밤이었다. 네 사람이 마을 입구에 다다랐을 때는 술시가 다 지난 뒤였다. 건넛마을에서는 달집을 태우는지 불꽃이 하늘을 치솟고 생솔가지 타는 냄새도 매캐하게 묻어 온다. 드넓은 경포호에는, 오, 아름다워라, 하늘의 달보다 더 맑고 고운 만월이 떠 있었고, 집집 처마 끝에선 섣달그믐 밤 수세守歲할 때처럼 훤히 켜 놓은 등롱이 하늘의 별빛과 짝을 이뤄 반짝거리고 있었다.

"오늘, 즐거웠다. 어서 들어가 쉬어라."

"오라버니도."

두 사람은 손을 흔들며 헤어진다. 때마침 산등성이 어둠 속에 숨었던 달님이 얼굴을 내밀고 방긋 웃는다.

손톱에 꽃물 들이고

그 해 봄, 홍매화가 흐드러지게 피어 허공을 수놓았지만 아버지는 오시지 않았다. 한식 무렵, 할머니와 함께 뿌린 꽃씨들이 뾰촘뾰촘 새싹을 틔우고 봄비 한 줄금에 오물오물 잎사귀가 솟아나와 쏙쏙 자랄 때까지도 아버지는 오시지 않았다. 과꽃, 패랭이, 봉숭아, 맨드라미… 봄비 촉촉이 내리던 날, 인선 자매들이 삿갓을 둘러쓰고 꽃모종을 다 마친 뒤에도 아버지는 오시지 않았다.

화단은 금세 훌쩍훌쩍 자란 꽃나무들로 풍성해지고, 가장자리는 오색영롱한 채송화가 땅에 납작 엎드린 채 담장을 둘렀건만.

금세 초복이 지나고 봉숭아는 튼실하게 자란 몸에 조랑조랑 꽃을 매달았다.

인덕과 인선은 기다렸다는 듯이 손톱에 봉숭아물 들일 준비를 한다. 그것은 해마다 여름이면 치르는 즐거운 행사였다. 어린 시절에는 할머니나 어머니가 이 일을 맡아 주셨지만 이제 두 자매의 몫이 되었다. 오후가 되면 봉숭아 잎과 꽃을 따서 잠깐 동안 장독대에 널어 물기를 거둔다. 해 지기 전에 아주까리 이파리도 넉넉히 따다 둔다. 그리고는 저녁 먹기 전, 물기 거둔 봉숭아에 소금 조금, 백반 조금, 숯 조각도 조금 섞어 짓찧어 놓는다. 저녁상을 치운 뒤, 두 자매는 동생들을 마루 끝에 둘러앉혀 놓고 작업을 시작한다. 실패를 가져다가 손가락 묶을 실도 적당히 잘라 놓는다. 인덕이 동생들이 내미는 무명지와 새끼손가락 손톱에 짓찧은 꽃덩이를 얹으면, 곁에서 기다리던 인선은 그 손톱을 아주까리 잎으로 싸매어 실로 묶는다. 너무 헐거워서 빠져도 안 되고, 너무 매 묶어서 아파도 안 된다. 다섯 자매들은 재잘재잘, 오순도순 이 여름 행사를 기쁘게 치른다.

"아프니?"

"아니, 괜찮아."

"언니, 봉숭아물은 왜 들여?"

"나쁜 재앙도 막아 주고, 소원도 이루어 준대."

"무엇보다 이쁘잖아. 물 잘 들면 얼마나 이뻐."

"첫눈 올 때까지 꽃물이 남아 있으면 진짜 소원도 이루어진대."

"그럼 우리 늦여름에 한 번 더 들이자.

"그래, 그래. 오늘밤 이거나 안 빠지게 조심히들 자거라."

"머리 위에 손 놓고, 얌전히 잘 거야."

"자기들 소원도 꼭 빌고 자."

마지막으로 인덕과 인선이 서로의 손에 짓찧은 꽃덩이를 얹어 싸매 주면 어둑어둑하던 저녁은 어느새 밤이 되어 갔다. 이 아기자기한 봉숭아물 들이기로 다섯 자매는 한여름 밤의 더위도 잊은 채, 우애를 다지고, 꿈을 키웠다. 싸맨 것이 안 빠질까? 물이 예쁘게 들까? 무슨 소원을 빌까? 과연 소원은 이루어질까?

아침이면 하나 둘, 일어나기가 바쁘게 손부터 펴 본다. 아, 안 빠졌구나. 싸맨 것을 풀어내고 손톱을 본다. 덜 깬 눈에도 빨갛게 보인다. 우물가로 가서 손을 씻는다. 아, 예뻐라. 씻고 나니 더욱 고운 선홍색이다. 윤기까지 자르르 난다. 하나 둘… 다섯 자매가 다 일어나 서로의 손톱을 견줘 보며 기뻐한다. 그날 아침 밥상은 더욱 화기애애하다. 할머니도 어머니도 다섯 자매의 마음과 하나 되어 손가락을 만지며 웃어 주신다.

바로 그날, 인선의 집에 기쁜 소식이 왔다. 한양에서 내려온 친척 아저씨가 아버지의 편지를 전해 준 것이다. 어머니가 글을 읽고 들뜬 목소리로 말씀하셨다.

"애들아, 너희 아버지가 드디어 진사 초시에 합격을 하셨단다."

어린 동생들은 그게 어떤 건지 몰라 어리둥절하고, 외할아버지, 외할머니, 인덕 인선 들은 뛸 듯이 기뻐한다. 더구나 인선은 보름날 달을 보고 빌었던, 그리고 어젯밤 봉숭아물을 들이며 빌었던 자신의 소원 중 하나가 아닌가.

아버지가 보고 싶었다. 언제나 오시려나. 그날 이후 인선은 봉숭아 꽃물이 곱게 물든 손톱만 보면 아버지 생각을 하게 되었다. 빨리 오셨으면…. 그러다가 좋은 생각이 떠올라 무릎을 쳤다. 아버지가 오시기 전에, 봉숭아를 그리자. 작달막한 키에 많은 가지를 뻗어내고 조랑조랑 꽃까지 피워내는 봉숭아. 그 꽃은 빛깔도 가지가지였다. 선홍색, 분홍색, 하얀색. 빼어난 미모는 아니어도 옹기종기 피어 있는 꽃들은 자기네들 다섯 자매의 우애를 보이는 것 같아 정답고 아름다웠다. 화단 위로는 언제 날아왔는지 고추잠자리가 보였고 땅에는 방아깨비 한 마리도 보였다. 인선은 그것들을 찬찬히 바라보며 모사를 하고, 정성을 다해 화폭에 옮겼다. 먹은 쓰지 않고 채색으로만 했다. 봉숭아 옆에다는 키 작은 민들레도 한 포기 그렸다. 노란 물감이 마땅치 않아 옥빛 물감을 썼다. 푸른 민들레꽃도 있나? 인선은 혼자 웃으면서 때로는 엉뚱한 것도 재미있지 않을까 생각했다.

인선이 잠자리를 곁들인 봉숭아 그림을 그려 놓고, 아버지를 기다린 지 얼마만인가.

드디어 신명화가 왔다. 인선을 위해 붓글씨 쓸 종이랑 그림물감을 챙겨들고 그 어느 때보다 기쁜 얼굴로 들어섰다.

온 가족이 뛰어나가 아버지를 반겼다. 그는 마당에서 놀다가 달려오는 막내 인경을 안고 안으로 들어선다. 우선 마루 끝에서 장인 장모에게 큰절을 올린다.

"잘했네. 그동안 수고한 보람이 있구면."

누구보다 기뻐한 것은 장인이었다. 물론 이 씨 부인도 드러내 놓고 기뻐했다. 아이들이 줄줄이 앉아 큰절을 드리고 물러나자 드디어 남편과 둘이 된다.

"장하십니다. 그 연세에 합격을 하셨으니 더욱 장하시지요. 정말 수고하셨습니다."

어느덧 남편의 나이 마흔하나. 불혹을 넘기고도 한 해가 더 지나고 있지 않는가. 아이들 보기도 정말 떳떳한 일이었다. 그동안 가까이서 보필하지도 못해 늘 미안했는데, 이렇게 장한 일을 해내다니. 누구보다 한양 시어머님께 감사했다. 오래전, 시아버님도 돌아가시고 혼자 계시면서 쓸쓸했을 어머님. 아들 뒷바라지에 정성을 쏟으셨겠지. 감사 편지라도 한 장 올려야겠구나. 이 씨는 모든 것이 고맙기만 하였다.

"당신도 수고했지요. 내 도움도 없이 다섯 아이들 기르는 게 어디 쉽겠소? 나도 어머님도 그걸 감사하고 있소. 더구나 아이들이 모두 예절 바르게, 형우제공하고 잘 자라주어 더 없이 고맙고, 특히 우리 인선이가 아들 부럽지 않게 자라주니 얼마나 고마운지 모른다오. 사실은 초시 합격도 그런 인선이한테 부끄럽지 않은 아버지가 되려고 노력한 결과지요."

"감사합니다. 아마도 돌아가신 아버님이 도와주신 줄 압니다. 아버님 산소 앞에서 움막 치고, 삼 년 기거했던 당신의 효성을 아버님이 어찌 몰라주시겠습니까?"

"나도 돌아가신 아버지께 감사드렸소."

"정말 잘하셨어요. 그럼 앞으로 대과大科에도 응시할 수 있겠지요?"

"이 나이에 대과는 무슨… 단지 친구들이 함께 일하자 하는데 생각이 많소. 영의정 윤은보, 형조판서 남효의 공 등이 나를 조정에 천거하였다고 하는데, 나는 사양하고 싶소."

"왜, 특별히 그럴 만한 이유라도 있으십니까?"

"그렇소. 당신도 들어 알겠지만 연산 4년에 사림士林들 사이에 파벌이 생겨 간악한 무리들이 대학자 김종직의 문인門人들을 죽이는 무오사화가 일어나지 않았소. 그 뒤 연산 10년 우리 인선이 낳던 해, 갑자사화가 또 일어났지요. 연산이 생모 윤 씨가 폐위된 사실을 알고 성종의 후궁들과 왕자들을 죽이고 거기 관련된 여러 신하들을 학살하더니 그것도 모자라 시체를 꺼내 목 베는 일까지 벌어지지 않았냐 말이오. 지금은 비록 연산이 물러났다 하나, 아직도 조정은 시끄럽기 짝이 없소. 이 나이에 그런 판에 들어가 과연 내 뜻을 펼칠 수 있을지 자신이 없소. 난세에는 아무래도 그냥 조용히 지내는 것이 좋을 것 같구려. 당신이나 아이들이 그런 나를 이해해 주었으면 좋겠소."

"정 그러시다면 그렇게 하셔야지요. 언제나 조정이 조용할지, 정말 무섭습니다. 나라가 편안해야 백성도 편안할 텐데…."

"사실 과거를 보는 것이 꼭 벼슬을 위해서만은 아니잖소. 나는 그저 공부하는 동안, 하나라도 더 배우는 게 즐거워서 몰두하게 되었고,

그러다 보니 내 공부가 얼마나 진전이 있었나, 평가 받아 보고 싶었을 뿐이오."

"좋으신 생각입니다. 아이들에게는 제가 알아듣게 말하겠습니다."

"고맙소. 이제 나는 이곳에 더 좀 자주 와 있으면서 아이들 교육에 힘쓰려고 하오."

"네. 안 그래도 이제 아버님이 연로하셔서 애들 공부 봐 주는 일이 힘드십니다."

경포호에 서린 사연

그 가을, 인선은 행복했다. 아버지가 벼슬을 하고 안 하고는 문제가 아니었다. 초시에 합격하신 것만으로도 어깨가 으쓱했다. 게다가 모처럼 오랫동안 강릉 집에 머물러 계시지 않는가. 언니랑 아버지의 손을 잡고 경포 호숫가를 거닐며 한가를 누린 것도 큰 기쁨이었다.

호수 가장자리는 깊지 않아서 마을 처녀들이 치맛자락을 허리에 질끈 동여 묶고 소쿠리 하나씩을 들고 들어가 부새우를 뜨고 있었다. 까르르 까르르 그들의 즐거운 웃음소리를 들으며 인선은 아버지에게 무슨 말이라도 하고 싶다.

"아버지, 이 호수의 전설을 아세요?"

"글쎄다. 하도 맑고 고요해서 거울 같다는 뜻으로 경포라고 이름 지었다는 것만 알지 전설은 모르겠구나."

"할머니가 들려주셨는데요, 재미있어요."

"그럼 나도 한번 들어보자꾸나."

"옛날에 이 동네에 최 부잣집이 있었는데요, 이게 다 그 집 논이었대요. 근데 그 사람이 아주 인색했나 봐요. 어느 날 노스님이 와서 시주를 청하는데, 글쎄 머슴을 시켜 바랑에다 두엄을 한 되 집어넣었다네요. 그걸 본 며느리가 너무나 놀라서, 몰래 쌀 한 바가지를 갖다 드렸대요. 그랬더니 그 스님이요, 곧 천둥번개가 치고 비가 쏟아질 테니 뒤돌아보지 말고 앞으로만 달려가라 하더래요. 아니나 다를까 조금 있다 비가 마구 퍼붓는데 이 며느리는 뒤를 돌아봤대요. 그래서 그만 그 자리에 선 채 미륵불이 되었대요. 그리고 이곳은 완전히 물바다가 되었구요. 그 바람에 최 부잣집 창고에 있는 쌀은 모두 물에 잠겨 조개가 되었대요. 그런데요, 이곳 조개는 겉이 하얗고 줄이 골골 있잖아요? 그래서 곡식 쌓아둔 것처럼 생겼다고 적곡조개라는 이름이 붙었대요. 그리고 그 조개 덕분에 이 마을 사람들이 다 먹고 살 수 있게 되었다네요."

"허허. 그런 전설이 있었어? 스님 바랑에 두엄이라니, 해도 너무했구먼. 그나저나 창고에 썩는 곡식을 조개로 만들어 다들 먹였으니 그 스님도 대단하신 분이구나."

"그러게 말이에요."

"적선지가에 필유여경*이라, 그저 베풀고 살아야 이웃도 있고 좋은 일도 따르는 법이다. 명심하여라."

"네."

인선의 이야기를 듣고 난 아버지는 차근차근 조상들의 이야기도 들려주셨다.

"어디, 기억을 하는가 보자. 우리 신씨의 본관은 어디라고?"

"평산이요."

"그럼 조상은 누구라고?"

"신자 숭자 겸자 할아버지요."

"그래. 네가 이제 이만큼 컸으니 오늘은 더 좀 자세히 이야기를 해

---

*적선지가에 필유여경(積善之家 必有餘慶): 자선을 베푸는 집안에는 반드시 좋은 일이 생긴다.

주마. 신숭겸 할아버지는 고려 초 훌륭한 무사이셨다. 나라가 위기에 있을 때, 왕건을 추대하여 고려 개국의 대업을 이루신 분이지. 그 태조가 후에 견훤의 군대에게 포위된 일이 있었다. 그때, 김낙 등과 함께 힘껏 싸워 왕을 구하고 전사하셨단다. 그래서 장절壯節이란 시호諡號를 받았지."

"시호가 뭔데요?"

"응, 시호는 사람이 죽은 후에 살았을 때의 공덕을 칭송해서 임금이 바쳐 주는 이름이야."

"그럼 장절 뜻은 뭔데요?"

"아주 장대하게 절개를 지켰다는 뜻이지. 임금을 위해 목숨을 내놓았으니까."

"네…."

"그게 얼마나 장한 일이던지, 십수 년 후 임금이던 예종도 그 두 분의 공을 칭송해서 직접 「도이장가」悼二將歌라는 노래를 지었단다. 김낙, 신숭겸, 두 장수의 죽음을 슬퍼하고 위로한다는 뜻에서이지."

"네…."

"그분으로부터 내가 18대 손이니 너희는 19대 손이 된다. 또 내 증조부님은 좌의정을 지낸 개자[申], 조부님은 대사성을 지낸 자자 승자[申自繩]이시고, 내 아버지, 그러니까 너희 할아버지는 영월군수를 지낸 숙자 권자[申叔權]이시다. 그분이 영월군수로 있을 때, 매죽루梅竹樓라는 누각을 지었는데, 나중 단종 임금이 영월로 유배를 와 있을 때 그 누각에서 「자규시」를 지었더란다. 그래서 그 누각 이름이 자규루子規樓가 되었다."

"네…."

"그 여러 할아버지가 저 하늘에서 너희들 잘 자라는가, 바르게 자라는가, 다 살피고 계시니 항상 말 한마디, 행동 하나도 조심해야 한다. 알겠느냐?"

"네."

인선은 아버지의 말씀을 들으면서 공연히 어깨가 으쓱했다. 동시에 마음이 무거웠다. 훌륭하게 살다 가신 조상들의 이름을 행여 더럽히지 않도록 조심해야겠다는 생각이 스르르 밀려왔기 때문이다.

은사隱士의 노래를 읊조리며

아버지는 북평촌에 머무르시는 동안, 바깥채에서 책도 읽으시고 붓글씨도 쓰셨다. 인선이 곁에서 먹 갈기 심부름을 하다가 붓을 만지고 싶어 아양을 떨면 붓글씨를 써 보라며 붓을 주셨다.

"붓글씨는 예로부터 서도書道라고 했다. 그야말로 마음을 한데 모으고 정성을 다해야지. 먹을 갈 때도 자세를 바로 하고 먹을 똑바로 세우고 갈아야 한다. 먹 닳아지는 것 보면 다 안다. 자세가 비틀어지면 먹도 비틀어지게 닳거든. 글씨를 쓸 때는 더 말할 것도 없다. 자세도 마음도 반듯하게 하고, 붓을 똑바로 세워서 글씨를 써야 해. 글씨는 그 사람 마음을 나타내는 것이다. 바른 마음에서 바른 글씨가 나온다. 손끝으로 재주를 부리는 게 아니야. 붓대를 똑바로 세우고 팔을 활발히 움직여서 전력을 다해 온몸으로 써야 한다. 붓대를 반듯이 세우지 않고 적당히 기울여서 글씨를 쓰면 벌써 다 안다. 그 글씨는 살아 있지를 않아. 이미 죽은 글씨지. 자, 붓은 이렇게 잡는 거야. 붓의 중간보다 약간 위를 이렇게 쥔단 말이다. 엄지손가락으로 여기를 지그시 누르고 이쪽은 무명지로 이렇게 받치고. 자 봐라."

아버지는 인선의 손을 잡아 붓을 쥐게 하시고, 획을 긋는 법도 가르쳐 주시며 여러 가지 이야기를 들려주셨다.

붓글씨로는 중국의 왕희지, 신라의 김생, 고려 탄연 스님, 세종대왕의 아들 안평대군 등이 유명하다고 했다. 그리고 글씨도 가지가지인데 전서篆書, 예서隸書 해서楷書, 행서行書, 초서草書 등이 있다고, 하나하나 써 보이시면서 거기에 관한 설명도 해주셨다.

"내가 다음에 서첩을 구해다 주마. 그걸 보고 배워야지 마음대로 쓰면 안 돼. 너는 아직 어리니까 해서를 써야지. 해서에 충분히 숙달이 되면 행서도 써 보고, 초서도 써 보고 마지막엔 행초서를 써보도록 해라. 서도는 대개 성현들의 말씀을 쓰는 것이라 공부도 되려니와 글귀를 음미하며 천천히 한 획 한 획 긋고 있으면 정신 집중에 그만한 것이 없다. 그게 다 인격 수양이지. 나는 네가 어느 집 아들 못지않게 잘 커서 이후 출가하면 남편 공경 잘하고, 무엇보다 네 자식들을 잘 키워 성공시키기 바랄 뿐이다."

인선은 그 뒤부터 붓글씨 쓰기에도 많은 시간을 할애했다. 글씨가 조금씩 모양을 갖추자 새록새록 재미가 났다. 인선은 붓으로 매화를 그리고 그 옆에다 글씨를 써 보기로 했다.

경포 호수가 앞에 있으니 호湖라는 글자를 넣어 볼까, 혼자 생각하다가 자기도 모르게 '西湖志'라고 썼다. 호수처럼 맑게 살고 싶은 뜻을 나타내 본 것이다. 사시사철 달라지는 매화나무를 주의 깊게 관찰했던 인선은 계절별로 여러 장을 그리고, 낱장마다 春 夏 秋 冬 글자를 적어 넣었다. 곁에서 지켜보던 아버지가 흐뭇하게 웃으셨다.

인선은 그 모든 것이 즐거웠다. 아버지가 벼슬길에 나가셨더라면 이 좋은 것들을 어찌 배웠으랴. 인선은 글씨를 쓰는 틈틈이 아버지와 함께 『시경』에 있는 「은사隱士의 노래」를 읊조리기도 하였다.

"즐거웁도다, 산골짜기에, 임의 마음은 너그러워라.
홀로 잠들고 홀로 말하고, 잊지 않으리 이 마음 경계.
즐거웁도다, 언덕 그 아래, 임의 마음은 한가로워라.
홀로 잠들고 홀로 노래해. 그르침 없으리 이 마음 경계."

이듬해 봄에도 아버지는 강릉에 오래 머무르셨다. 덕분에 바깥나들이를 제법 했다. 세상은 온통 신기한 것 투성이였다. 재 넘어 보현사에서 본 사천왕상, 부처님 모습, 스님들의 생활, 어느 것 하나 무심히 지나칠 수가 없었다. 하지만 가장 놀라운 것은 동해 바다였다. 처음 경포 호수보다 더 큰 바다를 보러 간다고 하셨을 때, 인선 자매는 믿어지지 않았다. 경포호야말로 동네 앞을 가득 차지하고 한도 끝도 없이 넓고 길게 누워 있는 호수였다. 빼앵 다 돌아보려면 삼십 리 길이라고 했다. 그런데 그보다 더 큰 바다가 있다니. 인선은 가지가지로 상상해 보았지만 쉽게 떠오르지 않았다. 북평촌이 다 물에 잠기기나 한다면 몰라도.

사실 『논어』 「옹야편」을 읽을 때부터 물은 관심의 대상이었다.

지자요수 인자요산 지자동 인자정 지자락 인자수
(知者樂水 仁者樂山 知者動 仁者靜 知者樂 仁者壽):
슬기로운 사람은 물을 좋아하고, 어진 사람은 산을 좋아하네.
슬기로운 사람은 움직이고, 어진 사람은 고요하네.
슬기로운 사람은 즐겁게 살고, 어진 사람은 오래 사네.

인선은 그때 앞산과 경포호를 번갈아 바라보며 어디가 더 좋은지 가늠해 보았었다. 아무리 생각해도 둘 다 좋았다. 산을 택하자니 경포호의 맑은 물이 자기를 부르며 찰랑대는 것 같았고, 경포호를 택하자니 산이 우람한 소리로 자기를 부르는 것 같았다. 결국 인선은 웃으며 결론을 내렸었다. "나는 산에서 호수를 내려다보는 것이 제일 좋아."

그런데 아버지가 호수보다 더 큰 바다를 보여주신 것이다. 와아… 인선 자매는 처음 보는 바다 앞에서 탄성을 질러댔다. 와와… 이렇게 크고 넓은 물이 있다니! 이건 북평촌을 다 합하고 마을을 둘러싼 앞뒤 산을 다 합해도 당해내지 못할 넓음이었다. 수평선이라는 것도 처음 보았다. 철썩철썩 뭍을 때리며 하얗게 부서지는 파도라는 것도 처음 보았다. 바다 위로는 여러 마리의 갈매기가 유유히 날고 있었다. 인선은 모든 게 신기하기만 했다. 갈매기들을 따라 멀리멀리 가 보고 싶었다. 수평선 너머에는 무엇이 있을까. 인자仁者로서 고요히 머물러 있는 것도 좋겠지만 지자知者로서 끊임없이 움직이며 새로운 무엇인가를 추구하는 것도 좋을 것 같았다. 아, 바다가 이런 것이구나…. 그 놀라움은 오래도록 인선의 가슴에 남았다.

인선은 아버지와 함께 있는 게 참으로 행복했다. 아버지는 인덕 언니가 머지않아 출가할 것을 염두에 두셨음인지, 『내훈』內訓을 구해다 주시며 읽으라 했다. 『내훈』은 성종의 어머니 인수대비가 『소학』, 『열녀』, 『명심보감』 등에서 역대 후비后妃의 언행에 규범이 될 만한 대목만을 뽑아 만든 것으로 여인들의 수신서라 했다.

아버지는 또 놀라운 소식도 전해 주셨다. 성군이었던 세종대왕께서 중국 글자인 한문이 너무 어려워 뭇 백성들이 배워 쓸 수 없음을 안타까워하시다가, 누구나 쉽게 배울 수 있는 훈민정음을 만드셨는데, 한양에서는 조금씩 퍼지고 있다고, 그것도 구해다 배워 보자고 하셨다. 아, 그렇게 훌륭한 임금님도 계시는구나, 백성을 사랑하지 않으면 어떻게 그런 생각이 났을까. 그래서 임금을 어버이와 같이 공경하라 하는구나. 인선에겐 참으로 산뜻한 소식이었다. 정말이지 한문은 글자가 까다로웠고 읽어서만 끝나는 게 아니라 다시 우리말로 풀어야 하니 불편하기 짝이 없었다. 인수대비의 『내훈』도 언문으로 번역된 것이 있으니 구해다 주마고 하셨다. 인선은 아버지가 한양에 계시다는 게 자랑스러웠다.

『내훈』은 주로 어머니가 가르치셨다. 인선은 언니 덕분에 조금 이른 나이에 그 모든 것을 귀 기울여 들었다.

"시집가기 전에 이 책만은 꼭 읽고 가야 할 것이다. 오늘은 우선 그 첫 번째 글, 「언행장」을 읽어 보자꾸나."

어머니는 「언행장」言行章의 긴 한문을 찬찬히 읽으시고는 풀어서 설명을 해주셨다.

"마음속에 감추어진 것이 정이며 입 밖에 나오는 것이 말이다. 그것은 굳었던 것을 풀어 주기도 하고 서로 다른 사이를 하나로 합치게도 하며 반대로 원한을 맺고 원수가 되게도 한다. 그래서 크게는 나라를 뒤엎고 집안을 망치기도 하고, 작게는 육친의 사이를 이간시켜 멀어지게 한다. 이 때문에 어진 여자들이 입을 조심하는 것은, 수치스러운 일과 남의 비방을 불러들일까 두려워서인 것이다. 그래서 어른 앞에 있을 때나 한가로운 곳에 있을 때를 막론하고 남에게 거슬리는 말이나 아첨하는 말을 하지 않는다. 또한 근거 없는 경솔한 말을 입 밖에 내지 않으며, 장난삼아 희롱하는 일을 하지 않고 더럽고 흐린 곳에 가지 않으며, 혐의 받을 곳에 몸을 두지 않는다. 대강 이런 뜻이다."

인덕과 인선은 고개를 끄덕여 가며 어머니의 가르치심을 들었다.

"언행을 조심하라는 말은 백번을 들어도 지나치지 않을 것이다. 모든 화가 말에서 오는 것이니 그리들 알아라. 인덕인 곧 시집을 가게 될 텐데 시댁에선 더욱 말조심을 해야 한다."

"이것저것 조심하며 남의 집에 가서 어떻게 살지요? 생각만 해도 어렵네요."

인덕 언니가 심란한지 한마디 한다.

"그저 언행을 신중히 하고, 모든 일에 정성을 다하고, 남 앞에서 겸손하면 어디서고 사랑받을 것이다. 그리고 항상 남을 배려해야 한다. 아랫사람들도 언제나 한 식구처럼 챙기고. 알겠느냐?"

인선은 생각한다. 왜 여자는 시집을 가야 하는가. 그냥 이렇게 부모 밑에서 오순도순 살면 안 되는가. 언니가 심란해 하니 인선 역시 마음이 쓸쓸해진다.

문득 뒷동산 소나무 숲에서 소쩍새의 울음소리가 들려온다. 소쩍 소쩍 소쩍.

3
생명의 소중함에 눈뜨며

초충도(맨드라미) | 신사임당, 조선/16세기

북평촌 꽃놀이

인선 나이 열다섯. 소녀는 이제 봄이 오는 모습을 눈여겨볼 수 있는 나이가 되었다.

봄은 경포 호숫가에서 맨 먼저 왔다. 호수는 별당 앞에 서면 훤히 내다보였다. 간간이 나룻배가 지나가고 멀리 배다리 근처에는 사람들도 왔다 갔다 하였다. 주변에 희끔희끔 쌓였던 눈들이 녹고, 회색빛 나뭇가지가 부유스름 연두빛을 머금기 시작했다. 그 빛은 하루가 다르게 선명해지고, 어느 순간 여린 잎들이 오물거리는 몸짓으로 생명의 함성을 나래치며 피어났다. 영원히 머무를 것처럼 으스대던 겨울이, 이젠 내 차례입니다, 하고 달려온 봄에게 순순히 자리를 내어 줄 모양이다.

춘분이 지나면서 봄비 한 줄금이 기분 좋게 내리더니 마을을 병풍처럼 두른 뒷동산에도 봄소식이 왔다. 맨 먼저 노오란 산수유가 보시시 눈을 떠 기지개를 켜고는, 옆 자리 친구들을 깨웠다. 일어나, 일어나, 어서 일어나. 봄이 왔어. 산수유의 외침에 하나 둘 다른 친구들도 긴 잠에서 깨어났다. 개나리, 진달래, 산벚꽃들 다투어 깨어나 기지개를 켰다.

신기하기도 하지. 잎도 틔우지 않은 나뭇가지에 노오란 몽우리가 맺히더니 개나리가 피어나고, 다른 한편에서는 분홍빛 몽우리가 맺히더니 두견화가 피어나기 시작했다. 그런 꽃 잔치 속에서 저도 한몫 끼겠다고 작은 꽃들이 연이어 피어났다. 보랏빛 제비꽃이 바위 밑 구석에서 방긋 웃으며 얼굴을 내밀었고, 골목길 구석에서도 그 여문 땅을 뚫고 민들레가 피어났다. 인선은 노란 민들레가 유독 정겹고, 그 생명력 또한 놀라워 그림으로 옮기면서 또래 아이들이 즐겨 부르는 민들레꽃 노랫말을 읊조려 보았다.

길가에 파릇파릇 민들레꽃은
오는 사람 가는 사람 거센 발길에
밟히어도 밟히어도 시들지 않고
또다시 노란 꽃이 피었답니다.

마을에서는 이때를 기다려 '화전花煎놀이'를 시작했다. 화전을 부쳐 먹는다고 해서 화전놀이, 또는 '꽃달임'이라고도 했지만, 꽃을 따른다고 해서 '꽃따림'이라고도 불렀다. 일가친척끼리 저마다 고운 옷을 차려입고 가까운 골짜기로 나가 꽃을 좇으며 봄을 즐겼다. 기왕이면 계곡물이 좋은 곳을 찾아가 찬물에 손발을 씻고, 새 기운 새 기분을 불러일으키며 형제끼리 친척끼리 우애와 화목을 다졌다.

북평촌에서는 으레 시루봉[甑峯]으로 올라갔다. 시루봉은 가깝기도 하거니와 등성이가 완만해서 부녀자들이 오르기에도 좋았다. 게다가 길게 벋은 계곡에 깨끗한 자갈돌이 많았다. 그래서 꽃놀이 나간 가족들이 오순도순 모여 앉아 손발을 씻고 환담을 나누기에도 좋았다. 남자들은 아예 미투리와 버선을 벗고 그 차고 맑은 물에 탁족濯足 의식도 치렀다. 이른 봄, 맑은 물에 발을 씻으면 새 기분, 새 정신으로 지금 하고 있는 일에 더욱 정진할 수 있다고, 봄만 되면 기다렸다는 듯이 밖으로 나갔다.

마을 사람들은 따뜻한 봄볕 아래 모여 앉아 마음껏 자유를 누렸다. 여인들은 가족 단위로 준비해 온 음식을 내어 놓고 맛과 솜씨를 서로 자랑하고 칭찬했다. 이때 빠지지 않는 것이 화전이었다. 그 화전 하나에도 그들의 정성과 솜씨는 드러났다. 그들은 푸른 기운 충만한 산자락에서 모처럼 들놀이를 즐기며 많은 것을 배웠다. 음식 솜씨뿐만이 아니라 여러 사람 앞에서 음식을 어떻게 먹어야 하는가도 배웠다. 장유유서의 차례를 따라 음식을 든다든지, 내 입에 맞는 것만 골라 먹지 않는다든지, 모처럼 작은 공동체를 이루어 이미 배워 알고 있던 소소

한 예절을 자연스럽게 실습하는 기회가 되었다.

어찌 음식뿐이랴. 이날이야말로 자기들이 차려입은 의복을 자랑할 좋은 기회였다. 그뿐인가. 바느질 솜씨를 자랑할 기회도, 색상에 대한 미적 감각을 들추어낼 기회도 바로 이때였다. 이게 예쁘다, 저게 예쁘다, 여인들은 진달래 개나리 만발한 자연 속에서 꽃보다 더 예쁜 서로의 맵시 감상에 시간 가는 줄을 몰랐다.

그런 날, 인선은 단연 돋보였다. 본래 알맞은 키에 이목구비가 잘생긴데다가 구색 맞춰 입은 옷이며 하얀 버선을 감싼 꽃당혜가 더욱 잘 어울렸다.

"아유, 옷도 예쁘고, 네가 제일 이뻐."

외갓집 언니들은 인선을 보며 칭찬했다.

"언니, 나는?"

셋째 인교가 외갓집 종자매들 앞으로 쓰윽 나선다. 인교도 칭찬에 목마르다.

"응 이뻐, 이뻐."

"사람들마다 만날 인선 언니만 칭찬해."

"아냐, 아냐, 네가 더 이뻐."

인선은 미안한 마음에 인교의 볼을 쓰다듬는다. 인선은 항상 바로 아래 동생인 인교에게 미안했다. 넷째, 다섯째야 아직 어려서 괜찮았지만 인교는 시샘도 알 나이였다. 그래서 인선은 아버지가 오시면 일부러 인교를 아버지 곁에 앉히고 자기는 다음 자리에 앉곤 했다. 그래도 한참 있다 보면 아버지의 관심은 인선에게 쏠리는 바람에 무척 신경이 쓰이곤 했었다.

"얘, 인선아. 옷도 옷이지만 난 네 그림이 더 좋아. 언제 나도 한 점 그려 줄 수 없니?"

"나도, 나도."

"좀 더 잘 그려지면 드릴게요. 언니."

어머니가 외딸이라 외종, 이종은 없지만, 외할머니 형제가 여럿이라 재종 형제자매는 수도 없이 많았다. 그들은 항상 인선에게 그림을 달라고 졸랐다. 그러나 인선은 습작품은 아무에게도 주고 싶지 않았다.

"작은아씨, 나도 하나 얻으면 안 돼요?"

외갓집 재산 관리를 맡아보는 김 집사執事의 딸 금순이 수줍어하며 묻는다.

"안 되긴? 다음에 하나 줄게."

인선은 또래인 금순이 늘 자기 곁을 맴돌고 있다는 것을 안다. 서로 말을 놓을 수 있다면 진즉 가까워졌을 친구였다. 그러나 금순은 꼭 존댓말을 쓰고 있어 쑥스러웠다. 또래만이 아니었다. 행랑채 홍천 아저씨도 아주머니도 늘 인선 자매들에게 '작은아씨'라고 부르며 존대를 했다. 인선은 그게 몹시 궁금하여 어머니께 여쭈었더니 반상班常의 차별이 있어서 그렇다고 했다. 남녀의 차별, 반상의 차별, 인선으로서는 납득하기 어려운 문제들이었다.

인선은 일부러 자매들과 흩어져 금순과 함께 진달래를 딴다. 이제 하나 둘 초록빛 잎이 나서 그들과 잘 얼려 더욱 돋보이는 분홍빛 진달래를 또깍또깍 딴다. 따다 보니 이런저런 생각이 든다. 모처럼 긴 겨울잠에서 깨어나 아름다운 꽃으로 피어난 생명들을 이렇게 꺾는 것은 과연 잘하는 일일까. 도대체 인간이 무엇이기에 인간 아닌 모든 생명들을 마음대로 꺾고 죽이는 것일까.

설이 되면 동네에서 소를 잡는다는 말도 들었고, 돼지를 잡는다는 말도 들었다. 심지어 여름철에는 할아버지가 행랑채 홍천 아저씨를 시켜 어딘가로 멀리 가서 집에서 내내 기르던 황구를 잡아 오기도 했었다. 그뿐인가. 한양에서 아버지가 오시면 으레 닭을 잡았다. 그 일은 딸들 몰래 닭장 모퉁이에서 홍천 아저씨의 손으로 이루어졌지만 부르짖는 꼬끼오 소리에 다 짐작할 수 있었다. 닭은 꼬끼오 꼬끼오 악을 쓰며 반항해 보지만 순식간에 팔팔 뛰던 생명은 꺾이고 말았으리라. 할머니는 펄펄 끓는 물속에 죽은 닭을 담갔다가 잠시 후 건져내서 목을 잡고 쓰윽쓰윽 털을 뽑았다. 아주 순식간이었다. 하얀 속살을 드러낸 닭은 부엌으로 들어가 새로운 음식으로 변해 버리면 끝이었다. 인선은 그들이 그렇게 허망하게 죽어 가는 것을 보면서 너무나 불쌍하다는 생각을 했었다.

"금순아, 난 이렇게 꽃을 따고 있으면 좀 미안한 생각이 든다."

"별소릴 다 하네요. 그것들이 뭘 안다고."

"꽃만이 아니야. 닭도 잡고, 개도 잡고, 항상 좀 미안하더라."

"작은아씨도 참, 다 우리가 먹고 살자는 것인데….."

"인간이 만물의 영장이라고는 하지만."

"영장이 뭔데요?"

"우두머리라는 거지."

"작은아씨는 좋겠어요. 우린 누가 가르쳐 줄 사람도 없으니 그런 말 알기나 하나요?"

"금순아, 너도 우리 집에 와서 나랑 글 배울래?"

"글쎄, 우리 부모님이 허락하실까요?"

"네가 졸라야지. 틈이 나면 가끔씩이라도 와."

말은 그렇게 했지만 그 역시 쉽지 않은 일임을 알기에 인선은 안타까웠다.

벌레 한 마리에도 사랑을

그 무렵이었다. 성호 어머니가 돌아가셨다는 소식이 왔다. 늘 몸이 약해 집안일도 제대로 못하시고 누워만 계시던 외당숙모님이 기어이 세상을 뜨신 것이다. 죽는다는 게 무엇일까. 사람은 왜 죽는 것일까.

죽으면 어디로 가는 것일까. 가까운 사람의 죽음을 처음 겪은 인선의 놀라움은 컸다.

"큰일 났다. 사 남매가 아직 장성도 안 했는데, 어멈이 먼저 가 버려 어찌할꼬."

할머니는 친정집 일이라 걱정이 많으셨다.

인선은 성호 오라버니가 불쌍했다. 마음씨도 따뜻하고, 인상도 좋아 호감이 가는 성호 오라버니. 명절 때 할머니를 따라 그 집에 가면 언제나 성호 오라버니를 만날 수 있는 것이 즐거웠다. 그는 그동안 읽었던 책에 대하여, 성현들의 말씀에 대하여 많은 이야기를 나눌 수 있는 벗이었다. 게다가 오라버니네 집에는 좋은 그림이 많아 인선이 갈 때마다 친절히 구경시켜 주곤 했었다. 그 오라버니가 열다섯 나이에 어머니를 잃다니. 어머니가 없어도 살 수는 있는 것일까? 자기는 어머니가 없으면 못 살 것만 같았다.

할머니와 어머니는 초상집에서 많은 시간을 보냈다. 그동안 인선은 언니와 함께 동생들을 건사하면서 뒷동산에 올라 더 많은 진달래를 땄다. 해마다 이맘때면 할머니와 어머니는 진달래를 따다가 두견주杜鵑酒를 빚었기 때문이다.

자매는 한 소쿠리 따다 둔 진달래를 조금 덜어 화전을 부치기도 하였다. 인덕 언니는 이제 열여덟. 시집을 갈 나이도 되었다. 그래서 그런지, 이것저것 자꾸만 음식을 만들어 보려고 노력했다. 인선도 언니를 도왔다. 진달래꽃을 찹쌀가루에 반죽하여 동글납작 빚어서 번철에 지지면 맛있는 화전이 되었다. 하얀 찹쌀가루만으로도 동글납작 빚어서 기름에 지지다가 어지간히 익으면 꽃을 얹어 얼른얼른 뒤집었다. 그러면 분홍 빛깔 그대로, 꽃 모양 그대로가 살아나면서 더욱 예쁜 화전이 되었다. 음식을 만들 때마다 언니는 신명이 났다. 그러나 인선은 그림을 그리는 일이 더 하고 싶었다.

꽃을 보면 '예쁘다', 라는 생각과 더불어 얼른 그것을 그리고 싶었다. 나르는 새를 보아도, 기어 다니는 벌레를 보아도, 나비를 보나, 벌을 보나, 그림으로 그리고 싶은 생각이 먼저 들었다. 곤충을 보면 동생들은 징그럽다고 도망을 갔다. 그러나 인선은 벌레 한 마리에도 사랑을 느끼곤 하였다. 조심스럽게 잡아서 그릇에 담아 놓고 우선 관찰을 했다. 인선은 충분히 관찰을 끝내고 대강 본을 뜨면 그들을 살려 주는 것도 잊지 않았다. 꽃이나 벌레나 하나 둘 생명이 사라지는 것을 보고 있노라면, 살아 있음이 소중하게 느껴져 그 순간을 그림으로 그려 놓고 싶었다. 그러면 그것들은 그림 속에서라도 영원히 살 것이었다.

죽음 같은 것에 아무 관심이 없는 동생 인주와 인경이 마당가에서 각시놀음을 하고 있었다. 어머니가 새 풀을 뜯어다 만들어 주신 두 개의 각시는 얌전한 아씨의 모습 그대로였다. 긴 머리를 쪽 찌어 얹고, 앙증맞은 치마저고리까지 입고 있어 더욱 양갓집 아씨의 모습이었다.

두 아이는 판자 쪼가리 병풍을 세워 각시에게 큰절을 시키기도 하고, 베개를 베어 눕히기도 하고, 이불을 덮어 주기도 한다. 한참을 놀더니, 막내 인경이 울상을 짓는다. 인주가 무얼 잘못했는지 수숫대가 부러져 각시가 망가진 것이다.

"어떡해? 나 몰라. 언니 때문이야. 내 각시 어떡해."

"걱정 마, 내가 만들어 줄게."

인주는 동생을 달래느라고 쉽게 각시를 만들어 주마고 말한다. 저런! 어린 동생한테 거짓말을 해서는 안 될 텐데… 과연 어린 인주가 각시를 만들 수 있을까?

그네는 문득 『소학』에서 재미있게 읽었던 이야기가 생각났다.

맹자가 어린 시절 어느 집에서 돼지 잡는 것을 보고, 어머니께 여쭈었다. '왜 돼지를 잡나요?' 그러자 그 어머니는 장난삼아 '너 먹이려고 잡지', 하고 대답하였다. 다음 순간 맹자의 어머니는 '아차, 실없는 소리를 했구나' 하고 반성하며, 고기 살 돈이 없어 걱정하다가 가락지를 빼주고 그 돼지고기를 사다 먹였다는 것이다. 그렇지. 아무리 어린애 앞이라고 거짓말을 해서는 안 되지. 인선은 걱정이 되었다. 그 마음을 헤아렸는지, 인주가 인선의 도움을 요청한다.

"언니, 엄마가 만든 것 잘 보고, 우리도 만들어 보면 안 될까?"

"그래. 한번 해보자. 그럼 재료를 먼저 준비해야지."

눈썰미가 있는 인선은 하나하나 챙기기 시작했다. 긴 풀, 수숫대, 싸릿가지, 헝겊 조각, 바늘.

두 동생은 새로운 도전에 흥분했다. 뒤꼍에 부려 놓은 땔감에서 수숫대를 두어 개 뽑아 오고 텃밭에서 어린 부추도 베어 왔다. 그것을 뜨거운 물에 잠깐 데쳐 찬물에 건졌다. 숨을 죽인 부추 가닥을 수숫대에 촘촘히 비끄러매어 뒤집으니 영락없이 함초롬히 늘어뜨린 여인의 머리카락이 되었다. 인선은 그 긴 부추 머리를 셋으로 나누어 따기 시작했다. 그리고 또 하나의 수숫대에다가도 부추를 비끄러매어 뒤집었다. 이번에는 쪽을 찌어 보기로 했다. 인선은 길게 땋아 내렸던 부추 머리를 돌돌 말아 쪽을 찌고 가는 나뭇가지로 비녀를 꽂았다. 영락없는 낭자 머리였다. 그러고는 작고 짧은 나뭇가지를 각각 옆으로 두 개씩 세워 팔을 만들었다. 제법 근사한 인형 두 개가 만들어졌다. 이제 옷을 입힐 차례. 어머니의 반짇고리에는 알락달락 예쁜 헝겊 조각들이 많았다. 인선은 적당한 헝겊을 찾아 네모나게 자르고 귀를 맞추어 조심조심 바느질을 시작했다. 서툰 솜씨로나마 두 개의 인형에 저고리를 만들어 입혔다. 그리고 저고리보다 더 쉽게 치마도 만들어 입혔다. 그런대로 옷맵시가 난다.

"야, 됐다, 됐다, 언니 고마워."

막내 인경이 기뻐 소리친다. 인주도 손뼉을 치며 좋아한다. 인선은 두 동생을 기쁘게 한 것도 좋았지만 그동안 무심히 보았던 바느질에 관심이 생겨서 무엇보다 기뻤다. 언니가 어머니를 도와 바느질을 하고 있을 때, 자기는 글 읽고, 글씨 쓰고 그림 그리는 일에만 몰두했었다. 그런데, 바늘을 잡아 보니 그 또한 재미가 쏠쏠했다. 그날, 인형 옷을 만들어 본 경험은 인선이 바느질과 친해진 계기가 되었다.

계관화, 불타는 맨드라미

한식 무렵이 되자 봄은 절정에 달했다. 동네 아가씨들은 아침부터 산으로 들로 나가 나물을 캐기에 바빴다. 인선 자매도 뒷동산에 올라 쑥을 뜯었다. 할머니는 쑥떡을 좋아하셨다. 쑥을 삶아 불린 쌀과 함께 짓찧어 떡을 찌면 온 집안에 향긋한 쑥 내음이 진동했다. 어머니도, 인선 자매들도 모두 다 그 시절 음식을 즐겼다. 맵쌀로 찐 떡도 맛있었지만 찹쌀로 만든 쑥인절미는 더욱 맛있었다. 말랑말랑 부드러워 특히 할머니가 좋아하셨다.

별식을 만들 때마다 이웃에 맛보기를 돌리는 것은 또 하나의 즐거움이었다. 할머니도 어머니도 그 일은 습관처럼 몸에 배어 있었다. 이웃의 식구 수에 따라 음식은 알맞게 나누어지고 언제나 식기 전에 먹을 수 있도록 다섯 자매들을 동시에 내보내곤 하였다. 인선은 늘 성호 오라버니네를 맡았다. 할머니는 홀로된 외당숙 생각을 해서 자주 그 댁으로 음식을 보냈다.

오라버니는 어머니가 돌아가신 뒤 눈에 띄게 풀이 죽어 있었다. 얼굴에 전혀 기쁨이 없었다. 손위 누이라도 있었더라면 살림에 도움이 되었으련만….

"오라버니, 많이 힘들어?"

"그렇지 뭐. 생활에 아무 질서가 없다. 아랫사람이 있다고는 해도, 보통 일이 아니구나. 어머니의 존재가 얼마나 큰 것인가를 알았어. 앓아누워 계셨지만 말로라도 통솔은 하셨거든."

"오라버니, 너무 상심하지 마. 두 오라버니가 씩씩하게 살아야 동생들도 기운이 나지.”

“동생들이 너무나 안됐어. 저녁때만 되면 엄마가 보고 싶은지 칭얼댄다.”

“쓸쓸하면 동생 데리고 우리 집에 놀러와, 오라버니.”

“그래. 그동안 그림 많이 그렸지? 보러 갈게.”

인선은 그 집에서 나올 때면 언제나 마음이 무겁다. 대문을 벗어나오는데 동네 아이들이 공터에서 알록달록 고운 옷을 차려입고, 행복한 얼굴로 그네를 타고 있다.

“작은아씨, 이리 와서 함께 그네 타요.”

금순이 반갑게 불렀지만 인선은 마음이 내키지 않았다.

“미안해. 어머니 심부름하느라고.”

인선은 창공을 가르며 신나게 그네 타는 재미를 사양하였다. 가까운 이웃의 슬픔 앞에서 혼자만 기쁠 수가 없었던 것이다.

인선은 쓸쓸해진 마음을 달래기 위해서 그림을 그리기로 하였다. 바깥채 앞마당으로 나가 여러 화초들을 관찰하다가 수탉의 볏 모양을 하고 붉게 타오르는 맨드라미꽃에 눈길을 멈추었다. 닭의 볏 같다고 해서 계관화鷄冠花라고도 불리는 맨드라미. 문득 그것을 그려 성호 오라버니에게 선물하고 싶었다. 남자니까 언젠가 과거 시험도 보고 벼슬길에도 나아가면 좋겠다는 생각도 들었지만 지금의 그 어두운 그늘에서 활짝 빛의 세계로 나올 수 있기를 바라는 마음이 더 컸던 것이다. 인선은 집중해서 그것을 그렸다. 주변에 다른 풀꽃들도 들러리를 세우고, 공중에는 나비도 그리고 땅에는 쇠똥벌레도 그려 넣었다. 그런데도 어쩐지 마음에 들지 않는다. 인선은 그리고 또 그린다. 연습, 연습, 종이가 아깝지만 할 수 없었다.

다음 날, 아버지가 오셨다.

언제나 아버지가 오시면 온 집안이 바삐 움직이고 분위기가 확 살아

났다. 아버지는 다섯 자매에게 하나하나 눈 맞추며 그동안 못다 준 부정을 나눠 주기에 바빴다. 그리고 마지막에는 인선에게 더 많은 시간을 할애했다.

"어디 우리 인선이 그동안 공부한 것 좀 보자."

인선은 그동안 해서로 써 놓은 글씨며 그려 둔 그림을 아버지 앞으로 꺼내 놓았다. 아버지는 우선 글씨부터 보았다. 할아버지가 골라주신 주자의 「권학문」勸學文이 맨 먼저 나왔다.

少年易老 學難成 (소년이로 학난성)
一村光陰 不可輕 (일촌광음 불가경)

"그래, 이건 무슨 뜻인고?"

"젊은이는 늙기 쉽고 배움은 이루기 어려우니 짧은 한순간도 가벼이 여기지 말고 배움에 힘써야 한다는 말입니다."

"옳다. 학문은 다 때가 있는 것이니라. 늙어지면 총기가 없어서 아무리 해도 기억이 다 안 된다. 그저 젊었을 때 열심히 배워라."

아버지는 또 그림도 펼치셨다.

온갖 초충, 채소, 꽃, 꽈리, 포도, 게다가 산수화도 있었다. 아버지는 딸의 그림을 찬찬히 들여다보다가 칭찬을 잊지 않으셨다.

"그새 그림 솜씨가 많이 늘었구나. 그래. 산수화는 이제 안견 선생 것 방불하게 되었네. 그분의 그림을 찬찬히 살펴보며 배워라. 초충은 누구의 흉내도 안 내고 네 마음대로 그렸으니 우리 인선이 따라갈 사람이 어디 있겠느냐. 장하다."

"아버지, 저는 제가 잘 그리는지 못 그리는지 전혀 모릅니다. 그러나 그림을 그리고 있으면 즐거우니까 자꾸 그림을 그리고 싶어져요."

"바로 그거다. 그걸로 충분한 것이지. 사람이란 자기 스스로 하고 싶은 것을 해야 행복한 것이다. 평안 감사도 억지로는 못한다고 하지 않더냐. 아버지가 그림 도구는 부지런히 댈 터이니 너는 그리고 싶을 때, 언제든 그림을 그리도록 하여라. 이번에는 내가 아는 문인화가들의 그림을 좀 구해 왔다. 자 보아라. 산수화다. 좋지? 초충도 좋지만 앞으로는 이런 그림도 그려 보아라."

아버지가 내놓은 그림은 환상적이었다. 구름, 산, 나무, 시내, 바위 등이 아름답게 펼쳐져 평화롭기 그지없었고, 귀퉁이에는 시도 적혀 있었다. 아, 나도 이렇게 그릴 수 있을까? 인선은 부모님이 건재해 계시다는 것에 무한한 감사를 느꼈다. 더구나 자기를 알아주고, 자기를 후원해 주는 부모님이 계시다는 것은 얼마나 행복한 일인가. 인선은 자기도 모르게 하느님께 소원을 빌었다.

"제발 우리 부모님만은 오래오래 건강히 살게 해주세요. 그리고 성호 오라버니네도 하루빨리 좋은 새어머니를 맞게 해주세요."

인선의 머릿속에 어머니를 잃고 풀 죽은 성호 오라버니의 모습이 자꾸 어른거렸다.

언니의 행복을 빌며

가을로 접어들면서 인덕 언니에게 중매가 계속 들어오고 있었다.

어머니는 시집가기 전에 배워야 한다며 부지런히 음식 만들기와 바느질을 가르치셨다. 인선도 언니 곁에서 함께 바느질을 배웠다. 어머니는 맨 먼저 버선 짓는 법을, 그리고 치마, 바지, 마지막으로 저고리 만드는 법을 가르치셨다. 치마나 바지는 수월하게 배웠는데, 저고리는 생각보다 까다로웠다. 섶이니, 깃이니, 화장이니, 도련이니, 새로운 용어를 배우고, 그 하나하나에 얼마나 많은 정성이 깃드는 것인가도 알게 되었다. 저고리가 다 되면 마지막으로 화롯불에 꽂힌 인두로 마무리를 짓고 하얀 동정을 달았다. 참으로 신기했다.

바느질을 가르치는 틈틈이 어머니는 옛날 성현들의 말씀도 가르치셨다.

"사람이 살아가는 데 있어 무엇보다 중요한 것은 사람과 사람과의 관계다. 그중 으뜸이 부모 자식의 관계지. 부모한테 효도하는 사람은 어른 공경할 줄 알고, 절대로 남에게 못된 짓 안 한다. 어떤 사람이 소문난 효자라면 다른 건 믿어도 좋지. 그리고 너희들은 여자니까 시댁에 들어가 그 집 화목에 힘써야 한다. 바느질, 음식, 오만 가지 다 잘해도 시댁 화목 못하면 아무 소용없다. 공자님 말씀에 삼종지도三從之道라는 게 있지. 친정에서는 아버지를 좇아 섬기고, 시집간 후에는 남편을 좇아 섬기고, 남편이 죽으면 자식을 좇아서 섬겨야 한다지 않더냐. 그러니 여자는 자기 마음대로 일을 처리할 수도 없단다. 바깥일 돌아가는 것은 남정들에게 맡기고 여자는 그저 음식 만들고 바느질 잘하면 된단다. 그런 말씀을 듣고 있으면 여자로 태어난 것이 한스럽지. 그러나 예로부터 여자는 남편 잘 섬기고 자식 잘 기르는 것으로 본분을 삼아 왔으니 혼인하면 그저 시댁 법도를 따르고 어른들 잘 섬기며 살아야 한다. 그래야 집안이 조용하거든. 또 너희가 잘 섬기면 너희도 대접받게 되어 있다."

인선은 듣고 있다가 어머니께 여쭈었다.

"허지만 어머니, 남편이 잘못된 걸 알면서 무조건 따를 수야 없지 않을까요?"

"그래. 그런 의문이 생기는 건 당연하다. 아내는 그 일을 막기도 해야지. 『효경』에 보면 그 문제가 나오지 않더냐. 증자가 그걸 묻자 공자께서 옛날에 천자는 간쟁諫爭하는 자 일곱을 두면 비록 자신이 무도하다 하더라도 그 천하를 잃지 않았고, 제후는 간쟁하는 신하 다섯만 두어도 그 나라를 잃지 않았으며, 대부는 그런 신하 셋만 두면 그 일가를 잃지 않았으며, 아버지는 간쟁하는 자식 하나만 있어도 불의에 빠지지 않을 것이라고 말씀하셨다. 그러나 간쟁을 할 때 방법이 문제지.

잘못했다간 상대방 심기를 건드려 거꾸로 화를 부를 수도 있단다. 그 사람을 진정으로 위하는 마음에서 조심스럽게 간언한다면 상대편 마음도 움직일 수 있을 것이다.”

어머니의 이야기를 듣다 보면 어느 사이, 바지가 하나 만들어지고, 저고리가 하나 만들어졌다. 인선은 바늘을 만지면서부터 자수에도 관심을 갖게 되었다. 어머니 이 씨는 인덕이 요리에 솜씨를 보이는 반면, 인선이 바느질에 더 솜씨를 보이는 것을 대번에 알아차리고, 자신이 젊었을 때 수놓은 베갯모며 목침모, 수젓집 등을 보여주며 인선에게 적극적으로 자수를 권했다. 지금부터 공들여 만들면 인덕이 시집갈 때 좋은 선물이 될 것이라고 하였다.

어머니는 행랑채 홍천 아저씨에게 부탁하여 네모난 수틀, 둥근 수틀 등을 만들고, 바느질하다 남은 비단 자투리를 챙겨 주며 인선에게 밑그림을 그리도록 시켰다. 인선은 신이 나서 꽃도 그리고 새도 그렸다. 어머니는 밑그림 그린 비단의 가장자리에 광목천을 대어 수틀에 끼워 주셨다. 그리고 그림에 맞는 색실을 택하여 수놓는 법을 가르쳐 주셨다. 수틀에는 금세 하얀 황새가 한 마리 날고, 빠알간 모란이나 매화가 한 송이씩 피어났다. 너무나 신기하고 재미있었다.

인선은 한 땀 한 땀 수를 놓으면서 행복했다. 언니에게 줄 결혼 선물이라서 더욱 정성을 다해 수를 놓았다. 수는 정성껏 하지 않으면 실이 금세 얽혀버려 난감해지곤 했다. 한 번 얽힌 실은 좀처럼 풀리지 않았고, 설령 풀린다 하더라도 주위에 보풀이 일어나 본래 가지고 있던 윤기를 잃었다. 인선은 서두르면 더욱 늦어진다는 진리, ‘천천히 천천히’가 오히려 지름길이라는 것도 거기서 배웠다.

인선이 한 장 한 장 수예품을 만들어 가는 동안, 아버지와 어머니는 인덕의 혼인을 위해 공을 들이더니 마침내 장인우張仁友라는 청년과 혼인을 정했다.

그리고 이듬해 봄, 혼인날을 받아 온 집안이 분주해졌다. 어머니는 워낙 마음이 바쁘셨던 것일까. 늘 침착하시던 분이 실수도 하셨다. 뒷간에 다녀오시다가 마당가 물이끼에 미끄러져 기우뚱 중심을 잃고 허둥대는 모습을 가족들에게 보인 것이다. 인선은 얼른 다가가 어머니를 부축했다. 그러나 동생들은 그 광경을 보고 키들키들 웃었다. 평소 점잖던 어머니가 어쩔 줄 몰라 쩔쩔매는 모습이 너무나 재미있었던 모양이다.

"아이고, 아찔하다. 큰일 앞에 놓고 실족이라도 했으면…."

무참해진 이 씨가 토방에 올라서며 말하자, 말없이 지켜보던 신명화가 딸들에게 말했다.

"부모가 기운이 허약해 실수를 했으면 마땅히 걱정을 해야지 어찌 웃음이 나오는고?"

아버지의 근엄한 충고에 동생들은 고개를 움츠리며 부끄러워하였다.

개혼이라 집안이 들썩들썩, 온 동네 사람들의 축하 속에 인덕은 혼인을 무사히 치르고 당시의 풍습대로 얼마간 집에 머물렀다가 시댁으로 갔다. 인선이 정성을 다해 수놓은 베갯모며 수젓집, 횟댓보 등 수예품을 가지고 정든 북평촌을 떠나고 말았다.

형제란 무엇일까. 같은 부모 밑에서 나고 자라, 함께 있을 때는 모르다가 막상 언니가 떠나고 나니 그렇게 허전할 수가 없었다. 인선이 바깥채에서 글을 읽거나 그림을 그리고 있는 동안, 말없이 어머니 곁에서 살림을 돕던 언니. 무덥고 긴 여름, 촐촐한 오후에 간식을 만들어 살며시 공부방에 들여 주던 언니. 수를 놓는다고 끼니때가 된 것도 모르고 쪼그리고 앉았으면 살며시 들어와 어서 밥 먹고 하라며 저린 어깨를 주물러 주던 언니. 인선은 언니가 시댁에 들어가 부디 행복하게 잘살기를 빌고 또 빌었다.

기묘사화, 그리고 죽음

인선이 언니를 보내고 난 쓸쓸함에 겨우 적응할 무렵, 조정에서는 또 한 차례의 큰 사화士禍가 발생하였다. 연산을 물리치고 왕위에 오른 중종은 유신 정치를 행하고자 무오, 갑자, 두 차례 사화에서 희생된 사람들의 원한을 풀어주고 사림파 중에 이름 있는 사람들을 등용하였다. 그들 중 조광조, 김정 등은 나라의 미풍양속을 기르기 위해 미신 타파와 향약의 실시를 강행하였다. 한편 유익한 서적을 간행하여 널리 반포하고 훌륭한 인재를 등용하는 등 국가 기강 바로잡기에 힘썼다.

그러나 지나치게 이상을 좇은 나머지 뚜렷한 공로 없이 공훈을 받은 중종반정 공신들을 삭제해야 한다고까지 주장하므로 남곤 등 훈구파勳舊派는 크게 반격했고, 마침내 중종의 마음까지 충동질해 신진파들을 대거 축출하고 말았다. 때는 중종 14년(1519) 기묘년의 일이었다. 이 사화로 인해 신명화와 가까웠던 많은 사람들이 죽었다. 개혁 의지가 강했던 그는 밤잠을 이루지 못하며 통탄했다. 도대체 나라꼴이 어찌 되어 가는 것인가. 그 무서운 역사적 사건으로 기묘명현己卯名賢이 된 신명화는 아예 한양을 빠져나와 강릉 집에서 더 많은 시간을 보냈다.

"참으로 아찔한 일입니다. 서방님이 재상들의 천거를 받았을 때, 조정에 들어갔더라면 영락없이 화를 당할 뻔했군요. 하늘이 살리신 것입니다."

이 씨 부인은 남편이 무고한 것에 뜨겁게 감사하였다.

이 무렵 인선의 집에서도 또 하나의 사건이 발생하였다.

더운 여름을 보내기가 너무 힘겨웠던 것일까. 추석을 막 지난 다음 날, 외할아버지 이사온의 건강에 이상이 온 것이다. 문득문득 가슴에 통증이 오고, 다리에 힘이 쫙 빠지면서 정신이 혼미해진다는 것이었다. 의원을 불렀으나 별 뾰족한 처방이 없는 듯하였다. 그런 일을 두어 번 겪던 어느 날, 외할아버지가 아침에 눈을 뜨지 못하고 세상을 뜬 것이다. 워낙 연로하셨지만 그렇게 허망하게 가실 줄은 몰랐다. 인선에겐 참으로 큰 충격이었다. 마침, 아버지가 강릉 집에 계실 때라, 몇 날 며칠 예를 갖추어 초상을 치렀으니 불행 중 다행이지만 사람의 생명이 어찌 그리 허망할 수 있단 말인가. 성호 오라버니네 어머니는 오래 앓다가 떠나셨는데 할아버지는 사나흘 만에, 그것도 주무시듯이 떠나셨다. 그렇게 갑자기 가실 줄 알았으면 더 좀 잘해 드릴 것을… 인선은 어안이 벙벙하였다.

외할아버지야말로 걸음걸이 하나에서부터 말씨, 밥상머리 예절 등 온갖 것을 가르쳐 준 스승님이 아닌가. 『소학』, 『효경』, 『명심보감』, 『논어』, 『시경』, 『사기』… 어느 것 하나 외할아버지와 관계되지 않은 것이 없었다. 그뿐인가. 그림 솜씨를 아버지께 알려 적극적으로 후원해 주신 분도 외할아버지요, 어머니를 잃고 방황하는 성호 오라버니를 불러다가 함께 공부를 시켜 주던 분도 외할아버지였다.

인선은 오죽 동산을 바라보며 깊은 상념에 잠긴다. 인간이 태어나서 죽는다는 것은 무엇일까. 왜 사람들은 서로에게 정을 붙여 놓고 하나씩 세상을 떠나는 것일까. 사람도 나뭇잎과 같이 하나 둘 가지에서 떨어져 나가는 것일까. 떨어지는 저 댓잎처럼 그렇게 하찮은 존재일까. 죽지 않고 영원히 살 수는 없을까. 죽으면 도대체 어디로 가는 것일까. 언젠가는 우리 부모님도 돌아가시게 되는 것일까? 부모가 안 계셔도 살 수 있을까? 안 돼, 난 못 살아….

인선은 금세 무슨 일을 당하기라도 할 것처럼 부르르 몸을 떨었다.

성호 오라버니의 어머니만 해도 한 다리 건넌 외당숙모라 이렇게까지 충격적이지는 않았다.

인선은 태어나서 처음으로 시신을 보았다. 그동안 할아버지께서 베풀어 주신 사랑에 감사를 드리고 싶어서 시신 옆으로 갔다. 무심코 할아버지의 손을 잡고 이마를 만지다가 소스라치게 놀랐다. 그 싸늘함이라니. 차디찬 겨울날 광에서 만진 널빤지. 장독에서 만진 항아리. 너무나 차가워서 손을 얼른 떼었다. 피가 멈춘 생명체의 실체는 이런 것인가. 피는 어떤 경로로 몸 안을 돌고, 또 어떤 결과로 하루아침에 뚝 끊기는 것인가.

인선은 궁금한 것이 한두 가지가 아니었다. 인선은 믿고 싶었다. 비록 육체는 그렇게 냉랭한 물체로 변해 땅속에서 썩어 없어진다 할지라도 혼령만은 영원히 살아 어디엔가 남아 있을 것이라고…. 그렇다면 그곳은 도대체 어디일까.

그 와중에 외할머니 최 씨는 갑작스런 사별의 충격을 이기지 못해 자리에 누우셨다. 아버지 어머니가 상을 치르는 동안, 인선은 할머니를 보살폈다. 홍천댁이 정성껏 쒀 놓은 깨죽을 억지로 입에 넣어드리기도 하고, 찬 물수건을 만들어 이마에 얹어드리기도 하면서 누구보다 가장 비통해 하는 할머니 곁에서 말없이 시중을 들었다.

"세상에 허망도 하지, 사람이 살았달 것이 없구나."

"할머니, 전 믿을 수가 없어요. 조금 기력이 없어지시긴 했지만, 어떻게 그리 쉽게…."

"사람은 태어나면 다 한번은 가는 것이지만, 할아버지는 대를 잇지 못해 얼마나 쓸쓸했겠냐. 나는 염치가 없다. 그래도 네 아범이 와 있을 때, 초상을 치르게 되어 그런 다행이 없구나. 하마터면 상주도 없을 뻔했다."

"할머니, 너무나 슬프고 허망해요."

인선이 말하다 말고 코를 훌쩍인다.

"울지 마라. 오래 눕지 않고 편히 가셨으니 그것도 고맙지. 할아버지 남 못할 일 안 하고, 잘 살다 가셨으니까 혼령이나 좋은 데 가게 해 달라고 빌어라. 아이고, 불쌍한 양반. 나도 떠나고 네 에미도 떠나면 제사는 누가 지낼거나?"

인선은 아들을 못 낳아 늘 죄인처럼 살았던 할머니의 마음도 이해할 것 같았다. 하지만 다른 여자 얻어 아들을 낳으라고 여러 번 권해도 할아버지가 거절했다지 않는가. 도대체 어찌하여 아들과 딸을 구별해서 이렇게 많은 여자들을 슬프게 하는가. 인선은 자기가 결혼하지 말고 이 집의 대를 이을 수는 없을까를 또 고민해 보았다.

초상을 치르는 동안 성호 오라버니가 자주 왔다. 가장 가까운 어머니의 죽음을 경험한 오라버니는 벌써 죽음에 대해 담담해 있었다. 이것저것 심부름을 하며 평소 자상히 돌봐주시던 할아버지에게 예를 갖추고, 마루 끝에 앉아 슬픔을 달래는 인선에게 다가와 말도 걸어 주었다.

"너무 슬퍼 마라. 할아버지는 좋은 데 가셨을 거야. 우리 마을에서 모두들 존경했지 않니."

"이제 할아버지를 못 뵌다고 생각하니까 너무 슬퍼… 오라버니, 사람이 왜 죽을까?"

"누가 아니냐. 사람은 왜 태어나고 죽는지. 난 그게 너무나 궁금하다. 하지만 다행인 것은, 돌아가신다고 우리 곁을 영영 떠나는 게 아니더라. 난 요즈음 마음 안에서 늘 어머니와 함께 살고 있단다."

"그래? 그건 정말 다행이네, 오라버니."

"그리움이라는 게 있잖아. 그리워하면 눈앞에 보여. 혼령이 꿈에도 나타나고."

"맞아. 혼령은 어딘가에 남아 계시겠지? 나도 할아버지의 혼령이 어디선가 우리를 지켜보실 것만 같아."

"그렇고 말고. 언제든 네가 간절히 뵙고 싶어 하면 네게로 오실 거야. 그러니 너무 슬퍼하지 마."

"오라버니, 난 오라버니가 얼마나 슬퍼했을까를 이제야 조금 알 것 같아. 그동안 아무 위로도 못 주고, 미안해."

"아니야. 늘 고마웠어. 그런데… 우리 집에 곧 새어머니가 오신단다."

"그래? 그럼 오라버니도 좀 나아질까? 동생들이랑 잘 좀 돌봐줬으면 좋겠네."

"글쎄, 제발 그랬으면 좋겠다."

성호 오라버니는 그렇게 말하며 눈물을 글썽거렸다.

인선은 갑자기 외당숙모처럼 젊은 나이에도 돌아가시는데… 외할아버지야 사실 만큼 사셨고, 하는 생각이 들어 자신의 슬픔을 조금씩 가라앉힐 수가 있었다.

어머니와 함께 지은 당호堂號

초상 후의 여러 가지 일을 다 마무리 짓고 난 뒤, 하루는 어머니가 인선을 불렀다.

"인선아, 그새 식구가 줄었다. 할아버지도 가시고, 언니도 시댁으로 들어갔으니 이제 네가 이 집의 큰딸이다. 네가 아들이었으면 얼마나 좋았겠냐만, 딸이라도 잘 커주니 고맙다. 아버지나 나나 너를 얼마나 믿고 있는지 너도 알지?"

"네. 알고 있어요."

"네 나이 이제 열일곱이다. 그래서 말인데 이제 별당을 네가 쓰도록 해라. 거기서 한갓지게 책도 읽고 그림도 그리고, 글씨도 쓰고 수도 놓으면서 네 시간을 많이 갖도록 해라. 여자란 시집가고 나면 남편 뒷바라지 자식 뒷바라지, 게다가 봉제사 접빈객, 모든 것 시댁에 맞추어야 하니까 자기 시간을 갖기가 어렵단다."

"어머니, 감사합니다. 저도 저만의 공간이 하나 있었으면 했어요."

"그런데 너에게 당호堂號를 하나 지어 주었으면 싶구나."

"당호를요? 제가 그런 걸 가질 자격이나 있나요?"

"그럼. 넌 보통 아이하고는 다르다. 가족이 먼저 그걸 인정해야 남한테도 대접을 받지."

"어머니도 참. 그런 것 동생들한테 내색하지 마세요. 늘 미안해요."

"나도 조심한다고 한다만 어떻게 내색을 않을 수가 있니. 다행히 동생들이 널 질투는 안 한다. 그저 자랑스럽게 알지."

"그래서 저도 고마워요. 언니가 특히 저를 늘 사랑해 줘서."

"그거 알았으면 너도 동생들 잘 챙기려무나."

"명심하겠습니다."

"그런데, 너 혹시 글공부하면서 옛 어른 중에 그분처럼 되고 싶다, 하고 생각해 본 사람은 없었느냐?"

"아, 있지요. 있어요."

"그 어른이 누구시냐?"

"저, 중국의 주나라 창건을 이룬 성군 문왕의 어머니 태임太任이십니다."

"오, 그분. 현명하고 의롭고 자애롭기 그지없었다는 그분 말이구나."

"네. 저는 사마천의 『사기』에서 그분에 대한 이야기를 읽고 참 감명이 깊었습니다."

"그래. 어떤 부분이 제일 마음에 들었더냐?"

"그분은 자녀 교육에 대한 열성과 신념이 대단했던 분입니다. 제 생각에도 여자가 결혼하면 시댁 식구들과 화목하고 남편 공경도 잘해야 하겠지만 무엇보다 자식을 잘 길러내는 것이 첫째 임무가 아닌가 싶습니다."

"네 말이 맞다. 자식은, 아무리 타고난다 해도 어머니가 반 이상 만드는 것이라고 봐야지. 아무것도 모르는 아이들이야 그저 어머니의 눈을 통해 세상을 보고 생각하게 마련이니 어머니의 교육에 따라 큰 영향을 받을 수밖에 없겠지."

"타고나는 것도 그래요. 태임 어른께선 태교胎敎를 중요시해서 아기가 뱃속에 있을 때부터 보통 마음을 쓰신 것이 아니더라고요. 그렇다면 이미 태어나기 전부터 어머니 교육은 필요하다는 것이지요."

"그래. 아주 훌륭한 분을 마음에 모셨구나. 그럼 그분을 본받는다는 뜻으로 하나 만들어 보자꾸나."

"본받는다는 뜻에서 스승 사師 자를 넣어 볼까요?"

"그럼 사태임?"

"당호라면 당堂 자도 들어가야 되지 않을까요?"

"그럼 사태임당? 좀 길지 않니?"

"네. 좀 어색하군요. 그냥 태임이란 글자에서 한 글자만 따면 어떨까요?"

"그럼 사태당?"

"듣기가 좀 어색한데요? 차라리 사임당은 어떨까요?"

"아, 그것 좋구나. 사임당. 듣기도 좋다. 성을 붙이면 신사임당申師任堂이 되고."

"그렇겠네요. 저는 마음에 듭니다."

"내 마음에도 든다. 아버지께도 말씀드려서 허락을 받아 보자꾸나."

두 사람은 곧 바깥채에 계시는 아버지를 찾아가 자초지종을 아뢰었다.

"당호라고? 좋은 생각이오. 우리 인선이 그렇게 훌륭한 분을 마음에 모시고 있었다니 대견하구나. 사람은 항상 앞서 간 성현들 중에 자신이 마음으로 존경하며 따르고 싶은 사람 한 분을 모시는 게 중요하지. 그래야 인생의 목표가 서는 것이거든. 사람마다 제게 알맞은 성현들이 있기 마련이지. 사람이 살아가는 데, 목표가 있느냐, 없느냐에 따라 그 사람의 인생은 천양지차가 된다. 그래서 청년기에 접어들면 제일 먼저 할 일이 입지立志란다. 자기 뜻을 세워 놓으면 자연히 거기 맞추어 노력을 하게 마련이지. 그러다 보면 설령 그분과 똑같이는 못 되어도 그 비슷한 사람은 되지 않겠느냐. 너는 아주 네게 딱 맞는 분을 마음에 모셨구나. 태임을 본받는다, 정말 좋구나. 사임당. 신사임당. 듣기도 좋아. 네가 스무 살이나 되면 그렇게 부르기로 하자."

그날 저녁 때 또 성호가 왔다. 인선은 오라버니에게 당호를 자랑하고 싶었지만 참았다. 부끄럽기도 했지만 슬픔 어린 오라버니에게 자신의 기쁨을 드러내기가 미안했던 것이다. 외할머니는 얼굴이 그늘진 성호를 보고 걱정스레 물었다.

"그래, 새어머니는 잘 계시냐."

"네."

"어찌 친어머니 같겠냐. 그래도 가족으로 들어왔으니 너희들이 잘해라."

"네."

그때 인선은 보았다. 오라버니의 눈에 살풋 고이는 눈물을. 가슴이 철렁했다. 인선은 얼른 화제를 돌렸다.

"오라버니, 우리 아버지한테 가서 공부할까?"

"그러자."

아버지는 성호를 반가이 맞아 먹을 갈아 글씨도 쓰게 하고 책도 읽혔다. 오늘은 『논어』「교육편」의 한 구절이었다. 함께 소리 맞춰 한문을 읽게 하신 다음 설명을 해주셨다.

"군자는 생각하는 것이 아홉 가지가 있다. 무엇인가를 볼 때는 겉만이 아니라 속까지 볼 수 있도록 밝아야 함을, 들을 때는 남의 말을 잘 새겨들을 수 있도록 총명해야 함을, 안색은 온화스러워야 함을, 용모는 공손해야 함을, 말에는 신의가 있어야 함을, 일을 행함에 있어서는 정성스러워야 함을, 의심나면 물어야 함을, 분하면 환난 있을까를, 이득을 보면 옳은 것인가를 먼저 생각해야 한다. 이 아홉 가지만 염두에 두고 산다면, 바로 군자가 되는 것이야. 군자라고 어디 저 멀리 있는 게 아니다. 공자님은 우리가 마음만 먹으면 누구든지 군자가 될 수 있다고 하셨다. 알아듣겠느냐?"

"네."

두 사람은 공부를 마치고 뜰로 나갔다. 화단에는 나비가 날고 여치도 보였다.

"오라버니, 저 나비를 좀 자세히 그리고 싶어. 그리고 저 여치도."

성호는 잠자리채로 나비를 잡아오고, 풀 위의 여치도 잡아온다.

인선은 부지런히 사생을 하고 그들을 놓아 준다. 성호는 그런 인선의 재주가 한없이 부럽다. 인선에게 그림을 한 장 줄 수 없겠는가 묻는다. 인선은 속으로 웃으며 몇 장의 그림을 꺼내 놓는다.

"오라버니가 이 중에서 한번 골라 봐."

성호는 인선이 꺼내주는 그림들을 보더니 타는 듯 붉은 맨드라미 그림을 골라 들었다. 인선은 무척 기뻤다. 마음이 통한다는 것은 이런 것인가?

"이제 가 봐야겠다. 오늘 즐거웠다."

오라버니의 걸음걸이가 조금 활기차다. 맨드라미 덕분인가. 인선의 마음도 밝아진다.

4

수틀 속에 열린 세상

수박과 석죽화 | 신사임당, 조선/16세기

어머니의 천붕지통天崩之痛*

비도 기척을 몰고 오는가. 묵적지근한 더위가 방 안팎 공기를 타고 돌더니 새벽부터 기어이 비가 내렸다. 이 씨 부인은 잠결에 누군가가 창밖에 어른거리는 듯 이상한 예감에 눈을 번쩍 떴다. 혹시 아버지가 오셨나? 아버지 가신 지 일 년이 가까워 오건만 시도 때도 없이 아버지가 어른거렸다. 그러나 그것은 사람이 아니라 비였다. 가을비는 한 번 올 때마다 찬 기운을 몰고 온다더니 거짓말처럼 더위가 가셨다.

참으로 무더운 여름이었다. 한 달포, 숨이 턱에 차도록 헉헉대던 더위였다. 태양이 바로 머리 위에서 지글지글 타는 것만 같았다. 부엌 뒤꼍에서 자배기에 떠다 놓은 물로 하루에도 두어 번씩 등목을 하면서 견딘 더위였다. 그런데 하루 새에 이렇게 달라질 수가 있단 말인가. 하늘의 조화를 누가 막으랴. 북평촌 사람이 다 모여 부채질을 한다 해도 그 뜨거운 열기를 하룻밤 동안 이렇게 식혀 놓을 수는 없을 것 같았다.

이 씨는 아침을 준비하면서 어머니를 생각한다. 갑자기 남편을 잃고 혼자가 된 어머니. 아들을 낳지 못해 늘 기를 펴지 못했고, 외동딸마저 딸만 다섯을 낳았으니 아들에 대한 욕심이 얼마나 사무쳤을까. 이제 그 어머니도 하루하루 사그라지는 불꽃처럼 건강을 잃고 있다. 이 씨는 외갓집이 워낙 대가족이라 그동안 사람이 죽는 것도 수없이 보아 왔었다. 그러나 그들은 이모네 가족이거나 외삼촌네 가족들이라 바로 자신의 일은 아니었다. 그래서 미안하게도 사나흘만 지나면 그들이 당한 슬픔 같은 건 잊어버리기 일쑤였다.

그런데 아버지가 가시고부터는 그 쓸쓸함을 이루 말할 수가 없었다. 아버지 빈자리가 이렇게 클 줄 상상이나 했겠는가. 새벽같이 일어

---

*천붕지통(天崩之痛):하늘이 무너지는 것 같은 아픔이라는 뜻으로 임금이나 아버지가 돌아가셨을 때 쓰는 말.

나 마당을 한 바퀴 도시며 간밤에 혹 무슨 일이 있었나 살피시고, 저녁이면 안채 바깥채 대문 단속을 몸소 점검하시던 아버지. 외동딸인 자기에게 하듯 외손녀들에게 글공부를 시키시고, 학식보다 사람이 먼저 되어야 한다고 온갖 예의범절을 가르쳐 주시던 아버지.

궤연几筵*에 메 진짓상을 올리면서 이 씨는 버릇처럼 신위神位 앞에서 아버지께 침묵의 말을 건넨다.

'아버지, 감사했습니다. 저 하나를 바라보고 일생을 쓸쓸히 살아오신 아버지. 남자들이 걸핏하면 소실을 두는 판에, 어머니의 간청에도 불구하고 딸 하나로 족하다고 외도 한 번 안 하고 사신 아버지. 남들이 딸에게 무슨 공부를 시키느냐 흉을 봐도, 여자이기에 더 많이 알아야 남편 공경 잘하고, 자식 교육도 잘한다며 글을 읽혀 주시던 아버지. 저는 그 덕분에 사람의 도리, 여자로서의 도리를 익힐 수 있었으니 그 은혜를 어찌 다 갚으오리까? 아버지, 효자가 그 부모상을 당하면 곡소리가 그치지 않고, 말을 번잡스럽게 하지 않고, 고운 옷을 입으면 오히려 불안하고, 음악을 들어도 도리어 즐겁지 아니하며, 맛있는 음식을 먹어도 입에 달지 아니하니, 이것은 모두 슬퍼하고 서러워하는 정 때문이니라 하셨지요. 정말 그렇습니다. 아무 말도 하고 싶지 않고, 아무것도 먹고 싶지 않고, 아무것도 즐거운 것이 없습니다. 그저 앉으나 서나 아버지 생각뿐입니다. 아버지, 이 미련한 여식, 살아생전 효를 다하지 못한 것 용서하시고 부디 황천에 들어 안식을 취하소서.'

이 씨는 아버지 방에서 한참 묵상을 하다가 상을 물려 내오면서 다시 어머니를 생각한다.

아버지가 돌아가신 후 밥맛을 잃어 알아보게 기력이 쇠잔해지셨다. 그런 어머니를 어떻게 하면 덜 쓸쓸하게 해드릴 수 있을까. 어떻게 하

---

*궤연(几筵):죽은 사람의 영혼을 모셔둔 곳. 상청(喪廳).

면 기쁘게 해드릴 수 있을까. 그것에만 관심이 모아진다. 옛날 초나라의 노래자老來子 생각이 났다. 그는 칠순 나이에도 부모 옆에서 장난치며 색동옷을 입고 물그릇을 든 채 넘어지는 척 울기도 하고, 새 새끼들을 희롱하며 즐겁게 놀았다고 하지 않던가. 그렇게라도 하면 어머니가 웃으실까.

그런저런 생각에 잠긴 이 씨 부인의 뇌리에 십오륙 년 전 일이 아득히 떠오른다.

신명화에게 출가하자 처음에는 한양 시댁으로 가 시부모님을 모셨었다. 그새 딸을 둘이나 낳고 시댁 풍속에도 잘 적응하고 살았다. 그런데 어머니 최 씨가 병으로 앓아눕게 되었다는 소식이 왔다. 이 씨는 도저히 그냥 있을 수가 없었다.

외딸이 시집을 가버리고 두 분만 남게 되니 그 마음이 얼마나 허전했을까, 딸네 집이 가까워 수시로 볼 수 있는 것도 아니니 얼마나 쓸쓸했을까. 비록 행랑채 사람들이 있다고는 하나 피붙이가 곁에 없으니 그 허전함이 오죽 했을까, 더구나 명절이 되면 달랑 두 분이 마주 앉아 얼마나 사람이 그리웠을까. 그런 연유로 병을 얻은 것은 아닐까. 이 씨는 몇 날 며칠 밥맛도 잃고 괴로워하였다.

어느 날, 며느리가 평소 같지 않음을 눈치 챈 시어머니가 물었다.

"요즈음 네 얼굴이 말이 아니구나. 왜 무슨 일이라도 있느냐?"

"그저 좀⋯."

"혹시 벌써 셋째를 가진 것은 아니냐?"

"아닙니다, 그건 아닙니다."

"그럼 무슨 근심이라도 있느냐?"

"어머님, 사실은⋯ 제 친정 일로⋯."

"왜, 무슨 일이냐?"

"차마 말씀드리기 어렵습니다만, 어머님께 여쭙고 싶습니다."

"그래. 말해 보아라."

"강릉 부모님이 걱정되어 아무것도 할 수가 없습니다. 출가외인이라고 합니다만, 저희 부모님껜 자식이라고는 저 하나밖에 없으니 얼마나 쓸쓸하실지, 친정어머니가 몸도 편찮으시다고 하니, 당분간 제가 거기 가서 부모님을 좀 돌봐드리면 안 될까요?"

"오오, 그래서 네가 그렇게 밥맛도 잃고 근심에 싸였었구나."

시어머니도 그 효성을 어찌 물리칠 수 있으랴. 오히려 갸륵히 여기고 허락했다. 어린 두 딸이 딸렸으니 아녀자 혼자 어찌 그 먼 길을 갈 수 있겠는가. 시어머니는 아들에게 함께 내려가기를 허락했고, 네 식구는 대관령을 넘어 친정으로 왔다. 강릉 친정에서 낳았던 인선이 두 돌이 가까워 올 무렵의 일이었다.

이 씨는 고향에 돌아와 지극 정성으로 어머니를 간호했다. 오직 어머니에게만 정성을 쏟고자 남편 신명화도 곧 한양으로 보냈다. 약도 아랫사람 손을 빌리지 않고 손수 불을 조절해 가며 달였다. 삼발이 위에 약탕기를 얹어 놓고, 솔가지를 꺾어 불을 때었다. 너무 급하게 달이면 약물이 제대로 우러나오지 않을까 봐 일정한 온도를 맞추느라 바짝 신경을 썼다. 그리고 몇 번을 열어 보면서 남은 양을 가늠했다. 그러기에 약수건으로 짜 놓은 약은 많았다 적었다가 없이 항상 양이 여일하였다. 이런 정성 때문일까, 어머니는 어느 정도 기운을 차리셨다.

때를 맞추어 한양에서 신명화가 왔다. 이제 장모 최 씨의 병환도 어지간히 호전되었으니 가족을 한양으로 데려가기 위해서다.

"이제 저만큼 쾌차하셨으니 함께 올라갑시다."

이 씨는 그 말이 나올 것을 알았지만, 적이 섭섭했다. 그동안, 하루에도 몇 번을 생각해 봤지만 도저히 부모님만 두고 한양으로 떠날 수가 없었다. 날마다 그 생각 때문에 고민하고 있던 차 남편이 때를 기다렸다는 듯이 그 말을 꺼낸 것이다.

이 씨는 남편을 바라볼 수가 없었다. 부모를 위하자니 남편에게 미안하고, 남편을 따르자니 늙으신 부모에게 불효를 저지르는 것 같아

가슴이 더 아팠다. 남편이 야속하기도 했다. 이 씨는 자기 자신이 외롭기도 하고, 남편이 원망스럽기도 하여 저도 모르게 눈물을 보였었다.

"아니, 왜, 내가 무얼 잘못하기라도 했소?"

"아니오, 아닙니다."

이 씨는 눈물을 훔치며 용기를 내어 말했다.

"여자란 삼종지도가 있으니 분부를 어길 수는 없습니다. 그러하오나 저의 부모는 이미 늙으셨고 의지할 자녀라곤 저밖에 없습니다. 하루아침에 제가 떠나게 되면 부모님은 누구를 의탁하겠습니까? 더구나 어머니는 몸이 많이 쇠약하여 계속 탕약을 드셔야 하는데, 어찌 차마 떨치고 떠나겠습니까? 제가 애통하여 눈물 흘리고 우는 것은 오직 이 때문입니다. 이제 말씀드려 허락받고자 하는 것은, 서방님은 한양으로 가시고, 저는 시골에 머물면서 각각 노친을 모셨으면 어떨까 하는 것입니다. 저의 이 안타까운 마음을 이해해 주십시오."

이 말에 퍽 난감해진 남편이 한참 있다가 말했었다.

"알았소. 당신의 마음을 내 어찌 모르겠소. 그럼 그렇게 합시다."

"죄송합니다. 그리고 감사합니다. 대신 제가 어린것들 잘 키우고 있을 테니 서방님께서 일 년에 두어 번 다니러 와 주십시오. 어르신들께도 잘 말씀드려 주시고요."

"알았소. 당신이 친정 부모님 모시고 아이 기르며 고생한다면 나는 글공부나 더 하지요."

이렇게 해서 부부는 거의 십육 년 동안이나 헤어져 살게 되었던 것이다.

세월은 무상하기도 하지. 아버지가 돌아가신 지 어느새 일 년이라니. 아버지가 계실 때는 집안일 모두를 아버지가 관장하셨다. 그러나 이제 모든 것은 이 씨가 주관해야 한다. 남편이 있다고는 하나 그는 한양이 더 본집이고 이곳은 가끔 다니러 오는 손님이 아닌가.

이 씨는 오늘 할 일을 생각했다. 더 날씨가 서늘해지기 전에 문부터 발라야 한다. 사람들은 여름이 찾아와 더워지기 시작하면 창호지를 떼고 삼베 천으로 바꾸었다. 아낙네들은 여름 더위를 피하려고 길쌈을 할 때 일부러 성글게 짠 삼베를 준비했다. 듬성듬성 난 구멍으로 바람은 솔솔 들어와도 모기는 얼씬도 못했다. 여름 한철을 그렇게 모기장 문을 발라 시원히 지내다가 찬 바람이 불기 시작하면 다시 여기저기 방문에서 삼베 천을 떼어내고 창호지로 바꾸는 일을 했다. 그것은 집집마다 추석 전에 치러야 하는 연중 행사였다.

아침나절 다행히 햇볕이 좋았다. 이 씨는 행랑채 덕배 아범의 도움을 받아 방방이 문짝을 떼어다가 마당가에 늘어놓는다. 초가을이면 할아버지를 도와 늘 해오던 일이라 인선은 동생들을 데리고 문짝에 물을 축여 놓는다. 얼마쯤 후, 삼베 모기장을 뜯고 구석구석 먼지를 털어낸다. 오랜만에 문짝도 시원하게 씻겨 햇볕에 널린다. 이제 새 옷을 갈아입힐 차례다. 마당가에 피어 있는 국화 송이도 한 옴큼 따다가 물기를 걷으라고 햇볕에 널었다. 어느샌지 덕배네도 일손을 보태느라 풀부터 한 냄비 쑤어 왔다. 온 가족이 총동원하여 열댓 개가 넘는 문에 창호지를 바른다. 전체를 바른 뒤, 잊지 않고 문손잡이 부분에 국화 송이 두어 개씩을 넣어 작은 창호지로 그곳만 덧바른다. 하얀 창호지 속에서 보랏빛, 노란빛 국화 송이가 은은히 제 품격을 드러낸다. 운치가 살아나니 보기에 좋다.

바깥채 안채 문이 거의 끝난다. 이제 행랑채 문이 남았다.

"홍천 아저씨, 이리 주세요. 제가 바를게요."

인선이 솔선하여 덕배네 문을 맡았다. 남은 국화꽃이 넉넉하여 세 개씩 구색을 맞추어 넣으니 더욱 예뻤다.

"아이고, 작은아씨. 우리 문을 더 예쁘게 해주시네요."

만족스레 웃고 있는 그에게 이 씨가 말을 건넨다.

"이제 문 바르기도 끝났으니 가을걷이에 월동 준비만 남았네. 부지런히들 하고 동짓달부터는 쉬어야지."

"네, 들일도 들일이지만 또 겨울 땔감 준비도 해야겠습니다."

"그러세. 아버지가 안 계시니 나는 덕배 아범만 믿네. 철따라 해야 할 일 잘 챙겨 주소."

"걱정 마십시오, 마님. 제가 영감마님 밑에서 한두 해 배웠습니까?"

"그래, 그래. 고맙네. 내가 자네 내외 믿고 살지."

덕배 아범은 이제 또 산에서 나무를 베어 나르고, 도끼로 장작을 패어 부엌 옆 귀퉁이에 차곡차곡 재어 놓을 것이다. 그리고 동네 남정네들과 품앗이를 하며 이 집 저 집 벼를 베어 마당에 동산처럼 낟가리를 쌓아 올리고 날짜를 잡아 탈곡을 할 것이다. 그러는 동안 아낙네들이 가을밭에서 무 배추를 뽑아다 품앗이로 김장을 끝내면 한 해 동안의 수고로움이 끝나고, 드디어 따뜻한 아랫목에서 편히 쉴 수 있는 겨울이 올 것이다.

자수에 맛들이며

어머니가 조금씩 조금씩 천붕지통의 슬픔을 견디고 있을 때, 인선은 더욱 자수에 열중했다. 어머니보다야 덜할지 모르지만 인선 또한 할아버지에 대한 그리움이 왜 없겠는가. 바깥채 앞을 지날 때마다 걸핏하면 할아버지 얼굴이 보였고, 할아버지 음성이 들리곤 했다.

인선은 그 슬픔을 견디려 더욱 자수에 매달렸다. 삼라만상을 보고 있으면 어느 것 하나 제 빛을 지니지 않은 것이 없었다. 인선은 그것들이 혼자씩 제 빛을 내는 것도 아름다웠지만 온통 여러 가지가 어울려 있을 때 더욱 아름답게 느껴졌다. 봄의 초록이 똑같은 초록이 아니듯이 가을 단풍 역시 수십 가지 빛이었다. 특히 느티나무의 단풍은 볼수록 신기했다. 다 같은 나무건만 어찌 그리도 갖가지 빛깔로 단풍이 드는 것일까. 노란색, 갈색, 선홍색, 자주색, 주황색. 나무마다 다르게 치장을 하고 서 있으면 그 조화가 절묘하였다. 그런 잎들에 햇빛이라도 쏴아 하고 내려 비치면 반짝반짝 윤기가 흘렀다. 청명한 하늘을 배경으로 바람에 나부끼는 이파리들은 자기를 부르며 손을 흔드는 것처럼 보였다. 어딘가로 자기를 오라고 불러내는 것처럼 보였다. 인선은 갑자기 눈시울이 젖었다. 알 수 없는 슬픔이 가슴을 적셨다. 아름다운 단풍에 취하여 갑자기 슬픔을 느끼는 것은 무슨 까닭인가. 인선은 자주 무언가가 그립고, 누군가가 보고 싶었다. 산다는 게 무엇인지, 하루 종일 누군가와 대화를 나누고 싶어지면서 가슴 한구석이 빈 듯 허허로움을 느끼곤 하였다.

경포 호숫가의 아름다운 산천은 이래저래 인선에게 좋은 스승이 되었다. 어찌 산천뿐이랴. 집 안의 풀, 꽃, 채소, 포도, 곤충, 나무, 돌, 지붕… 그 모든 것을 바라보면서 수도 없는 빛깔을 관찰하고 인선은 마침내 깨달았다. 빛깔에는 크게 다섯 덩어리가 있다는 것을. 백색, 적색, 청색, 황색, 검은색. 결국은 그 다섯 가지의 빛깔이 중심이 되었다.

색에 대한 관심이 깊어지면서 그네는 자수에 더욱 애정이 갔다. 자연의 아름다움은 조물주가 지어 주신 것이지만, 수틀 위에서는 그네 스스로 아름다움을 만들어 가야 했다.

주변에 흔한 하늘수박은 그림에서도 즐겼던 소재이지만 자수에서도 즐겨 택했다. 둥그런 수박의 모양도 넉넉해 보여 좋았고, 너부죽하게 갈래진 잎사귀들도 아름다웠다. 꽈리도 맨드라미도 민들레도 수틀 위에 다시 피어났고, 나비도 잠자리도 벌도 수틀 위에 다시 날았다.

어찌 감히 자연에 비길 수 있으랴만, 이 색 저 색, 구색을 맞춰 가며 수를 놓고 있으면 환하게 살아나는 빛의 신비에 싸여 아늑한 행복을 누렸다. 어린 시절, 언니랑 함께 놀던 추억도 수틀 위에서 다시 만날 수 있었고, 심지어는 언니와 마음의 대화도 나눌 수 있어 좋았다.

텅 빈 공간에 무언가 새로운 것이 채워지면 갑자기 부자가 된 듯, 마음이 꽉 차올랐다. 완전히 새로운 세상이 열리고 있었다. 무에서 유를 창조해 내는 기쁨이 이런 것인가 싶었다. 인선에겐 수틀 속의 공간이 갇힌 사회를 벗어나는 자유요 꿈이었다.

수의 특징은 부드러움과 광택, 그리고 입체감일 것이었다. 아무리 밑그림이 우수하다 해도 이를 표현하는 기술이 부족하면 좋은 작품이 나올 수가 없었다. 그러기에 전체적으로 색 조화에 신경을 써야 했다. 인선은 실을 집어들 때마다 어떤 빛깔을 선택할까 고심하고, 어떤 기법으로 수놓을까 고심하면서 한 땀, 한 땀, 정성을 다하여 수를 놓았다.

추분秋分이 지나고 상강霜降이 다가오고 있었다. 뜰 앞 감나무에 조랑조랑 감이 익어 마치 꽃이 핀 듯 하였다. 홍시를 보니 아버지 생각이 간절하였다. 더 날씨가 서늘해지기 전에 아버지가 한번 오시겠지, 인선은 그림이며 자수에 더욱 골몰하면서 아버지를 기다렸다. 칭찬을 받는 것도 좋았지만 대소가 어르신들께 선물한다고 그림이며 글씨를 두어 점씩 갖고 가시면 기분이 좋았다. 자기 힘으로 정성껏 만든 것을 누구에게 나눌 수 있다는 것은 얼마나 흐뭇한 일인가.

그네는 그림을 그릴 때는 여러 가지 도구 때문에 조용한 별당을 이용했지만, 크게 도구가 필요하지 않은 자수는 할머니 곁에서 할 때가 많았다.

할머니는 할아버지가 돌아가신 후로 하루하루 기운이 쇠잔하여 바깥출입을 거의 삼가셨다. 밥도 잘 안 잡숫고, 혼자 누워만 계시자니 얼마나 쓸쓸하실까. 어머니도 틈만 나면 할머니 곁에서 바느질을 했고, 인선 역시 할머니 곁에서 수를 놓았다.

인선은 꺼져 가는 할머니께 생기를 드리고 싶어 자주 말도 걸었다.

"할머니, 할머니도 젊은 시절에 수놓아 보셨어요?"

"그럼. 우리 때도 수를 놓았고말고."

"참 신기해요. 이런 걸 누가 맨 먼저 생각해 내었을까요?"

"그러게 말이다. 사람 머리에서 안 나오는 게 없구나. 다 조물주의 조화겠지."

곁에서 바느질을 하던 어머니도 한 말씀 하셨다.

"자수는 아주 먼 옛날부터 있어 왔지. 중국에서 들어왔다는 말도 있고. 궁중에서는 궁수가 대단했단다. 금은사와 여러 빛깔 물들인 실을 사용해서 왕과 왕족, 문무관과 신분에 따른 갖가지 무늬를 수놓았단다. 서민들도 소박하게나마 여러 가지 수를 놓았지. 특히 여인들이 의복에다 정성껏 수를 놓아 멋을 부렸어. 그건 우리 여인네들의 삶이었지. 겨울날 따뜻한 아랫목에 앉아 수를 놓고 있으면 마음이 얼마나 평화로운지. 여인네들이야 농사철 지나고 나면 할 일이 뭐가 있냐. 등잔불 밑에 앉아서도 수를 놓았지. 베갯모, 횃댓보, 장식품, 병풍 등 그 쓸모도 다양하단다."

할머니와의 마지막 대화

그러던 어느 날이었다.

할머니 최 씨가 인선의 수놓는 모습을 물끄러미 바라보시더니 한 말씀 하셨다.

"인선아, 내가 아무래도 오래는 못 살 것 같다. 그동안 우리 인선이 이 할미한테 효도해 줘서 고맙다. 네 어멈한테도 끝까지 아들 노릇 해야 한다. 알았지?"

"할머니, 왜 그런 말씀을 하세요? 죽도 조금씩 더 잡수시고, 원기를 회복하셔야지요."

"아니다. 무언가가 가슴에 꽉 막혀 있는 듯 죽 한 모금 넘기기가 힘이 드는구나."

"그럴수록 억지로라도 잡수셔야지요. 제가 미음 한 사발 가져올까요?"

"아니다. 어서 수나 놓아라. 좋은 밑그림 그려서 병풍도 만들고."

"저는 밑그림으로, 흔히 볼 수 있는 오이, 가지, 수박, 도라지, 원추리 같은 것이 좋아요."

"그래. 그런 것들이 정답고 좋지. 더구나 그런 것들은 넝쿨째 퍼져서 열매를 맺으니 자손 번창과 관계가 많겠구나. 근면을 나타내는 꿀벌도 함께 그리고, 성장발전을 나타내는 개구리도 곁들여 보려무나"

기운도 없으신데, 그렇게 몇 마디 대화를 나누고는 소변을 보시겠다고 일어나셨다. 인선이 부축하여 요강에 앉혀드리고 두 팔로 할머니를 안아 용무를 도왔다. 그런데 다음 순간, 자리에 눕기도 전에 맥없이 요 위로 쓰러지시는 것이 아닌가. 인선은 너무나 놀랐다. 할머니, 할머니, 정신없이 부르다가 바깥에다 대고 소리를 질렀다.

"어머니, 어머니, 여기 좀 와 주세요. 홍천 아저씨 안 계세요? 인교야, 인주야, 어머니 안 계시니?"

인선이 허둥지둥, 안절부절 못할 때 어머니가 들어오고, 뒤이어 홍천댁이 들어왔다. 할머니의 이마를 짚어보던 어머니가 적이 놀란다.

"덕배 어멈, 어서 찬 물수건 좀 해 오게나. 열이 많으시네."

덕배 아범이 들어오고, 의원을 불러오고, 집안은 다시 허둥대기 시작했다. 한약 냄새가 온 집안을 감돌았다. 할머니는 숨을 헐떡이며 괴로워하였다. 앉았기도 불편하고 누웠기도 불편한지 앉히라고 했다가 다시 눕히라고 했다가 어쩔 줄을 모른다.

"나 좀 일으켜다오. 나를 좀…."

온 집안에 다시 죽음의 그림자가 짙게 드리웠다. 할머니는 가까스로 일으켜 앉혀드리면 다시 쓰러졌다. 어머니가 할머니의 등을 떠받치고 앉는다. 하지만 몸을 부린 할머니의 무게가 천근만근이라 무척 힘이 들어 보인다.

"제가 해 볼까요?"

한 집 식구로 친자식처럼 노인을 살폈던 덕배 아범이 앞으로 나서 할머니를 안았다. 훨씬 편안해 보였다. 그러나 그것도 잠시뿐, 다시 눕혀 달라 조르셨다.

하루가 가고, 이틀이 가도 할머니 병환에 차도는 없었다. 미음 한 모금 마시게 하는 일이 과거 시험 합격하기보다 더 어려운 것 같았다. 마침 인편이 있어 아버지에게 소식을 알리고 그저 아버지가 올 때까지라도 할머니 목숨이 붙어 있어 주기만을 간절히 바랐다.

인선은 사람의 목숨이 얼마나 끈질긴 것인가를 그때 알았다. 할아버지는 너무도 갑자기 돌아가시는 바람에 목숨의 끈질김 같은 것은 생각해 볼 겨를이 없었다. 그러나 할머니의 경우는 문자 그대로 사투死 鬪였다. 실오라기 같은 생명을 붙들고 너무나 힘겹게 하루하루를 연명하고 있다는 생각이 들었다. 어머니는 할머니를 가까스로 일으켜 품에 안고, 미음 한 수저씩을 넣어드리기 위해 안간힘을 썼다. 그것만이 할머니를 살릴 수 있는 명약이기라도 한 듯이.

덕배 아범도 만사를 제쳐 놓고, 솔선해서 이 일을 도왔다. 할머니도 연약한 딸의 품보다는 듬직한 덕배 아범의 품이 기대기에 더 나은지, 거부감 없이 그의 시중을 받아들였다.

"네 아범은… 언제나 올까…."

경황 중에도 할머니는 사위를 기다렸다.

"연락이 닿았으니 지금 오고 있을 것입니다."

어머니의 얼굴은 흙빛이었다. 할머니나 인선의 기다림이 아무리 간절하다 한들 어찌 어머니만 하랴. 떨어져 산 지 십오륙 년 세월 동안 요즘처럼 남편이 기다려지기는 처음이라고 했다. 상주 하나 없이 상을 당하면 어찌한단 말이냐. 이 넓은 천지, 왜 나는 형제 하나 없이 이리 고단할까. 언니라도 하나 있었으면 얼마나 든든하겠냐. 어머니는 걸핏하면 눈물을 흘리며 목을 뽑아 동구 밖만 내다보았다.

어머니의 단지斷指

하루하루 쇠잔해지시던 할머니가 곁 사람들의 지극한 간호에도 불구하고 기어이 숨을 거두셨다. 중종 16년 가을, 인선의 나이 열여덟 살 때의 일이다.

인선은 연달아 당하는 죽음 앞에서 생로병사에 대한 의문 때문에 밥맛도 잃었다. 빈소 앞에서 하루 몇 번씩 곡을 하고 계시는 어머니도 안됐고, 아들이 없어 빈소가 쓸쓸해 보이는 것도 마음이 아팠다. 도대체 사람은 왜 태어나고, 왜 떠나야 하는가. 꼭 떠나야 한다면 그날을 미리 알 수는 없을까. 갈 때를 알면 준비라도 할 수 있지 않으랴.

어른들은 누가 죽을 때마다 인명은 재천이라고 하였다. 그렇다면 분명 하늘에 누군가가 계시면서 이 우주 만물을 주관한다는 말이 아닌가. 그분은 누구일까? 사람들은 조물주라고도 하고, 천지신명이라고도 했다. 더러는 하늘이시여, 하느님, 하느님, 하고 소원을 빌기도 했다. 그렇다면 그분은 분명 하늘에 계실 것이고, 죽은 사람들의 혼령도 바로 저 하늘로 데리고 가는 것일까? 혼령들은 나비처럼 가볍게 공중을 날아서 하늘로 올라가는 것일까? 그 혼령들은 명절 차례 때, 또는 기제사 때 지상으로 날아와 가족을 만나고 정성껏 차린 제수를 잡숫고 되돌아가는 것일까? 할아버지는 내내 남은 가족들의 삶을 다 지켜보고 계셨을 거야. 그러다가 할머니가 아프신 것을 보고 안타까이 여겨 하늘로 모시고 간 것일까? 이제 두 분이 함께 우리를 지켜보고 계시겠지? 잘한 일은 기뻐하시고, 잘못한 일은 슬퍼하시겠지. 그분들을 실망시키지 않기 위해서도 바르게 예쁘게 살아야겠구나. 내가 이렇게 슬퍼만 하고 앉아 있는 것도 그분들을 실망시키는 일이겠지? 아, 아버지라도 빨리 오셨으면 좋겠구나. 사람들이 왜 자식 많은 것을 부러워하는지 이제야 알겠다. 동네에서 상여가 나갈 때, 아들 많은 집은 여럿이 베옷 입고 건을 쓰고 줄줄이 상여 뒤를 따라가면 참 보기가 좋았지. 상여 뒤는커녕 지금 우리 할머니 빈소는 말할 수 없이 쓸쓸하지 않은가. 외종 이종 재당숙들이 교대로 빈소를 지켜준다고는 하지만 한 사람의 아들만 하겠는가. 사위인 아버지라도 빨리 오셨으면 좋으련만…. 인선의 상념은 끝이 없었다.

그 무렵이었다. 신명화는 장모가 편찮다는 소식을 듣고 한양을 떠나 강릉으로 오고 있었다.

무남독녀인 부인이 혼자 일을 당하면 어이한단 말인가. 빈소는 누가 지키며 상주 노릇은 누가 한단 말인가. 그는 마음이 바빠졌다. 하인을 데리고 지체 없이 출발을 했었다.

여주驪州에 이르러서이다. 최 씨가 세상을 떠났다는 소식을 접했다. 안 그래도 부지런히 간다고 가는데 이게 웬일인가. 그는 너무나 상심한 나머지 밥맛도 잃었다. 기운이 점차로 쇠진해지더니 머리가 어질하였다. 그래도 한시가 바빠 다시 길을 떠났다. 횡성에 이르러서였다. 뒤통수가 더욱 차가워지며 어지럼증이 더해 갔다. 운교역雲交驛에 이르러서는 드디어 귀가 멍멍해지고 열이 나기 시작했다. 진부역珍富驛에 이르러 하인 내은산이 머물러 쉬기를 간청하였으나 신명화는 그의 말을 귀담아듣지 않았다. 한시가 급했다.

"머물러 묵고 있는 게 더 고통이다. 어서 가자. 서둘러 가자."

그는 금세 쓰러질 듯, 쓰러질 듯 하며 내은산의 팔에 의지하여 걸었다.

"이제 조금만 더 가면 횡계역橫溪驛이다. 어서 가자, 어서 서둘러 가자."

"나리, 정말 이러다 큰일 나시겠습니다. 어디 들어가서 쉬셔야 합니다. 아이고, 나 참."

내은산은 더욱 마음이 조급하였다.

"아이고, 잠깐, 잠깐만."

드디어 신명화는 걸음을 멈추었다. 그리고는 갑자기 고개를 숙이더니, 붉은 피를 토해냈다. 내은산은 너무나 놀라 허겁지겁, 지나가는 사람을 불러 세워 도움을 청했다. 적어도 서너 숟갈, 한 종지는 족히 될 피였다. 이 일을 어찌하면 좋단 말인가. 그때 마침 지나가던 사람이 다가와서 환자를 도왔다.

"아니, 이 지경을 하고서 어디를 가고 있소?"

"강릉으로 갑니다."

"나도 강릉 사람이오. 김순효라고 하지요. 지금 나도 강릉으로 가는 중이오."

"아이고, 하늘이 살리셨네요. 이분은 북평촌 최 참판댁 손녀 사위입니다. 며칠 전 한양을 나서 강릉으로 가는데, 도중에 장모님이 돌아가셨다는 소식을 듣고 아무것도 드시지 않더니 기어이 병이 나셨습니다. 이 일을 어찌하면 좋습니까?"

그는 환자를 일으켜 맥을 짚어 보는 등 힘을 합해 일단 안정을 취하게 했다가, 기어이 다시 떠나야 한다는 신명화를 부축하고 겨우 구산역까지 함께 갔다. 그곳에서 잠시 안정을 취한 그들은 잠시라도 쉴 수 있는 곳을 찾아 겨우겨우 환자를 끌다시피 하여 조산재사助山齋舍에 들어갔다. 김순효는 먼저 바삐 떠나며 간곡히 말하였다.

"여기서 쉬고 있으시오. 이제 거의 다 왔으니, 내 얼른 가서 가족에게 알리리다."

얼마 후, 이 씨의 외재종제 최수몽과 여러 딸들이 영접하러 나왔다. 신명화는 말은 하지 못하고 겨우 고개만 끄덕였다. 그들은 임시방편으로 만들어 온 들것에 신명화를 싣고 걸음을 재촉하며 집으로 향했다. 신명화는 얼굴빛마저 검어져 거의 죽음 직전의 상태였다. 덕배 아범이 의원을 부르러 나가고 온 집안이 바삐 휘돌았다.

이 씨는 어찌할 바를 몰랐다. 막 모친상을 치르느라 애훼哀毁*함을 겪고 난 뒤에 왜 이런 횡액이 또 오는가. 화불단행禍不單行이라더니 바로 이를 두고 한 말인가. 의원은 탕약 몇 첩을 지어 주며 서서히 좋아질 것이라고 했다. 하지만 이 씨는 걱정이 태산이다. 우선 기운이 저리 없으니 어찌한단 말인가. 식은땀을 흘리면서 죽도 못 넘기고 있으니 어찌한단 말인가. 이 씨는 자기도 덩달아 식음을 전폐하며 단식기도에 들어갔다. 그네는 새벽부터 뒤뜰 소나무 밑, 자신의 기도처로 마련한 반석 위에 정화수를 떠 놓고 천지신명에게 빌고 또 빌었다. 하느님이시여! 제발 남편을 살려주소서. 살려주소서.

초상을 치르느라 녹초가 된 몸이었다. 그래도 의지로 버티며 간절히 기도했다. 그러기를 이레째, 드디어 그네는 어떤 결심을 하기에 이르렀다. 목욕재계하고 손톱 발톱까지 다 깎았다. 몰래 감추어 둔 은장도銀粧刀를 품에 안았다. 그리고 집을 빠져나갔다.

이 모든 것을 지켜본 인선은 어머니의 행동이 수상하여 황급히 뒤따라 나갔다. 어머니는 뒤도 보지 않고 마을 뒷산으로 치달았다. 목적지는 선영이었다. 외할아버지 묘를 지나 증조부 최치운 할아버지의 묘 앞으로 갔다. 어머니는 가슴에서 은장도를 꺼내 상석 위에 얹어 놓고 하늘을 향해 합장 배례하더니 울면서 부르짖었다.

"하느님이시여! 하느님이시여! 착한 이에게 복을 주고 악한 자에게 화를 내리심은 하늘의 이치이옵니다. 그리고 선행을 쌓거나 악행을 거듭하는 것은 사람의 일이옵니다. 아뢰옵건대 그동안 저의 남편은 지조를 지켜 왔고 심지가 사악하지 않아 모든 행동에 흉악한 점이 없었습니다. 그리고 부모의 상을 당하여서는 무덤 곁에 막을 치고, 나물 반찬에 거친 밥으로 연명하면서 상복을 입은 채로 삼 년을 거상하였습

---

*애훼(哀毁):부모의 상을 당해 몸이 축나도록 슬픔을 슬퍼함.

니다. 하느님께서 그 모든 일을 알고 계신다면 응당 선악을 잘 살펴셔야 할 터인데 어찌하여 이렇듯이 가혹한 화를 내리시옵니까? 저와 남편은 각각 그 어버이를 봉양하느라 한양과 강릉으로 십육 년 동안이나 헤어져 살았습니다. 지난번 집안의 재앙으로 아버지 어머니를 연이어 여의었사온데, 이제 남편까지 이토록 위독하오니, 만약 또 큰일을 당한다면 세상천지에 홀로 남은 이 몸 장차 어디 가 의탁하오리까? 엎드려 생각하옵건대 하늘과 사람이 한 이치 속이라 조금도 틈이 없사온즉 하느님이시여, 하느님이시여, 이 가련한 여인의 사정을 굽어 살펴주시옵소서."

그리고는 은장도를 집어 들었다. 망설임도 없이 칼집을 열어 칼을 빼었다. 인선은 가슴이 덜덜 떨렸지만 어머니의 행동이 어찌나 비장한지 도무지 어떻게 해볼 수가 없었다.

아, 어머니!

인선은 부르짖었다. 어머니가 순식간에 손가락을 내려친 것이다. 인선은 너무나 놀라 한 걸음을 옮겼으나 다시 멈춰 서고 말았다. 도무지 곁으로 다가갈 수가 없었다. 어머니는 왼손 가운뎃손가락을 옷고름으로 감싸 쥔 채 하늘을 우러러 가슴을 치면서 말하였다.

"저의 정성과 공경이 지극하지 못하여 이런 극한 지경에 이른 것입니다. 신체발부는 부모에게서 받은 것이라 감히 훼상하지 못한다는 것은 압니다. 그러나 제가 하늘로 삼는 바는 남편이오니, 하늘이 만약 무너진다면 어떻게 홀로 살겠습니까? 바라옵건대 저의 몸으로 남편의 목숨을 대신하고 싶사오니 하느님이시여, 하느님이시여, 저의 이 미약하온 정성을 굽어 살펴주시옵소서!"

어머니는 하늘에 기도하기를 마치고 나서 다시 할아버지를 부르며 눈물로 하소연하더니, 아버지 이사온의 묘소로 내려와 역시 큰절을 드린다. 인선도 곁에 서서 따라 절한다. 어머니가 하는 대로 두 번 절한다. 그리고 역시 한 발 떨어진 자리에서 어머니를 지켜만 본다. 옷고름이 온통 피로 물들었다. 어머니는 인선에겐 관심도 없고, 다시 큰 소리로 고하기 시작한다.

"아버지, 살아서 어진 분이시었으니 돌아가셔서도 반드시 영명하신 영혼이 되시었을 것입니다. 하느님께 아뢰시어 저의 간곡한 청을 통달하게 하여 주소서!"

인선은 자기도 모르게 소리를 내어 간절히 빌었다.

"하느님이시여, 하느님이시여, 우리 아버지를 살려주시옵소서. 우리 어머니를 봐서라도 살려주시옵소서. 부모에게 효성 지극했던 우리 어머니를 봐서라도 살려주시옵소서. 남편을 살리겠다고 손가락을 끊는 우리 어머니, 그 갸륵한 마음을 봐서라도 아버지를 살려주시옵소서."

한낮의 뇌성벽력

이윽고 어머니가 할 일을 다했다는 듯 털썩 주저앉았다. 인선은 그제야 어머니 옆으로 후다닥 다가갔다. 이레나 밥도 안 드신 어머니, 기력이 쇠진한데다 손가락까지 자른 어머니, 인선은 무엇보다 어머니 손가락이 걱정되었다. 한시 바삐 집으로 돌아가서 그것을 싸매야 한다. 인선은 피 묻은 옷고름으로 싸맨 어머니의 손가락을 붙들고 발걸음을 재촉한다.

"어머니, 어머니, 어서 가셔요. 가서 손가락부터 싸매야지요."

"그래. 가자. 어서 가자. 네 아버지가 돌아가시면 안 된다. 그건 절대로 안 된다."

"어머니, 하늘이 무심치 않다면 아버진 일어나실 것입니다."

인선은 기진맥진한 어머니를 부축하고 산길을 내려온다. 평소 별로 멀지 않게 느껴지던 외갓집 선영이 오늘은 왜 이렇게 멀기만 할까. 인선은 일각이 여삼추 같다. 집으로 들어서자 인선은 반짇고리에서 흰 광목천 쪼가리부터 찾아 어머니의 손가락을 칭칭 동여매었다. 세상에, 이럴 수가. 가운뎃손가락이 한 마디도 아니고 두 마디나 잘려 있었다.

어머니는 손가락을 싸매고 방으로 들어갔다. 행여 남편이 알까 봐 조금도 아파하는 기색 없이 싸맨 손가락을 안 보이게 감추며 남편 곁으로 다가갔다. 인선은 그동안 아버지 방을 지키고 있던 동생들을 불러냈다. 마루 끝에 서서 인선은 조용조용 말한다.

"얘들아, 우리도 마음을 다하여 하늘에 빌자. 저러다 어머니마저 병나시면 큰일이다."

"언니, 그새 어디 갔다 왔어?"

아무도 없는 동안 제가 제일 손위라고 걱정이 많았던지 인교가 물었다.

"말도 마라. 내가 얼마나 놀랐는지, 세상에 어머니 같은 분이 또 있을까. 뒷산 선영에 가서 하늘에 빌며 놀라운 일을 하셨단다."

"무슨 일?"

"지금 어머니, 몹시 아프실 거야. 왼손 가운뎃손가락을 두 마디나 끊었어. 은장도로."

"뭐라구? 손가락을?"

"난 너무나 떨렸지만 말릴 수도 없었단다."

"그럼 어떡해?"

"상처 없이 잘 아물도록 빌어야지. 그리고 어머니 마음 안 거스르게 조심들 하자. 알았지?"

"응. 근데 무서워, 언니."

동생들이 한마디씩 하며 인선의 치맛자락을 붙든다.

바로 이때였다. 갑자기 밖이 어둑해졌다. 맑은 하늘에 검은 구름이 확 몰려왔다. 순간 번갯불이 번쩍 어둠을 갈랐다. 뒤이어 하늘을 쪼갤

듯한 뇌성벽력! 온 집안이 뒤흔들렸다. 동생들이 무서워서 벌벌 떨며 서로를 부둥켜안았다. 인선도 심상치 않음을 느끼고 동생들을 감싸 안았다. 번쩍번쩍 번개는 계속 치고 더 큰 천둥소리가 온 동네를 흔들더니 쫄쫄 비가 내렸다. 비비비비비…. 그 맑던 하늘이 삽시간에 빗줄기를 뿌려댔다. 시간이 갈수록 빗줄기가 굵어져 지붕 때리는 소리가 요란했다. 오랫동안 가뭄이 들어 구름 한 점 없이 맑던 날이었다. 이건 정말 날벼락이었다. 동생들을 감싸 안고 있던 인선도 갑자기 안 좋은 예감에 무섬증이 솟구쳤다. 이를 어쩌나. 이게 웬 징조인가. 아무래도 아버지가 잘못되는 것이 아닌가. 가슴이 두근거리고 온몸이 떨려 왔다. 그러나 동생들에게 그런 내색을 할 수도 없어서 말도 못하고 속으로만 간절히 빌었다.

'아, 하늘이시여. 이 집안에 드리운 이 무서운 그림자를 거두어 주소서. 저희 어머니의 효성을 굽어보소서. 천지신명이시여, 비나이다. 비나이다. 제발 굽어 살피소서.'

인선은 아무래도 무슨 일이 일어날 것만 같아 동생들을 안채로 보내고 아버지 방으로 들어갔다. 아버지는 사람을 알아보기는 하나 워낙 기운이 없는지, 아무 말씀도 못하셨다. 어머니도 며칠 동안 식음을 전폐하신 탓인지 금방이라도 쓰러지실 듯 앉은 자세가 불안하였다. 인선은, 방문 앞을 어정거리는 홍천댁을 불렀다.

"죽도 못 드시니, 미음을 좀 쒀 주세요. 그냥 물처럼 드시게 합시다."

"안 그래도 쒀 놓았어요. 가지고 올게요."

홍천댁은 금세 부엌으로 달려가 미음을 가져왔다. 인선은 아버지에게 먼저 미음을 내밀었다. 고개를 젓는 아버지를 기어이 부축하여 몇 모금 떠 넣었다. 다시 어머니에게도 가까스로 미음을 떠 넣었다. 두 분 다 그런대로 몇 모금을 잡숫게 한 것이다. 그렇게라도 하니 마음이 놓였다. 이윽고 조금 정신이 든 어머니께 인선은 진정을 다하여 권유

했다.

"어머니, 잠시만 눈을 붙이고 오세요. 제발, 잠시만 쉬었다 오세요. 제가 여기 있겠어요."

"…그래 볼래?"

인선은 어머니를 부축해 안채로 옮겨드리고 아버지 곁을 지켰다. 이럴 때 언니라도 함께 있었으면 얼마나 좋을까. 인선은 동생들을 데리고 아버지 곁에서 꼬박 밤을 새웠다. 주룩주룩 비는 내리고, 아버지는 가물가물 눈을 감으시고, 인선은 아무래도 무슨 일이 날 것만 같아 안절부절 못하고 계속 천지신명에게 빌기만 했다.

'아버지를 살려주세요. 아버지를 살려주세요.'

꿈속에서 얻은 명약

다음 날, 새벽이었다. 인선은 아버지를 물끄러미 바라보고 있었다. 아버지는 죽은 듯이 눈을 감고 미동도 안 하신다. 그때 갑자기 방문이 화안히 밝아 왔다. 인선은 자기도 모르게 그쪽으로 시선을 돌렸다. 문득 스르르 문이 열리더니 하늘이 보였다. 그런데 공중에서 무엇인가가 어렴풋이 후울 날라 방문 앞으로 다가왔다. 차츰 형체가 보이는데, 하얀 두루마기 차림에 수염이 유난히 긴 노인이었다. 산신령 같기도 하고, 어린 시절에 본 외증조부 모습 같기도 하였다. 그러자 갑자기 하늘에서 이상한 열매가 떨어졌다. 대추씨만한 크기의 붉은 열매였다. 하얀 수염의 노인이 두 손으로 얼른 받았다. 노인은 그것을 가지고 방으로 들어왔다. 그리고는 아버지를 안아 일으켜 앉혔다. 아버지가 눈을 떴다. 그는 아버지의 입을 벌리더니 그 붉은 열매를 넣어주었다. 아버지는 다 알고 있었다는 듯 놀라지도 않고 그것을 입 안에 받아들였다.

인선이 이상히 생각하며 노인의 옷자락을 잡으려 하였다. 그런데, 인선의 손이 닿기도 전에 노인은 금세 형체도 없이 사라져 버리는 게 아닌가. 뭐가 뭔지 알 수 없는 순간이었다. 인선은 자기도 모르게 '할 아버지!', 하고 불렀다. 할아버지, 할아버지, 인선은 제 소리에 제가 놀라 잠을 깼다. 필시 꿈을 꾼 게 분명했다. 곁에서 아버지가 끙, 하고 소리를 내며 앓고 계셨다.

"아버지, 아버지, 제가 잠이 들었었군요. 죄송합니다."

"아니다. 너도 피곤할 텐데, 가서 좀 쉬어라."

곧 어머니가 미음을 가지고 들어오고, 딸들은 그곳을 물러났다. 인선은 자기 꿈이 아무래도 길몽인 것만 같았다. 좋은 꿈은 얼른 말하지 말라던 할머니 말씀이 생각나 아무 소리 안 하고 가슴속에 감추었다.

그날 오전, 외당숙 최수몽이 문병을 왔다. 가족 모두 초긴장 속에 병실을 지키고 있는데 아버지가 눈을 감고 홀연히 작은 목소리로 말하였다.

"이제는 병이 나을 것 같구나."

옆에 있던 당숙이 물었다.

"어떻게 아십니까?"

"신인이 와서 알려주었지."

인선은 깜짝 놀랐다. 그럼 그 하얀 두루마기 할아버지가 신인神人이었단 말인가.

아, 어머니의 단지. 지성이면 감천이라더니 하늘이 돌보심인가. 인선은 더 이상은 참지 못하고 아버지 어머니께 꿈 이야기를 여쭈었다.

"아니, 네가 그런 신묘한 꿈을 꾸었다고? 인선이 꿈이 나를 살렸구나."

"너에게 신인이 현몽을 하셨구나. 할아버지가 단단히 부탁을 하셨나 보다. 감사하고 또 감사할 일이다."

"아버지, 어머님의 지극 정성에 하늘이 감복하신 모양입니다. 보세요. 어머니가 단지斷指까지 하시고 하늘에 빌었답니다."

"단지라니?"

신명화는 인선이 들어 보이는 부인의 손을 보았다. 가운뎃손가락이 형겊으로 싸매져 있었다. 그는 기운 없는 팔을 들어 아내의 손을 잡으며 말했다.

"아니, 언제 그런 일을? 고맙소. 참으로 고맙소. 내 틀림없이 일어날 것이니 안심하시오."

아버지는 그 시간부터 미음을 몇 수저 더 잡수셨다. 낮에도, 밤에도, 점점 더 넉넉히 잡수셨다. 그리고 이튿날 아침엔 묽은 죽을 잡수셨다. 분명히 차도가 있었다.

아버지의 병은 날이 갈수록 차도가 있었다. 온 마을에 어머니의 단지 소문이 퍼졌다. 인선은 어머니의 손가락을 볼 때마다 가슴이 아려왔다. 어떻게 그런 용기가 나셨을까. 인선은 자주 가운뎃손가락을 접어 놓고 나머지 네 손가락으로 물건을 집어 보기도 하고, 음식을 만들어 보기도 하면서 어머니의 불편을 스스로 체험해 보았다. 어머니는 이제 남은 평생을 네 손가락으로 이렇게 지내셔야 할 것이다. 아아.

인선은 가급적 집안일을 도맡았다. 식사 준비, 식사 시중, 어머니 손가락의 상처가 아물 때까지는 제발 그냥 아버지 곁에 함께 계시라고 졸랐다.

어느 날, 아버지가 막 잠이 드신 것을 보고 나온 인선이 마당에 들어서는 성호와 마주쳤다.

"쾌차하셨다지? 정말 다행이다."

인선을 보자 그는 밝게 웃었다. 인선도 화안히 미소 지으며 성호를 맞았다.

"어서 와, 오라버니. 이제 한시름 놓았어."

"당고모님이 단지를 하셨다면서?"

"응. 난 뻔히 보고도 못 말렸어. 떨기만 하고."

"정말 대단하시구나. 존경스럽다."

"난 아무래도 어머니랑 살며 여러 가지 돌봐드려야 할 것 같아."

"그게 어디 마음대로 되니? 나이 차면 가정을 이뤄야지."

"글쎄. 근데, 오라버니는 요즘 괜찮아?"

"늘 그렇지 뭐. 새어머니 꾸중이 떠날 날이 없다. 아무리 조심하고 잘해도 책망거리를 찾아내면 할 수 없단다. 책잡히는 거 순식간이다. 칭찬받으려고 한 일도 책망거리가 되는 일이 허다하단다."

"정말 걱정이네. 마음이 편해야 공부도 할 텐데. 과거도 봐서 관직에도 오르고 해야지."

"우리가 꼭 벼슬하려고 공부하는 건가 뭐. 성현의 좋은 글 읽으면서 사람다운 사람이 되자는 것이 더 큰 목적이지."

"맞아요. 우리 아버지도 관직엔 안 나가셨지. 그 덕분에 난 모처럼 아버지랑 많은 시간을 함께 할 수 있어서 참 좋았어."

"인선이 넌 좋은 부모님 만나서 참 행복하게 산 거야. 알지?"

"그럼. 알고말고. 미안해, 오라버니. 지금도 힘들어?"

"힘 안 든다고 하면 거짓말이지. 형도 장가들 나이가 됐는데, 서둘 사람도 없고."

"나이 든다는 게 참 싫어. 우리 어렸을 땐 이런 일 생각도 안 했잖아."

"그러게 말이다. 그래도 자꾸 세월은 흐르고, 우리도 곧 스무 살이 되는구나."

"끔찍하다. 오라버니, 그런 소리 하지 마. 그냥 이대로 머물렀으면 좋겠다."

"마음이야 그렇지. 그러나 넌 나보다 먼저 혼인하게 될 거야."

인선은 가슴이 아릿했다. 갑자기 성호 오라버니는 왜 그런 말을 할까. 남녀칠세부동석이라지만 친척 오라버니기에 스스럼없이 한자리에서 공부도 하고 이야기도 나누며 우정을 나누어 왔었다. 인선은 충분히 깨닫고 있었다. 또래의 이성은 또래의 동성과는 무엇인가 느낌이 달랐다는 것을. 만일 오라버니가 없었으면 삶이 얼마나 무미했을까. 자주 만나진 않았어도 오라버니가 가까이 있음이 그저 좋았다. 그러나 누군가가 먼저 제 짝을 찾아 떠나야 한다. 오라버니가 먼저 떠난다면? 인선은 처음으로 그런 생각을 해보았다. 갑자기 할아버지도 할머니도 떠나시고, 언니까지 먼 곳으로 시집을 간 지금 성호 오라버니마저 장가를 간다면 너무나도 쓸쓸할 것 같았다. 그런데 만일 자기가 먼저 시집을 간다면? 성호 오라버니도 자기 같은 생각을 할까? 일찍 어머니를 잃고 늘 쓸쓸해 하는 오라버니다. 그런데 자기까지 멀리 시집을 가버린다면? 공부는 누구랑 하고, 우정은 누구랑 나눌까. 인선은 갑자기 코끝이 찡했다. 행여 그 마음 들킬세라, 얼른 명랑을 꾸미며 말했다.

"오라버니, 우리 아버지한테 가 보자. 이제 깨셨을 거야."

마음 다침 없는 성장은 불가능한 것인가.
잇단 죽음의 그림자들로 하여 어둠의 골짜기를 빠져나온 인선은 하루하루 정신의 키가 훌쩍 커 가고 있었다.

5

정혼 定婚

초당도(양귀비) | 신사임당, 조선/16세기

『내훈』을 익히며

인선 나이 열여덟. 홍조 띤 두 볼이 복사꽃처럼 곱다.

신명화의 건강이 우선해지자 이 씨는 인선의 혼인 문제를 걱정하기 시작하였다. 이미 서둘렀어야 할 나이였다. 그러나 집안에 닥친 우환 때문에 그럴 기회도 없었고, 솔직한 심정으로 시집보내기 아까운 딸이었다. 마음 같아서는 어디선가 데릴사위를 하나 얻어 오면 좋겠지만 그것도 뜻처럼 쉽지는 않을 것이었다. 집안도 봐야 하고, 인품도 봐야 하고, 인선이 공부를 했으니 학식도 봐야 할 것이었다.

그네는 남편이 한양으로 떠나기 전 기어이 그 말을 꺼냈다.

"인선 나이 열여덟입니다. 이제 신랑감을 알아봐야 되지 않을까요?"

"글쎄요, 나도 그 생각을 안 한 것은 아니요만 인선이 출가를 하면 저만의 시간을 가질 수 있을까, 그게 걱정이 되오."

"그러게 말입니다. 그렇다고 동생들도 나이 차 오르는데, 그냥 둘 수는 없지 않습니까?"

"그렇긴 하오. 내가 앓아누워 있자니 은근히 걱정이 됩디다. 이러다 목숨이라도 잃으면 과년한 우리 인선이 출가하는 것도 못 보겠구나 싶었소."

"서방님도 참, 아직 지천명의 나이도 안 채우셨는데, 왜 그런 생각을…."

"사람이 어디 나이가 차야만 죽소? 하늘이 부르면 가야지. 내 한양 가면 힘닿는 데까지 알아보리다. 당신은 전에 인덕이 때처럼 부도婦道나 잘 가르치시오. 내년이면 열아홉인데, 서두를 때도 되었지. 인수대비의 『내훈』은 잘 두었소?"

"그럼요. 잘 간직해 두었습니다."

이 씨는 남편이 구해다 준 필사본을 귀중히 여겼다. 딸을 다섯이나 둔 자기에게는 더없이 소중한 책이었다. 할머니나 어머니가 경험을 바탕으로 출가하는 딸에게 이것저것 교육을 시킨다 해도 좋은 교과서 한 권에 비길 수 있으랴.

성종의 모후인 인수대비 한 씨는 궁중의 비빈과 부녀자들을 훈육하기 위하여 친히 『내훈』을 저술하였다. 이 나라에 늦게나마 여성 교육의 지침서가 생겨난 것은 얼마나 다행인가.

대비는 서문에서 쓰고 있었다.

"…주나라 문왕의 교화는 태사의 밝음 때문에 더욱 빛이 났고, 초나라 장왕이 패도覇道를 이룬 것은 번희樊姬의 힘이 컸었다. 그러니 임금을 섬기고 남편을 섬기는 데에 누가 이들보다 낫다고 할 것인가.

내가 글을 읽다가 달기의 미소와 포사의 총애와 여희驪姬의 눈물과 비연飛燕의 참소에 이르러서는 일찍이 책을 덮고 한심해 하지 않을 수 없었다.

이것으로 볼 때 한 나라의 치란과 흥망은 임금의 어질고 우매함에만 관계되는 것이 아니라 부인의 선악에도 매어 있는 것이니 어찌 가르치지 않을 수 있겠는가.

…그런 까닭에 『소학』小學, 『열녀』烈女, 『여교』女敎, 『명감』明鑑 같은 책들이 지극히 간결하고 분명했지만 권수가 자못 많아서 쉽게 알기가 어려우므로, 그들 사서 중에서 중요한 말을 뽑아 일곱 장으로 저술하여 너희들에게 주노라.

아아, 한 몸에 대한 가르침이 모두 여기에 있으니 한 번 그 도리를 잃으면 아무리 후회해도 어찌 좇을 수 있으랴? 너희들은 이를 마음에 새기고 뼈에 새겨서 날마다 성인이 되기를 기약하라. 밝은 거울은 더욱 뚜렷이 비치는 것이니, 어찌 경계하지 않으랴."

이 씨는 이 서문에 지극히 공감하였다. 한 나라의 임금이 정치를 잘

하고 못함에 있어 왕비의 역할이 중요하듯이 한 가정의 가장이 집안을 잘 다스리기 위해서는 아내의 역할이 자못 클 것이었다. 아니, 부인은 남편을 돕는 차원만이 아니라 집안일을 주관하여 다스리게 되니 가도家道의 흥하고 쇠하는 것은 다 부인에게 달려 있을 것이었다. 그런데 세상 사람들은 아들 가르칠 줄은 알면서 딸 가르칠 줄은 모르니 잘못된 생각이 아닌가. 이 씨는 남편을 떠나보내고 틈만 나면 인선에게 『내훈』의 말씀을 가르쳤다. 특히 인선과 나란히 앉아 바느질을 할 때면 으레 『내훈』의 말씀을 곁들였다.

"여자가 지켜야 할 네 가지 행실이 있단다. 첫째는 부덕婦德이다. 재질이나 총명보다도 맑고 조용하고 바르게 처신하며 절개를 지키고 부끄러움을 알며 모든 행동에 다소곳한 태도로 임해야 한다. 둘째는 부언婦言이다. 항상 말을 가려서 하되 악한 말이나 남이 싫어하는 말을 절대로 하지 말라는 것이다. 셋째는 부용婦容이다. 이건 곱게 꾸미라는 것이 아니라 깨끗이 하라는 것이다. 일찍이 공자님도 '말과 얼굴을 꾸미는 사람치고 어진 사람이 적다' 하셨지. 수시로 목욕하여 몸을 깨끗이 하고, 옷이나 장식물도 청결하게 하라는 것이다. 넷째는 부공婦功이다. 쓸데없이 웃고 놀지 말고, 집안 살림살이를 잘해야 한다는 것이지. 길쌈에 전념하고 바느질 잘하고, 음식을 정갈하게 장만하여 손님을 잘 대접해야 한다는 것이다. 이 네 가지를 마음속에 잘 간직하고 있으면 자연히 행동으로 나오게 마련이다. 공자 왈, '인仁이란 멀리 있는 것이냐 내가 이것을 행하고자 하면 그 인은 내게로 오게 된다' 했으니 마음먹는 것이 중요하다. 대충 이런 이야기다. 어떠냐. 다 좋은 말씀 아니냐?"

"네."

"어느 것 하나 중요하지 않을까만, 여자는 말을 조심해야 한다. 말 한마디로 천 냥 빚도 갚는다지 않더냐. 어떤 말은 사람의 기를 살려주고, 어떤 말은 사람을 낙심시키기도 한다. 그저 함부로 말하지 말고 조금 여유를 두면서 입을 무겁게 열면 실수는 없을 것이다."

"네. 노력하겠습니다."

"그래. 너는 이 글에서 어떤 구절이 제일 마음에 드느냐?"

"저는 '인이란 멀리 있는 것이나 내가 이것을 행하고자 하면 그 인은 내게로 오게 된다'라는 말씀이 참 좋네요. 무엇이든 우리가 행하고자 하는 마음을 먹는 게 중요할 것 같아요."

"그렇지. 마음을 먹는 것이 중요하지. 일단 마음을 먹어야 행동이 나오니까. 인이란 내 이기심을 채우는 것이 아니라 남을 위한 배려다. 시댁에 가서도 네가 항상 상대편을 생각하며 행동한다면 크게 허물 될 일은 없을 것이다."

"그런데, 어머니… 정말 시집은 가야 하는 것일까요? 저는 그냥 어머니 모시고 아들 노릇하며 살면 안 될까요? 단지까지 한 그 손으로 얼마나 불편하실까 생각하면…."

"그랬으면 얼마나 좋겠느냐만 과년한 딸이 시집을 안 가고 있으면 부모의 더 큰 근심이다. 앞서 연산 임금 때는 지방 곳곳에 채홍사라는 관리를 두어 예쁜 처녀들을 뽑아 궁중으로 데리고 가기도 했단다. 그래서 딸 둔 사람들이 너도나도 겁먹고 일찌감치 딸을 출가시키곤 했지. 언제 무슨 일이 날지도 모르는데 그런 생각 하지도 말아라. 설사 그런 일 아니라도 하늘이 남녀를 만들 땐, 서로 짝 지어 돕고 살면서 자손 번성시키라고 한 것이니 그 큰 뜻을 우리가 어떻게 거스르겠느냐. 다른 생각 말고 마음의 준비를 하도록 해라."

"조부모님도 떠나시고 아버지도 늘 이곳에 계시는 게 아닌데…."

"그 걱정은 말아라. 마을에 외가 식구들도 많고, 이제 인교도 철이 많이 들었다. 참, 너 혼수로 수예품 준비할 때, 인교한테도 자수를 가르쳐서 함께 놓자고 해라. 베갯모 같은 건 인교도 할 수 있겠지. 너는 이제 혼수로 가져갈 자수 병풍도 만들어 보고."

동생 인교와 함께

그날 이후, 인선은 인교를 데리고 많은 시간 수를 놓으며 지냈다. 인선은 평소 좋아하던 꽃이며 벌레로 밑그림을 그리고 여러 가지 색실로 조화롭게 수를 놓았다. 동생에게는 우선 손쉬운 베갯모 수를 놓도록 시켰다. 모란꽃이나 학을 그려 주고 수놓는 법, 색깔 고르는 법 등을 가르치며 수를 놓았다.

"아이고, 무슨 실이 이렇게 자주 엉킨담."

"그러니까 천천히 하라고 했잖아. 한 땀, 한 땀, 정성껏, 천천히. 수뿐만이 아니라 무어든지, 서두르면 오히려 망치게 된단다."

인선은 인교를 가르치는 사이사이 자신의 미래에 대해 온갖 상념을 펼쳐 본다.

'도대체 어떤 남자가 나의 신랑이 될까. 외모는 어떨까, 성격은 원만할까, 공부는 얼마나 한 사람일까. 부지런한 사람이어야 할 텐데…. 성호 오라버니처럼 내 그림을 좋아해 주고, 자상한 사람이면 좋을 텐데…. 부모님은 어떤 분일까. 형제는 몇이나 될까. 시누이는 또 몇이나 될까. 얼굴도 모르는 사람, 이십여 년을 전혀 다른 가문에서 살다가 하루아침에 한 식구가 되고 한 이불 밑에서 잠을 자는 일이 어떻게 가능할까. 우리 아버지의 아버지가, 어머니의 어머니가, 그 일들을 다 이루어냈으니 장하기도 하시지. 과연 나도 잘할 수 있을까. 내가 그 사람 마음에 들까? 또 그 사람은 내 마음에 들까? 나는 우선 나의 그림이나 자수를 이해해 주는 사람이면 좋겠는데. 아녀자가 밥 짓고 길쌈하면 됐지 이런 게 무슨 필요냐고 무시하면 어쩌지? 만일 다른 것이 좀 부족해도 그것만 이해해 주는 사람이면 받아들여야겠지.'

"언니, 무슨 생각해? 자, 꽃은 다 놓았어. 이제 어디 해? 무슨 색으로 놓을까?"

"오, 꽃이 예쁘게 됐네. 이제 그럼 잎사귀를 놓도록 하자. 초록색으로."

"언니, 나 우스운 얘기 하나 할까?"

"응, 무언데?"

"왜 언니는 못하는 게 하나도 없어? 그래서 난 언니가 참 미웠어. 만날 혼자 칭찬만 듣고."

"무슨 소리야. 너도 이렇게 잘하는데. 누구나 배우고 익히면 잘할 수 있는데 그걸 귀찮아하면서 지레 못한다고 생각하는 건 나빠."

"그렇지만 솔직히 언니만큼은 안 되잖아. 그래서 늘 질투가 났단 말이야."

"저런, 미안해서 어쩌지? 너도 정성껏 배워 익히면 잘할 수 있어."

"그런데 언니랑 이렇게 수를 놓고 앉았으니 참 좋다. 그리고 언니가 자랑스러워. 곧 시집을 가게 될지도 모른다 생각하니까 정말 섭섭해. 언니 빈자리를 내가 채울 수 있을까 걱정도 되고."

"그래. 나도 네 맘 알아. 허지만 넌 잘할 수 있어. 어머니가 너를 많이 칭찬하시더라. 내가 시집을 가면 네가 이 집의 큰딸이야. 네가 어머니를 잘 모셔야 한다. 손가락까지 온전치 못한 손으로 어머니가 고생하실 걸 생각하면…."

"알아. 언니 떠나기 전에 이것저것 언니 따라다니며 많이 배울게."

인선은 인교의 마음을 알고 있었다. 바로 아래 동생이기 때문에 은근히 시샘도 했을 것이었다. 인선도 그걸 늘 염려하지 않았던가. 인선은 머지않아 동생들과도 헤어져야 된다고 생각하니 더욱 애틋한 정이 갔다. 그래서 인교와 경포 호숫가를 거닐며 대화를 나누고 『시경』에서 배운 「도천桃夭」을 읊조리기도 하며 많은 시간을 함께 했다.

밋밋한 나뭇가지 복사꽃 활짝 폈네.
이 색시 시집가면 그 집의 복덩이
밋밋한 나뭇가지 복숭아 알이 찼네.

이 색시 시집가면 그 집안의 복덩이
밋밋한 나뭇가지 잎사귀 싱싱하네.
이 색시 시집가면 그 가정의 복덩이.

"우리 언니 시집가면 그 가정의 복덩이."
인교가 갑자기 끝 구절을 바꾸어 읊는다. 거기 질세라 인선도 얼른
따라 읊는다.
"우리 동생 시집가면 그 가정의 복덩이."
하하하. 둘은 밝게 웃으며 우애를 다진다.
인선은 이런 시간들이 소중하게 느껴져 텃밭의 채소나 화단의 꽃들
을 관찰하는 데도 곧잘 인교를 데리고 다녔다.
텃밭에는 보랏빛 탐스런 가지가 아주 잘 익어 있었다. 잔털 하나 없
고, 가시 하나 없이 보드라운 가지. 게다가 웬 빛깔은 그리도 아름다
울까. 인선은 그것을 그려 보고 싶었다. 얼른 방으로 들어가 붓을 들
고 나왔다. 인교의 도움을 받아가며 텃밭 앞에서 부지런히 붓을 놀려
모사를 한다. 공중에 날고 있는 나비도 들어가고 땅을 기어 다니는 벌
레도 들어간다.
다시 마당으로 눈을 돌리니 꽃밭에는 맨드라미가 쑤욱 고개를 내밀
고 활짝 피어 있었다. 아무리 봐도 맨드라미는 여느 꽃과는 달랐다.
야들야들한 꽃잎이 아니라 아예 두툼한 속살이었다. 비단처럼 부드러
운 속살이었다. 그 보드라운 속살 속에 까만 씨가 솔솔 박혀 있었다.
어찌 보면 수탉의 볏 같기도 한 그런 꽃이었다. 참으로 아름다운 계관
鷄冠이었다. 그 꽃을 보니 또 성호 오라버니가 생각났다. 부디 오라버
니가 성공해야 할 텐데….
인선은 그 꽃을 한참 동안 지켜보다가 또 밑그림을 그렸다.
꽃 주위를 뱅글거리고 있는 나비도 그려 넣었다. 땅바닥을 기고 있
는 쇠똥벌레도 그려 넣었다. 자연에 속한 것이면 모든 것은 생명을 가

졌고, 생명을 가진 이상, 어느 것 하나 소중하지 않은 것이 없어 보였다. 작은 풀꽃 하나도, 벌레 하나도 조물주의 손길 없이 태어날 수 없었으리라는 생각에 인선은 그 모든 것을 소중히 다루어 주고 싶었다.

치마폭에 옮긴 포도넝쿨

그 무렵이었다. 외가 친척 한 분의 환갑잔치가 있었다. 환갑잔치야말로 동네 잔치였다. 육십까지 살았음이 그저 장하고 기뻐서 일가친척들이 모여 음식을 만들고, 잔칫상을 차려 축하를 해주고, 온 동네 사람들을 불러 함께 먹고 마시고 환담을 나누며 친교를 다지는 자리였다. 어른들은 어른들대로, 젊은이들은 젊은이들대로, 남자들은 남자들대로 이 방 저 방에 모여서 한바탕 질펀히 노는 날이었다. 혼인할 나이가 되면 이것저것 다른 집안 풍습도 구경하고 음식 솜씨도 구경해야 한다고 어머니는 인선을 데리고 갔다. 마당에 들어서는데 이 방 저 방의 토방에 신발들이 즐비하다.

성호 오라버니가 건넌방 마루 끝에서 막 신발을 벗고 있다. 오랜만에 만난 오라버니였다. 어쩐지 얼굴이 수척해 보였다. 인선은 오라버니, 하고 부르려다가 눈길을 피했다. 엊그제 문득 미래의 신랑 될 사람을 생각하면서 자기도 모르게 성호 오라버니를 떠올렸던 생각이 나서 다소 부끄러워졌던 것이다.

그런데 오라버니가 먼저 인기척에 뒤를 돌아보고 아는 체를 하며 다가왔다.

"인선이도 왔구나."

"응, 오라버니. 오랜만이야."

"요즈음 통 안 보이더니."

"수를 놓느라고 집에만 있었어."

"시집갈 준비라도 하는 거야?"

"응? 아니… 그냥."

인선은 또 부끄럽다. 오라버니는 요즈음 무엇을 하고 지냈을까. 얼굴이 안 좋아 보이는 걸 보니 무슨 일이 있었던 것일까. 아직도 새어머니하고의 관계가 원만치 못한 것일까? 인선은 순식간에 많은 생각을 한다. 그러나 입으로는 다른 말을 한다.

"오라버닌 그동안 공부 많이 했어?"

"공부? 공부는 해서 뭐해?"

"아니, 왜 그런 말을?"

"모르겠어. 난 그냥 네가 부러울 뿐이야."

"오라버니, 무슨 일 있었어?"

"혹시 맹자의 군자삼락을 기억하니?"

"응. 어렴풋이. 그런데?"

"한번 읊어 봐."

"부모가 함께 계시고 형제 무고한 게 첫째 낙이고, 하늘을 우러러 부끄러움 없는 게 둘째 낙이고, 그 다음은 뭐더라?"

"천하의 영재를 얻어 교육시키는 것이 셋째 낙이라고 했지."

"맞아요. 그런데?"

"그 삼락 중 말이야, 첫째 낙은 부모가 함께 계시고 형제가 무고한 것이라며 가정의 행복을 무엇보다 우선순위에 둔 것은 만고의 진리 같아."

"맞아요. 그런데 왜 갑자기?"

"난 그 첫째 낙을 이미 빼앗겼잖아. 사는 게 아무 재미가 없어. 새어머니가 들어오신 뒤로는 아버지마저 내 곁에 안 계시는 것 같은 느낌을 자주 갖는다. 요즘은 마음이 어수선해서 그런지 돌아가신 어머니도 안 보여. 옛날엔 언제든지 내가 마음만 먹으면 떠올라 주시곤 했는데, 이제 그마저도 어렵더라. 도대체 우리가 죽으면 영혼은 어떻게 되는 것인지, 주자의 가르침에는 사람이 죽으면 영혼도 없어진다고 되어 있어. 그런데도 불구하고 우리는 제사를 지내며 조상을 기려야 한다는 것이지. 살았을 때 우리에게 해준 것을 깊이 생각하고, 정성껏 갚아드려야 한다는 것이지. 난 생사존망에 대해서 궁금한 것이 너무나 많다. 아무리 책을 뒤져도 거기에 대한 시원한 답은 안 나오더라. 난 네가 부러울 뿐이다.”

인선은 순간이었지만 많은 것을 생각하며 서 있었다. 이럴 때 무어라고 답을 해야 하나. 무어라고 위로를 해야 하나. 인선은 할 말이 생각나지 않아 멈칫거렸다.

그때였다. 방안에서 음식을 먹고 있던 동네 새댁 하나가 큰소리를 질렀다.

“에구구, 이를 어째? 내 치마 다 망쳤네.”

“아이구, 미안해서 어쩐대요.”

“마땅한 게 없어서 이웃에서 빌려 입고 왔는데… 난 몰라….”

“응? 저를 어째? 물에 빨면 안 될까?”

“비단이라서 삶을 수도 없고, 그게 빨아서 잘 질까?”

“어쩐대요. 큰일 났네. 제가 잘못해서 그만.”

이 사람 저 사람의 목소리 속에 금순의 목소리가 들려왔다. 와서 일을 돕다가 실수를 한 모양이다. 인선은 성호 오라버니에게 목례를 하고 방으로 들어갔다. 깨끗한 치마에 닭찜 국물이 주르르 흘러 있었다. 치마를 빌려 입고 온 사람이나, 그 치마를 망친 금순이나 애가 탄 표정은 마찬가지였다. 인선은 그들을 어떻게든 도와보고 싶었다. 잠시 머리를 굴렸다.

“잠깐, 그 치마 한번 벗어 보시겠어요? 제가 한번 고쳐 볼게요.”

사람들이 모두 인선을 바라보았다.

“그래. 속치마 입었으니까, 그냥 벗어 줘 봐.”

“그래요. 우리 솜씨 좋은 아가씨한테 맡겨 봐요.”

인선은 마침 시끄러운 소리를 듣고 건너오신 당숙모님께 여쭈었다.

"벼루랑 붓 좀 주시겠어요?"

"갑자기 벼루는 왜?"

"저, 어차피 이것 빨아서는 안 질 것 같으니까, 자국 위에 자연스럽게 그림을 그리면…."

"아아, 그것 좋은 생각이네요. 역시 아가씨는 달라."

여기저기서 기발한 생각이라고 호응을 하자 주인댁은 얼른 붓을 대령했고, 금순은 인선이 그림을 그릴 수 있도록 상을 한쪽으로 밀고 주변을 정리했다. 금순의 도움을 받으며 인선은 넓은 방안에 치마를 좍 폈다. 금순이 먹을 갈 동안 무언가를 골똘히 생각하던 인선이 마침내 붓을 들었다.

치마 위에 검은 곡선 몇 개가 번졌다. 그러자 주변에서 보던 포도 넝쿨이 치마 위로 후루루 날아들었다. 인선의 붓이 이리저리 움직이고 있었다. 아래서 위로, 위에서 아래로, 좌에서 우로, 우에서 좌로, 붓은 끊임없이 움직였다. 나무에 줄기가 자라고 잎이 나고 있었다. 마침내 열매가 망울망울 맺히더니 조금씩 커지고 있었다. 영락없는 포도였다. 자란 포도는 탐스럽게 영글기 시작했다. 아무리 봐도 잘 익은 포도였다.

방안의 사람들은 숨을 죽이고 바라보았다. 아아, 세상에… 저런 솜씨가 어디서 났을까, 저것은 타고나지 않고는 불가능한 것이리라…. 아이고, 진짜 포도네, 어디서 저런 재주가 났을까, 사람들은 무어라고 한마디 건네고 싶어도 인선의 태도가 어찌나 진지한지, 속으로만 생각할 뿐 말을 꺼낼 수가 없었다. 열중하는 모습에 주눅이 들어 숨을 죽인 채 바라만 보고 있었다. 특히 금순은 벌린 입을 다물 수가 없었다.

이윽고 인선이 그리기를 다 마쳤는지, 고개를 든다.

"후우. 다 됐네요. 어때요?"

"와, 와! 이럴 수가! 놀라워요. 아가씨."

금순이 맨 먼저 탄성을 질렀다. 이어서 사람들이 제각기 한마디씩 동시에 탄성을 지른다.

"정말 대단하다. 무슨 재주가 저렇게 좋을까."

"아이고, 놀랍네. 영락없는 포도구면. 그냥 따 먹어도 되겠어."

"저 치마 주인은 돈 주고도 못 살 치마 벌었구면."

먹이 마르기를 기다리고 있는 동안 치마를 둘러싸고 화기애애. 방안은 금세 밝아졌다.

"아쉬운 대로 그냥 입을 만하지요?"

인선이 묻자 여기저기서 치마를 사겠다고 나선다.

"그것 내가 살게, 내가 살게."

"아냐, 내가 살게. 내가 치마 두 벌 값 주고 살게."

"여기선 안 되겠네. 서로 사겠다고 하니…. 일단 내일이 장날이니까 한번 가지고 나가 봐."

나이 많은 어르신이 결론을 내리고 좌중은 조용해졌다.

"난 치마 망치고 미안해 죽겠더니 이제 하나도 안 미안하네요. 그렇죠?"

실수를 하고 풀 죽어 있던 금순이도 살아나고, 치마를 빌려 입은 장본인도 살아나고, 방안이 온통 기쁨의 축제로 바뀌었다. 여기저기서 인선에게 고맙다고 인사를 한다.

"아이고, 정말 고맙네. 인선 아가씨 덕분에 우리 걱정이 다 사라졌네."

"모두들 기뻐해 주시니 제가 오히려 감사하죠."

그날 이후 인선의 그림 솜씨는 더욱 소문이 나 이종 외종들은 서로 그림을 얻고자 인선을 조르곤 하였다. 인선은 자기 그림을 좋아해 주는 언니들이 고마워서 나이 많은 순으로 적당한 때를 골라 한 점씩 선물하리라 하였다.

서도書道에 열중하며

인선의 마음을 아는지 모르는지, 어머니가 매파를 부르고, 아버지는 아버지대로 인선의 배필감을 골라 이따금 인편에 소식을 전했다. 인선의 마음은 착잡해졌다. 집안 분위기로 보아 아무래도 내년 안으로 결혼을 하게 될 것만 같았다. 자수가 어느 정도 끝나자 그는 결혼하면 못하게 될지도 모르는 글씨 쓰기며 그림 등에 자꾸 매달리게 되었다.

자수는 혼수로 필요한 것이고, 또 결혼해서도 할 수 있는 일이지만 그림과 글씨는 아무래도 결혼 후면 어려울 것 같았다. 그래서 인선은 어수선한 마음도 가라앉힐 겸 붓글씨를 많이 썼다. 초서草書는 아직 자신이 없었으므로 해서楷書를 주로 썼다.

> 兄弟姉妹 同氣而生(형제자매 동기이생):
> > 형제자매는 같은 기운 받고 태어났네.
> 比之於木 同根異枝(비지어목 동근이지):
> > 나무에 비긴다면 한 뿌리에 다른 가지.

> 開券對越 赫若有臨(개권대월 혁약유임):
> > 책을 펼쳐 성인을 대하면 뚜렷이 임하심 같네.
> 年數不足 怵然心驚(연수부족 출연심경):
> > 남은 햇수가 모자라, 두려움에 마음이 놀라네.

인선은 시간 가는 줄도 모르고 서도에 빠져 들었다. 글씨를 쓰다 보니 외할아버지 생각이 절로 났다. 외할아버지는 어디에 계실까, 외할머니는 지금쯤 외할아버지를 만나셨을까? 어딘가에 혼령들이 모여 사는 나라가 있을 것만 같은데, 그곳에서 내 이렇게 글씨 쓰는 모습 굽어보시며 기뻐해 주실까?… 이런저런 생각을 하고 있는데, 갑자기 인교가 들어온다.

"언닌 배고픈 줄도 몰라?"

"한참 쓰다 보면 시간 가는 줄을 모르겠어."

"엄마가 점심 먹고 책면 만들자고 하셨어."

"그래?"

"연엽주도 만들자고 하시던데."

"갑자기 왜?"

"언니 시집가기 전에 그런 것 자꾸 가르치고 싶으신 게지."

그랬다. 이 씨는 인선에게 이런저런 그 고장 별식을 가르쳐야 했다. 큰딸을 가르칠 때 함께 봐서 눈썰미 있는 인선이 못할 바는 아니나 손수 주인공이 되어 배우는 것과는 또 다를 것이었다.

강릉골 음식에 책면籍麵이라는 게 있었다. 그것은 우선 녹두를 가루로 만들어서 밀가루처럼 반죽하고, 솥뚜껑에 얇게 전병煎餅을 부치는 절차를 거친다. 솥뚜껑도 불로 직접 덥히면 온도가 너무 세다고, 반드시 가마솥에 물을 넣고 끓이다가 그 솥뚜껑을 뒤집는다. 뒤집은 솥뚜껑에 녹두가루 반죽한 것을 얇게 깔아 익히다가 얼른 뒤집는다. 그러면 투명할 정도로 얇은 전병이 된다. 그것을 가늘게 채로 썰어 꿀물에 넣고, 잣을 띄워 먹는 것인데, 이곳 사람들은 이 책면을 고향 전통 음식이라 하여 잔칫날이면 으레 빠뜨리지 않았다.

또 하나 아주 운치 있는 음식 중에 연엽주蓮葉酒라는 것이 있었다. 그것은 마을 바로 가까이 연당蓮塘이 있기 때문에 운치를 즐기는 조상 중의 한 사람이 창안해 낸 음식일 터이었다. 일반 술을 담그듯이 술밥을 쪄서 누룩에 버무려 항아리 대신 살아 있는 연잎에다 술을 빚는 것이다. 버무린 술밥을 연잎에 적당히 얹고는 밥이 새지 않게 잘 감싸 실로 칭칭 매어 놓는다. 연잎은 물이 새지 않으니 한 며칠 후면 그 속에서 자연 온도로 술밥이 발효된다. 널따랗게 드리웠던 연잎이 술밥

을 머금고 주먹처럼 동그래져 열매 같은 모습으로 연못 속에 여러 개
서 있다. 그곳 사람들은 그것이 영락없이 연엽주 담긴 항아리 대용임
을 금세 알아본다. 하지만 어느 누구도 주인 몰래 그것을 잘라 가는
사람은 없었다. 오직 술 빚은 주인이 때를 맞춰 그곳에 나타나 그 연
잎을 줄기째 통째로 자른다. 그것을 집까지 고이 모시고 와서야 그 안
에 고인 액체를 직접 술잔에 따라 낸다. 그야말로 술을 빚을 때부터
따라 낼 때까지 그곳만의 운치를 자랑하는 술이었다.

인선이 그런 별식 만들기에 열중하고 있을 때, 한양에서 신명화가
왔다. 홍매화는 진즉 다 지고, 별당 앞 배롱나무에 자미화紫薇花가 흐
드러지게 피어난 늦봄이었다. 그는 드디어 인선의 신랑감 소식을 갖
고 온 것이다.

그는 부인 이 씨와 인선을 함께 불러 놓고 말을 꺼낸다.

"여기저기 수소문해 두 청년을 구했소. 하나는 천석군집 아들인데
층층시하 대종가 종손이고 하나는 홀어머니 밑에 조촐히 사는 청년이
오, 부인 생각은 어떠시오?"

"글쎄요. 우리 인선이 말수 적고 솜씨 얌전한 것으로야 대종가 장손
며느리로 손색이 없지요."

"나도 그런 생각을 했소. 그런데 타고난 재주 묻힐 일이 어쩐지 섭
섭해서…."

"그러게 말입니다. 층층시하 대종가에 들어가면 제 시간 갖기는 힘
들겠지요."

"기왕이면 번듯한 집안에 공부도 많이 한 신랑이면 좋은데, 막상 대
종가 층층시하라 하니 좀 벅차지 않을까 염려가 되는구려."

"그럼 홀어머니와 산다는 그 청년은 집안이랑 어떻답디까?"

"그 댁도 집안은 훌륭하답디다. 덕수德水 이씨로 고려 중랑장中郎將
돈수敦守의 십이 대 손인데 불행히 아버지를 일찍 여의고 어머니 밑에
서 혼자 자랐다 하오. 그 어머니가 마음씨 다시없는 사람이고, 신랑도

외모 반듯한데다 성품이 착하다고 한 친구가 추천을 하는구려."

"편모슬하에 혼자 자랐다는 게 좀 섭섭하긴 하군요."

"누가 아니오."

잠시 두 사람이 침묵하다가 아내가 입을 연다.

"저도 친정에 드나드는 매파를 통해 좀 알아봤지요."

"그래, 누구 좋은 사람이 있었소?"

"사대부집 아들이라는데, 십 남매의 장남이랍니다."

"그래요? 그도 마땅치 않구려. 사대부집이라면 우리와는 좀 걸맞지 않고. 공연히 위세나 부리면 서로 힘들지 않겠소?"

"그보다도 십 남매 장남이면 보통일이 아니지요."

"옛말 그른 것 하나 없지. 어디 정자 좋고 우물 좋은 데 있던가 말이오."

"그럼 우리 인선이 의견을 물어봅시다."

"그래. 인선아, 네 생각은 어떠냐?"

인선은 잠시 망설이다가 대답한다.

"저는 다른 무엇보다도 제가 우리 집에 자주 올 수 있도록 배려해 주고, 제가 하는 일을 이해해 주는 사람이면 좋겠습니다."

"허허, 집 걱정까지 하는구나. 고맙다. 그보다 그 재주를 그냥 묻어서는 아니 되지."

"그럼 서방님이 중매하는 친구에게 그런 문제를 좀 더 구체적으로 물어보시지요."

"그래야겠소. 내 며칠 후 올라가면 둘 중 하나 결정을 해서 혼사를 진행할 테니 그리 아시오."

신명화가 다시 한양으로 간 뒤 얼마 안 되어 인편에 편지를 보냈다. 이리저리 알아본 결과 덕수 이씨를 사윗감으로 정하는 게 좋겠다는 내용이었다. 사람을 만나보니 무던하고, 무엇보다 그림을 좋아하는 사람이더라 했다. 인선의 예술 감각을 이야기하자 그런 소질을 가졌다면 오히려 자랑스럽겠노라고 대답했다는 것이다. 반대로 대종가의 장손은 아무래도 큰살림에 그런 여유를 누릴 수가 있겠는가 염려하더라고 했다. 덕분에 결정은 쉽게 났으니 그리 알라며 머지않아 신랑 댁에서 사주四柱를 보낼 것이라고 했다.

그 여름 인선은 공연히 마음이 착잡하고 분주해졌다.

얼굴도 모르는 사람에게 일생을 걸다니, 생각할수록 모험 같았다. 모든 어머니들이 다 그렇게 해왔다고 했다. 나이가 차면 부모를 떠나 남의 집에 들어가서 아내로, 며느리로, 살아야 된다고 했다. 도대체 어떻게 그런 일이 가능할까. 불안한 마음 안에 문득 인덕 언니가 떠올랐다. 언니도 그렇게 가족을 떠나 얼굴도 모르던 사람에게 시집가 살고 있지 않는가. 그 생각을 하면 조금 안심이 되다가도, 순간순간 불안이 엄습해 옴을 어쩌지 못했다.

그런데, 과연 그 사람은 나의 그림을 좋아하고, 수놓는 시간을 이해해 줄까? 아버지에게 약속했다니 믿어야겠지. 하지만 아무리 이해해 준다 한들 결혼 전 같을까. 인선은 시간을 쪼개고 쪼개서라도 출가하기 전, 그림이나 자수 몇 점을 더 완성하고 싶었다. 무엇보다 혼수로 가지고 갈 자수 병풍도 마무리해야 했다. 주변에서 보는 오이며 돌수박이며 가지 등 채소와, 맨드라미 도라지 원추리 패랭이 등의 꽃과, 나비 벌 잠자리 반딧불 등 벌레를 검은 공단에 밑그림으로 그려 수를 놓고 있는데, 아직 다 완성시키지는 못했던 것이다.

어머니는 어머니대로 긴 여름 해도 짧다 하며 혼수 준비에 여념이 없었다. 사시사철 인선이 입을 한복을 비롯해서 시댁 어른들 옷도 여러 벌 지어야 하고, 골무도 만들어야 하고, 버선도 몇 죽 지어야 한다. 그 모든 일을 인선과 함께 하기로 했던 것이다.

인선은 요령껏 하루의 일과표를 짰다. 워낙 새벽을 좋아하는 그네는 아예 이른 아침부터 움직일 생각을 하고 인시寅時 말부터 일과표를 짰다. 아침 맑은 정신엔 글 읽기, 오전엔 붓글씨, 점심 먹고는 자수, 그리고 더 늦은 오후엔 바느질…. 요령껏 시간표를 짜서 주어진 시간을 알뜰하게 쓰고 있었다. 여름이라 낮이 길어 다행이었지만 못다 한 것들은 이슥한 밤, 호롱불 밑에서도 마무리를 지었다.

신비스런 꽃 양귀비

그러던 어느 날, 모처럼 성호 오라버니를 볼 기회가 생겼다. 외당숙께서 건강이 안 좋아 밥을 잘 못 드신다고, 어머니께서 손수 쑤신 깨죽을 갖다 드리라고 시켰던 것이다.

대문 안으로 막 들어서는데, 새로 오신 당숙모의 성난 목소리가 들려왔다. 여남은 살 막내에게 매를 들고 있었다. 저런, 인선은 못 볼 것을 본 것 같아 입장이 난처했다. 하릴없이 어머니가 담아 준 음식만 마루 끝에 놓고 나오는데, 바깥채 마당에서 성호 오라버니와 마주쳤다.

"왔니? 소식 들었어. 정혼했다면서?"

"응."

"축하해."

"오라버니도 얼른 장가를 들어얄 텐데."

"아버지 건강도 안 좋으시고, 서둘러 줄 사람도 없는데 뭐."

"내가 우리 어머니한테 부탁해 볼게."

"글쎄. 난 결혼도 별 하고 싶지 않다. 아버지 보니까, 결혼이 별로 좋아 보이지도 않아. 친어머니는 건강 때문에 많이 누워 계셨고, 지금 어머니는 글쎄, 편안한 분이 아니야. 그러다 보니 요즘은 우리도 우리지만 아버지도 새어머니 눈치 보느라 힘드신 것 같다."

"그렇다고 결혼을 안 하면 어떡해. 더구나 남자가."

"난, 결혼보다도 먼저 하고 싶은 게 있단다."

"그게 뭔데?"

"도대체 산다는 게 무엇인지, 사람은 왜 태어났으며 왜 또 죽어야 하는지, 죽은 후에는 어떻게 되는지, 어딘가에 혼백이 살아 있기는 한지, 이후 내가 죽으면 먼저 간 어머니를 만나볼 수나 있는지, 도대체 조물주가 존재하기는 하는지, 그런 게 알고 싶어. 진지하게 인생에 대한 대화를 나눌 사람이 가장 필요한데."

"…좋은 사람 만나 결혼하면 대화랑 할 수 있지 않을까?"

"그래. 내 걱정 말고, 너나 행복하게 잘살아라."

이야기를 마치고 나오려는데, 뜰에서 낯선 꽃 한 송이를 발견했다. 이상하게 신비스런 꽃이었다. 호기심에 차서 한참을 들여다보고 있는 그네에게 성호가 말했다.

"양귀비꽃이란다. 그 유명한 양귀비 말이야."

금세 『사기』에서 본 당나라 현종과 양귀비 이야기가 떠올랐다. 대체 얼마나 아름다운 여인이었기에 현종은 며느리인 그네를 취해 국비國妃로 삼았을까. '말을 알아듣는 꽃'이라 하여 해어화解語花라는 찬사도 주었다지. 그러나 그 미인도 운명이 기구하여 경국지색傾國之色이란 오욕을 씻지 못한 채 목을 매어 자살하고 말았다지 않던가.

그 소문난 이름의 양귀비란 꽃이 어찌 이곳에 있을꼬. 인선은 섬뜩했지만 가까이 다가가 자세히 살피기 시작했다. 키는 제 허리를 웃돌았고, 분처럼 희고 부우연 백녹색의 잎이 어긋맞게 나 있었으며 붉은색 꽃이 줄기 끝에 딱 한 송이만 피어 있었다.

"이쁘지? 아주 귀한 것이라는데 어쩌다 우리 집에도 한 그루 심게 되었다."

"참 독특하네. 목을 길게 뽑고 줄기 끝에 딱 한 송이만 피어 있는 게 더 인상적이야."

"근데 꼭 하루 동안만 핀단다."

"그래? 그럼 나 그림으로 그리고 싶어."

아름다운 것은 생명이 짧은 것일까. 하루 동안만 핀다는 말에 더욱 그림으로 담아두고 싶었다. 성호가 인선의 마음을 알고 얼른 종이와 붓을 갖다 준다. 인선은 그 꽃을 본뜨기 시작했다. 절세가인絕世佳人 양귀비를 어찌 꽃으로 나타낼 수 있으랴만, 그래도 그 아름다운 자태가 제법이었다. 인선은 큰 보물을 얻은 듯 즐거워했다.

"밑그림만 있으면 색칠은 잘할 수 있어?"

"여기서 본 대로 머릿속에 잘 넣어 가지고 가야지."

"그래도 힘들지 않을까? 이 꽃 한 송이를 그냥 따 가지고 가거라."

"아니야. 어떻게?"

"어차피 하루만 피니까 그냥 두어도 저녁엔 시들 건데 뭐."

성호는 말을 마치자마자 꽃을 줄기째 끊어서 인선에게 건넨다.

"너처럼 곱다."

성호 오라버니가 무심히 건넨 말에 인선은 볼이 붉어진다.

"고마워, 오라버니. 그림 잘 되면 똑같이 두 장 그려서 오라버니도 한 장 줄게."

"정말? 꼭이다. 그럼 어서 가서 잘 그려 봐."

인선은 그 길로 돌아와 꼼짝도 하지 않고 집중하여 양귀비를 그렸다. 인선은 언제나 대상을 혼자만 있게 그리지는 않았다. 무엇이든 여럿이 얼려 있을 때가 아름다웠다. 그래서 그 곁에 패랭이꽃, 달개비 등 다른 식물을 그려 넣었다. 공중에는 나비 한 쌍도 그려 넣었다. 그러자 또 땅에도 무엇인가 그리고 싶었다. 머리도 쉴 겸 바깥채 앞 화단으로 나가 보았다. 마침 도마뱀 한 마리가 어슬렁거리고 있었다. 갑충 한 마리도 기어가고 있었다. 도마뱀이 고개를 돌려 갑충의 거동을 살피는데 그 순간을 얼른 포착해 머릿속에 그려 넣었다. 인선은 곧 방으로 들어가 그것들을 화폭에 담았다. 곰곰 생각하며 빛깔을 선택한다. 정성을 다하여 붓을 놀린다. 마침내 그림이 완성된다. 인선은 보람을 느끼며 허리를 좍 펴고, 이런 재능을 주신 하느님께 감사를 드린다.

이원수를 배필로 정하다

그날, 아버지가 한양에서 손님을 모시고 왔다. 신랑 될 사람, 이난
수李蘭秀(훗날 元秀로 개명)의 사주와 편지를 가지고 온 것이다. 어머니
는 대청마루에 돗자리를 깔고 정중하게 사주단자四柱單子를 받았다. 인
선은 더운 여름 먼 곳까지 사주를 가지고 온 사람을 위해 인교를 시켜
부채를 내다 드리게 하고, 손수 만들어 시원하게 식혀 둔 책면 한 사
발을 대접하였다.

그 밤, 인선은 남편 될 덕수 이씨의 생년월일이 적힌 사주단자를 지
긋이 바라보았다. 스물두 살. 자기보다 세 살 위였다. 그쪽이나 자기
나 적령기를 조금은 넘긴 나이였다. 혼인은 말이 나면 서둘러야 한다
고, 어머니는 인선과 의논하여 날짜를 잡았다. 그리고 정성껏 시댁에
보낼 편지를 썼다.

'편지를 받자오니 감사한 마음 한량이 없습니다. 근간에 존체
만안하시옵니까? 저의 여아 혼사는 이미 사성단자를 받았사오니
저의 가문에 경사이옵니다. 결혼 일자를 가려서 삼가 보내오니
신랑의 의복 치수를 알려주시기 바랍니다.'

어머니는 택일단자擇日單子와 함께 편지를 격식에 맞춰 정성껏 접으
시더니 봉투에 넣는다. 그리고는 봉투의 앞뒤 면에 필요한 글자를 또
박또박 쓰시고 나서 한 말씀을 하신다.

"이 편지를 보냄으로써 네 혼인은 완전히 결정이 나는 것이다. 조
물주가 사람을 지을 때 남녀를 갈라놓고, 때가 되면 두 사람이 하나로

만나게 했으니 그 이치를 따라야지. 둘은 이제 평생 거들고 살 짝이 되는 것이다. 어쩌든지 서로 돕고 잘 살아야 한다."

바깥채에서 이틀을 머물고 떠나는 손님에게 어머니는 준비한 연길 涓吉 봉투를 내밀었다. 이제 한 달 남짓 시간이 흐르면, 인선은 낯선 가정의 며느리, 낯선 사람의 지어미가 되어 새로운 생활을 시작하게 될 것이다.

그때부터 인선은 시어머니가 될 홍 씨, 남편이 될 이 씨, 그리고 자기 자신, 이 세 사람을 한 가정에 놓고 전혀 새로운 상상을 해보곤 하였다.

일찍이 혼자가 된 그분은 그동안 얼마나 고단한 삶을 살아오셨을까. 딸도 없이 얼마나 외로우셨을까. 내가 가면 효도를 다하리라. 남편은 효자일까? 혼자 자란 그는 혹시 어머니 치마폭에 싸여서 심신이 너무 연약한 사람으로 자라진 않았을까? 내 어머니가 외딸로 혼자 자랐지만 저리도 훌륭하듯이 그도 혼자였지만 잘 자란 사람이었으면…. 공부는 얼마나 했을까. 좋은 가문이라니 어머님도 글을 배우셨겠지? 그래서 아들에게 사서삼경은 읽히셨겠지? 식구가 단출하니까 큰살림은 아닐 거야. 그럼 내 시간을 가질 수 있겠지? 그것만도 얼마나 감사한 일인가. 어머님도 그림이랑 자수를 좋아하시면 좋겠다. 내가 하는 일이 그분들에게 기쁨을 줄 수 있다면 좋겠다….

이튿날 새벽 묘시쯤 잠이 깼다. 스르르 한기가 느껴졌다. 인선은 일어나 덧문을 닫았다. 문밖은 아직 어스름한데 매미들의 함성이 하늘을 찌른다. 여름의 끝자락이 되면서 새벽마다 저렇게 매미들이 기승을 부렸다. 쓰쓰 쓰르르, 쓰쓰 쓰르르. 있는 대로 목청을 돋워 합창을 해댄다. 노래일까, 울음일까, 아니면 무언가 할 말이 있어, 내 말 좀 들어 달라 고함을 지르는 것일까. 미물도 다 삶이 있고 생각이 있을진대 저들의 말은 누가 알아들어 줄까. 곧 떠날 운명이라 저렇게 혼을 불사르며 울어대는 것일까. 인선은 매미들의 함성을 듣고 있다가 모든 사물의 유한성을 생각한다. 그러니 어떻게 허송세월을 할 수 있으랴.

인선은 동생들이 깨지 않게 조심조심 마당으로 내려섰다. 어둠이 조금씩 걷히고 있었다. 밤이 새로운 아침에게 자리를 물려주는 오경五更쯤의 시간, 인선은 항상 이 새벽 시간을 좋아했다. 이제 조금 후면 부유스름 먼동이 터오고 흐릿한 사물이 제 모습을 드러낼 것이다. 이집 저 집에서 하나 둘 사람이 움직이기 시작하면, 아궁이에선 솔솔 연기가 오르고, 고샅에서는 발자국 소리가 들릴 것이다. 인선은 별당으로 건너가 등불을 밝히고 『내훈』을 펼쳐 들었다. 우선 「언행장」言行章이 눈에 들어왔다.

"여정헌 공呂正獻 公*은 젊었을 때부터 학문을 익히되, 마음을 다스리고 성품을 기르는 것으로 근본을 삼았다. 그래서 욕심을 억제하고, 음식을 되도록 줄였다. 말을 빨리 하거나 얼굴빛을 바꾸지 않았고 급한 걸음걸이를 하지 않았으되 게으른 모습을 보이지 않았다. 희롱하는 웃음과 속되고 상스러운 말을 입 밖에 내지 않았고, 세상의 이익을 취하는 일이나 어지럽고 번잡스러운 놀이를 피했으며 진기한 물건을 보아도 담담하게 여기고 좋아하는 것이 없었다."

그네는 그 구절을 잠시 음미하고, 다시 책장을 넘겨 「부부장」夫婦章을 읽었다.

"부부의 도는 음양에 부합하고 신명에 통달하여 진실로 천지

---

*여정헌 공(呂正獻 公):송나라 때 사람. 사마광과 함께 나라의 정치를 보필함.

사이의 큰 뜻이고 인륜의 대사이다. …음양의 성질이 다르고 남자와 여자의 행동이 다른 것이니 양은 강직한 것을 덕으로 삼고 음은 온유한 것을 덕으로 삼는다. 몸을 닦는 데는 공경보다 더 좋은 것이 없고, 강한 것을 피하는 데는 순한 것보다 더 좋은 것이 없다. …모든 일이 부인에게서 생기는 것이 많으니 모질게 투기하고 독하게 성을 잘 낸다면, 크게는 그 집을 무너뜨리고 작게는 제 몸을 망치는 것이다. 오직 너그럽고 인자해서 편파偏頗스러운 것이 없다면 집안이 저절로 화평해 질 것이다.…"

모두 좋고 좋은 말씀이었다. 시댁에 들어가면 친정에서보다 몇 배나 더 큰 인내와 절제가 있어야 하겠구나….

인선의 분주한 마음을 아는지 모르는지 시간은 평소보다 몇 배로 빨리 갔다. 낮이 가고 밤이 오고, 밤이 가고 낮이 오고, 그냥 흘러 흘러서 마침내 납폐納幣 순서까지 다가왔다.

한양의 홍 씨 부인으로부터 정중한 서찰과 함께 신부용 혼숫감과 혼서지가 도착한 것이다. 인선은 떨리는 마음으로 서찰을 읽었다.

"때는 오곡백과가 무르익는 가을이온데 존체만복하십니까?
저의 가아家兒가 이미 성장하여 배필이 없더니 높이 사랑하심을 입사와 귀한 따님으로 아내를 삼게 해주시니 감사하는 마음 그지 없습니다. 이제 조상의 예에 따라 삼가 납폐하는 의식을 행하오니 살펴주시옵소서."

6

천붕지통 天崩之痛

물새 | 신사임당, 조선/16세기

하늘의 부조, 청명한 날씨

드디어 인선의 혼례식 날.

인선은 전날 밤, 알 수 없는 기대감으로 조금은 설레다가도, 한편 밀려오는 불안을 가눌 길 없어 삼경三更이 넘도록 잠을 이루지 못했다. 그러나 오랜 습관대로 묘시쯤에 잠이 깼었다. 자기도 모르게 매화나무 밑으로 갔다. 아름이 넘는 나무 둥치를 두 팔로 껴안고 머리를 기댄 채 소리 없이 속삭였다.

'나, 혼인을 하게 됐어. 근데 참 많이 두려워. 어머니를 두고 떠나야 하는 것도, 시댁으로 가서 낯선 사람과 함께 살아야 하는 것도, 모든 게 두렵기만 해. 넌 내 마음 알지?'

그러다가 문득 어떤 생각이 하나 떠올랐다. 바삐 세수를 마친 뒤 정화수 한 사발을 떠 가지고 뒤뜰로 갔다. 그곳엔 큰 소나무 밑에 어머니가 마련해 놓은 반석이 있었다. 그 위에 정화수를 얹어 놓고 잠시 기도를 드렸다.

"하느님이시여, 엄청난 일을 앞에 두고 있습니다. 참 많이 두렵습니다. 인륜지 대사. 오늘 행사를 무사히 마칠 수 있도록 도와주소서. 두려움 없이 새로운 삶에 적응할 수 있도록 도와주소서. 저의 앞날을 밝혀 주소서. 저희 부모님을 보살펴 주소서."

아침이 밝았다.

오, 이렇게 고마울 수가….

하늘은 제 일착으로 이 가정에 최고의 부조를 내렸다.

춥지도 덥지도 않은 초가을 청명한 날씨, 구름 한 점 없이 맑은 하늘. 이보다 더 큰 부조가 어디 있으랴. 신명화도 이 씨도 오늘의 주인공인 인선도 해가 뜨자마자 그것부터 감사했다.

추석 차례를 모시느라 한동안 바빴던 대소가 사람들이 이른 아침부터 인선의 집으로 몰려들었다. 부지런한 사람들은 누가 시키기도 전에 일거리를 찾아 벌써 팔을 걷어붙인다. 오랫동안 한 마을에 살다 보니 그들은 누구네 집 부엌에 수저가 몇 벌 있는 것까지도 다 알고 있었다. 주인이 시키지 않아도 할 일들을 척척 찾아 내 일이거니 하고 도왔다.

겨울 같으면 하루 전쯤 준비했을 인절미도 당일에 준비하느라 바빴다. 새벽부터 쪄낸 하얀 찰밥을 절구통에 넣고 메질을 하는 사람, 안반 가에 둘러앉아 김 모락거리는 떡덩이를 밀어 적당한 크기로 칼질을 하는 사람, 곁에서 그것을 날름날름 받아 콩고물을 묻히는 사람, 먹음직스러운 인절미를 맛보기로 집어 먹으며 함지에 가지런히 담는 사람….

한편 마당가에서는 전 부칠 준비에 바빴다. 잔칫날마다 사용하는 큼직하고 납작한 돌덩이 셋을 적당한 간격으로 벌려 놓아 삼발을 만드는 사람, 가마솥 뚜껑을 깨끗이 씻어 삼발 위에 뒤집어 얹는 사람, 세 개의 돌 사이로 장작불을 지펴 솥뚜껑을 달구는 사람, 포 뜬 생선이며 야채에 밀가루 옷을 입히는 사람, 다시 그것을 받아 계란 옷을 입히는 사람, 솥뚜껑을 뒤집어 만든 전철에 기름을 두르며 납작한 놋주걱을 들고 지글지글 전을 부치는 사람….

이렇듯 아낙네들이 하객 대접을 위한 음식을 만드느라 분주할 때 남자들은 또 초례청醮禮廳을 준비하느라 눈코 뜰 새가 없었다.

마당 한쪽에 차일을 치는 사람, 마당 가운데 멍석을 내다 까는 사람, 그 위에 다시 화문석을 내다 까는 사람, 여덟 폭 병풍을 내다 치는 사람, 잔치 때 쓰는 키 큰 대례상大禮床을 옮겨 놓는 사람, 촛대와 초를 준비하는 사람, 상 위에 필요한 물건들을 부지런히 옮겨 놓는 사람….

대소가 사람이며 일꾼들이 그런 일을 하고 있을 때, 마을 사람들이 들어서기 시작한다. 있는 집에서 초례를 치르는 날은 언제나 마을 사람들의 축제였다. 이날을 위해 온 마을 사람들은 일손도 비웠고, 장농 속에 고이 모셔둔 귀한 옷도 꺼내 놓았었다. 날씨도 청명한 초가을 맑은 하늘. 천성이 수련하고*, 행동거지 얌전하고, 그림 잘 그리기로 소문난 인선 아가씨의 초례를 구경하기 위해 그들은 일찌감치 혼례식장으로 모여들었다.

오시午時쯤 기럭아비의 인도로 신랑이 들어오고 드디어 대례大禮가 시작되었다.

화사하면서도 품위 있게 사모관대를 차려입은 신랑은 동쪽으로, 원삼 족두리를 차려입은 신부는 서쪽으로 갈라서서 각기 들러리의 도움을 받으면서 진행자가 시키는 대로 의식을 치른다. 구경꾼들은 애 어른 할 것 없이 멍석 가를 겹겹이 둘러싸고, 고개를 이리저리 뽑아 좀 더 잘 보려고 법석을 떤다. 비켜 봐. 좀 저리 비켜 봐. 와, 신랑 잘생겼네. 아이고, 인선 아가씨 선녀 같네. 댕기머리를 틀어 올리니까 더 예쁘다. 얼굴도 좀 보여주지, 무얼 저리 가리고만 있노? 어디 보자. 누가 더 잘생겼어? 막상막하야. 우리 인선 아가씨 좋겠다….

그들은 신랑 신부의 아름다움에 반해서 정신없이 떠들어대었다.

진행자의 지시에 따라 신부가 먼저 한삼汗衫으로 얼굴을 가린 채, 들러리의 부축을 받으며 두 번의 큰절을 하고, 신랑이 답례로 한 번의 절을 한다. 이어서 신부가 술을 따라 신랑에게 보내고, 다시 신랑이 술을 따라 신부에게 보내고…. 시끌시끌, 구경꾼들의 소음 속에서 진행자는 더욱 목소리를 돋우어 의식을 진행한다.

인선은 뭐가 뭔지 알 수가 없었다. 그냥 수모手母가 시키는 대로 따라만 했다. 거추장스럽기 한없는 원삼 족두리 차림으로 양팔까지 치켜들고 하는 큰절이 가장 힘이 들었다. 어찌어찌 따라 하다 보니 식이 끝났다고 했다. 후우. 원삼 족두리의 무게에 짓눌린데다가 정신적 피곤까지 겹치면서, 이런 예식 두 번은 못할 것 같다는 생각만 났다. 마

---

*수련하다: 몸가짐이 자연스러우며, 마음씨가 순하고 곱다.

음 기댈 곳은 시간뿐이었다. 백여 명도 넘는 마을 사람들이 마당에서, 대청에서, 방안에서, 빼곡히 모여 음식을 나누고 정담을 나누며 법석 대던 낮이 서서히 지나고 있었다.

이제 모든 것은 끝나고 조용히 가라앉은 밤이 왔다. 그러나 인선은 새로운 두려움에 또다시 긴장됨을 어쩌지 못했다. 신랑 이원수. 평생 을 함께하며 서로 기대고 거들어야 할 그 남자는 어떤 사람일까. 그는 과연 나의 좋은 거들 짝이 될 수 있을까? 나는 또 그의 좋은 거들 짝이 될 수 있을까? 인선은 가슴이 몹시 두근거렸다.

첫날밤을 지내고

떨림으로 일관하던 첫날밤이 무사히 지났다. 신비라고 할 수밖에 없는 의식을 가까스로 치른 사임당은 평소보다 조금 늦게 일어났지만 밖은 아직 어스름하다. 곁에 누운 남편이 희미하게 보인다. 얼굴도 모 르던 낯선 남자와 하루 사이에 부부가 되었음이 너무나 신기했다. 그 가 깨지 않도록 조용히 자리를 빠져나왔다. 마당으로 내려가 세수를 하고, 밝아오는 여명 속에서 오죽 동산을 바라보았다. 매화나무 둥치 를 안아 보았다. 별당 앞뜰로 나가 배롱나무를 끌어안고 멀리 경포 호 수를 바라보았다. 자기는 엄청난 일을 치른 것 같은데, 그들은 아무 일도 없었다는 듯, 어제 보던 그대로의 모습이었다. 변한 것은 아무것 도 없었다. 갑자기 눈시울이 젖었다. 이렇게 해서 모두들 어른이 되는 것인가. 문득 부모님 얼굴을 뵈올 일이 걱정되었다. 부끄러워라. 부끄 러워라.

남편이 처가에 머무르는 동안 사임당은 조금씩 그를 이해하기 시작 했다.

그는 격식을 싫어하는 사람 같았다. 바지를 입을 때는 똑바로 입고 바르게 접어 허리띠를 매었으면 좋으련만 적당히 맞추어 입고 나섰다. 줄이 비틀어지건 말건 상관하지 않았다. 또 바지 끝에 매는 대님도 적당히 매었다. 할아버지나 아버지가 정성을 들이며 꼼꼼하게 매는 것만 보던 사임당은 뭐든 대충 하는 그가 못마땅해 보였다.

"제가 바르게 해드릴게요."

그네가 말하면 그는 너무나도 태연하게 말하는 것이었다.

"이것이 어때서. 그냥 됐소."

아버지가 일찍 돌아가셨다고는 하나 그늘이 없는 성품이었다. 장인 장모에 대해서도 특별히 어려워한다기보다는 스스럼없이 대했다. 어찌 보면 예절이 좀 없는 게 아닌가 하는 생각도 들었다.

"장인어른, 이곳 대는 어찌 저리 연약하답니까? 빛깔은 왜 또 저리 검을까요? 처음 날 때부터 저렇게 검습니까? 저는 저런 대는 처음 봅니다."

앞마당에 서서 오죽 동산의 대를 보며 한달음에 몇 마디를 쏟아냈다.

사임당은 그의 말소리를 들으며 다소 못마땅했다. 이것저것 궁금하기도 하겠지만 한 가지씩 천천히 물을 수는 없었을까? 그 말투 또한 다소 빨라 듬직한 맛이 없었다. 걸음걸이도 그랬다. 바른 자세로 걷지 않고 다소 흔들흔들 걷다 보니 점잖은 맛이 느껴지지 않았다.

그런 그가 사흘째 되던 날 아침, 기어코 한 가지 실수를 저질렀다. 마당에서 방으로 들기 위해 토방 위로 올라서다가, 추녀 끝에 걸린 등롱을 머리로 그만 치받은 것이다.

"아이고."

그는 벗겨진 탕건을 움켜잡으며 소리쳤다.

"아니, 왜 그러는가?"

어머니가 방에서 급히 나왔다. 마당가를 돌고 있던 아버지도 놀라서 돌아보았다. 탕건이 벗겨진 것 외에 별일은 없었다. 불이 켜져 있었더라면 머리카락에 불이 붙을 수도 있었겠구나. 사임당은 무언가 모를 아쉬움을 느꼈다.

'사람이 좀 더 진중했으면 좋으련만….'

그때였다. 아버지가 시침을 떼고 한 말씀 하셨다.

"아니, 누가 등롱을 거기다 걸어 두었느냐?"

참, 아버지도. 사임당은 기가 막혔다. 누가 거기 걸다니. 등롱이 하루 이틀 그곳에 걸려 있었는가. 그 등은 사시사철 그곳에 걸린 채 초저녁이면 불을 댕겨 온 마당을 밝혀 주고 온 가족을 지켜주지 않았는가. 사위가 무참할까 봐 그렇게 둘러치신 아버지가 고맙기도 하고 우습기도 했다. 사임당은 쿡쿡 웃음이 나오는 것을 가까스로 참았다.

식사를 할 때도 그랬다. 아버지와 겸상을 하는 자리에서도 그는 크게 조심하는 것 같지 않았다. 그냥 입에 음식을 넣은 채 말을 하기도 하고, 맛있는 음식에는 바로바로 찬사를 보내기도 하였다.

"아이구 맛있는데요, 이 생선 이름이 뭡니까?"

"동해 바다에서 나온 대구라네. 생선은 그저 물이 좋아야 제 맛이 나지."

그는 후르르후르르 소리까지 내며 대구탕을 맛있게 먹었다.

'…밥을 먹을 때는 말을 하지 말고, 소리 내서 먹지 말고, 맛있는 반찬만 혼자 먹지 말고….'

어렸을 때부터 들어 온 식사 예절도 그에게는 별 대수롭지 않은 것 같았다.

하지만 아버지와 어머니는 그런 그를 너그럽게 봐주셨다.

"사람이 소탈하고 붙임성이 좋구나. 새신랑이 너무 무게를 잡아 우리를 불편하게 하는 것보다는 낫다."

사임당은 부모님 역시 그의 행동에 조금은 실망하셨을 거라고 생각되었다. 하지만 그네는 마음을 다잡는다. 그는 나의 지아비. 평생 서로 거들며 살아야 할 나의 짝이다. 다소 실망스러운 점이 있어도 싫어해서는 안 된다. 내가 그를 얕본다면 누가 그를 존중하랴. 천지신명의 조화로 부부의 연을 맺었으니 서로서로 보완하며 살아가야지. 나 또한 그에게 만족을 줄 수야 없지 않겠는가. 나는 좋은 조부모님, 좋은 부모님 슬하에서 좋은 교육을 받았지만 그는 일찍이 아버지를 여의고 어머니와 둘이서만 살았다지 않는가. 마음 바탕이 꼬이지 않고 밝은 것만 해도 큰 축복이 아니냐.

사임당은 잠시나마 실망감을 가졌던 자신을 나무라며 마음을 다잡았다.

꿈같은 나날이 지나고 있었다.

춥지도 덥지도 않은 초가을, 물색 고운 한복을 차려입고 신랑 신부는 뒷동산 선영에도 성묘를 갔고 대소가 어른들께 문안도 갔다.

사임당은 외조부모님 묘소 앞에 재배를 드리면서 신랑 몰래 눈물도 훔쳤다.

"저는 이분들 사랑을 넘치도록 받고 자랐어요."

"그랬군요. 나는 당신이 참 부럽소."

"왜요?"

"이곳에 머무르는 동안 당신이 참 행복한 사람이라는 걸 알았소. 나는 여섯 살 때 아버지를 여의고 어머니가 일찌감치 한양으로 이사를 해 버린 바람에 고향 어른들과 함께 할 기회가 별로 없었다오. 이 동네는 온통 당신네 일가친척들이 모여 사는구려."

"네. 외할머니 형제가 워낙 많아서 비교적 외가가 벌족해요. 외종조부님들이 많다 보니 그 밑으로 외당숙도 많고 육촌 형제들도 많아요. 어머니가 외딸이라서 부모님 모시느라고 친정 가까이 사신 덕분에 저는 외가댁 식구들과 얼려서 자란 셈이지요."

"아, 그렇군요. 친척이 많은 것도 부럽지만 또 부러운 게 있소. 여기 오니까 자연이 너무 아름답구려. 당신이 그림을 잘 그린다는데, 이 자연 때문이 아닌가 싶었소. 오늘은 당신 그림도 좀 보여주시오."

"아, 네. 부끄럽지만 원하신다면 보여드리지요."

그림이 따로 없었다. 이제 막 알락달락 곱게 물드는 가을 잎이 꽃처럼 만발한 나무들 사이로 유유히 걷고 있는 그들 한 쌍은 단풍보다 더 아름다웠다. 자연이 아무리 아름답다 한들 그 속에 인간이 없으면 얼마나 쓸쓸하랴.

그들은 또 부모님의 권유로 나란히 경포 호숫가도 거닐었다.

맑고 파아란 호숫가에서 한가로이 먹이를 찾고 있던 해오라기 한 쌍이 그들의 기척에 고개를 들었다. 신랑이 웃으며 한마디 했다.

"너희만 짝이 있냐? 나도 이렇게 예쁜 아가씨를 만났단다."

사임당도 웃었다. 남편이 자기를 만나 좋아하니 기뻤다. 퍼뜩 그들 한 쌍의 새를 그림으로 그리고 싶어 얼른 머릿속에 본을 떠 놓기를 잊지 않았다.

그들은 그렇게 한가를 누리면서 그동안 따로따로 살아온 삶도 이야기하고, 양가의 어머니에 대한 이야기도 많이 나누었다. 그리고 높직한 경포대에 올라 호수 건너편 저 멀리를 내다보며 새로이 펼쳐질 미래를 꿈꾸어 보기도 했다.

신랑은 안으로 들어오자마자 사임당에게 그림을 보여 달라 졸랐다. 그네는 그림에 관심을 가져주는 남편이 고마워 별당 문갑에 고이 넣어둔 그림들을 꺼냈다.

매화 그림, 포도 그림, 화조 그림, 그리고 온갖 꽃과 풀벌레들의 그림이 여러 장 나왔다.

갑자기 방안은 들판이 되어 꽃향기가 퍼지고 벌 나비가 날고 여치가 폴짝 뛰어다니고 있었다.

"아니, 이게 다 당신이 그린 그림이란 말이오?"

그는 입을 다물지 못하고 한 장 한 장 넘기며 감탄을 한다.

"아니, 어찌 이렇게 실물과 똑같이 그릴 수가 있단 말이오?"

"과찬이십니다. 아직 습작일 뿐입니다."

"아, 정말 자랑스럽소. 이런 재주를 썩히면 안 되지요. 암 안 되고말고요. 우리 어머니도 이 그림을 보시면 놀라실 거요. 내가 어떤 일이 있어도 이 일을 계속할 수 있도록 도우리다."

사임당은 기대 이상으로 기뻐해 주는 남편에게 감사했다.

신행新行을 늦추다

드디어 사임당이 신행을 할 날이 돌아왔다.

신명화는 딸을 떠나보낼 일이 걱정이었다. 이제 자신도 한양으로 가야 한다. 그럼 부인 이 씨는 어린 세 딸과만 남게 된다. 장인 장모가 돌아가시고 나니 안 그래도 허전한 집이었다. 게다가 인선까지 떠나버리면 아내의 허탈감이 오죽할까.

이 씨는 사돈댁에 보낼 여러 가지 선물 준비로 한창 바빴다. 신명화는 잠시 틈을 얻어 한숨 돌리는 아내에게 정색을 하고 물었다.

"인선이 보낼 일이 걱정이오. 부인은 괜찮겠소?"

"그래도 어쩝니까? 이제 시댁으로 보내줘야지요. 신랑 신부가 어린 나이면 몇 년 묵힌다고 하지만 다들 나이도 차 버렸고."

"그렇다고는 해도, 내 한번 말이나 꺼내 볼까 하오. 사위가 크게 거만을 떨지도 않고 마음은 착해 보이니."

"무슨 말을요?"

"인선이를 조금만 더 두었다 데리고 가면 안 되겠느냐고. 사실 옛날에는 신랑이 장가들어 처가살이를 하지 않았소?"

"그때야 혼인 풍속이 그랬지요. 지금이야 응당 친영제親迎制* 혼속이고, 무엇보다 한양에도 어머니 한 분만 계신다는데 어떻게 그럴 수

---

*친영제(親迎制):신랑이 신부의 집에 가서 신부를 직접 맞이하는 제도.

가 있겠습니까?"

"장인 장모도 돌아가시고, 부인 의지라곤 인선이뿐인데, 내 도저히 마음이 안 놓여서…."

"글쎄요. 나이 찬 신랑이 그런다고 할까요?"

신명화는 바로 새 신랑을 불렀다.

"내 자네한테 할 말이 있네."

"네. 무슨 말씀이십니까?"

"이제 자네도 한 여자의 지아비가 되었네. 어른이 된 것이지. 『사기』에 보면 줄탁동기卒啄同機라는 말이 있네. 병아리가 껍질을 깨고 알에서 나오려는 순간, 어미 닭이 때를 알아 쪼아 주기 때문에 쉽게 나올 수가 있는 것이지 혼자 힘으로는 어렵다는 것이네. 부부도 그런 것이야. 여자보고만 남자를 받들어 내조하라 하는 것은 잘못된 생각이지. 필요할 때 서로 도우며 거들어서 힘을 합하는 것이 당연하지. 특히 우리 인선이는 남다른 재능을 타고났으니 그걸 잘 가꿀 수 있도록 자네의 도움이 필요하네. 내 진심으로 하는 말이야. 우리 딸 잘 부탁하네."

"네. 알고 있습니다, 장인어른. 명심하겠습니다."

"그래. 고맙네. 그리고… 이제 인선이 자네 따라 신행을 가야 할 텐데…."

"네. 그렇습니다. 곧 떠나게 해주십시오."

"그런데 말이네. 참 염치없는 말이네만, 우리 인선이를 한 일 년만, 그게 안 되면 대여섯 달만이라도 친정에 묵혔으면 하네. 자네 알다시피 인선이는 우리 집 아들이나 마찬가지 아닌가. 갑자기 자네가 인선일 데리고 가버리면 자네 장모 병이 날 것 같아. 게다가 글 읽고 그림 그린다고 살림살이는 별로 못 배웠네. 그러니 신부 수업도 할 겸 좀 더 두었다가 데리고 가면 안 되겠는가? 자네가 좀 고생스럽더라도 보고 싶으면 다니러 오고."

이원수는 할 말을 잃었다. 한시 바삐 한양 어머니에게 데리고 가 인사도 시키고, 대소가 어른들이며 친구들에게 자랑도 하고 싶었는데, 이게 웬 말씀인가.

"……"

"사실은 나도 젊은 시절부터 이렇게 헤어져 살았다네. 자네 장모가 내게 제안을 했지. 친정 부모님이 의지할 데가 없으니 자기는 북평촌에서 살고, 날더러는 한양에 살면 안 되겠느냐고 사정을 하더란 말이네. 첨엔 무척 당황했지만 그게 다 부모에게 효도하는 일이 아닌가. 부모에게 효도한다는 것이야 누가 들어도 권할 일이지 그걸 어떻게 말릴 수가 있겠는가. 나 하나 불편해도 여러 사람 살리는 게 좋지 싶어 수긍을 했다네. 덕분에 나도 성현들의 글을 더 많이 읽을 수 있었지. 그러니 자네도 생각을 좀 해보게."

"그래도 어머님이 기다리실 텐데요…."

"알지. 알아. 그러나 뭐 오래 묵히자는 것도 아니고, 한 반년 머물러 숨 좀 고르고 살림살이 좀 배워 가자는 것인데 자당께서 그걸 이해 못하실까?"

"…알겠습니다. 그럼… 그렇게 하지요."

마음 여린 신랑은 장인의 청을 거절하지 못해 울며 겨자 먹기로 대답을 한다.

"고맙네. 내 자네 마음 잊지 않음세. 자당께는 죄송하네만, 자네가 말씀 잘 드려서 섭섭지 않게 해드리소. 어지간하면 내년 봄쯤 데리고 가든지. 금세 다가올 것이네."

신명화는 기쁜 마음으로 가족들에게 이 일을 알렸다. 이 씨도 기뻐하고 동생들도 기뻐하였다. 그러나 사임당은 기뻐할 수만은 없었다. 그래도 되는 것인가? 남편에게 미안한 마음이 들었다. 그는 아버지의 청을 받아들이기가 쉬웠을까? 한양 어머님 생각에 쉽지만은 않았을 텐데, 장인을 그만큼 공경하고 있구나. 역시 선량한 사람이구나. 고마워라. 남편뿐만이 아니었다. 사임당은 시어머님께도 죄송했다. 왠지 혼자 계시는 그분께 연민이 느껴졌다. 내년 봄에 가면 잘 해드려야지. 긴 세월 혼자서 얼마나 고생을 하셨을까. 나를 낳아 주신 어머니가 소중하듯 남편을 낳아 주신 어머니도 소중한 분이 아닌가. 잘 해드려야지. 잘 해드려야지. 그네는 아직 뵙지는 못했지만 시댁 가족에게 자꾸만 마음이 쏠렸다.

그 밤, 사임당은 도저히 그냥 있을 수가 없어 시어머님께 문안 편지 한 장을 썼다.

어머님 전 상서

그동안 존체 편안하셨습니까?

우선 서신으로나마 문안 올립니다.

어머님께서 염려해 주신 덕분으로 저희 두 사람 혼례는 무사히 치렀습니다.

하루 속히 한양으로 올라가 어머님께 큰절을 올려야 하는데, 저희 집안 사정으로 몇 개월 늦어지게 되었습니다. 참으로 죄송하옵기 그지없습니다. 친정에 머물면서 여러 가지 살림살이며 며느리로서의 부도婦道 잘 배워 가지고, 내년 봄 해동이 되면 바로 올라가겠습니다. 그때까지 옥체 평안하시기를 빕니다.

어머님, 이 서찰을 앞에 놓고 큰절 드리겠사옵니다.

마음으로나마 받아주시옵소서.

임오년 가을 불초 인선 올림

떠나기 전, 남편이 편지를 받으며 말했다.

"고맙소. 그런데 그림도 한 장 주면 안 되겠소?"

"네? 그림을요?"

"어머님께 자랑도 할 겸, 몇 장 주시오. 나도 당신 생각나면 꺼내 보게."

사임당은 그러는 남편이 고마웠다. 기쁜 마음으로 초충도 한 점과 매화도, 포도도를 골라 남편에게 건넸다. 초충도는 마을에서 흔히 보는 돌수박 두 덩이와 패랭이 꽃, 벌, 나비 등을 채색을 넣어 그린 그림이요, 매화도와 포도도는 먹으로만 그린 그림이었다. 이원수는 무척 놀랐다. 채색도 없는데 어찌 이리 실제와 같을까. 특히 포도도에는 다 익은 포도가 탐스럽게 달려 있어 금세 군침을 돋게 하였다.

"아아, 영락없는 포도로구려. 포도가 먹고 싶을 때 이 그림 꺼내 놓고 따 먹으면 되겠구면."

둘은 함께 웃었다.

사임당은 열흘 남짓 정들었던 남편을 떠나보내며 왠지 허전해졌다. 아버지가 다니러 오셨다가 떠나실 때 느끼던 감정과는 또 달랐다. 어머니는 아버지가 다녀가실 때마다 이런 기분을 느끼셨을까? 갑자기 어른이 된 그네는 어머니를 더욱 이해하게 되었고, 그래서 믿음직한 딸, 좋은 말동무가 되었다.

물새 한 마리

상강霜降이 지나자 산은 온통 울긋불긋 단풍의 홍수였다. 아니, 거대한 꽃동산이었다. 봄엔 한 송이 두 송이, 바로 눈앞 화단에서 알락달락 꽃송이가 피는가 싶더니, 가을이 되자 온 마을이, 마을을 둘러싼 산 전체가 꽃동산이 되었다. 울타리마다 감나무가 홍시 꽃을 피우고, 길목마다 나무들이 단풍 꽃을 피우고, 멀리 산에는 봉우리 하나하나가 둥실둥실 거대한 꽃송이를 피워냈다. 알락달락, 봄은 근경의 꽃구경이요, 울긋불긋, 가을은 원경의 꽃구경이랄까. 단풍이 꽃보다 더 붉다는 옛 시인의 말도 떠올랐다. 사시사철 새로운 모습으로 아름다움을 연출하는 자연. 조물주의 신묘함이 놀랍기만 하다.

사임당은 석양 무렵, 별당 앞 배롱나무에 기대서서 경포호 건너편 주황빛 산경을 넋 놓고 바라보고 있었다. 이렇게 아름다운 자연을 두고 어찌 그림을 그리지 않을 수 있으랴. 그네는 안견 선생의 산수화가 거저 생긴 것이 아님을 절절히 깨달았다. 문득 입가에 미소가 어렸다. 어린 시절, 가깝고 먼 거리감도 나타낼 줄 모르던 대여섯 살 적, 아버지는 어쩌자고 어린 딸에게 선생의 산수화를 디밀었을까. 겁 없이 그분의 그림을 보고 흉내를 내던 기억이 떠올라 웃음이 절로 났다. 지금 그린다면 좀 더 잘 그릴 수 있을 것 같았다.

"아니, 왜 그러고 서 있느냐?"

언제 오셨는지 어머니가 바짝 곁에 서 계셨다.

"가을 경치가 무척 아름답네요."

"우리 딸, 혼인을 하고도 혼자 떨어져 있으니 쓸쓸하지?"

"아니에요, 어머니. 산수화를 그려 볼까, 하는 생각을 했어요."

"그래라. 시댁에 가면 아무래도 네 시간 갖기는 어려울 거야. 내년 봄까지 네가 하고 싶은 일 실컷 해라. 남편 보고 싶거든 그림에 더 열중하려무나."

"어머니도, 참."

사임당은 공연히 부끄러웠다. 넌지시 웃으며 건네는 어머니의 말씀에 뼈가 있는 듯. 하도 경치가 아름다워 넋 놓고 서 있었더니, 남편이 보고 싶어서일 것이라고 지레짐작하신 모양이다. 하기야 남편 생각이 안 나는 것은 아니었다. 음양의 조화가 그런 것인가. 처음엔 말하는 것도, 걸음걸이도 실망스럽던 그가, 하루 이틀 정이 들자 괜찮은 사람으로 보였고, 무엇보다 자신의 그림을 좋아해 주니 고마웠다. 게다가 그의 자라온 이야기를 들으면서 다소의 연민까지 솟아 꼼짝없이 그에게 사로잡힌 몸이 되었다. 아침 자리에서 일어날 때도, 수를 놓을 때도, 저녁 잠자리에 들 때도, 문득문득 떠오르는 그의 모습, 그에 대한 생각을 떨쳐낼 수가 없었다. 그뿐인가. 앞에 그가 있기라도 한 양 도란도란 말을 건네기도 하였다.

그는 떠나기 며칠 전, 경포 호숫가를 거닐면서 어린 시절 이야기를 털어놓았었다.

"여섯 살 때 아버지를 여의고, 어머니를 따라 한양으로 왔지요. 우리 집안은 그리 넉넉한 편이 아니었소. 시골에 땅이야 좀 있다고 해도 어머니는 청상과부가 된 몸으로 고향 마을에 살기가 부끄러우셨던지 무작정 향리 파주를 떠나 한양으로 올라오셨다오. 변두리에 방 두 칸을 얻어 살림을 났을 때, 그 마음이 오죽 했겠소. 수중에 가진 돈은 넉넉지 않고, 객지에서 할 게 뭐 있었겠소. 결국 떡 장사를 하셨지요. 어머니는 깜깜한 새벽부터 열심히 일을 하셨다오. 아무리 몸이 아파도 하루를 안 거르고 그 일을 하셨다오. 나는 어머니 심부름을 많이 하며 자랐지요. 당신 집에 와서 보니까 이것저것 부럽기 한량없구려. 아버지가 안 계셔 항상 쓸쓸했는데, 장인어른이 아버지처럼 느껴지기도 하고."

사임당은 남편과 제법 많은 대화를 나누었지만 이상하게도 그날의 대화가 가장 진하게 마음에 남았다. 안쓰러워라. 그 말을 듣는 순간 그네는 마치 자기가 누나라도 된 듯 남편의 손을 잡으며 위로의 말을 건넸었다.

"그랬었군요. 허지만 어머님이 그렇게 부지런하시고, 성실하셨으니 얼마나 다행입니까. 참으로 존경스럽습니다. 그럼, 어머님은 혼자서 그 일을 다 하시나요?"

"첨엔 혼자서 하셨지요. 그러나 지금은 혼자 사는 아주머니 한 분을 모셔왔소. 두 분이 자매처럼 의지하며 그 일을 하고 계신다오."

"네… 두 분이 같이 지낸다니 무엇보다 다행입니다. 이제 염려 마십시오. 저도 가서 어머님을 열심히 도와드리겠습니다."

"고맙소. 나는 마치 꿈을 꾸고 있는 것만 같소. 하늘이 우리 모자를 불쌍히 여기셔서 당신처럼 얌전한 색시를 배필로 보내주신 것만 같구려. 우리 모자가 어렵게 산다는 것도 알았을 텐데, 선뜻 혼인을 허락하신 당신 부모님께도 정말 감사하고 싶소."

사임당은 그의 그런 마음도 고마웠다. 그 일에 있어서라면 자기네 가족도 떳떳할 것은 없었다. 그것은 솔직히 부모님 입장에서나 자기 입장에서, 인선 자신의 시간을 가질 수 있어야 한다는 이기심이 작용했던 것이 아닌가.

사임당은 그런저런 생각을 하면서 배롱나무 둥치를 붙들고 한참을 서 있다가 자기도 모르게 경포 호숫가로 내려갔다. 거울처럼 맑은 물결은 석양빛을 받아 반짝거리고 주변에는 시든 갈대가 덤불을 이루고 있었다. 거기 마침 홀로 서 있는 물새 한 마리. 먹이를 찾는지 두리번거리는 모습이 외로워 보였다. 문득 어린 시절 외롭게 자랐을 남편 생각이 났다. 다음 순간 지금 자기를 두고 혼자 떠난 남편의 처지가 떠올랐다. 연이어 혼자 남은 자기 처지도 떠올랐다. 사임당은 갑자기 그 물새 한 마리를 화폭에 담고 싶었다. 풀 한 포기, 나비 한 마리도 언제나 여럿이 어울려 있는 모습으로만 그림을 그리던 그네에게는 대단한 파격이었다.

사임당은 온 정신을 집중하여 대상을 관찰하고 머릿속에 모사模寫를 시작해 그날로 화폭에 호숫가의 물새 한 마리를 담을 수 있었다. 마침 혼수로 옷을 짓고 남은 비단 쪼가리가 있어 종이 대신 그것을 쓰기로 했다. 고운 명주 바탕에 약간의 갈필로 갈대를 그리고 농담 변화를 적절하게 사용하여 물새를 묘사하였다. 물새는 먹이를 찾고 있는 모습으로가 아니라, 고개를 들어 갈대 덤불을 응시하고 있는 모습으로 그렸다. 무엇인가를 찾고, 기대하고, 꿈꾸는 얼굴로 그리고 싶었다. 밥 먹기도 나중으로 미룬 채 열중 또 열중.

마침내 남편이기도 하고, 자신이기도 한 대상이 되어 화폭에 살아난 새. 그네는 함초롬히 서 있는 한 마리의 새를 보고 만족스러이 웃었다. 결혼 전이라면 분명 쓸쓸해 보였을 대상이었다. 그러나 지금은 쓸쓸해 보이지 않아서 좋았다. 금방이라도 멀리서 날아올 제 짝이 있지 않는가.

사임당은 결혼 전과 똑같이 아침이면 글을 읽고, 낮이면 수를 놓거나 그림을 그리고, 글씨를 썼다. 그리고 짬짬이 동생들에게 글을 가르쳤다. 그것은 할아버지가 돌아가신 뒤 어머니로부터 부여받은 의무요, 스스로 즐겨 하는 책무이기도 했다.

"너는 할아버지 덕분에 글을 배웠으니, 동생들은 네가 가르쳐야 한다. 언젠가는 여자들도 글을 알아야 하는 세상이 올 것이다. 그때를 위해서 미리미리 준비해 둬야지. 딱 당해서는 이미 늦다. 유비무환이니라."

"네, 어머니, 알고 있어요."

"비록 과거 시험 같은 것 안 보더라도 글을 알면 눈이 뜨이지 않더냐. 게다가 성현들의 글을 읽으면 세상이 보이지 않더냐. 한 세상 어떻게 살아야 하는가도 다 보이지 않더냐. 여자가 무식하고 부덕하면 그 가정이 원만할 수 없지. 누구나 어머니가 될 텐데 자녀 교육을 위해서도 글공부는 필수다."

그 말씀 이후 사임당은 세 동생들을 앉혀 놓고 글을 가르치는 데도 많은 시간을 썼다. 그러던 중 어머니는 또 하나의 제안을 하기에 이르렀다.

"행랑채 덕배 말이다. 이제 열 살이 넘었다. 막내 가르칠 때 기왕이면 한번씩 불러서 같이 가르치도록 해라. 아이가 영민해서 잘 배울 것이다. 그 동생 덕순이도 어깨너머로 배울 수 있으면 좋지. 그 윗대부터 외할아버지 도와서 우리 집 살림 해주던 사람들이다. 한 형제나 진배없지. 항상 그들 공을 잊지 말아라."

사임당도 가끔 그 생각을 했다. 그들 내외는 삼 남매의 아이를 기르면서 어머니를 도와 온갖 궂은일을 도맡아 했다. 홍천댁은 일손이 딸리면 아이들을 돌볼 새도 없어 제때에 끼니도 못 챙겨 먹였다. 사임당은 그런 때 덕배 남매를 돌봐주기도 했는데, 놀이 삼아 덕배에게 숫자를 가르치고 글자를 가르쳐 보면 제법 잘 따라 했었다. 어머니 말씀을 듣고 보니 너무나 당연했다. 그 또래의 사내아이들이 글을 배우러 멀리 서당을 드나들기도 했지만 덕배는 그럴 처지도 못 되지 않는가. 사임당은 그 뒤부터 자주 덕배와 덕순이를 동생들과 한자리에 부르곤 하였다.

사임당은 주로 손아래 동생인 인교와 인주를 열심히 가르쳤다. 그리고 막내 인경은 인교와 인주가 가르치도록 몫을 지워 주었다. 혼자서 다 가르치는 것이 벅차기도 했지만 동생들로 하여금 가르치는 기쁨도 누릴 수 있도록 배려하는 마음에서였다.

"인교야. 배운 것에 대한 복습으로 제일 좋은 것이 뭔지 알아?"

"글쎄, 자꾸 읽어 보는 것?"

"응, 그것도 좋지만 남에게 가르치는 것이 제일이야. 너희들에게 가르치다 보면 배웠던 것이 새롭게 떠오르고, 내 나름대로 정리도 되거든. 그래서 더욱 보람을 느껴."

"응, 그렇겠네. 잊을 뻔한 것 기억도 새로워지고?"

"그렇단다. 그래서 말인데, 너도 틈틈이 막내를 가르쳐 봐. 아주 재미있을 거야."

"그래, 좋은 생각이야, 언니. 인경이는 내가 가르칠게."

"나도 가르칠 거야."

넷째 인주도 거들었다.

"그래. 그래. 다들 자기가 배운 것 동생들에게 물려주자. 인주는 덕배랑 덕순이도 가르치고."

"야, 신난다. 나도 가르칠 수 있지, 언니?"

오죽 동산의 어린이들은 공부를 놀이 삼아 무럭무럭 자랐다.

인교가 『맹자』를 읽으면 인주는 『논어』를 읽고, 인주가 『논어』를 읽으면 인경은 『소학』을 읽고 인경이 『소학』을 읽으면 덕배는 『천자문』을

읽으며 외조부님이 물려주신 학문에 대한 열정의 대물림으로 모두들
배움의 즐거움을 누릴 수 있었다.

청천벽력 같은 비보

사임당이 이렇듯 꽉 짜인 생활로 하루하루를 평화롭게 보내고 있는
사이, 날씨는 점점 추워지고 있었다. 마을 사람들이 이 집 저 집 품앗
이를 다니면서 가을걷이도 끝내고, 서둘러 김장도 끝냈다.

그 후유증이었을까. 아침에 행랑채 덕배네가 갓난이를 업고 우물가
로 나오는데 걸음걸이가 불편해 보인다.

사임당은 이상히 여겨 가까이 다가가 물었다.

"아니, 왜 그래요?"

"아이구, 갑자기 허리를 쓸 수가 없네요."

"저런, 요즘 너무 무리를 했나 보네. 그럼 좀 쉬어요."

"김장 뒷설거지도 해야 하고 할 일이 많은데…."

"그래도 그 몸으로 일하면 더 아프지요. 우선 애기부터 이리 주고
좀 쉬어요."

"아이고, 우리 사임당 아씨, 마음씨도 고우시지."

그네는 아기를 받아 안고 덕배네를 방으로 들이밀었다. 김장 뒷설
거지쯤이야 자기도 할 수 있는 일이었다.

"잘했다. 애기는 날 주고 뒷설거지해 봐. 덕배네가 많이 아픈가 보
다. 어지간해서는 아프단 말 안 하는 사람인데."

어머니 이 씨는 아기를 받아 안고, 행랑채 덕배네 방에다 대고 큰소
리로 말한다.

"홍천댁! 오늘 끼니는 우리가 지어 보낼 테니 뜨신 아랫목에 허리
대고 가만히 누웠어."

사임당은 어머니를 도와 밥상을 차리고, 덕배 삼 남매를 돌보는 것으로 그날 하루를 썼다. 늘 도움만 받다가 이렇게 그네를 돕고 나니 기분이 좋았다. 머지않아 자신도 어머니가 되면 이렇게 아기를 키우게 되겠지. 덕배네로 하여 미래의 자신을 어렴풋이 그려 보는 계기가 되기도 한 날이었다.

다음 날이었다.

갑자기 동네 아저씨 한 분이 들어섰다. 지금 급히 전할 소식이 있다는 것이다. 왠지 표정이 밝지가 않다.

"마님, 마님!"

그는 기어이 어머니가 나오시기를 기다려 조심스럽게 소식을 전했다.

"뭐라구요? 아니, 뭐라구요?"

어머니가 큰 충격을 받는 것 같았다. 사임당은 두 사람의 얼굴을 걱정스레 바라보았다.

"고정하십시오. 벌써 며칠 전 일이랍니다."

그것은 청천벽력과 같은 비보였다. 동짓달 초이렛날 아버지가 돌아가셨다는 것이었다. 아아, 어떻게 이런 일이… 정말일까? 정말 이런 일이 있을 수 있을까? 바로 두어 달 전에 이곳에서 혼례를 주관해 주시던 아버지가 아닌가. 사임당도 사임당이지만 어머니 이 씨의 놀람과 비탄은 하늘을 찌를 듯 하였다. 도대체 어쩌자고 이렇게 죽음의 행렬이 계속되는가.

어머니 최 씨가 돌아가시고, 남편이 다 죽어서 들어서던 것이 엊그제 같았다. 이레 동안 단식기도를 마치고, 마침내 손가락까지 잘라가며 천지신명께 빌어 건져낸 남편의 목숨이었다. 그런데 결국은 그렇게 가버리고 마는가. 남편 나이 금년으로 마흔일곱. 결코 많은 나이가 아니다. 지천명의 나이도 못 채우고 세상을 뜨다니! 처음 두어 해 함께 살고, 십육 년 동안 헤어져 살면서 한 해 두어 번씩 강릉을 오르내리던 그 사람. 항상 미안한 마음에 빚을 지고 살면서 언젠가 그 빚 갚을 날을 기다려 왔더니 그럴 수가 있나. 도무지 믿어지지가 않았다. 이 씨는 딸들을 불러 함께 머리를 풀고 곡(哭)을 하기 시작했다. 거의 통곡이었다. 사임당은 그러는 어머니를 따라 슬픔을 주체하지 못하고 꺼이꺼이 울었다. 그렇게 떠나시려고 자신의 혼인을 서두르셨던 것일까, 그렇게 가시려고 자기를 좀 더 친정에 있으라 하셨던 것일까. 오만 생각이 다 들면서 아버지의 존재가 가슴속에서 자꾸자꾸 보름달처럼 커져 갔다.

이 씨는 문득 정신이 들었다. 이렇게 울고만 있을 일이 아니었다. 너무 황급하게 당한 일이라 정신이 없었다. 그러나 정신을 차려야 한다. 이 씨는 덕배 아범을 불러 하나 둘, 일의 순서를 지시했다. 큰딸 인덕에게도 이 소식을 알리라 했다. 허리가 우선해진 덕배 어멈도 앞마당에 엉거주춤 서서 마님의 지시를 따른다. 이 씨는 눈물을 멈추고 한양으로 떠날 채비를 갖추었다.

"내일 아침 일찍 떠나게 가마를 준비하게나."

어린것들을 데리고 먼 길을 가려면 아무래도 가마를 타야 할 것 같았다. 아무리 빨리 걸어도 여드레는 더 걸릴 터인데 이를 어이할꼬.

저녁때가 되자 딸들을 데리고 앉아 다시 곡을 했다. 어린 딸들은 슬픔에 겨운 어머니의 눈물을 보고 덩달아 울었다.

"상주도 없이 어찌 초상을 치렀을꼬."

어머니는 아들을 두지 못한 통한의 눈물을 흘리고 또 흘렸다.

"어머니, 고정하셔요. 어머니마저 쓰러지면 어떻게 합니까? 고정하셔요."

"사람의 운명이 그렇게 허망할 수가 있을까. 아무래도 네 할머니 초상 때, 몸이 많이 상하셨던 게야."

어머니는 이래저래 더욱 아버지에 대한 미안함이 쌓이는 것 같았다.

"어머니, 자꾸 그런 생각하지 마세요. 인명은 재천이라고 하시지 않았습니까?"

"글쎄, 사람이 내일 일을 모르고 사는구나. 나도 살았달 것이 없지."

"어머니, 내일 한양 가시려면 좀 주무셔야지요. 제발 이 죽 한 모금만 드시고요."

사임당은 덕배네가 쑤어 주는 깨죽을 참참이 권하며 어머니의 건강을 지키려 애를 썼다.

어머니와 함께 한양으로

이 씨는 딸들을 데리고 한양으로 떠났다. 다행히 외사촌 동생 최수몽이 동행해 주었다.

대관령을 넘어 횡계를 지나고 진부를 지난다. 멀리 산허리에 서 있는 앙상한 나무들이 그네 마음을 더욱 쓸쓸하게 만든다. 눈시울이 젖는다.

안 그래도 부모를 잃은 슬픔 때문에 세상에 혼자 남은 듯 쓸쓸했었다. 그러나 사임당의 혼인을 서두르며 그 슬픔을 조금씩 잊을 수 있었다. 그런데 다시 이런 일이 생기다니. 이겨냈다고 생각한 그 슬픔까지 되살아나 그네는 의지가지가 없었다. 오라버니는 아니라도 좋았다. 언니라도 하나 있었으면 이렇게 쓸쓸하지는 않을 것 같았다. 남동생은 아니라도 좋았다. 여동생이라도 하나 있었으면 이렇게 외롭지는 않을 것 같았다. 성인들의 가르침에서 형우제공을 배울 때마다 혼자 생각했었다. 도대체 어떤 사람들이 제 형제끼리 우애를 안 하기에 이런 글들이 강조되고 있는 것일까. 이 씨는 자기에게 형제자매가 있다면 무어든 사이좋게 의논하고 사이좋게 나눌 것만 같았다. 사촌도 마음으로 가깝거늘 한 어버이 배 속에서 나온 친형제는 바로 제 피붙이가 아닌가. 세상에 한 남자를 똑같이 아버지라 부르고 한 여자를 똑같이 어머니라 부르는 자식들. 그들이야말로 오순도순 얼마나 축복 받은 동기간同氣間인가. 그런 남매가 위로든 아래로든 하나만 있어도 행복할 것 같았다. 아무리 가난해도 서로 의지하면 어려움이 없을 것 같았다. 어떠한 난관에 부딪쳐도 두려움이 없을 것 같았다.

어린 시절부터 그네에게는 형제자매 어울려 자라는 사람이 가장 부러운 존재였다. 그래도 외사촌들이 많아 그럭저럭 잊고 지냈는데, 어버이가 돌아가시고 나자 외딸이라는 게 더욱 아쉬웠다. 하지만 그네는 슬하에 딸 다섯을 둔 것에 큰 위로를 받았다. 비록 아들은 낳지 못하였으나 딸이 다섯이나 된다는 것에 감사하며 살았다. 게다가 더욱 큰 위로가 있었다. 자기에게는 하늘같은 남편이 있지 않느냐고. 남편의 존재는 형제자매보다도 얼마나 더 든든한 울타리냐고. 비록 멀리 떨어져 있다고는 해도 마음속으로는 늘 함께 있고, 일 년이면 두어 번 실제로도 만날 수 있지 않느냐고. 그 사람이 형제보다 더 가깝지 않느냐고.

그것은 사임당을 시집보내면서 뜨겁게 느낀 깨달음이었다. 여자는 모두 남편 그늘에서 사는 것이 당연한 것이거니 했었다. 그런데 사돈댁이 그토록 일찍이 혼자가 되어 아들 하나를 데리고 향리를 떠나 살았다는 바람에 전혀 다른 세계를 엿보게 되었다. 청상의 여인에게 얼마나 어려움이 많았을까. 온갖 신산辛酸을 겪었을 그네의 삶이 어렴풋이나마 짐작되어 뜨거운 연민의 정까지 일었었다.

그런데 자기도 졸지에 남편을 잃다니 기가 막혔다. 부모도 가고, 남편도 가고, 이제 더 이상 기댈 데가 없었다. 그야말로 절해고도絕海孤島에 혼자 떨어진 느낌이었다.

화불단행禍不單行이라더니 이런 일을 두고 이름인가. 어버이를 잃고 연이어 남편을 잃다니.

호사다마好事多魔라더니 이런 일을 두고 이름인가. 과년한 딸을 시집보내고 신행을 늦추어 겨우 웃음을 되찾으려 하자 남편이 세상을 뜨다니.

슬픔으로 싸늘히 식어버린 그네의 가슴이 초겨울 찬 바람에 더욱 얼어붙고 있었다. 입동을 지나 소설小雪이 가까워 오는 대관령의 찬 바람은 뼛속까지 스며들어 사람을 더욱 움츠러들게 만들었다. 가을이라기보다는 겨울이었다. 나무들은 겨울 준비를 하는지, 이미 옷을 다 벗어버리고 가지 꼭대기에 마른 단풍 몇 낱만 달고 서 있었다. 그렇게 쓸쓸히 남은 잎이 영락없이 자신의 모습만 같아서 눈물이 주르르 흘렀다. 사임당은 더 말할 것 없이 슬퍼하고 있었다. 넋이 빠진 듯했다. 결혼을 하고 신행까지 늦추어 놓은 상태에서 이런 큰일을 당했으니 제 마음인들 얼마나 혼란스러우랴. 어린 딸들도 기가 푹욱 죽어 눈물을 질금질금 흘리고 있었다. 이 씨는 자기가 그런 아이들을 달래야 할 입장인 줄 알지만 지금으로서는 어쩔 수가 없었다. 그냥 주르르 흐르는 눈물을 흐르게 둘 수밖에.

그래도 산 사람은 어떻게든 살아가는 것인가. 대관령 굽이굽이를 넘다가 하인들은 지치면 주막에 들어 쉬고, 아이들은 배가 고프면 밥을 먹었다. 남편이 갔다고 세상이 달라진 것은 아무것도 없었다. 오직 자기만 온 세상이 허물어진 것 같은 허탈감을 견디고 있는 것이다. 한 치 앞을 내다볼 줄 모르고 하루하루 떠밀려 살고 있는 인간들. 그네는 자신의 죽음도 머지않았으리라 생각되었다. 이제 세상에 소중한 것이라곤 하나도 없어지고 말았다. 아직 출가하지 않은 세 딸들만 없다면 어딘가로 숨어들고 싶은 심정이었다. 깊은 산속, 아무도 자기를 모르는 절간을 찾아 머리를 자르고 보살이라도 되고 싶은 심정이었다.

이 씨는 평소 한 번도 떠올려 보지 않았던 오만 가지 생각이 쏟아져 들어옴에 머리가 빠개질 듯이 아팠다. 눈물을 하도 흘린 때문인지 눈도 흐릿해지면서 시야가 뿌옇게 변해 갔다. 그러는 사이 안흥을 지나고 횡성을 지나더니 한양이 가까워 온다고 했다. 한양이 가까워 올수록 반갑기는커녕 마음이 더욱 스산해졌다.

"간 사람은 간 사람이고, 산 사람은 살아야지요. 저 어린것들을 봐서라도 정신을 차리세요. 평소 그렇게 강단지던 누님이 이렇게 허물어지면 됩니까?"

동행해 주는 외사촌 최수몽이 간간이 위로의 말을 건네지만 귀에 들리지 않는다.

"어머니, 어머니가 정신을 차리셔야지요. 어머니마저 몸져누우시면 동생들은 어떻게 해요. 제발 좀 잡수셔야지요. 물 한 모금이라도 드셔요."

사임당 역시 넋을 잃고 먼 산을 바라보다가, 혼자 조용히 눈물을 흘리다가, 때로 정신이 들면 어머니의 건강이 염려되어 한마디 했다. 그러나 이 씨는 누구의 말도 들리지 않았고 아무것에도 마음 둘 곳이 없었다.

7
다시 잡은 붓

초충도(가지) | 신사임당, 조선/16세기

아버지의 신위神位를 모시고

일행이 한양에 도착했을 때는, 발인은 물론 삼우제까지 끝난 뒤였다. 마침 이원수가 한양에 있어 입관 때며 발인 때 사위로서의 예를 갖추었다고 하니 그런 다행이 없었다. 이원수는 물론, 대소가 어른들이 다 모여 다시 한번 고인의 죽음을 슬퍼하면서 유족들을 위로해 주었다.

신명화는 사임당 혼인에서 돌아온 뒤, 차츰 건강에 이상이 오더니 자주 피를 토하다가 그렇게 떠나버리고 말았다는 것이었다. 그런 이야기를 들으면서 사임당의 슬픔은 이루 말할 수가 없었다. 지난해 그토록 건강에 이상 징후가 왔건만 다시 소생하자 아무렇지도 않은 듯 자신의 혼인을 위해 동분서주했던 아버지. 어쩐지 그 후유증으로 아버지가 돌아가신 것만 같아 슬픔은 더욱 북받쳤다. 게다가 혼인 후 처음으로 대소가 어른들께 인사드리는 자리여서 사임당은 몸 둘 바를 모르고 쩔쩔매었다.

궤연几筵 앞에서 곡을 마친 일행은 이원수의 안내를 받으며 신명화의 무덤으로 갔다. 그리고 아직 떼도 마르지 않은 봉분 앞에서 목 놓아 울었다.

"아버지, 아버지, 죄송합니다. 저 때문에 무리를 하신 거지요?"

사임당이 너무 괴로워하자 이제 어머니가 딸을 달래는 입장이 되었다.

"너무 슬퍼하지 마라. 인명은 재천이라고 하지 않았느냐. 이제 정신을 차리고 뒷일을 생각하자꾸나."

"아버지, 오래 사시면서 제 효도도 좀 받고 가시지. 전 넘치도록 받기만 했어요. 아버지…."

사임당은 울어도 울어도 눈물이 마르질 않았다.

"너무 자책하지 말고 이제 그만 돌아갑시다."

이원수가 채근하는 소리를 들으면서 사임당은 문득 여섯 살 때 아버지를 여읜 남편의 입장을 생각했다. 더 이상 울고 있는 것도 그에게 실례가 될 것 같았다. 한없이 머물러 울고 싶었지만 마지못해 일어났다. 그리고는 아버지가 거기 계시기라도 한 듯 뒤돌아, 뒤돌아보며 산을 내려왔다.

며칠 후, 이 씨 일행은 신명화의 신위神位를 모시고 한양을 떠났다. 다시 양평을 지나고 횡성을 지나고, 안흥, 진부, 횡계를 지나 굽이굽이 대관령고개를 넘었다.

사임당의 눈앞에 자꾸만 아버지가 어른거렸다. 이 길을 일 년이면 두어 번씩 지났을 아버지. 일행이 있는 것도 아니고, 혼자서 쓸쓸하게 이 머나먼 길을 오르내리셨던 아버지를 생각하니 더욱 가슴이 메었다. 얼마나 지루하셨을까. 얼마나 고달프셨을까. 딸들의 교육을 위하여 귀한 책들을 빌려 오시고, 그림 도구를 구해 오시던 아버지. 때로 날이 저물면 사나운 짐승들도 나타났을 것이었다. 그 놀라움은 또 오죽하셨을까. 사임당은 굽이굽이에 서려 있을 아버지의 혼령을 눈앞에 만나는 것 같아 더욱 목이 메었다.

며칠을 걸려 집으로 돌아온 모녀는 방 한 칸을 정갈하게 치워 정성껏 궤연을 꾸며 놓고, 조석으로 영위 상에 메진지를 올렸다. 사임당은 기진맥진한 어머니를 쉬게 하고 그 모든 일을 도맡았다. 아버지가 무척 좋아하던 홍시감도 상 위에 올려놓고, 무엇이든 음식을 만들면 그곳에 먼저 갖다 놓았다. 어린 동생들에게도 아버지의 모습을 오래 각인시키고자 자주 그 방으로 데리고 가 생전의 아버지에 대한 이야기를 나누곤 하였다.

어느 날, 이 씨는 사임당을 불렀다.

"네 아버지 젊었을 적 이야기 하나 해주마. 장가 온 지 얼마 안 돼서 외할아버지가 동네 잔칫집 초대를 받았는데, 가기가 싫으셨던지 네 아버지에게 심부름을 시켰어. 장인이 아파서 못 가신다고 편지를 한 장 써 보내라고."

"그래서요?"

"대번에 그런 거짓말 심부름은 못하겠다 하더라. 그만큼 천성이 강직한 분이었다."

"네. 아버지답네요."

"그리고 네가 아주 어렸을 때 네 조부님이 돌아가셨는데 당시는 연산 임금 때라, 단상短喪하라는 법령이 엄했지만 네 아버지는 끝까지 예를 폐하지 않으셨다. 상복 입고 여묘살이를 하며 몸소 밥을 지어 상식을 드리고 3년 동안 어버이 잃은 슬픔을 극진히 다해서 모두들 장하게 여겼었지."

"대단하셨군요."

"참 반듯한 분이었다. 너 결혼 때도 그래. 이웃 김 생원이 어디서 듣고 왔는지, 대궐에서 널리 처녀를 뽑아 올린다는 소문을 퍼뜨려 모두들 가슴을 졸였다. 딸 가진 집에서는 벌벌 떨면서 예법도 다 제쳐버리고 사위 한 사람만 얻어 머리 올려 주고 했었지. 그런데도 네 아버지는 그런 말 상관 않고 예절 다 지켜서 혼례를 치러 주지 않았느냐. 하여간 주관이 뚜렷하고 반듯하게 살다 가신 분이다. 너도 그런 아버지를 존경하고 나 죽으면 아버지 제사는 네가 지내도록 해라."

"어머니, 왜 벌써 그런 말씀을…."

"내 말 깊이 들어라. 여러 사람을 떠나보내고 나니 인생이 덧없구나. 나도 언제 어떻게 갈지 모르니 미리 일러두려고 그런다."

"어머니도, 참."

"새겨들어라. 너희들에게 재산 분배를 미리 해놓으려고 한다. 내가 앞으로 몇 년을 더 살게 되면 다시 고칠지라도 그때그때 써 놓는 게 좋을 것 같구나. 너희 다섯한테 공정하게 배분하려고 노력했다만, 너는 특히 아들 노릇을 하도록 좀 더 많이 나누었다. 이 집도 네 앞으로 했고, 한양 수진방의 기와집 한 채도 네 앞으로 했다."

"어머니, 제발 그런 말씀 하지 마세요. 왜 벌써부터 그런 말씀을…."

"어허, 들으라면 들어라. 할아버지 할머니, 그리고 우리 두 내외, 제사도 다 네가 지내도록 해라. 이 서방이 그 정도는 이해해 주리라고 믿는다. 나중 네가 아들을 낳으면 그 아들에게도 부탁하고. 죽은 사람이 언제 와서 젯밥 먹을까만 그래도 혼령이 있으니 너 보고 싶어서도 오시지 않겠느냐. 조상 받드는 것은 자손의 도리이니 조촐한 음식이라도 깨끗하게 정성껏 차려서 오는 혼령 기쁘게 해드리려무나."

"참, 어머니도. 알았어요. 알았어요. 제가 다 알아서 할 테니 걱정마세요."

"그리고 꼭 해둘 말이 있다. 우리 집 노비들 말이다. 덕배네를 비롯해서 집사執事 김 씨며 경기도 땅에 논밭 부치는 소작농들이며 산지기들이며 수십 명 되는 노비 말이다. 나는 그 사람들이 부치고 있는 농토의 반씩이라도 그들에게 나누어 주고 싶다. 나는 여자도 글을 배우게 될 날이 온다고 믿는 것처럼 노비들도 해방될 날이 있으리라고 믿는다. 나는 부모 잘 만나서 글도 깨치고 재산도 상속받았지만 사실상 내가 벌어서 모은 재산이 아니지 않느냐. 그들은 일 년 내 뼈 빠지게 일하고 아무리 모아야 논 한 마지기를 사들일 수 없으니 그런 불공평이 어디 있겠느냐. 그래서 나는 그들에게도 재산을 나누어 주고 싶다. 너희 다섯 딸들 몫이 줄어든다고 섭섭하게 생각하지 말아라. 넉넉한 사람은 나누고, 모자란 사람은 받아야지 이 세상 균형이 잡히지 않겠느냐."

"네. 그건 정말 옳은 말씀입니다. 그렇지만 어머니, 아직 그럴 때가 아니에요. 제발…."

"하여간 네가 다 알아두어라. 문서는 내 머리맡 문갑에 있으니 그리 알고."

사임당은 어머니의 마음을 이해할 것 같았다. 몇 년을 거듭해 죽음의 골짜기에서 헤매고 있으니 어찌 그런 생각을 하시지 않으랴. 그러나 안 된다. 어머니가 돌아가시는 것은 절대 안 된다. 안 된다. 사임당은 자기도 모르게 고개를 잘래잘래 흔들며 밖으로 나섰다. 뒤뜰 어머니의 기도처로 가서 기도를 드리기 위함이었다.

"하늘이시여. 어찌하여 저희 집에 이리도 자주 고통을 주시나이까? 태어나고 죽는 것은 하늘이 하시는 일이라 하니 저희 미약한 인간이 어찌 하오리까? 도무지 어쩔 수 없는 일인 줄 압니다만, 그러나 엎드려 비옵니다. 제발 이 이상은 저희에게서 그 누구도 거두어 가지 말아주시옵소서. 어머니는 안 됩니다. 안 됩니다. 아직도 할 일이 너무나 많은 어머니입니다. 부디 어머니를 지켜주시옵소서."

산수화로 마음을 달래며

사임당은 만사를 제쳐 놓고, 어머니의 뒤를 졸졸 따라다니며 행여 잘못되기라도 할까 봐 건강을 챙기는 데 온 신경을 썼다. 단 한 가지, 동생들 공부 가르치는 일만은 간간이 계속했지만 그림도, 자수도, 글씨도 일체의 자기 생활에서 손을 떼었다. 어머니를 받드는 일, 그리고 아버지 영위에 정성을 들이는 일만이 그네의 일과가 되었다. 조석으로 메진지를 올리는 일은 물론, 초하루 보름을 맞아 삭망朔望 예를 지내는 데도 더욱 정성을 쏟았다. 그것은 물론 순전히 아버지를 위해서도 필요한 일이었다. 하지만 아버지께 대한 정성이 어머니의 슬픔을 조금이라도 덜어드릴 수 있지 않을까 싶은 마음에 배로 더 신경을 쓰게 되는 것이었다.

"이제 네 일을 해라. 이렇게 자꾸 나에게만 붙어 있으면 어쩌자는 것이냐."

얼마쯤 그런 생활이 계속되자 이 씨는 정신이 들기 시작했다. 딸과 홍천댁의 지극한 정성이 차츰 미안해지기 시작했다. 풀 죽은 모습으로 간간이 들어와 우두커니 앉아 있는 어린 딸들에게도 미안했다. 내

한 몸 누워서 여러 사람 괴롭히면 안 되지. 아직 어린 막내를 봐서라도 내가 정신을 차려야지. 그네는 서서히 입맛을 돌려 밥을 먹기 시작했다. 그리고 사임당에게 다시 그림이나 자수, 글씨 쓰기 등에 전념하라고 단단히 권했다.

사임당은 어머니를 지키며 초서 쓰기에 열중했다. 아버지는 가셨지만 아버지가 구해다 주신 서첩은 사임당 곁에 남아 아버지의 체취를 전해 주면서 좋은 스승이 되어 주었다. 글자 한 획 한 획이 초서로 변해갈 때 대개 정해진 규칙이 있었다. 그것을 깨달아 가는 것이 퍽 흥미 있었고 쓰다 보니 재미도 있었다. 세필을 들었다가 중필을 들었다가 그네는 날마다 열심히 글씨를 썼다.

모처럼 어머니가 기운을 차리게 되자 사임당은 호숫가로 나갔다. 초겨울 풍경이 을씨년스러웠으나 그것은 그것대로 운치가 있었다. 산수화를 그릴 때는 꽃이나 포도를 그릴 때보다 이상하게 정신이 더 쇄락灑落해지는 것 같았다. 막 새 생명이 뿜솟아 나는 봄은 봄대로, 짙푸른 녹음이 남실대는 여름은 여름대로, 산 전체를 꽃동산으로 만드는 가을은 가을대로, 모든 잎 떨구고 겸허하게 잿빛으로 서 있는 겨울은 겨울대로 어느 것 하나 덜함 없이 사임당의 마음을 사로잡았다. 경치도 경치지만 산은 홀로 우뚝 높이 있어 과묵한 어른처럼 우러러보였다. 그래서 마음이 스산할 때 그냥 달려가 기대고 싶을 만큼 듬직해 보였다. 인자요산仁者樂山이라더니 산이야말로 인자였다.

그네는 한 쌍의 산수화를 그리기로 마음을 정하고 같은 크기의 종이 두 장을 준비했다. 종이의 좌우측 끝에 나무를 그리기로 하였다. 우선 근경으로 땅을 그려 넣었다. 다시 흐린 먹선으로 멀리 있는 산을 그리고, 땅과 산 사이에 잔잔히 펼쳐진 수면을 그려 넣었다. 수면의 파도는 가는 필선으로 묘사하였다. 돛단배도 하나 띄우고, 기러기도 한 마리 날게 했다. 멀리 산 위에 세운 고목의 줄기나 가지는 짤막한 필선으로 묘사하였다. 수묵을 위주로 하였으되 나무 주변에 약간의 담황

淡黃을 칠했다. 그리고 하늘 중천에 해도 둥그렇게 그려 넣었다. 그네는 자신의 그림을 저만큼 밀어 놓고 바라보았다. 그런데 어딘가 허전했다. 왠지 그림이 살아 있지를 않았다. 아무리 봐도 완성품이 아니었다. 한참 궁리 끝에 근경의 땅에 세운 바위를 조금 짙은 먹선으로 처리해 보았다. 오오, 그림이 살아났다. 그 선 하나가 그림을 살리는구나. 사임당은 기분이 좋아졌다.

그러나 아무리 잘 그린들 자연만 하랴. 있는 그대로의 자연보다는 덜 아름다웠다. 자연은 그 자체가 뛰어난 예술이 아닌가. 이 아름다운 자연의 조화는 어느 누구의 손길일까. 세상 만물을 지어낸 조물주는 과연 어디에 계실까. 사임당은 자주 그분의 존재를 생각하였다. 가능하다면 꿈에서라도 꼭 한번 만나보고 싶었다. 세상 만물을 창조하신 그분. 그분은 분명 뛰어난 예술가일 거라고 생각했다.

사임당은 자신의 그림을 한참 바라보다가 문득 제시題詩를 곁들이고 싶어졌다. 스스로 시를 쓸 수 있다면 좋겠지만 자신이 없어서 당나라 시집을 펴 들고, 그림의 내용에 걸맞은 시를 찾았다. 이리저리 뒤적이다 보니 맹호연의 오언절구와 이백의 오언율시가 눈에 띄었다. 그런데 이백의 율시는 너무 길어 그림 한 귀퉁이에 넣기는 조금 넘칠 것 같았다. 그네는 그 시에 대한 해설을 읽어 보았다. 그것은 진나라 때 사람 장한張翰의 일화를 담고 있는 시였다. 그가 대사마大司馬가 되어 길을 떠나고 있을 때, 가을바람이 일자 어느 아전이 "인생이란 제 생각대로 사는 것이 귀중한데 어찌 수천 리 떨어진 곳에서 벼슬살이에 매여 명성과 작위를 구할까?"라고 중얼거리는 소리를 듣고, 마침내 가마를 내려 고향으로 돌아갔다는 일화였다.

문득 과거에 합격하고도 조정에 나가지 않고 은사隱士로 지냈던 아버지 생각이 났다. 더구나 셋째 연의 끝 구절에 '만날 기약 어렵네'라는 시구가 사임당을 더욱 사로잡았다. 그것은 돌아가신 아버지에 대한 자신의 그리움을 그대로 전해 주고 있지 않는가. 그 시가 이래저래 마음에 들다 보니 더 이상 다른 시를 고르고 싶지 않았다. 단지 여덟 행이나 되는 길이가 마음에 걸렸다. 그네는 문득 묘안이 생각났다. 이 중에서 네 줄만 따다 쓰는 것이다. 일화가 들어 있는 첫째 연과 넷째 연을 빼고, 경치를 묘사한 둘째 셋째 연 네 줄만 따다 쓰면, 절구처럼 보이겠지. 그럼 맹호연의 절구와 짝을 이루어 멋진 한 쌍이 되겠구나. 됐다.

이번에는 초서로 쓰고 싶었다. 중필을 들고 몇 번이고 쓰고 또 썼다. 연습, 연습, 연습은 많이 할수록 좋다는 것을 어린 시절부터 깨달았기에 그네는 종이를 아껴 가며 덧쓰고, 또 덧쓰며 연습에 골똘했다. 그리고 드디어 그림을 바짝 앞으로 끌어당겼다.

사임당은 가는 붓을 찾아 들고 글씨를 써 내렸다. 붓을 반듯이 세우고 어깨에 힘을 빼고, 온몸으로, 혼을 불어넣어서…. 아버지의 자애로운 음성을 들으며 좌측 그림에 맹호연을, 우측 그림에 이백을 써 내렸다.

> 移舟泊烟渚(이주박연저): 배를 저어 안개 자욱한 물가에 대니
> 日暮客愁新(일모객수신): 해질 무렵 나그네의 근심은 새로워라.
> 野廣天底樹(야광천저수): 들판은 넓어 하늘 끝에 닿았는데
> 江晴月近人(강청월근인): 맑은 강물에 비친 달이 가까워지네.
> — 맹호연

> 天晴一雁遠(천청일안원): 맑게 갠 하늘에 외기러기 멀리 날고
> 海闊孤帆遲(해활고범지): 트인 바다에 외로운 돛단배 더디 가네.
> 白日行浴暮(백일행욕모): 해도 기울어 막 어두워지려 하는데
> 滄波杳難期(창파묘난기): 싸늘한 물결 아득하고 만날 기약 어렵네.
> — 이 백

두 폭의 산수화를 나란히 늘어놓으니 균형 감각도 느껴지고 제법 마

음에 들었다. 갑자기 하늘에 멀리 나는 기러기 한 마리가 외로운 어머니의 모습처럼 보였다.

어머니…. 그네는 울컥 목이 메었다. 대체 어쩌자고 형제자매 하나 없이 세상천지에 혼자로 태어나고 이제 또 혼자로 남으셨단 말인가. 문득 어머니의 나이를 헤아려 보았다. 아버지보다 네 살이 아래였으니 이제 겨우 마흔셋이었다. 공자께선 마흔을 불혹이라 하여 어떠한 유혹을 받아도 흔들림이 없게 된다 하셨지만 사랑하는 사람들이 연달아 세상을 떠버린 이 마당에 어떻게 흔들림이 없으랴. 사임당은 어머니의 마음을 짐작하고도 남았다. 어머니의 외로움을 덜어드리기 위해서라면 무슨 일이든지 다 하리라. 나를 희생하고라도 다 하리라. 그네는 마음을 다지고 또 다졌다.

사임당은 먹물이 마른 그림을 들고 안채로 건너갔다. 어머니는 붓을 들고 무엇인가를 쓰고 계셨다.

"이게 재산 분배기다. 거듭거듭 생각하며 고쳐 쓰고 있다. 언제든 내가 가면 네가 책임을 지도록 해라."

"어머니, 제발, 좀 거두세요. 제발. 그리고 이것 좀 봐 주세요. 모처럼 그림을 그렸어요."

사임당은 어머니 앞으로 산수화 두 점을 들이밀었다.

"음, 좋구나. 그래. 초충도도 좋지만 산수화가 더 좋구나. 산은 우리가 돌아갈 마지막 고향 아니냐. 그래. 자주 산수화를 그려라. 참, 너는 당숙들이랑 외사촌, 이종 사촌 언니들 그림 준다는 것 다 주었느냐?"

"아직 다는 못 드렸어요. 부지런히 그려야지요."

"모두들 갖고 싶어 하니 줘야지. 사람이 산다는 게 허망하기만 하다. 내일 일을 모르고 있으니…. 신행 가기 전에 열심히 그려서 될 수 있으면 선물하고 가거라. 무어든 좋아하고 아끼는 사람이라야 그 가치를 안다."

"네. 저도 그렇게 생각해요."

열심히 그림을 그리는 동안 겨울이 깊어지고 눈이 내렸다. 눈 덮인 산은 더욱 사임당의 마음을 끌었다. 한번 산수화에 맛을 들이자 계속해서 산수화만 그리고 싶었다. 사임당은 그 해 겨울 여러 점의 산수화를 완성할 수 있었다. 유독 경치 좋은 강릉을 고향으로 주신 하느님께 감사드리며.

뒷날 명종 때 사람 소세양蘇世讓은 그네의 산수화 족자들에 다음과 같이 시를 붙였다.

시냇물 굽이굽이 산은 첩첩 둘러 있고
바위 곁에 늙은 나무 감돌아 길이 났네.
숲에는 아지랑이 자옥히 기었는데
돛대는 구름 밖에 뵐락 말락 하는구나.
해질녘에 도인 하나 나무다리 지나가고
막 속에선 늙은 중이 한가로이 바둑 두네.
꽃다운 그 마음은 신과 함께 얼렸나니
묘한 생각 맑은 자취 따라잡기 어려워라.

노곤한 봄날이라 먼지 덮인 경대 앞에
자다가 깨어나니 붉은 햇빛 창을 쏘네.
한 조각 강산 풍경 눈 아래 벌어지고
만 겹이나 엉킨 연기 가슴속에 피어나네.
그윽한 산길은 절벽으로 굽이돌고
그물 치는 고깃배는 기슭 따라 돌아가네.
두어 자 비단 폭에 그려 넘친 그윽한 뜻
알괘라 신묘한 붓 하늘조차 빼앗았구나.
　　　　　　　　　　　　　　－ 출전 :『양곡집』陽谷集

꽃, 새, 그리고 나비

이듬해 봄, 그리고 여름, 어머니도 조금씩 슬픔을 이겨내 평상심을 찾게 되고 사임당은 편안한 마음으로 그림에 열중하기 시작했다.

마음이 밝아지니 여러 가지 빛깔을 넣어 채화彩畵를 그리고 싶었다. 문갑 속에서 아껴 두었던 봉채棒彩와 분채粉彩 들을 꺼냈다. 그네는 여러 개의 작은 접시와 커다란 접시 하나를 준비했다. 작은 접시에 물 한 방울을 떨어뜨려 봉채나 분채로 갖가지 빛깔을 만들어 놓고, 붓으로 그 빛깔들을 찍어 큰 접시에 옮긴 다음, 이리 섞고 저리 섞어 원하는 빛깔을 만들어냈다. 그네는 이 귀한 물감을 구해다 주신 아버지께 한없이 감사드리면서 매화도를 비롯해 화조도, 초충도 등 여러 점을 그릴 수 있었다. 신행 가기 전에 외갓집 오라버니 언니들에게 선물도 해야 할 터이므로 쉬지 않고 더욱 열심히 그렸다.

뒷날 숙종 때 사람 신정하申靖夏는 그네의 초충도를 보고 다음과 같이 「초충도가」草蟲圖歌를 읊어 후세에 남기었다.

첫째 폭은 오이 넝쿨 언덕 타고 감겼는데 밑에선 개구리가 더위 잡고 올라가네.

둘째 폭은 참외들이 온 밭에 깔렸는데 단내 맡은 굼벵이가 흙 속에서 나오누나.

셋째 폭은 수박 위에 찬비가 흩듣는데 쓰르라미 쓰렁쓰렁 깃을 떨기 시작하고

넷째 폭은 원추리꽃 잎새 빛깔 변하는데 그 밑에 귀뚜라미 울며 쉬지 않는구나.

다섯째 폭 여섯째 폭 붓 솜씨 더 묘하기 새빨간 저게 바로 맨드라미 아닐런가.

일곱째 폭 붉은 여뀌, 다시금 쓸쓸한 채 무거운 꽃 약한 잎새 드리워 한들한들.

다시 보매 벌이 있네. 그 곁에 나비로고 꽃에 붙고 잎에 붙고 서로 와서 감도누나.

봄바람 그윽하다 붓 아래로 불어 들어 찍어 놓은 한 점 하늘 조화 빼앗았구나….

그린 이는 석담石潭 이 선생 그 어른의 어머니요 얻은 이는 동래 사람 정종지鄭宗之네.

선생을 공경함이 부인께도 미치어서 그림을 만지다가 저도 몰래 경탄하네.

생각건대 고이 앉아 종이 위에 붓 던질 제 그림이나 그리자고 한 짓은 아니었고

옛날 문왕文王 어머님이 시를 지어 읊은 것을 본떠서 그려내니 소리 없는 시로구나.

지금껏 전해 내려 어느덧 이백 년을 먹빛은 바랬건만 정신은 그대롤레.

정공에게 이르노니 이것 고이 간직하고 흔한 그림 대하듯이 예사로 보지 마오.

진나라 때 위 부인과 원나라 때 관 부인이 글씨와 그림으로 이름을 날렸지만

슬프다, 본시부터 포부는 없었나니 재주 비록 뛰어나되 같이 서진 못하리라.

숙종 37년 오월 초순 동양 신정하 삼가 씀
— 출전 : 『풍고집』楓皐集

그뿐인가. 사임당의 초충도에 대한 소문이 자자하자 숙종은 그림을 궁으로 가져오게 하고 주인인 김주신金柱臣의 그림첩에 다음과 같이

친히 시를 써서 주었다.

> 풀이여 벌레여 모양도 같을씨고
> 부인이 그려낸 것 어찌 그리 묘하온고
> 그 그림 모사하여 대궐 안에 병풍 쳤네.
> 아까울쏜 빠진 한 폭 모사 한 장 더 하놋다
> 채색만을 쓴 것이라 한결 더 아름다워
> 그 무슨 법일런고 무골법無骨法이 그것일레.
>
> 을미(숙종 41년 1715) 팔월 상순에 적음
> — 출전 : 『열성어진』列聖御眞

첫 아기 소식

이듬해 첫 추위가 찾아온 어느 날, 저녁 밥상에서였다. 사임당은 갑자기 김치 냄새가 역겹게 느껴졌다. 울컥, 대번에 욕지기가 났다. 늘 먹던 김치가 웬일일까. 어머니가 대뜸 눈치를 채고 말씀하신다.

"드디어 태기가 있나 보다. 안 그래도 걱정을 많이 했다. 이제 시어머님께 체면이 섰구나. 외아들 장가보내 놓고 얼마나 기다리셨겠느냐."

어머니는 몹시 기쁜 표정으로 말씀하셨다. 그러나 사임당은 당황했다. 올 것이 왔구나 싶긴 했지만 어머니처럼 기뻐할 수만은 없었다. 겁이 덜컥 났다. 아기를 가졌다고? 그럼 나도 어머니가 되는 것인가? 내가 아기를 잘 키울 수 있을까? 기쁨보다는 두려움이 앞섰다. 순식간에 스무 살이 된 것도 당황스러웠는데, 이렇게 해서 어른이 되어 가는 것인가. 어깨가 무겁도록 책임감이 느껴졌다. 사임당의 마음을 알 리 없는 어머니는 주의까지 주신다.

"무거운 것도 들지 말고, 쪼그리고 앉아서 너무 과로하는 것도 삼가도록 해라. 수놓는 것, 그림 그리는 것, 다 태교에 좋긴 하다만 너무 오래 앉아 있지는 말아라."

사임당은 서서히 자신의 상황을 받아들였다. 그리고 적극적으로 태교에 힘썼다. 『내훈』을 자주 펼쳐 보면서 자신이 가장 닮고 싶은 사람으로 흠모해 사임당이라는 당호까지 지어냈던 태임의 이야기를 가슴 깊이 새겼다.

'태임은 주나라 문왕의 어머니다. 성품이 단정하며 한결같이 정성스럽고 엄숙하여 오직 덕스러운 일만 행했다. 임신하면서부터 눈으로는 악한 빛을 보지 않으며, 귀로는 음란한 소리를 듣지 않고, 입으로는 거만한 말을 하지 않았다. 잠잘 때도 옆으로 눕지 않고, 앉아도 한쪽 모서리에 앉지 않으며, 서도 비스듬히 서지 않고, 나쁜 음식을 먹지 않았다….'

곧 입덧이 시작되어 아무것도 먹을 수가 없었다. 그 시원하고 맛있던 대구탕도 한 술 뜰 수 없었고, 적조개탕도 구역질만 돋우었다. 행랑채 덕배 어멈이 수시로 들락거리면서 새로운 음식을 권했으나 허사였다. 먹은 것도 없이 헛구역질만 났다. 그런 속에서도 입 안에 뱅뱅 도는 맛, 먹고 싶은 것이 있긴 했다. 더운 여름 미지근한 물에 우린 풋감. 아니면 초가을 어느 날 홍시도 되기 전에 한 입 베어 물고 눈살을 찌푸렸던 땡감. 떫어서 어쩔 줄 몰랐던 그 땡감이 생각나는 것은 무슨 조화일까. 이 겨울에 어디서 그런 풋감이며 땡감을 구한단 말인가.

걸핏하면 어질어질 피잉 쓰러질 것만 같았다. 한 술이라도 먹을 수 있는 것이라고는 책면 하나뿐이었다. 그나마 얼마나 다행이냐고 어머니는 홍천댁을 데리고 그 거페스러운* 책면을 자주 만들어 대령해 주셨다.

설을 지내고 한양에서 남편 이원수가 왔을 때는 다소 입덧이 가라앉은 뒤였다. 아이를 가졌다니 싱글벙글 좋아하면서도 얼굴이 몹시 수

---

*거페스러운:다루기 까다로운.

척해진 아내를 보자 걱정이 되는지 정색을 하고 물었다.

"혼자 고생이 많았구려. 내가 무엇을 도와주면 좋겠소?"

사임당이 말없이 빙그레 웃고 있는데 그가 이어서 말했다.

"입덧을 대신해 줄 수만 있다면 해주겠구먼. 그것만 빼고 다 할 테니 어서 말해 보시오."

"내가 원하는 걸 해줄 수 있으시다구요?"

"그렇소. 말만 하시오. 다 해주리다."

"청이 하나 있긴 하지요."

"무엇을 하리까?"

"대장부가 할 일은 단 하나뿐이지요. 학문을 닦아 성인이 되는 것입니다."

"학문이라, 그렇지요. 나는 부인처럼 공부를 못했으니 지금부터라도 정진해야겠지요."

사임당은 그 말이 고마웠다. 그래서 얼른 말해 보았다.

"머지않아 아버지가 되면 아이에게도 떳떳한 아버지가 되시는 게 좋을 듯해서…."

"알았소. 내 명심하리다."

사임당은 『논어』, 『맹자』 등을 챙겨 남편 앞에 내밀며 일념으로 책을 읽으라고 권했다. 그네도 함께 읽고 싶었지만 알아보게 몸에 이상이 왔다. 나른하고 졸음이 왔다. 도무지 모든 것이 귀찮고 잠만 자고 싶었다. 사람이 이래서 게으름을 부리게 되는가 싶었다. 태교를 위해서도 이래서는 안 되는데…. 정신을 차려 책을 읽고 좋은 생각만 하려고 노력했다.

차츰 입맛이 돌아와 밥을 먹게 된 어느 날, 뱃속에서 미세한 움직임이 느껴졌다. 조금씩 그 느낌이 심해지더니 열흘 지나, 보름 지나, 어느 날부터는 갑자기 복부의 옷이 들썩 들릴 정도로 심한 태동이 시작되었다. 생명의 신비가 이런 것인가. 그네는 온통 신경이 태아에 가 있었다. 이제 자기가 사는 것이 아니라 뱃속의 태아를 위해 그 어미된 자가 살고 있었다. 그네는 자기도 모르게 아기에게 말을 건넸다.

'아가야, 우리 아기 아들일까 딸일까? 건강하게 잘 자라다오.'

아, 어머니는 우리 딸들을 이렇게 해서 낳고 기르셨구나…. 하나도 아니고 다섯씩이나!

사임당은 태중에 아기를 갖고부터, 어머니에 대한 효성은 해도 해도 모자랄 것임을 더 더욱 실감하게 되었다. 그러나 자기는 곧 신행길에 올라야 한다. 반년만 머물렀다 간다던 약속이 아버지 복을 입어 늦어졌으니 이제는 서둘러 시댁으로 가지 않으면 안 된다. 그럼 어머니는 누가 모시나. 사임당에게는 그것이 가장 안타까운 일이었다. 제법 철이 든 인교가 있다고는 하지만 동생도 곧 시집을 가야 할 것이다. 어머니는 벌써부터 인교의 혼인을 서두르고 계시지 않는가. 그래서 사임당은 넷째를 불러 자주 부탁의 말을 건넸다.

"인주야. 인교 언니도 곧 시집을 가면 네가 이 집의 큰딸이 되는구나. 잘할 줄 믿지만 홀로 계신 어머니 쓸쓸하지 않게 말동무도 되어 드리고, 건강도 잘 살펴드리기 부탁한다. 동생 글공부도 좀 봐 주고. 알았지?"

"걱정 마, 언니. 어쩌다 보니까 우리들이 뿔뿔이 헤어지게 되네. 정말 순식간이다."

자매들은 봄을 맞아 텃밭을 가꾸기도 하고 바깥채 앞뜰의 화단을 가꾸기도 하면서 마지막 우애를 다진다. 한식 전에 뿌려 둔 꽃씨가 싹이 너무 배게 나서 보기 딱하던 것을 촉촉이 봄비가 내리기를 기다려 사이사이 솎아 모종을 하기도 한다. 씨앗은 희망이었다. 하루하루 자라나는 게 눈에 보였다. 사임당은 전보다 몇 배나 생명의 신비를 절감했다. 씨앗이 움트고, 움튼 싹이 날로 자라듯 자기 뱃속 아기도 날로 자라고 있겠지. 아이의 태동은 갈수록 심하여 배 안에서 팔다리를 움직이는지 그네를 깜짝깜짝 놀래키기도 하였다.

낯선 시댁으로

단오를 지나 온 산야가 푸르름으로 남실대는 초여름이었다. 사임당의 건강도 안정을 찾았다. 이원수는 이런 날이 오기를 기다렸다는 듯아내를 졸랐다.

"한양 어머니가 몹시 기다리시는데 어지간하면 올라갑시다."

첫아이라 친정에서 해산을 하면 좋겠지만 그러다간 너무나 늦어지겠다고, 이제 건강도 좋아졌으니 더 더워지기 전에 신행을 하는 게 좋겠다고, 어머니도 동의하였다.

"아이까지 가진 사람이 어떻게 걸어가겠니. 외가에 가서 사인교四人轎를 얻어 오기로 했다. 네 시중 들 비복婢僕도 하나 데리고 가야지."

"비복을요? 별 넉넉지 못한 살림이라는데, 괜찮을까요?"

"글쎄다. 외당숙네 행랑어멈 딸 끝순이가 올해 열네 살 아니냐. 그어멈이 너를 곱게 봐서 자기 딸을 데리고 갔으면 하더라. 이것저것 예의범절이랑 배워 오라고 말이다."

신행 떠나기 전날, 외가에서 사인교가 오고, 성호 오라버니가 끝순이를 데리고 왔다.

"이제 정말 가는 거야? 우리 사임당한테 작별 인사하러 왔지."

"아, 오라버니, 안 그래도 보고 가고 싶었어요."

둘은 잠시 안채 마루 끝에 앉아서 이야기를 나눈다.

"그래서 준비는 다 된 거야?"

"네. 공연히 마음이 스산하네요. 나 떠나도 우리 집에 자주 놀러 오세요. 어머니 혼자 쓸쓸하실 것 같아서."

"알았어. 내가 잘 살펴드릴게 걱정 마. 그리고 말이야…."

"네, 오라버니."

"그동안 참 고마웠어. 동생이 간다고 하니까 지금까지 내가 동생 덕에 참 많이 위로받고 살았다는 생각이 들더군."

"나도 오라버니 도움 많이 받고 살았지요. 공부할 때도, 그림 그릴 때도."

"그래서 선물 하나 준비했어. 이거 붓이야. 고마움의 표시로 동생한테 주고 싶어서."

사임당은 똘똘 말려 있는 붓 발을 펴 본다. 큰 붓, 가는 붓 두 개가 들어 있다. 붓두껍을 열어 보니 모두 새것이었다.

"고마워요, 오라버니. 참 좋은 붓이네요. 난 아무것도 준비한 게 없는데…."

"동생은 좋은 그림들 줬잖아. 맨드라미도 있고, 양귀비도 있어."

"그 맨드라미처럼, 오라버니 환하게 사세요. 벼슬도 하고."

"고마워. 동생도 예쁘게 살아. 경포 호수의 달빛처럼 맑고 빛나게. 어디서든 달 보면 동생 생각할게. 우리 가끔 달 속에서 만나세."

성호는 그렇게 말하고 화단 앞을 지나 대문께로 나갔다. 화단 여기저기서 빨알간 맨드라미가 불을 켜며 그를 배웅하고 있었다. 그네는 한참 동안 성호의 뒷모습을 바라보았다. 왠지 가슴이 아릿해졌다. 불타는 맨드라미도 조금씩 흔들거렸다.

이튿날, 사임당은 아침 일찍부터 별당 주변의 오죽 동산에게, 뒤뜰 홍매화나무, 앞뜰 배롱나무, 소나무에게, 멀리 바라보이는 경포호, 연당, 미나리꽝에게, 일일이 인사를 나누었다. 몇몇 지게꾼이 앞장을 서고 남편이 뒤를 따랐다. 그리고 사임당은 교군轎軍들 넷이서 태워 주는 가마에 올랐다. 교전비轎前婢*로 끝순이가 앞장을 섰다. 제 집을 떠나는 끝순이가 다행히 울지는 않고 새로운 세계, 그것도 그 나이에 막연히 그리던 한양으로 떠난다는 바람에 싱글벙글 웃고 있어 다행이다 싶었다. 동네 사람들이 여기저기 고샅에서 쏟아져 나와 그네를 바램하며 한마디씩 한다.

---

*교전비(轎前婢):신부가 시집갈 때 데리고 가던 종.

"수련한 우리 사임당 아씨, 부디 한양 가서 행복하게 사시오."

"가끔씩이라도 친정에 다니러 오시오."

"사임당, 잘 가요. 부디 부귀다남하시고, 몸 건강하시오."

"우리 북평 신동이 사임당, 시집살이 시키지 마시오, 이 서방!"

동네 사람들이 한마디씩 하는 소리가 사임당의 귓가에 모아진다.

"시어머님은 물론, 남편 공경 잘해라. 네가 먼저 받들어야 너도 대접 받는다."

어머니의 말씀을 끝으로 사임당은 정든 고향을 떠났다. 산자락에 올라 내려다본 마을은 참으로 아름다운 곳이었다. 거울처럼 맑은 호수가 보였다. 달 밝고 별 밝은 밤, 경포호에 잠긴 또 하나의 달을 보며 미지의 세계를 꿈꾸었던 어린 시절…. 그런데 지금 이렇게 강릉을 떠나 버리면…. 그네는 고향 산천을 조금이라도 더 깊이 마음에 새기려고, 교군들이 쉴 때마다 밖으로 나와 산언덕을 내려다보고 또 보았다. 주변 구릉에는 온통 푸르름이 우거져 있었다. 그 능선이 마치 한 마리 거대한 용처럼 보였다. 꿈틀꿈틀 살아 움직이는 듯 용틀임을 하고 있었다. 그리고 더 멀리에는 드넓은 벌판 같은 것이 보였다. 어린 시절, 아버지를 따라가 생전 처음 보았던 그 엄청난 크기의 동해 바다가 아닌가 싶었다.

일행은 한양을 향해 몇 날 며칠, 대관령을 넘고, 곳곳 역을 통과했다. 이원수가 길을 잘 안내하여 모든 것은 순조로웠다. 홀몸이 아닌 사임당은 남편의 보호를 받으며 교군들에게 몸을 맡긴 채, 가마 속에서 조울조울하다 보니 한양이라고 하였다. 강릉보다 거리도 넓고 인가도 많았다. 정신이 번쩍 났다.

시어머니는 어떤 분일까? 나를 사랑해 주실까? 함께 산다는 아주머니는 무던한 사람일까? 시댁 살림은 어느 정도일까? 내가 글이라도 읽을 수 있는 방은 있을까?

마침내 시댁에 들어섰다. 생각대로 조촐한 집이었다.

다행히도 시어머니 홍 씨는 성격이 활달하고 트인 분이었다. 무거운 몸으로 어렵게 큰절을 올리고 나자 바싹 다가와 손을 잡아주며 말씀하셨다.

"홀몸도 아닌데 먼 길 오느라 수고가 많았다. 너를 보기는 오늘 처음이다마는 이미 낯익은 사람 같구나. 그동안 네가 보낸 편지랑 그림은 잘 받아 보았다. 학식도 많고 어른들 밑에서 예절도 잘 배웠을 테니 나는 너를 믿는다."

"아닙니다, 어머님. 여러 가지로 부족합니다. 잘 가르쳐 주십시오."

"공부하고 그림 그리느라 살림은 많이 안 해봤겠지? 우선은 내가 도울 테니 서서히 배워라. 남의 머릿속에 든 글도 배웠는데, 그까짓 살림이야 금세 배우겠지."

"네, 어머님. 열심히 배우겠습니다."

"너희 친정보다는 집도 비좁고 살림이 구차해서 좀 힘들겠지만 이제 우리 식구가 되었으니 잘 적응해 보려무나."

"네. 어머님."

"우선은 한 며칠 푸욱 쉬어라. 사나흘 후에 집안 어른들 예닐곱 분하고, 네 신랑 친구들 대엿 명 불러서 잔치를 할 테니 그리 알아라."

"네, 어머님. 그렇게 알겠습니다."

사임당은 그 밤, 혼수로 가져온 짐들을 풀어 어머님께 드릴 것은 드리고 자기 방에 정리할 것은 정리하고 늦게야 자리에 들었다. 남편은 모처럼 신부를 데려와 싱글벙글이었지만 사임당은 잠이 오지 않았다. 고향의 어머님은 지금 어찌하고 계실까. 어린 동생들과 달랑 네 식구 남아서 얼마나 허전하실까. 행여 딸 신행 보낸다고 여러 가지 신경 쓰시고 무리를 하셔서 편찮으신 것은 아닐까. 강릉과 한양, 그 머나먼 길, 누구에게 소식을 전하며 누구에게서 소식을 전해 들을까. 사임당은 뱃속 아기의 미동도 잠시 잊고 한참을 어머니 생각에서 헤어날 줄 몰랐다.

이튿날, 사임당은 습관대로 일찍 일어나, 어머님께 새벽 문안을 드리고 시댁 부엌의 구석구석을 익히기 시작했다. 떡집이라서 떡판 등 여러 가지 도구들이 즐비해 있었다. 모든 것이 낯설었다. 그러나 이제 이곳이 내가 살 집이고, 나는 이곳의 방식대로 살지 않으면 안 된다. 그네는 신기한 도구들을 하나하나 만져 보며 새로운 각오도 해보았다. 곧 뒷방 아주머니 양평댁이 나왔다.

"아이고, 새댁이 벌써 나왔구먼. 피곤할 텐데 더 쉬지 않고."

"푸욱 쉬었습니다. 저도 배워서 함께 해야지요. 잘 가르쳐 주십시오."

눈썰미가 있는 사임당은 떡 만드는 절차를 금세 배웠다. 양평댁과 둘이 디딜방아 찧는 것에서부터 시루에 쌀가루를 안치는 법, 불린 찹쌀로 밥을 쪄서 절구통에 넣고 메질을 하는 법 등을 서툰 솜씨로나마 열심히 배웠다. 그리고 친정에서 가져온 마른 재료들을 사용하여 모양낸 떡을 스스로 개발하기도 하였다. 쌀가루에 치자로 노란 빛깔을 물들이기도 하고, 진달래꽃 가루를 넣어 붉은빛을, 쑥 가루를 넣어 푸른빛을 섞기도 하고, 대추나 곶감을 채 썰어 무늬를 놓고 군데군데 잣을 박기도 하면서 보기 좋은 떡을 만들기에 정성을 쏟았다.

"아이고, 역시 다르네. 형님, 형님, 이것 좀 보시오. 이제 주문이 더 많이 들어오겠소."

양평댁이 호들갑을 떤다.

"참 이쁘다. 보기 좋은 떡이 먹기도 좋다는데, 네 솜씨는 역시 출중하구나."

사임당은 그들의 칭찬이 고마웠다. 행여나 먹는 음식 가지고 양광* 떤다고 싫어하면 어쩌나 은근히 걱정도 했었기 때문이다.

----

*양광:지나친 호강, 분에 넘치는 호사.

놋쟁반에 그린 포도

며칠 후 예정대로 잔치를 벌였다. 시어머니 주관 아래 만들어진 여러 가지 음식과 사임당이 개발한 신식 음식들이 잔칫상을 근사하게 채웠다. 무엇보다 사임당 손수 친정에서 담가 온 연엽주蓮葉酒가 친구들 술상에 요긴하게 사용되었다.

이원수는 친구들과 술잔을 기울이며 기분 좋게 취해 갔다.

"이 술맛 어떤가? 내 아내가 강릉에서 담가 온 것이라네. 연당에서 연잎에 담근 연엽주라네. 자네들 이런 술 마셔 봤나?"

"연엽주? 야, 그게 무슨 말인가?"

"집에서 항아리에 빚은 것이 아니라 연당에서 연잎에 빚었단 말이네."

"아니, 그렇게 운치 있는 술도 있어? 그럼 더 마셔야지. 자 한잔 딸게."

술이 거나해지자 이원수는 아내 자랑이 저절로 나왔다.

"술만 운치 있는 게 아니라네. 내 아내는 붓글씨며 그림 솜씨가 뛰어나다네."

"그림 솜씨가? 아녀자가 언제 그림 공부를 했단 말인가?"

"장인 장모님이 딸이지만 귀하게 길렀다네. 그림에 소질을 보이니까 키워 주셨지. 화조도 그리고 초충도 그리고 산수화도 그린다네. 모두 살아 있는 것들과 구별이 안 될 정도로 기가 막히지."

"야, 대단하네 그려. 정말인가?"

"그럼, 오늘 우리 그 솜씨 구경 좀 하고 갈 수 없겠는가?"

"그래, 그래, 좀 보여주소. 지금 당장 그려 오라 해보소."

"맞아, 맞아. 그 솜씨 좀 보세. 우리 안 보고는 못 가네."

이원수는 난처했다. 친구들은 계속 졸라댔다. 이것 공연히 말을 꺼냈구나 싶었다.

"아니, 지금 잔치 중인데 언제 그림을 그리라고?"

"대장부 사내가 아내한테 그 말 못하면 안 되지. 어디 자네 실력 좀 보세."

이원수는 할 수 없이 심부름으로 들락거리는 끝순이를 불렀다.

"끝순아, 너 들어가서 아씨한테 전하여라. 속히 그림 한 점 그려서 보내라고. 알겠느냐?"

끝순이의 전갈을 받은 사임당은 적이 당황스러웠다. 잔치 중에 그림을 그려 보내라니 어인 소리인가. 망설이고 있는데 끝순이 다시 와서 전한다. 서방님이 꼭 얻어 오라고 했다는 것이었다. 친구들이 기다리고 있으니 어서 그려 달라는 것이었다. 사임당은 판단이 서지 않았다. 아무래도 시어머님께 여쭙는 것이 예의일 것 같았다.

"어머님, 이 일을 어찌하면 좋을까요?"

"무슨 일이냐?"

"갑자기 친구들이 조른다고, 그림을 한 장 그려 보내라고 하네요."

"저런, 네 신랑이 뭐라고 자랑을 한 게지. 남편 체면도 세워 줘야지 어쩌겠니. 그냥 간단히 한 장 그려 보내려무나."

사임당은 남편이 조금 원망스럽기도 했지만 어쩔 도리 없이 그림을 그리기로 하였다. 무엇을 그릴까. 한양 시댁의 마당에는 화단이 없었다. 꽃도 풀도 벌레도 보이지 않았다. 강릉처럼 아름다운 자연도 보이지 않았다. 무엇을 그릴까. 골똘히 생각하고 있다가 섬광처럼 떠오르는 장면과 만났다. 결혼 전, 외가의 잔치에 갔다가 금순이가 이웃 아낙네의 치마폭에 닭 국물을 흘려 망치는 바람에 모두들 애태웠던 장면이었다. 그때 치마폭에 그렸던 포도 넝쿨도 함께 떠올랐다. 다행히 그 영상이 아직도 훤히 남아 있었다. 잔칫상에 비록 포도를 올리진 못하였지만 그림으로라도 올리면 좋을 것 같았다. 그네는 종이를 찾았지만 마땅치 않았다. 문득 눈앞에 제법 크고 둥그런 놋쟁반이 보였다.

'아, 저것이다. 저기다 그리면 좋겠구나. 음식을 대접하는 것처럼 보이기도 하고, 그들 중 누군가가 가져갈 수도 없을 거고. 종이에 그렸다가 친구 중 한 사람이 집어 가면 그것도 곤란한 일이지. 그래, 바로 이 쟁반에다 포도송이를 담아 보내자.'

그네는 친구들 앞에서 자신의 그림을 기다리고 있을 남편 생각이 났다. 입장이 난처해져 있으리라. 먹과 붓을 챙겼다. 바삐 붓을 움직였다. 놋쟁반 위에 붓이 가는 족족 포도 넝쿨이 살아났다. 송알송알 열매가 맺고 동실동실 열매가 영글었다. 따 먹어도 좋을 만큼 탐스런 포도가 익고 있었다. 은근히 걱정이 되었던지, 친구분들과 놀다가 사임당의 방으로 건너온 시어머니가 탄성을 지른다.

"아이고, 우리 새아기, 정말 놀랍구나. 이게 그림이냐, 진짜 포도냐. 안방 손님부터 좀 보여드려야겠다."

사임당은 드디어 붓을 놓고 긴장을 풀었다.

"자, 이것 좀 보시오들. 우리 며느리 그림이라오."

"아니, 세상에…. 며느리 자랑 어지간히 해쌓더니 정말이네."

"맵시도 좋고, 솜씨도 좋고, 형님은 며느리 잘 봐서 정말 좋겠소."

희색이 만면한 시어머니에게서 쟁반을 받아 든 끝순이가 곧바로 건넌방으로 가려 한다.

"잠깐만!"

사임당은 끝순이를 불러 세워 놓고, 방으로 들어가 손수 곱게 박아 만든 조각보 하나를 꺼내다 쟁반을 덮어 주었다. 자신의 그림이 너무나 허술히 사람들 손에 넘어가는 것 같아 소중히 감싸서 보내고 싶었던 것이다.

한편 이원수는 애타게 그림을 기다리고 있는데, 끝순이 보자기를 덮은 쟁반을 가지고 들어온다. 실망이다. 그는 조금 짜증스런 목소리로 물었다.

"그림은 안 오고, 또 무슨 음식이냐?"

그는 친구들 앞에서 조각보를 벗겼다. 그리고 깜짝 놀랐다. 잘 익은 포도송이가 놋쟁반 가득 담겨 있지 않는가. 그는 의기양양했다.

"자, 보게나. 어떤가?"

"아니, 이 계절에 웬 포도인가? 어디서 난 것인가?"

"내 아내가 시집오자마자 심고 가꾸더니 수확을 했나 보네."

그들은 포도 알을 따겠다고 쟁반에 손을 얹는 시늉을 한다.

"과연 자네 부인은 듣던 바 그대로구면. 우리가 졌네."

손님들이 모두 돌아가자 이원수는 희희낙락하여 안방으로 건너왔다.

"내 마누라 최고! 어머니, 어떻습니까? 이 사람이 최고지요?"

시어머니는 빙그레 웃으며 아무 말이 없다. 사임당은 애가 탄다. 어머니 앞에서 저렇게 경망스러운 말을 하다니.

"어머니, 왜 말이 없으십니까? 제가 그랬지요? 공부도 저보다 많이 하고, 글씨도 잘 쓰고 그림도 잘 그린다고. 저한테는 과분한 마누랍니다. 하하하."

"알았다. 알았어. 그러니까 너도 공부랑 열심히 해야지. 주책스럽기는…. 쯧쯧."

"제 말이 틀렸어요? 사실이 그렇잖아요. 하하하, 여보, 사임당, 그렇지 않소? 내가 오늘 부인이 그림 안 그려 보내면 난리를 피우려고 했지. 낭군이 말을 하면 즉각 들어야지. 안 그렇소? 하하하. 하하하. 친구들이 모두 깜짝 놀라고 갔다오."

사임당은 더 이상 그냥 있을 수가 없어 시어머님 앞에 고개를 숙이며 말한다.

"어머님, 죄송합니다."

"술이 많이 취했구나. 어서 방으로 들어 쉬게 하여라."

사임당은 그러는 남편이 딱해 보였다. 좀 듬직한 사람이었으면 좋았을 것을. 잔칫날 친구들 앞에 그림을 그려 보내라 한 것도 우습거늘, 어머니 앞에서까지 그런 주사를 부리다니! 나이 스물넷, 남자가 좀 무게가 있어야지. 곧 아버지가 될 사람이…. 곁에 있고 보니 또 실망이다. 사임당은 아이의 태동을 느끼며 더욱 심란해진다. 끝순이를 데리고 잔치 끝의 모든 뒤치다꺼리를 하면서도 내내 심란하다. 갑자기 친정어머니의 얼굴이 떠오른다. 남편 공경 잘해라. 네가 남편을 받들어야 너도 대접 받는다…. 알았어요. 사임당은 다시 한번 마음을 다잡는다. 그는 나의 지아비. 평생을 함께 거들고 살 짝이다. 그는 머지 않아 태어날 나의 아기 아버지. 어린 시절부터 고생하고 살았어도 얼굴에 그늘이 없고, 항상 솔직하고, 소탈하고, 나를 존중해 주고, 내 그림 좋아하고, 그러면 됐지, 뭘 바라는가. 뭘 더 바라는가.

사임당은 자꾸만 자기 최면을 걸었다.

8
남편에게 학업을 권하다

이곡산수병(二曲山水屛) ㅣ 신사임당, 조선/16세기

다시 강릉으로

할 일이 있다는 것은 꺼져 가는 사람에게 활력을 주는 것인가. 이 씨는 사임당을 한양으로 떠나보내고 얼마 동안 푸욱 가라앉아 있었다. 그러나 다행히 셋째 인교를 홍호洪浩에게 시집보내는 일로 다시 소생하여 정신없이 바쁘게 살았다. 외종형제들과 덕배네 도움을 받아 무사히 혼사를 치르고 나니 어느새 가을이 깊어지고 있었다. 상강霜降이 지나자 안채를 둘러싼 소나무 밭에서는 솔잎 부딪는 바람 소리가 더욱 스산했다. 이 씨는 날이 갈수록 잠 못 이루는 밤이 늘었다. 그네는 걸핏하면 자다가도 일어나 호롱불을 켜고 붓을 들었다.

부모님이 떠나시고, 연이어 남편마저 떠나자 이 씨에게 죽음은 늘 바로 곁에 있었다. 내일이라도 당할 것처럼 항상 마음이 바빴다. 그래서 자기가 당장 떠나도 딸들이 당황하지 않도록 구석구석 살림을 정리하고 유서를 썼다. 그러다가 또 생각이 나면 이 구석을 정리하고 저 구석을 정리하는 일로 잠 안 오는 밤을 달래곤 하였다. 허망하기도 하지. 그토록 북적대던 식구들은 다 어디로 갔단 말인가.

그때마다 떠오르는 얼굴은 언제나 둘째였다. 아들처럼 의지하던 사임당은 잘살고 있을까. 이럴 줄 알았더라면 가까운 이웃으로나 시집보낼 것을. 둘째는 건강이 썩 좋은 편은 아니었다. 남들이 뛰어놀 때 책이나 읽고 그림이나 그리던 딸이었다. 그 약한 몸으로 시집살이는 잘하고 있을까. 사위랑은 금슬 좋게 지내고 있을까. 외손자는 병치레 안 하고 잘 크고 있을까. 한양이 좀 가까우면 한번 가서 보고 오련만. 꿈에라도 한번 보았으면.

그런데 이게 꿈인가, 생시인가. 이튿날 저녁 무렵 바로 그 딸이 왔다.

"어머니, 저희들 왔어요."

대문 앞에서 딸의 목소리가 들렸다. 이 씨는 너무나 놀라 버선발로 뛰어나갔다. 사위가 앞장을 서고, 돌쟁이 손자를 업은 끝순이와 나란히 사임당이 대문 안으로 들어섰다. 갑자기 온 집안이 그들먹해졌다. 두 동생은 물론 행랑채 덕배네까지 달려 나와 백년손님을 반겼다. 그 중에서도 첫아기 선璿은 가장 은혜로운 선물이었다. 서로들 빼앗아 안아 보느라고 정신이 없었다.

마루 끝에서 큰절로 문안드리기를 마친 사위가 기쁜 소식을 전해 준다.

"장모님. 이 사람 여기서 오래 있기로 하고 왔습니다. 제 어머니가 허락해 주셨어요."

"어머니, 얼마나 적적하셨어요. 이제 제가 모실게요. 오래 있을 수 있어요."

이 씨는 꿈인지 생시인지 알 수가 없었다. 어찌 그런 고마운 일이 있단 말인가.

홍천댁의 도움을 받으면서 새 손님 저녁상을 차리는 이 씨의 손에 신명이 났다.

그 밤, 이 씨는 딸에게서 자초지종을 듣는다.

"지난번, 선의 돌이 지나고서였어요. 젖을 떼고 나니 저도 한숨 돌리겠더라고요. 그래서 책을 손에 잡았어요. 방 한쪽 구석에 헌 밥상 하나를 갖다 놓고 글을 읽거나 글씨를 써 보았지요. 그런 모습을 시어머니가 지켜보시더니 저와 이야기를 좀 하자고 하시더군요. 저는 혹시나 언짢아하실까 봐 은근히 걱정이 되었어요. 그런데 그게 아니었어요. 애기 키우는 사람이 어찌 낮잠 한 번을 안 자고 그리도 열심히 글을 읽고 글씨를 쓰느냐고, 네 신랑이 그렇게 직심 있게 공부를 했으면 얼마나 좋겠느냐고 하시는 거예요. 제가 무참해서 죄송하다고 했더니, 부지런해서 두 가지 일을 다 하는데 뭐가 죄송하냐고, 하도 장해 보여서 하는 말이라며, 아버지 제사에 맞추어 친정에 내려가 얼마 동안 있다 오는 게 어떻겠느냐고 하시는 거예요. 어머님은 다행히 몸 건강하고, 양평댁이 함께 있어 아무 지장이 없다고요. 없는 집에 시집와서 고생하는 게 보기 안됐고, 우리 선이도 잘 키우려면 경치 좋은 시골에 가 있는 게 낫지 않겠냐고. 또 모녀간에 서로 얼마나 보고 싶겠느냐며 남편이랑 함께 내려가 좀 오래 있다가 오라고 하시네요. 제가 놀라서, 정말 그래도 될까요, 하고 여쭈었더니 며칠 생각하고 하는 말이니 안심하고 다녀오라고. 얼마나 기뻤는지 몰라요. 어머니, 이제 어머니 모시고 여기 오래 있을 거예요."

딸의 말을 다 듣고 난 이 씨가 진정을 담아 말했다.

"참으로 고마우신 분이구나. 아무리 생각해도 네 어머님은 트이신 분이다. 젊은 여인이 혼자 여섯 살 난 아들을 데리고 한양으로 올라갈 수 있었던 용기도 대단했고 양반 체면 다 버리고 떡장수를 시작한 것도 대단하다 싶었었다. 그런데 이렇게 자상한 마음으로 살펴주시다니. 정말 트이신 분이다. 너는 평생 네 어머님께 효도해야 한다. 그 넓은 도량도 배우고."

"네. 저도 그렇게 생각하고 있어요."

"그럼 어서 쉬어라. 내일 아침 일찍 세 식구, 뒷산 선영에 인사부터 드리고 외갓집 대소가도 한 바퀴 돌아야지. 네 외조부님이 선이를 보셨더라면 얼마나 좋아하실까. 아들, 아들, 노래를 부르신 분인데…. 어서 데리고 가서 보여드려라. 혼령께서나마 기뻐하실 거다."

"그래요. 아버지도 살아 계셨으면 정말 기뻐하실 텐데…."

사임당은 자기라도 첫아들을 낳아 어머니를 기쁘게 해드린 것이 퍽 다행이라 싶었다. 내일 외가 어른들께 인사를 드리러 갈 때도 어머니를 앞세우리라 마음먹었다. 그러자 문득 성호 오라버니 생각이 났다. 선물 받은 붓도 아직 써 보지 못했는데, 오라버니는 어떻게 지낼까. 그네는 서둘러 그 댁의 안부를 여쭈어 보았다.

"아, 외삼촌댁? 걱정이다. 성호가 나갔다. 얼마 전 금강산으로 들어갔단다."

"네? 금강산이라니요?"

"글쎄다. 세상에는 좋은 계모들도 많더라만 어쩌다 성정 사나운 여자가 들어와 마음을 못 붙이더니 중이 되겠다고…."

"네? 갑자기 중은 왜요?"

"어떤 스님이 동네에 들어왔는데, 그만 따라나섰단다. 마음 좀 닦다가 올 것인지, 그냥 중이 될 것인지 나도 모르겠다."

사임당은 무척 마음이 아팠다. 너무 이른 나이에 어머니를 여읜 성호 오라버니가 결국 그렇게 되고 말았구나. 생과 사가 무엇인지, 진리가 무엇인지 그런 게 알고 싶어 목이 마르다고 하더니…. 그네는 오라버니가 부디 삶의 의미를 찾도록 빌고 또 빌었다.

밖으로 나오자 달빛이 온 마당을 가득 채우고 있었다. 댓돌 위에 신발이 훤히 보여 쉽게 찾아 신고 안채 뜰을 벗어났다. 별당으로 향하는 길목 오죽 동산의 대나무들이 휘언히 형체를 드러냈다. 미풍에 댓잎 부딪는 소리도 들렸다. 스스스스, 스스스스, 그 소리가 마치 구슬픈 피리 소리 같아서 눈시울이 젖었다. 별당 뜰로 들어서 경포호를 바라보았다. 하늘의 달보다 맑고 고운 달, 시월 하현下弦달이 물속에서 하얗게 흔들리고 있었다. 그래, 오라버니는 금강산에서 무슨 공부를 하고 있는 것일까.

행복한 강릉 생활이 시작되었다. 그토록 보고 싶어 했던 오죽 동산도, 홍매화나무도, 배롱나무도, 경포 호수도, 연당蓮塘도 이제 사임당의 곁에 있었다. 돌쟁이 선은 금세 외할머니와 친해지고, 드디어 시간에 여유가 생기자 그네 깊은 마음 안에서 다시금 학문에의 의지, 예술에의 의지가 꿈틀거렸다. 둘째를 임신하기 전에 누릴 수 있는 금쪽같은 시간이었다. 그네는 다시 알뜰하게 일과표를 짜며 시간을 관리하기 시작했다. 이른 새벽에는 독서가 가장 좋았다. 자수나 글씨 쓰기는 낮으로도 할 수 있었지만, 성현들의 글을 안으로 빨아들이기에는 고요한 새벽이 가장 좋았다. 그네는 남편 이원수를 살살 구슬려 함께 책을 읽자고 권하였다.

선비들이 공부를 한다 하면 대개 사서삼경을 읽는 것으로 목표를 삼았다. 그러나 이제 겨우 『논어』를 뗀 남편이었다. 그네는 남편에게도 『맹자』며 『대학』, 『중용』들을 읽히고 싶었다. 『시경』 속의 아기자기한 시들도 읽히고 싶었다. 그네는 때로 사물을 보면 『시경』의 시가 생각났고, 남편과 함께 그런 시들을 화제로 떠올려 대화를 나눌 수 없음이 섭섭하기도 하였다.

그런데 남편은 책에 빨려들지를 못했다.

"아이고, 힘들다. 이제 좀 쉽시다. 나 바람 좀 쐬고 오리다."

그가 책을 덮고 피잉 나가면 사임당은 혼자 생각하였다.

어린 시절부터 책을 읽지 않아서 독서가 몸에 배지 못한 거야. 나는 외할아버지께 감사해야지. 조부님은 내게 일찌감치 귀한 재산을 물려주신 거야. 독서의 즐거움! 안타깝게도 그이는 아직 이 즐거움을 모르는 거야. 하지만 지금도 늦진 않았어. 어떻게든 그 즐거움을 느낄 때까지 내가 도와줘야지…. 선이 크기 전에, 또 둘째가 태어나기 전에 내가 끈기를 가지고 도와줘야지…. 그이는 평생을 나와 함께 우리 아이들을 키우며 살 거들 짝이 아닌가.

사임당의 의중을 눈치 챈 어머니는 몇 마디 당부를 잊지 않았다.

"이 서방 자존심을 건드리지 않도록 조심하여라. 아는 것도 다소곳이 말해서 기분 나쁘지 않게 해야 한다. 절대 무시하면 안 된다. 바보 온달과 평강 공주 이야기 알지? 어쨌든지 사랑을 가지고 진정으로 그를 위하는 마음으로 해라. 가정 형편이 안 돼서 못 배운 거지 미련한 사람은 아니더라."

그러나 공부를 하자고 일과표를 짜 놓아도, 남편은 동네 여기저기 초대받아 가면 술을 너무 많이 마시고 왔다. 자기 절제가 안 되는 것 같았다. 어린애처럼 술주정도 했다.

"그놈의 공부는 해서 뭐해. 노세, 노세, 젊어 노세. 당신도 술 한잔 해 봐. 얼마나 기분이 좋은지. 술을 못 마시니까 나를 이해 못하지."

의지가 약한 것일까, 마음씨가 좋아 거절을 못하는 것일까.

다행히 돌쟁이 선으로 하여 집안에는 늘 기쁨이 감돌았다. 할머니는 어린 손자의 재롱을 보면서 파안대소하였고 동생들 또한 다투어 선을 안고 어르고 웃음꽃이 떠나지 않았다. 사임당은 아기를 어머니 곁에 두는 것도 하나의 효도라는 생각을 하며 덩달아 기뻐하였다.

아장아장 걸으며 재롱떠는 모습. 시도 때도 없이 질러대는 음마, 아빠, 함무니, 맘마, 등 혀 짧은 소리. 이가 나려고 간지러워 그러는지 걸핏하면 식구들 팔을 물어 너나없이 질러대는 아야야 소리.

"아이고, 사람 사는 것 같다. 온 집안에 생기가 도네. 선이 땜에 이 할미가 웃는다."

할머니뿐만이 아니었다. 이모가 된 인주도 인경이도 조카가 귀여워 어쩔 줄을 모른다. 언제 이 집에 사내아이가 있어 봤던가. 아이를 세워 바지춤을 내리고 대롱에 쉬를 시키는 것도 서로 하려고 다투었다. 사임당은 믿음직한 할머니와 동생들 덕분에 안심하고 자기 시간을 쓸 수가 있었다. 그네는 남편을 어르고 다독거리며 아침마다 『맹자』를 읽는다.

"닭 울 무렵부터 일어나서 꾸준하게 선善을 추구하는 자는 순舜의 무리이다. 닭 울 무렵부터 일어나서 꾸준하게 이익利益을 추구하는 자는 도적의 무리이다. 순과 도적의 구별은 간단하다. 이익을 추구하느냐 선을 추구하느냐에 달려 있는 것이다."

"사람의 본성에서 우러나는 네 가지 마음이 있으니, 측은지심惻隱之心은 인이요, 수오지심羞惡之心은 의요 공경지심恭敬之心은 예요 시비지심是非之心은 지다. 인의예지仁義禮智는 밖에서부터 내게 들어온 것이 아니라 내가 본래부터 지니고 있는 것이다. 다만 생각하지 않았을 뿐이다. 그러니 구하면 얻고 버리면 잃을 것이다. 시에도 이르기를 '하늘이 백성을 낳았으니 물物이 있으면 법칙이 있느니라. 백성들은 본래 선한 마음을 가져 이 아름다운 덕을 좋아하네' 하였다."

사임당은 남편의 마음을 읽어 보고 싶었다.
"소감이 어떠십니까?"
"좋구려. 다 피가 되고 살이 되는 말이구려. 그럼 우리는 아침부터 선을 추구한 것이니 적어도 도적은 안 되겠구려? 하하."
"흠. 그렇군요. 저는 사람이 본래 선한 마음을 가졌다는 맹자 말씀이 참 좋아요."
사임당은 하나만 더 읽자고 하였다.

"사람이 부끄러워하는 마음이 없어서는 안 된다. 부끄러워하는 마음이 없는 것을 부끄러워하면 치욕 되는 일이 없을 것이다. 인간으로서 부끄러움을 갖는다는 것은 도의의 실현에 중요한 일면을 차지한다. 이 마음이 상실되어 자기의 부도덕에 부끄러움을 모르는 사람은 도덕적인 진취성이 없다. 이 수치심을 보존하여 자기 행동의 부도덕에 깊이 반성하면 도덕적 진취성이 있어 결국 치욕 되는 일을 범치 않게 될 것이다."

그들은 책을 읽으면서 사단四端을 배우고 끈끈한 부부의 정을 쌓아 갔다.
그러자 사임당에게 은근히 욕심이 생겼다. 이 정도로 글 읽기에 맛을 들여간다면 남편 혼자서도 공부를 할 수 있지 않을까. 여기서는 외가로 친척이 많아 걸핏하면 잔치가 벌어지고 술자리가 많으니 그 또한 장애였다. 사임당은 진지하게 의견을 제시했다.

"설도 지냈고, 한양의 어머니가 혼자 어떻게 지내시나 몹시 걱정이
됩니다."

"글쎄요. 나도 그 생각을 안 한 건 아니지만 양평댁이 워낙 잘해드
리니 안심하고 있소."

"그래도 이건 자식의 도리가 아닙니다. 서방님이 한양으로 올라가
서 어머님과 함께 지내며 공부를 하는 것이 어떨까요."

"난 이곳이 좋소. 부인이랑 함께 있는 것이 좋은데, 왜 혼자 가라 하
오?"

"남자는 학문을 닦아 군자의 도에 이르고, 세상에서 필요로 하는 사
람이 되어야 한다고 생각합니다. 학문도 때가 있어 더 늦으면 힘들지
요. 그러니 이제 한양으로 돌아가 열심히 학업에 정진함이 어떻겠습
니까? 어머님이 좋아하실 겁니다."

"여기서 부인이랑 공부하면 되지 않겠소?"

"허지만 제가 어찌 공부만 하고 있겠습니까? 그리고 무엇보다 어머
님이 너무 쓸쓸하셔서 안 됩니다. 부디 제 의견을 따라 주십시오. 한
십 년 기약하고 열심히 공부하면 분명 무엇인가 이룰 수 있을 겁니다.
그러면 서방님 나이 서른다섯이 됩니다. 그 나이면 사나이 대장부가
세상을 위해서 무엇인가 보람 있는 일을 해야 옳지 않겠습니까?"

"십 년을? 아이고, 너무 길구려. 한 삼 년이라면 몰라도."

"목표는 크고 높을수록 좋습니다. 삼 년 공부로야 뭘 얼마나 해내겠
습니까? 처음부터 큰 뜻을 가져야 거기 맞게 노력도 더 하지요. 뜻을
품는 게 중요합니다. 부디 결심을 하십시오."

이원수는 아내의 말이 옳다고 생각되었다. 그저 아내 곁이 좋아서
어머니 생각도 잊고, 처가에 푸욱 빠져 있었던 것이 부끄럽기도 하였
다. 그는 마침내 결심을 하고 처가를 떠나기로 하였다. 이 말을 들은
이 씨는 딸의 마음을 이해하였다. 시어머니 홍 씨를 위해서나, 남편의

입신立身을 위해서나 다 옳은 일이었다. 그러면서도 혼자 생각하였다. 참 별일이 다 있지. 모전여전인가. 신명화와 헤어져 살던 십육 년 세월이 생각나 마음 한구석이 허전하기도 하였다.

아내 곁을 떠나는 이원수

며칠 후 마침내 이원수는 집을 나섰다.

'그래. 나도 대장부 사나인데 부인이 말하기 전에 그랬어야지….'

그러나 결심이라는 게 할 때는 철석같았건만 시간이 갈수록 흐물흐물 녹아내렸다.

십리 밖 성산城山까지는 잘 왔다. 그런데 거기서부터는 이상하게 발걸음이 더뎠다. 그리고 떠난다는 자체가 싫어졌다. 한 세상 사는 데 꼭 출세를 해야만 하나. 그냥 부인 곁에서 오순도순 살면 안 되나. 날씨는 춥고 점점 날은 어두워지고, 내가 꼭 이 고생을 하며 혼자 가야 하나. 그는 자꾸만 꾀가 났다. 더 늦어지다가는 돌아갈 길도 만만치 않을 것이다. 아예 이쯤에서 접고 아내 곁으로 가는 게 낫겠다. 돌아설까? 그래, 돌아서자. 돌아서자.

그는 내친 김에 확 발길을 돌렸다. 무겁던 발걸음이 빨라졌다. 어서 돌아가자. 장모님이 반겨주실 거야. 아침에 나올 때, 장모님이 안쓰럽다는 눈으로 바라보셨지. 장모님은 내 편이 되어 주실 거야….

희망을 가지고 집으로 돌아왔다. 크게 실망한 것은 물론 부인이었다.

"아니, 이럴 수가 있습니까? 십년은커녕 하루를 못 견디시다니요?"

"부인을 떠나서는 살 수 없을 것 같소. 여기서 열심히 하리다."

"어머님이 기다리십니다. 내일 바로 다시 떠나시기 바랍니다."

"…그러게나. 자네 마음을 모르는 것은 아니지만, 한양 어머님 생각도 해야지.”

장모도 자기편이 아니었다. 그는 몹시 실망하고 내일 아침 다시 떠나리라 하였다.

이튿날 아침 내키지 않는 마음으로 다시 길을 떠나자고 토방에 내려서니 그의 갖신이 없다. 그는 은근히 기뻤다. 신발 핑계를 대고 안 떠날 수 있다면 얼마나 좋을까. 그런데 그게 아니었다. 장모가 사위 신발을 가지고 나왔다. 이상도 하지. 그의 갖신은 보자기에 싸인 채 안방에서 나왔다. 웬일일까?

“날씨가 차서 자네 발 시릴까 봐 내 아랫목에다 묻어 두었다네.”

배웅하러 나온 가족들이 모두 밝게 웃으며 손을 흔들고, 이원수는 집을 나섰다.

그는 오늘은 내 어떤 일이 있어도 앞만 보고 가리라. 다시는 뒤돌아보지 않으리라, 단단히 결심을 하고 대관령고개를 향하여 뚜벅뚜벅 걸었다.

그러나… 성산보다 조금 더 지난 가마골까지 왔다가 그는 또 되돌아섰다. 도저히 대관령고개를 넘을 자신이 없었다. 다시 돌아온 그를 반길 사람은 없었다. 그는 무참하여 부인에게 말했다.

“나는 당신만 좋은 것이 아니라 이곳이 좋단 말이오. 경포 호수며 동해 바다, 공기 맑고 경치 좋고, 심심찮게 열리는 동네잔치에서 술도 마시고, 이 좋은 삶을 두고 어디로 가란 말이오.”

“그 좋은 삶은 학문 성취한 뒤에 즐겨도 충분합니다. ‘소년이로 학난성’이라 하지 않았습니까? 무엇이든 다 때가 있는 것입니다.”

그는 사임당에게 핀잔도 받고 달램도 받다가 또 길을 떠났다.

그러나 가마골 위쪽 대관령 반쟁이라는 곳까지 왔다가 그는 또 돌아갔다. 이 정도 내가 견디기 힘들면 장모님이나 부인이 봐 주겠지. 그는 조금 부끄럽긴 해도 틀림없이 자기를 받아주리라는 확신을 가지고 처가에 들어섰다.

그러나 그 모든 것은 그의 바람일 뿐이었다. 장모도 웃고, 처제들도 웃었지만 사임당은 웃기는커녕 표정을 굳히면서 무언가 비장한 각오를 하는 것처럼 보였다.

아닌 게 아니라 남편에 대한 사임당의 실망은 컸다. 도저히 그냥 넘길 수가 없었다. 사나이가 저렇게 나약해 가지고서야 무슨 일을 하겠는가. 저런 사람을 내가 어찌 남편으로 받들며, 아이들 또한 어찌 아버지로 존경할 수 있겠는가. 무언가 결단을 내려야 한다. 이대로 그냥은 안 된다. 그네는 묘안이 없을까 궁리하였다.

드디어 밤이 되었다. 이원수는 너무나 쌀쌀맞은 부인의 표정에 낮부터 주눅이 들어 있는데, 갑자기 부인이 반짇고리를 가지고 들어온다. 이 밤중에 웬 바느질? 그는 궁금하다. 사임당의 표정만 보아도 심상치 않다. 입술을 앙다물고 있던 사임당이 드디어 입을 열었다.

"대장부가 뜻을 세우고 학업을 닦자고 길을 떠난 것인데 사흘을 연달아 돌아온다면 앞으로 무슨 큰일을 하겠습니까? 참으로 보통 실망이 아닙니다."

"부인, 내 그 마음도 알지요. 하지만 내 마음도 좀 알아주오. 일 년도 아니고 십 년씩이나 나는 도저히 부인 곁을 떠나서는 살 수가 없소. 어렸을 때부터 외롭게 자라서 이제 외로운 건 싫단 말이오. 부디 나를 부인 곁에서 살게 해주오."

그러자 사임당은 반짇고리를 열고 가위를 꺼낸다. 이원수는 바짝 긴장한다.

"당신이 그렇게 마음이 나약해 학문 성취를 미룬다면 저는 더 이상 당신을 서방님으로 모실 수가 없습니다. 희망이 무너지면 살 의미가 없지요. 저는 이 세상에 머물고 싶지 않습니다. 머리를 깎고 산으로 들어가 중이 되겠습니다."

사임당은 준비해 온 보자기를 재빨리 바닥에 펼친다. 그리곤 순식간에 자신의 낭자머리를 풀더니 왼손으로 머리카락 한 모습을 잡는다. 동시에 오른손으로 가위를 잡는다. 아니, 어쩌려고? 그가 말릴 틈도 없이 가위는 머리 위로 올라가 왼손에 들린 한 모숨을 싹둑 자른다. 새까만 머리카락이 보자기 위로 쏟아진다. 이원수는 너무나 놀랐다. 얼른 가위를 빼앗았다. 그리고 허겁지겁 재언약을 했다.

"알았소. 알았소. 제발 고정하시오. 내일 당장 떠나리다. 내 다시는 이런 일이 없을 것이요."

"…정말입니까? 믿어도 되겠습니까?"

"제발 제발 믿어 주시오. 내 다시는 돌아오지 않으리다."

"죄송합니다. 아녀자가 이렇듯 독한 마음을 품어서 죄송합니다. 그러나 다 서방님을 위한 것이고 어머님을 위한 것입니다. 외아들이 홀로 계신 어머님 입장을 생각 안 한다면 부끄러운 일이지요. 부디 너그러이 저를 이해해 주십시오."

"내 다 알아요. 알아요. 못난 내가 부끄럽소. 내 다시는 이런 일이 없을 것이오."

이튿날 아침 사임당은 손수 아랫목에 묻어 둔 남편의 갖신을 꺼내 들고 나와서 다정하게 말했다.

"자, 신발이 따뜻합니다. 내 속 깊은 정도 함께 느껴 주십시오."

마침내 이원수는 비장한 결심을 하고 대관령을 넘었다. 이른 봄 소소리바람이 두루마기 자락을 날리고, 저고리 섶을 날리며 가슴속까지 파고들어도 부인과의 약속을 위해 앞만 보고 걸었다. 마침내 그는 진부를 지나 안흥을 지나 횡성을 지나 양평을 지나 한양에 이르렀다. 그리고 어머니 곁에서 학문에 정진하였다.

사임당은 이제 완전히 옛날의 자기를 되찾았다. 아들 선도 제법 커서 홀로서기를 했고, 할머니와 이모들이 너무 사랑한 나머지 엄마를 찾지 않고도 몇 시간씩 놀았다. 사임당은 지금이야말로 자신이 하고 싶은 일을 할 절호의 기회라고 생각하였다. 외가댁에서 유명한 그림도 얻어다 보고 글씨도 얻어다 보며 공부를 계속했다. 연습에 연습을 거듭하니 알아보게 솜씨가 늘었다. 밥 때가 되어도 배고픈 줄 모를 만큼 힘이 솟았다.

"좀 쉬엄쉬엄 해라. 그러다 건강 상할라. 남들처럼 낮잠이랑 자고 할랑할랑 살면 좋으련만."

어머니가 걱정스레 말씀하셨지만 사임당은 그냥 있을 수가 없었다. 이제 선이 자라면 글도 가르쳐야 하고, 머지않아 둘째가 생기면 육아에 전념해야 할 것이다. 그동안, 어머니 말씀처럼 할랑할랑 살면 좋겠지만 사임당에겐 그것이 오히려 고통이었다. 아무것도 하고 있지 않으면 살아 있는 것 같지가 않았다. 허허로웠다. 무언가로 채워 받고 싶은 갈증에 항상 목이 말랐다. 그것은 책을 읽거나 그림을 그리거나 무엇인가 의미 있는 일을 할 때만 채워지는 허기였다. 한 번뿐인 생애, 자신에게 잠재해 있는 능력이 있다면 모두 꺼내어 불태우며 살고 싶었다.

그네는 희끗희끗 눈 덮인 시루봉을 보며 산수화를 그렸다. 멀리 산자락 아래서 한가히 풀을 뜯고 있는 소도 그리고 경포호에서 이따금 뛰어오르는 물고기도 그렸다. 연못가에 시들어 있는 연밥도 그리고 먹이를 찾고 있는 해오라기도 그렸다.

그네는 별당 옆, 오죽 동산의 대나무도 여러 장 그렸다. 대나무를 보고 있으면 항상 맹종동순孟宗冬筍의 고사가 생각났다. 맹종이 어려서 아버지를 여의고 혼자된 어머니를 봉양하는데, 병석에 누운 노모가 추운 겨울날 죽순탕이 먹고 싶다고 해, 맹종은 날마다 꽁꽁 얼어 있는 대밭을 헤매며 엎디어 기도하였다. 하느님이시여, 저에게 죽순을 주시어 어머니 병환을 낫게 해주십시오. 그가 온몸을 던져 울며 기도하자 그의 눈앞에서 기이한 현상이 일어났다. 겹겹이 쌓인 눈 속에서 파란 죽순이 돋아나고 있지 않는가. 맹종은 기뻐 뛰며 죽순을 뜯어 왔고, 어머니는 아들이 끓여 주는 죽순탕을 들고 기운을 차려 일어났다.

어머니의 단지 사건으로 지성이면 감천임을 이미 체험한 사임당은 그 일 또한 충분히 가능했으리라 믿으며, 오죽 앞에서 어머니의 만수무강을 간절히 빌었다.

춤추듯 흘러내리는 초서

사임당은 때때로 붓을 들고 글씨를 썼다. 전서도 재미있었지만 초서에 더 맛 들였다. 아버지가 구해다 주신 서첩書帖을 보며 연습하고 연습하니 날로 글씨가 격을 갖추었다. 얼마 전, 유난히 글씨에 관심이 많은 재종 이모부 한 분이 병풍을 만들고 싶다고 초서를 부탁했었다. 사임당은 병풍에 쓸 한시를 구하다가 당나라 때 대숙륜戴叔倫이 「이당산인李唐山人에게 준다」라는 제목으로 쓴 오언절구 하나를 골랐다. 어머니의 머리에 요즘 부쩍 백발이 보이기 시작했기 때문이다.

또 당나라 시인 이백李白의 「동림사 중과 작별하며」라는 제목의 시도 골랐다. 그리고는 멈칫 놀랐다. 자기 마음 안에 존재하고 있는 성호 오라버니의 그림자를 보았기 때문이다. 오라버니는 금강산에 가서 무얼 하며 지낼까. 정말 중이 되었을까. 진리의 갈구에 타는 목마름은 축였을까. 그네는 갑자기 오라버니가 선물한 붓에 생각이 멈추었다. 괜히 아끼고 싶어 아직 한 번도 쓰지 않고 화구 보관함에 고이 간직하고 있었다. 오늘은 그것으로 써 보자. 그네는 꽁꽁 여며둔 붓 발을 꺼내 왔다. 돌돌 말린 발을 벗기고 큰 붓을 꺼냈다. 오라버니를 대하듯 반가움이 앞섰다. 그네는 천천히 붓두껍을 벗겼다. 그리고 먹을 갈았다.

하얀 새 붓은 검은 먹물을 머금고 종이 위로 꽂혀 들었다. 사임당의 팔목이 저고리 소매와 함께 춤추듯이 흘러내렸다. 한달음에 시인의 절구가 종이 위에 쏟아졌다. 초서였다.

此意靜無事(차의정무사): 어저 고요할레 할 일이 전혀 없네.
閉門風景遲(폐문풍경지): 문 닫고 앉았으니 날조차 더디 가네.
柳條將白髮(유조장백발): 날로 희는 백발은 버드나무가지와 얼려
相對共垂絲(상대공수사): 서로 나란히 수직으로 실처럼 드리웠네.

東林送客處(동림송객처): 동림사 동구 밖 손님 배웅하는 곳.
月出白猿啼(월출백원제): 달은 떠오르고 잔나비 울음소리.
笑別廬山遠(소별여산원): 여산 스님과 웃으며 나눠노니.
何須過虎溪(하수과호계): 아뿔싸, 호계를 지나치고 말았구나.

그네가 밥 때도 잊고, 정신을 홀딱 빼앗긴 채 글씨를 쓰고 있으면 어느새 마을에는 매캐한 저녁연기가 피어오르고 아들 선의 엄마 찾는 소리가 들리곤 하였다.

여름이 왔다. 봄비에 모종을 한 게 엊그제 같은데 텃밭에는 오이며 가지들이 조랑조랑 열렸다. 사임당은 점심 반찬을 만들려 오이를 따려다가 잠깐 숨을 멈췄다. 아야, 가시가 그네의 손바닥을 찔렀던 것이다. 갑자기 그 가시 달린 오이를 그리고 싶었다. 텃밭에는 보랏빛 가지도 조랑조랑 열려 있고 아직 매지 못한 강아지풀도 함께 있어 그 여러 가지 것들을 함께 따 가지고 들어갔다. 가지는 빛깔도 아름다웠지만 그 탄력 있는 부드러움을 어디에다 견주랴. 그런 가지가 있는가 하면 온몸에 실낱같은 가시를 달고 있는 오이도 있다니 우스웠다. 강아지풀 또한 부드럽고 보송보송했다. 볼에 부비면 간지럽기까지 한 풀이었다. 어떤 풀은 살을 베일 듯이 날카롭고 어떤 풀은 솜털처럼 부드럽다.

신기하기도 하지. 이렇듯 각양각색의 생명이 어떻게 다 생겨났을까. 식물뿐 아니라 땅에 기는 벌레도 각기 다른 제 모습을 지니고 꿈틀꿈틀 생명을 유지하고 있었다. 사임당은 풀 한 포기, 벌레 한 마리

도 허투루 대할 수가 없었다. 그래서 초충은 언제나 다정한 그의 그림 소재가 되어 주었다. 그네는 그 모든 것들을 화폭에 담았다.

옛 선비들의 그림을 보고 있으면 대개 먹만으로 간결하게 그리고 있었지만 사임당은 주변의 사물들을 꼼꼼하게 있는 그대로 그리고 싶었다. 그네가 변형을 주었다면 단 하나, 식물들의 줄기를 항상 곡선으로 그렸다. 왠지 반듯한 줄기보다는 약간 굽은 곡선이 더 부드럽게 보여 좋았다. 꼭 이름 있는 사람들의 그림을 흉내 내고 싶은 생각은 없었다. 그래서 그네는 수묵화 대신에 알맞은 빛깔을 칠하며 자신만의 독특한 화법으로 그림을 그렸다. 어떤 때는 밖으로 나타난 빛깔이 아니라 자기 마음의 눈에 보이는 빛깔로도 그려 보았다. 꽃을 파랗게도 칠해 보고 가지를 하얗게도 칠해 보았다. 가지야말로 쪼개 보면 속은 하얗지 않던가. 그래서 보랏빛 껍질을 벗기고 하얀 속살을 드러내는 심정으로 흰빛을 칠해 보았다. 파란 꽃, 하얀 가지, 그네는 자기만의 독창적 화법을 살리며 알 수 없는 희열을 느끼기도 하였다.

사임당이 하루하루 그림에 열중하고 있을 동안 어머니는 인주의 혼인을 서둘렀다. 어느새 동생도 열아홉이었다. 마침 이웃에 사는 안동 권씨네에서 혼담이 들어왔다. 사임당은 적극 찬성했다. 어머니를 위해서 딸 하나쯤은 가까운 이웃에 사는 게 좋을 것 같았다. 더구나 좋은 집안의 훌륭한 청년이니 무얼 망설이랴. 어머니는 다시 일손이 바빠지고 사임당 또한 동생 혼수로 줄 병풍 수를 놓느라고 잠시도 쉴 겨를이 없었다. 밑그림은 역시 사임당이 좋아하는 초충으로 그렸다.

풀을 주인공으로 그리되 도마뱀, 벌, 개구리, 쥐, 여치 등을 함께 그려 넣었다. 그리고는 이른 아침부터 수를 놓았다. 몇 시간이고 꼼짝도 않고 수를 놓았다. 동생이 혼수로 가져갈 것이어서 더욱 정성을 들여 수를 놓았다. 이웃 동네로 시집가면 어머니를 보살펴드릴 수 있겠지. 생각할수록 고맙고 기쁜 일이었다. 사임당은 자기가 줄 수 있는 것이면 무엇이든지 다 주고 싶었다.

그래서 생각해 낸 것이 붓글씨였다. 재종 이모부가 졸라 초서를 쓰기 시작했지만 두 벌을 써서 한 벌은 동생이 시집갈 때 주리라 하였다.

사실 자기는 언젠가는 한양으로 가야 한다. 남편에겐 십 년 기약하고 따로 살자 하였지만 그렇게 오래 머무를 수는 없으리라. 그것은 남편에게 큰 뜻을 품게 하기 위함이었을 뿐, 아무리 시어머님이 너그럽다 해도 십 년을 친정에 머무를 순 없지 않는가. 사임당은 배시시 웃음이 절로 나왔다. 두 번, 세 번, 대관령을 넘다가 돌아오던 남편이 생각났기 때문이다. 대장부 사나이가 어찌 그리 포부가 없을까. 내가 남자라면 큰맘 먹고 당차게 포부를 펼쳐 볼 것 같은데…. 하지만 어쩌랴. 내가 이해해야지. 마음 바탕은 착하기 그지없는 남편이니 미워해선 안 되지. 그네는 다시 웃음이 나왔다. 어쩌자고 가위는 들고 와 머리를 자르면서 그 나약한 사람을 을러댔을까. 그것은 전적으로 맹자 어머니의 일화 때문이었다. 맹자가 학업 도중 집으로 돌아오자 길쌈 중이던 그 어머니는 베틀의 실을 끊어 아들의 중도 포기를 호되게 나무랐다지 않던가.

어머니의 열녀 정각旌閣

봄도 아닌 가을에 온 마을이 화려하게 붉은 꽃을 피웠다. 집집 감나무에 조랑조랑 매달려 빨갛게 익은 감이 등불을 켠 듯 붉다. 사임당은 은근히 이 해가 가기 전 남편이 한번 오지 않을까 기대해 보았다.

사임당이 그런저런 생각을 하며 열심히 수를 놓고 있는데, 갑자기 마당에서 인기척이 났다.

"사임당 안에 있는가? 어서 나와서 이것 좀 보게나."

이웃에 사는 외갓집 아저씨의 호들갑에 어머니도, 사임당도, 서둘러 밖으로 나왔다. 아저씨의 손에 그림이 그려진 종이 한 장이 들려 있다.

　"아니, 이것 좀 보시오. 내가 여름 장마 지냈으니 통풍 좀 해놓으려고 이 그림을 마당 햇볕에 널어 두지 않았겠소? 그런데 보시오. 닭이 와서 벌레를 쪼아 먹어버렸어요. 세상에 이럴 수가? 하 참 나, 우리 딸이 사임당이 준 거라고 애지중지하는데 그놈의 방정맞은 닭이…. 허기야 닭 나무랄 것도 없지, 우리 사임당이 그림을 너무나 잘 그린 게 죄지…. 하하하."

　아저씨가 웃는 바람에 다 같이 웃었다. 여치가 그려졌던 자리엔 정말 구멍이 나 있었다.

　그 가을, 넷째 동생 인주가 이웃 마을 권화權和에게 시집을 갔다. 어머니도 사임당도 큰일을 치르면서 아버지 생각을 무척 했다. 안 그래도 아버지가 워낙 감을 좋아하셨기 때문에 감만 보면 아버지 생각을 했었다. 게다가 혼인까지 겹쳤으니 아버지 생각이 더욱 간절할 수밖에.

　그런데 얼마 안 있어 더욱 큰 경사가 겹쳐 왔다. 아버지 돌아가신 지 육년. 어머니 나이 지명知命을 바라보는 마흔아홉 살 때, 나라에서 어머니에게 큰 상이 내려졌다. 마을에 어머니의 열녀 정각을 세워 준다는 것이다. 인선의 눈에 가운뎃손가락이 잘려 나간 어머니의 손이 크게 확대되며 다가왔다. 갑자기 칠 년 전 그날, 선영에서 몸을 떨며 지켜보던 비장한 장면이 생생히 떠올라 눈물이 왈칵 솟았다. 어머니야말로 소문난 열녀이셨으니 그 사실이 조정에까지 전달된 모양이다. 참으로 아버지 생각이 간절한 경사였다. 중종 23년(1528) 인선 나이 스물다섯 살 때의 일이다.

　온 동네가 잔치 분위기가 되어 정각을 세우고 있을 때, 한양에서 기별이 왔다. 남편이 그 소식을 듣고 내려온다는 것이다. 아무리 십 년 공부 기약을 했기로 그런 경사에 그냥 있을 수가 있었으랴. 사임당은 가슴이 더워 왔다. 자라나는 선에게 아빠를 보여주기 위해서도 그가 와야 한다. 아니, 그에게 아들을 보여주기 위해서도 그가 와야 한다. 선은 이제 온갖 말을 다 하며 혼자 보기 아까운 재롱을 떨고 있지 않는가.

그러고 보니 남편과 헤어진 지도 삼 년이 넘었다. 사임당이 어렸을 적엔 일 년에 두어 번씩 오시는 아버지를 기다렸다. 어머니와 함께 행여 인편에라도 오신다는 기별이 있을까, 기다렸다. 까치가 노래하는 날이면 행여 아버지가 오시는 게 아닐까, 동구 밖을 내다보며 기다렸다.

그러나 지금 사임당은 아버지가 아니라 남편이 보고 싶었다. 그의 학문은 어느 정도 깊어졌을까. 과연 공부는 직심 있게 했을까. 왠지 확실한 믿음이 가진 않았지만 사임당은 고개를 흔들어 부정한 생각을 털어내었다. 잘하고 있을 거야. 그는 잘하고 있을 거야. 그리고 잘될 거야. 그냥 초야에 묻혀 지내는 촌부로 머물러 있진 않을 거야. 대장부로 태어나서 무엇인가 대의를 위하고 나라를 위하여 자기 한 몸 바칠 수 있어야지. 암 잘될 것이고말고. 그를 믿어야지. 아내인 내가 그를 신뢰하지 않으면 누가 그를 신뢰하랴. 내가 그를 받들어 주지 않으면 누가 그를 받들어 주랴. 부정한 생각을 가지면 될 일도 안 될 터. 제발 그를 믿고 차분히 기도하며 기다리자. 그네는 자기 최면을 걸고 또 걸었다.

조금 쌀쌀하다 싶은 동짓달 초순, 아버지의 제사를 앞두고 남편이 왔다. 조용했던 집안이 살아났다.

"어서 오게나. 얼마만인가. 먼 길 수고가 많았지?"

"장모님, 축하드립니다. 당연히 정각을 세워 드려야지요. 당연합니다. 당연합니다."

그는 기쁨을 있는 그대로 드러내고 선을 안는다.

백년손님을 위해 어머니는 닭을 잡고, 강릉 별식 책면을 만들고, 연엽주를 내놓았다. 사위가 들어서니 텅 빈 집이 금세 그들먹하다. 남자 하나가 이렇게 다르다니. 이 씨는 자기도 모르게 천지신명에게 간절히 빌었다. '하늘이시여. 우리 인선이만은 남편과 백년해로하게 하옵소서.'

　두 사람은 선을 안고 나가 아름답게 지어진 열녀 정각을 구경하고 경포 호숫가를 거닐며 모처럼 세 식구 오붓한 시간도 가져 보았다. 남편은 그동안 공부했던 것을 자랑 삼아 아내에게 들려준다. 사임당은 몇 번이고 고개를 끄덕이며 듣는다.

　"당신 나 칭찬 많이 해줘야 하오. 그동안 『맹자』를 다 읽고 요즘은 『대학』을 읽고 있다오. 이런 말이 있습디다. '명덕明德을 천하에 밝히려는 이는 먼저 그 나라를 다스렸고, 그 나라를 다스리려는 이는 먼저 그 집안을 바로잡았고, 그 집안을 바로잡으려는 이는 먼저 그 몸을 닦았고, 그 몸을 닦으려는 이는 먼저 그 마음을 바르게 했고, 그 마음을 바로 하려는 이는 먼저 그 뜻을 성실하게 했고, 그 뜻을 성실하게 하려는 이는 먼저 그 앎을 투철히 했나니 앎을 투철히 함은 사물을 제대로 밝힘에 있다.' 어떻소, 새겨들을 만하지 않소?"

　"학문이 깊어지셨군요. 앎을 투철히 함은 사물을 제대로 밝힘이라니 무슨 뜻인가요? 이해가 잘 안 돼서 묻는 것입니다."

　"그건 앎이 단순히 무엇을 인식한다는 것이 아니라 식별의 능력이랄까, 맹자의 말씀대로 인간에게는 시비지심이 있으니 사물에 대해 단순히 알기만 하는 게 아니라, 옳은 판단을 내릴 수 있어야 한다는 뜻인 듯하오."

　"그렇군요. 참으로 학문이 깊어지셨네요. 장하십니다."

　"공부를 하다 보니 알아 갈수록 재미가 있습디다."

　"맞아요. 바로 그거예요. 새로운 세상을 얻게 되지 않던가요? 이제 기회가 닿으면 초시에도 한번 응시해 봅시다. 어머님이 기뻐하실 것입니다."

"그래야겠지요. 다 당신 덕이오."

갑자기 호수 위로 한 마리 쏘가리가 풀쩍 뛰어오른다. 그들의 대화를 엿듣기라도 한 듯이.

다시 한양으로

이듬해 봄, 사임당은 남편과 함께 한양으로 갔다. 끝순이는 이제 혼인할 나이가 되었으므로 이번에는 홍천댁 딸 덕순이가 선璿을 데리고 앞장을 섰다. 홍천댁이 사임당에게 이것저것 배우라고 딸려 보내는 것이기도 하고, 그동안 선과 정들었던 덕순이 스스로 따라가려고 나선 것이기도 하다.

한동안 풍성하던 집안은 이제 어머니와 막내 인경만 남게 되었다. 그러나 사임당은 마음이 놓였다. 충직한 홍천댁 내외가 있었고, 넷째가 바로 이웃에 살고 있지 않는가. 제부인 권화도 사람이 착실해 충분히 믿음이 갔기에 더욱 마음이 놓였다.

시댁으로 자리를 옮긴 사임당은 그동안 시어머님께 못다 한 효를 드리기 위해 당분간 자신의 일을 접었다. 아들 선에게 글을 가르치고, 어머님을 도와 살림을 배우는 생활이 시작되었다. 그네는 시어머님을 기쁘게 해드릴 일이 무엇일까 궁리하다가 마침 생신을 맞아 동네 여인들을 불러 간단한 잔치를 벌이기로 하였다. 어머님도 흔쾌히 허락하셨다. 사임당은 양평댁과 덕순이의 도움을 받아 정성껏 생신상을 차렸다.

홍 씨는 이웃에서 나이 드신 어른을 주로 초대했지만 며느리를 생각해 젊은 아낙들도 몇 불렀다. 여인들은 모처럼 잔치가 벌어지자 술도 한잔씩 마시면서 즐거이 웃고 떠들었다.

사임당은 그들이 기뻐하고, 어머님이 기뻐하시니 기분이 좋아서 시종 방긋방긋 웃고만 있는데 어머님이 한 말씀 하신다.

"아가, 너는 왜 웃기만 하느냐. 너도 새댁들과 친구하며 말이랑 섞고 하려무나."

사임당은 잠깐 망설이다가 공손히 여쭈었다.

"네, 어머님. 저는 워낙 시골에서만 살아서 보고 들은 것도 없고, 아는 것이 별로 없어서요."

"아유, 새댁 말씨 얌전하기도 하지. 하여간 이 집 며느리는 일등으로 얻었어."

이웃 할머니의 칭찬은 사임당을 당황하게 만들었다. 그네는 자신의 얼굴이 화끈 달아오름을 느끼며 고개를 푸욱 수그렸다.

사임당은 매일같이 예쁜 꽃떡을 만들면서 떡장수 집 며느리로 틀을 잡아 가고 있었다.

그런데 차츰 몸에 이상이 왔다. 또다시 둘째를 가진 것이다.

사임당은 시어머니 눈치를 살펴 가며 열심히 태교에 임하고 딸을 낳았다. 친정집 홍매화 생각이 간절하여 매창梅窓이라 이름 짓고 시어머니와 남편에게 허락을 받았다. 선은 다섯 살 터울의 동생을 유난히 예뻐하였다. 아들 하나 딸 하나, 사이좋은 오누이를 바라보면서 사임당은 은근히 자기도 최 씨 외할머니처럼 단산이 되었으면 좋겠다고 생각하였다. 시댁 살림이 넉넉지 않은데다 방도 비좁아 아이를 자꾸 낳는 것도 문제가 있겠다 싶었고, 자기 자신도 그런 육아에서 해방될 수 있기를 바라서였다. 매창이 돌을 지나자 시어머니는 또 사임당을 불렀다.

"파주 선산 부근에 농막이 하나 비어 있다. 너희 네 식구 살기에는 괜찮지 싶구나. 그곳에 밭도 있으니 채소도 가꾸어 먹을 수 있고, 덕순이 데리고 거기 가서 살아 보도록 해라. 나는 양평댁이 있으니 아무 걱정 말고."

"좁은 대로 함께 있겠습니다."

"아니다. 너희만 불편한 게 아니야. 나도 불편하지. 아무 걱정 말고 나가서 살아라. 내가 더 늙어 살림을 할 수 없게 되면 너를 부를 테니 그때까진 너희끼리 나가서 활발하게 살아 봐라. 어려운 살림이긴 하지만 너희 먹을 쌀은 들어올 것이고 텃밭 조금 있는 데다 채소 가꾸면 그럭저럭 살지 않겠느냐. 네가 워낙 얌전하니까 나는 너를 믿는다. 고생이 되더라도 너희 식구끼리 나가서 잘살아 주기 바란다."

그들은 그로부터 시댁의 터전이 있는 파주, 봉평 등을 전전하면서 어려운 살림을 꾸려 나갔다. 그러는 사이 사임당은 둘째 아들 번璠을 낳았고, 나이 서른에 둘째 딸 자미화紫薇花를 낳았다. 나이 서른. 그 나이가 주는 허무감을 누가 알랴. 공자께서는 삼십이립三十而立이라고 하셨지만 남편은 삼십에 세 살을 더 보태고도 아직 홀로서기를 하지 못했고, 자신 또한 온전한 홀로서기를 하지 못해 해산 때마다 친정에 가서 도움을 받으며 어머니께 기대어 살고 있다. 게다가 건강도 별 좋은 편이 아니라서 네 아이를 기르는 게 쉽지는 않았다.

선과 매창은 부부가 헤어져 있을 때라 다섯 살 터울이 되었지만 그 뒤로는 그저 돌 지나기가 바쁘게 아이가 들어서는 것이었다. 그러다 보니 모두 두 살 터울로 연년생이나 다름이 없었다. 사임당은 언제나 배가 불러 있었고, 집안에는 항상 비릿한 젖 냄새가 나고 있었다. 기저귀 걷을 날이 거의 없었다. 심지어 위아래로 두 아이가 함께 차고 있을 때도 많았다. 여름 장마라도 지면 아이들 기저귀가 마르지 않아 더욱 애가 탔다. 덕순이를 시켜 축축한 기저귀를 걷어다가 아궁이 앞에서 말리기도 하고, 솥뚜껑 위에다 널어서 말리기도 하였다.

사는 것이 무엇인가. 여자란 이렇게 아이만 낳고 아이만 기르면서 세월을 다 보내야 하는 것인가. 사임당은 서른 나이 탓인지 걷잡을 수 없이 허무해져서 자꾸만 무엇인가로 채워 받고 싶은 갈증에 온몸을 떨곤 하였다. 그런 때 사임당은 어머니를 떠올렸다. 지금은 막내 인경까지 이주남李胄男에게 시집보내고 홀로 계시는 어머니. 다섯 딸을 낳아 기르며 얼마나 고생이 많으셨을까. 그렇게 키운 딸들이 다 떠나버리고 혼자 남게 된 지금 얼마나 쓸쓸하실까.

그네는 또 성호 오라버니를 떠올렸다. 진리가 무엇인지 알고 싶어 목이 마르다던 오라버니. 그래 그는 지금쯤 그 갈증을 해소했을까? 오라버니야말로 복작거리는 세속의 삶을 벗어나 한층 높은 차원의 삶을 살고 있을까? 그네는 그때마다 살포시 화구 속에서 그가 준 붓 발을 꺼내어 어루만져 보는 것으로 마음을 달래곤 하였다. 그것은 잠시나마 숨 가쁜 현실을 탈피해, 보랏빛 꿈의 세계로 발걸음을 옮겨 보는 아름다운 창구窓口가 되어 주었다.

그러나 사임당은 마음을 달리 먹으려 애썼다. 일체유심조一切唯心造라지 않던가.

사람들은 부귀다남을 행복의 조건으로 생각하고 있다. 비록 부귀의 행복은 못 누려도 다남의 행복이라도 누릴 수 있다면 감사할 일이 아닌가. 오직 딸 하나만 낳고 단산이 되어 평생 기를 펴지 못하고 살았던 외할머니, 그리고 부모님이 돌아가시자 세상천지 외톨이가 되었다고 눈물로 지새우며 쓸쓸해 하시던 어머니. 그분들을 생각하면 감히 무슨 불평을 할 수 있으랴. 이후 자기가 죽고 없어도 여러 형제들이 의좋게 살며 외로움을 모른다면 그 또한 축복이 아닌가. 생각을 바꾸니 오히려 감사할 일이었다. 지금 내가 힘이 들더라도 아이들을 위해서 참자. 기쁜 마음으로 육아에 전념하자. 이 고비만 넘기면 언젠가 나도 단산이 되고 내 시간을 가질 수 있겠지. 설사 내 시간을 갖지 못한다 하더라도 여자의 행복은 남편과 자식이 잘되는 것이라고 하였다. 그렇다. 그 이상 큰 기쁨이 어디 있으랴. 이제 나만이 내가 아니다. 자식은 바로 나의 분신이요 또 다른 내가 아닌가. 아이들이 잘 자라 내 바라는 바를 이루어 주겠지. 제발 남편이 이뤄내지 못한 것을 아이들이 해냈으면…. 그동안 남편은 몇 차례 과거에 응시해 보았으나 초시 합격도 안 되었다. 아직도 학문보다 술자리가 더 즐거운 남편이었다.

마음을 바꾸고 넷째에게 젖을 물리고 앉았으니 서서히 마음에 평화가 왔다.

더구나 사임당에게는 눈에 넣어도 아프지 않을 딸 매창이 있었다. 어느 자식인들 눈에 넣어서 아플까만, 이제 다섯 살 난 둘째 매창은 총기가 뛰어났고 효심 또한 남달랐다. 큰아들 선보다 여러 가지로 나아 보였다. 선에게 가르치는 글을 어깨너머로 배워 벌써부터 제법 글자를 익히고 있었다. 게다가 붓을 들기 좋아하고, 무엇이나 그림을 그려 제법 흉내를 내고 있었다. 사임당은 마치 어린 시절 자기를 보는 것 같아 빙그레 웃곤 하였다.

"엄마, 아기가 울어. 오줌 쌌나 봐. 제가 기저귀 갈아줄게요."

"엄마, 기저귀는 내가 개킬 거예요."

매창은 어머니를 도와 잔심부름을 제법 했다. 뭐 도와드릴 일이 없을까, 늘 궁리하는 아이 같았다. 저녁때 방에 들면 어느새 이부자리를 펴 놓았다. 이불은 반닫이 위에 높이 놓여 있어 손이 닿지 않았으련만 목침이며 방석 등을 고여 놓고 가까스로 끌어 내렸다고 했다. 아침이면 자리끼 물그릇을 내다 놓고, 윗목에 있는 놋요강을 내다 텃밭에 비우고 샘가에 씻어 물 부어 놓았다. 저녁이면 어느새 샘가의 요강을 씻어 방에다 옮겨 놓고, 자리끼를 준비해 머리맡에 놓았다. 어린것이 어찌 그리도 정스러울까. 사임당은 다섯 살 난 매창을 안고 하염없이 뽀뽀 세례를 퍼붓곤 했다. 그 순간 그녀는 행복의 절정에 있었다.

9
이른 봄 산야의 맑은 정기로

참새 | 이매창, 조선/16세기

주막에서 만난 여인

우수가 지났다. 이원수는 한양을 떠나 강원도 봉평 백옥포리를 향해 걷고 있다. 꽁꽁 얼어붙었던 길이 언제 그랬느냐 싶게 녹아서 질컥거렸다. 산과 들이 이른 봄 따사로운 햇살을 받아 막 연녹색으로 변하는 가운데 성급한 산수유는 보송보송 노란 꽃을 피워 나그네 마음을 다사로이 데워 준다. 키 큰 버드나무도 연초록 실가지를 흔들며 인사를 한다. 산야의 정기가 다 자신에게로 오는 듯, 그는 기쁜 마음으로 부지런히 길을 걷는다.

길은 멀기도 하다. 가도 가도 가족이 있는 봉평 땅은 쉽게 나오지 않는다. 혼자 걷고 있자니 옛날 생각이 절로 난다. 아내가 한양으로 가서 공부를 하라고 자기를 달래어 내몰았을 때 그 낭패감이라니. 가도 가도 대관령고개는 아득하고, 젊은 나이에 아내 곁에만 있고 싶어 되돌아가곤 했던 부끄러운 일이 떠오른다. 그는 빙그레 웃으며 걸음을 재촉했다.

푸른 산, 푸른 들, 맑고 상큼한 봄기운이 스멀스멀 온몸 속으로 스며든다. 문득 그의 남성이 깨어난다. 한시 바삐 아내를 만나고 싶어진다. 항상 누님 같아 기대고 싶은 아내. 학식이 짧은 자기를 달래고 어르며 글공부를 하도록 이끄는 아내. 행여 과음으로 탈선할까 염려하며 군자의 길을 걷게 하려고 애쓰는 아내. 맵시로 보나, 마음씨로 보나, 학식으로 보나, 아무리 생각해도 자신에겐 과분한 아내. 그래서 어디다 내놓아도 미덥고 자랑스러운 아내. 어서 그 아내를 만나고 싶었다.

이원수는 더욱 걸음을 재촉했다. 날이 저물기 전에 조금만 더, 조금만 더, 안간힘 쓰며 걸었다. 그러나 이제 더 이상은 갈 수가 없었다. 힘도 들었지만 어두움이 사위를 감싸고 말았던 것이다. 근처에 어디 주막이 없나 하고 계속 살피며 걷는데, 마침 대화 부근에서 주막 하나를 발견할 수 있었다.

"안에 누구 없소? 하룻밤 쉬어 갈까 하오."

안에서 한 여인이 문을 열고 나왔다. 젊고 얌전해 보이는 여자였다.

여인은 그의 유숙留宿을 환영했다. 여인은 저녁을 차린다고 분주하더니 손수 밥상을 들고 들어왔다. 조촐하나 깔끔한 밥상이었다. 여인은 뜻밖에도 상머리에 다소곳이 앉아 시중을 들며 말을 섞는다. 대화를 하다 보니 아내를 만나러 봉평에 간다는 말까지 나왔다. 그는 여인이 퍽 외로워 보인다는 생각을 잠시 했다. 어떤 사연으로 이 산골에 혼자 들어 주막을 차리고 사는 것일까. 무엇인가 말 못할 사연이 있는 것 같았다. 온몸에 쓸쓸함이 배어 있었다. 자기가 손을 내밀면 금세 다가올 것만 같았다. 그러나 안 되지, 이원수는 이를 앙다물고 내일이면 만나게 될 아내를 생각했다. 그리고 알토란같은 네 아이들의 얼굴을 떠올렸다.

여인은 상을 들고 나가더니, 잠시 후 마루 끝에서 그를 불렀다.

"나리, 세숫물 가지고 왔습니다. 발이랑 씻고 주무셔야지요."

그가 세수를 마치고 들어오자, 여인은 방을 훔치고 있었다.

"봄기운이 완연합니다. 그냥 주무시겠습니까?

"잠을 자기엔 좀 이른 시간이오만."

"그렇지요? 그럼 제가 주안상을 올리겠습니다."

그는 방문 밖으로 나가는 여인을 자세히 본다. 깔끔히 쪽진 머리하며 옷매무새가 허튼 여자는 아닌 것 같았다. 그런데 왜 갑자기 술상을 챙겨 온다 하는 것일까. 이원수는 당황했다.

"한잔하십시오. 피로를 풀고 쉽게 잠드실 수 있을 것입니다."

"이곳에 있은 지 오래되었소?"

"아닙니다. 지난해, 친척의 소개로 이곳에 정착했지요."

"그럼 가족은?"

"부모님은 충청도 산골에 살아계시지요. 저는 부모 신세만 질 수 없어 살 길을 찾아 나섰지요."

"그럼 혼인은 하지 않았단 말이요?"

"제가 복이 없어 혼인한 지 반년 만에 남편을 잃고 다시 친정으로 돌아가 살다가, 부모 형제 보기도 민망하고 동네 사람 보기도 민망하여, 이 먼 곳으로 숨어들었습니다."

"그럼 자식도 없단 말이오?"

"그렇습니다. 그저 혼자입니다. 이 신세가 되고 보니 자유롭게 살 수 있는 남자들이 부러울 따름입니다."

"허허, 그것 참 딱하구려."

"자식만 하나 있어도 아무 걱정이 없겠습니다."

여인은 두어 잔 술을 따르더니 상을 물린다. 그리고 다시 방을 훔친다. 방을 다 훔친 여인이 걸레를 밖으로 내놓고, 아랫목에 이부자리를 편다. 그리고는 이원수를 물끄러미 바라보며 웃는다. 그 웃음이 그에게 묘한 자극을 불러 왔다. 마치 여인이 어서 자기를 안아 달라고 애원을 하는 것처럼 느껴졌다. 일 초, 일 초, 말 없는 가운데 촌음이 흘러간다. 그게 비록 찰나의 순간이라 할지라도 그에겐 수월찮이 길게 느껴졌다. 그렇다고 여인이 어떤 몸짓을 하는 것은 아니었다. 여인은 꿈쩍도 않고 그저 미소만 보낸다. 이럴 때 사나이는 어떻게 해야 하는 것인가. 그는 솔직히 그 여인을 안고 싶었다. 그냥 안고 아랫목에 깔린 이부자리 속으로 들어가고 싶었다. 이 좋은 봄밤에 자신의 몸속에 넘치는 남성을 쏟아 붓고 싶었다. 가슴이 두근거렸다. 그냥 팔만 뻗어 끌어안으면 손이 닿을 거리였다. 여인이 이제 더욱 크게 미소를 짓는다. 그의 가슴은 더욱 두근거린다. 두근두근. 가슴 뛰는 소리가 하도 커서 여인에게 들릴 것만 같았다.

그때 여인이 드디어 입을 열어 말한다.

"나리, 무얼 망설이십니까? 만물이 소생하는 봄입니다."

"……"

"하룻밤에 만리장성을 쌓는다는데, 아니 되겠습니까?"

여인이 한 발 그의 가까이로 다가온다. 그도 닫힌 마음이 열린다. 팔을 든다. 여인을 안으려 한다. 그러나 그 순간, 그의 눈앞에 갑자기 아내가 뛰어든다. 안 됩니다. 안 됩니다. 서방님, 안 됩니다. 제가 이렇게 기다리고 있지 않습니까? 하루만 참으십시오. 하루만….

그는 정신이 번쩍 들었다. 자신도 자신이지만 아내도 서너 달, 혼자 있었다. 내 만일 낯선 여인에게서 육신의 허기를 채우고 간다면 내일 아내를 어찌 대하랴. 그는 정신이 번쩍 들었다.

"미안하오. 내게는 오랫동안 나만 기다리고 있는 아내가 있다오."

그는 한마디 뱉고, 얼른 밖으로 나갔다. 좁은 방 안에서 여인과 함께 있다는 것 자체가 괴로움이었다. 그가 마음을 가라앉혀 방에 들어왔을 때 여인은 이미 나가고 없었다.

아침에 그곳을 떠나면서 그는 그 여인에게 약속을 했다.

"내 다시 한양으로 올라갈 때 꼭 이곳에 들르리다. 그때를 기약합시다."

여인은 빙그레 웃었다. 그가 그곳을 떠날 때, 문 앞까지 바램을 하면서 여인이 말했다.

"두 분 아름다운 밤 지내십시오. 틀림없이 좋은 일이 있을 것입니다."

축복의 밤

이원수가 봉평에 들어오자 사임당은 어느 때보다 남편을 반겼다. 그는 떳떳했다. 어젯밤의 위기를 잘 넘긴 승리감이 그를 개선장군처럼 만들었다. 아이들을 하나하나 가슴에 안아 줄 때도 그는 완전한 자유 속에서 넘치는 기쁨을 맛보았다.

"더운 물에 발을 담그면 피곤이 풀릴 거예요. 물을 데워 오겠습니다."

아내는 놋대야에 더운 물을 담아 오더니 발을 담그라 한다. 따뜻한 물속에 발을 담그고 앉았으니 너무나 편안했다. 게다가 아내가 이리저리 발을 문지르면서 씻겨 주고 있지 않는가. 발가락 사이사이 손가락을 넣어 꼼꼼히 씻기고 있다. 아, 이 편안함, 이 기분 좋음. 그는 행복했다. 만일 주막에서 그 여인의 유혹을 뿌리치지 못했더라면 어찌되었을까. 아마도 지금 이 순간 결코 떳떳하지 못했으리라. 아무 일도 없었던 듯 시치미를 뗄 만큼 자기는 거짓과 친하지 못했다. 그는 어려운 고비를 견뎌낸 자신이 대견해서 만족스럽게 이 순간의 행복을 누렸다. 그는 아내가 하는 대로 발을 맡겨 놓고, 마음껏 휴식을 취했다. 사임당이 자기 아내라는 게 감사했다.

"아직 날씨도 찬데 먼 길 오시느라고 얼마나 피곤하셨겠습니까?"

"글쎄, 좀 피곤하기야 하지만 부인을 보고 싶은 마음에 피곤도 모르고 왔다오."

"계절 탓이지요. 저도 기다려졌습니다."

왜 아니겠는가. 이제 사임당 나이 서른셋. 몸은 무르익을 대로 무르익어 탐스런 과일이 되었고, 농익은 과일에서는 향기가 저절로 솟았다. 계절은 봄. 사방에서 초록빛 생명이 뿜솟아 나오는 산야를 바라보며 사임당도 제 안에 넘치는 푸른 기운을 주체할 수가 없었다.

엊그젠, 갑자기 꿩 한 마리가 활개 치며 나는 것을 보았다. 그네는 자신도 모르게 『시경』의 시 한 수를 생각해 내고 조용히 읊조려 보기도 했었다.

장끼가 날아가네. 끼룩끼룩 울음소리

참으로 임께서야 가진 애를 다 태우네.

해와 달 쳐다보며 내 생각은 끝이 없네.

길은 천리 멀고머니 그 언제나 임 오실까.

그렇게 기다리던 임이 왔다. 사임당은 그 밤, 모처럼 둘이서 하나 되는 떨림의 시간을 보내고 남편의 품 안에서 단잠을 잤다.

그리고, 금빛 햇살 따사로운 이른 아침이었다.

그네는 동해 바닷가를 거닐고 있었다. 바다 저쪽에서 물살이 일었다. 거듭거듭 물살이 일었다. 무엇인가 솟구칠 듯 솟구칠 듯, 물살이 일었다. 다음 순간, 하얗게 일던 물살을 가르고 누군가가 솟아오르고 있었다. 아리따운 여인의 모습이었다. 정수리까지 쪽 찌어 올린 머리, 치렁치렁 늘어뜨린 하얀 치마, 하늘빛 끝동 달린 흰 저고리, 거기에 파아란 옷고름을 치렁치렁 늘어뜨리며 한 여인이 물 위로 솟아올랐다. 공중 높이높이 자꾸 솟아올랐다.

사임당은 자기도 모르게, 아, 선녀로구나, 하고 감탄했다.

그런데, 그 선녀는 팔에 무언가를 안고 있었다. 자세히 보니 강보에 싸인 아기였다. 멀리서도 예쁘게 보이는 아기였다. 그 선녀는 사임당 앞으로 다가왔다. 마치 솔개처럼 날듯이 다가왔다. 사임당 눈앞까지 바짝 다가왔다. 너무나 황홀해 넋을 잃고 바라보는데, 갑자기 강보에 싸인 아기를 사임당에게 불쑥 내밀었다. 낯익은 사람처럼 다정하게 미소를 지으면서….

사임당은 엉겁결에 아기를 받았다. 아니, 아니, 선녀님! 사임당은 너무 놀라 선녀님을 불렀다. 그러나 선녀는 어느샌지 기척도 없이 사라지고 말았다. 순식간의 일이었다.

선녀님, 선녀님! 사임당은 마구 소리 지르며 불렀다. 그 서슬에 남편이 눈을 떴다.

"웬일이오? 누구를 그렇게 부르오?"

사임당은 차츰 꿈에서 빠져나왔다. 여기가 어딘가. 눈동자를 굴려 둘러보니 자기 방이었고, 곁에 남편이 누워 있었다. 얼른 품 안을 내려다보았다. 그네의 품에 아기는 없었다. 사임당은 이상한 느낌에 사로잡혔다. 자기는 어딘가를 다녀온 것 같았다. 분명히 동해 바다였다.

아버지와 함께 간 동해 바다였다. 도대체 어찌 된 것일까. 좀 전에 서 있던 장소가 눈앞에 어른거렸다. 그리고 서서히 그곳에서 겪고 온 일이 떠올랐다. 그럼 꿈이었단 말인가. 참으로 희한한 꿈이었다.

사임당은 남편을 바라보았다. 자기에게 한마디 건네고는 다시 잠들어 있었다. 세상 평화란 평화는 다 모은 듯 고요히 자고 있었다. 이 꿈 이야기를 함께 나누고 싶은데, 어이 하나. 이상도 하지, 무슨 꿈이 그렇게 선명할까. 그 푸른 동해 바다, 그 아리따운 선녀, 그리고 아기….

'아무래도 어젯밤 삼신할머니가 아기 하나를 점지해 주신 게 틀림없어.'

남편이 일어나기 전, 그네는 밖으로 나가 세수를 하고, 뒤뜰 키 큰 호두나무 아래로 나갔다. 그곳은 사임당이 무언가 빌고 싶을 때, 찾아가는 장소였다. 멀리 계신 어머님을 위해서, 남편을 위해서, 그리고 자녀를 위해서, 그네는 천지신명에게 빌고 싶을 때가 있었다. 그때마다 이른 새벽 정화수 한 그릇을 떠다 놓고 치성致誠을 드리는 장소였다.

하느님이시여.

제게 보여주신 그 선녀는 누구이며, 강보에 싸인 그 아기는 누구이오니까?

저희 부부는 어젯밤, 모처럼 운우지정雲雨之情을 누렸나이다. 그런데 이 새벽에 심상치 않은 꿈까지 보여주시니 아무래도 아기를 주신 게 아닌가 싶습니다. 하느님이시여, 이것이 분명 수태의 징조라면 저도 근신하겠습니다. 그 아이를 잘 기를 수 있도록 도와주소서. 몸 안에서나 몸 밖에서나 잘 기를 수 있도록 도와주소서. 하느님이시여, 여느 아이와 다르다는 징표인가요. 누구라고 신경을 안 썼겠습니까만 이번이 벌써 다섯째입니다. 태교가 다소 소홀해질 것을 염려하여 미리 주의를 주시는 것인가요? 다시 마음을 잡아 태교에 힘쓰겠습니다. 하느님이시여, 감사합니다. 부디 저를 기억하여 도와주소서.

이상한 예감

그네는 치성 드리기를 마치고 남편의 아침상을 준비했다.

머릿속에는 온통 동해 바다의 선녀 생각, 강보에 싸인 아기 생각뿐이었다. 아들일 거야. 분명 아들일 거야. 짧은 순간에 바라보긴 했지만 사내아이의 모습이었다. 어떤 아이가 되려고 그런 꿈을 꾸었을까. 총명한 아이면 좋겠구나. 두루두루 큰 그릇이었으면 좋겠구나. 남편의 부족했던 점을 다 채워 줄 아이면 좋겠구나. 나라에 큰 동량으로 쓰일 아이면 좋겠구나.

오만 가지 생각을 하면서 그네는 부지런히 밥상을 차렸다. 손끝에 그 어느 때보다 활기가 넘쳤다. 남편이 먼저 일어나 나오고, 네 아이들이 하나씩 일어나 나온다. 사임당은 누구 하나 소중하지 않은 가족이 없다. 그렇지만 꿈이 자꾸 마음을 사로잡는다. 만일 다섯째가 들어선다면? 그네는 벌써부터 다섯째 아이에게 온통 마음을 빼앗긴다.

사임당은 평소보다 반찬 한 가지라도 더 만들려 애를 쓰며 정성껏 아침 밥상을 차린다. 네 아이들이 모처럼 만난 아버지 곁으로 모여든다. 열한 살 난 선을 시작으로 고만고만한 아이들이 좁은 방안에 그들먹하다. 매창은 자기가 큰딸이라고 어머니 심부름을 한다며 조막손으로 이것저것을 들어다 나른다. 밥상이 들어오자 셋째 번璠이 얼른 수저를 들고 밥을 뜨려 한다.

"번아. 아버지가 먼저 수저를 드셔야지. 어서 수저 놓아라."

"그냥 두시오. 아직 어린데."

"어리다니요. 네 살입니다. 세 살 버릇 여든 가지요."

사임당은 아이들이 밥을 먹고 나가자 남편에게 말했다.

"어젯밤에 이상한 꿈을 꾸었습니다."

"꿈이라니요?"

"선녀가 옥동자를 제게 안겨 주었습니다. 아무래도 수태가 된 듯합니다."

"허허, 정말이오? 그것 참 반가운 일이로구먼."

"그래서 말인데요, 서방님도 저랑 함께 태교를 시작해 주셨으면 합니다."

"아니, 남자가 무슨 태교란 말이요?"

"남자는 아버지요 여자는 어머닌데 어찌 어머니만 자식을 기르겠습니까? 어머니 배 속에 들긴 했으나 둘은 똑같이 부모이니 남자라고 어찌 소홀할 수가 있겠습니까? 중국 문왕의 어머니 태임을 본받아 지금부터 남부끄러운 일 하지 말고 덕스러운 일만 하고 삽시다."

"당호가 사임당 아니랄까 봐 태임 같은 말만 하는구려. 하하하."

"아무래도 이번 아이는 예사 아이가 아닌 듯해서 부탁드리는 것입니다. 그러니 말이나 행동을 삼가는 게 좋을 듯 합니다. 행여 양심에 꺼리는 일 하지 마시고 누구에게 잘못한 것 있으면 사과합시다. 저도 각별히 신경을 쓰려 합니다."

"알았소. 선녀가 현몽했다면 분명 출중한 아이겠구먼. 우리 집에 정승이 나오려나."

"고맙습니다. 제 말을 받아들여 주셔서."

둘은 잠시 침묵했다. 잠시 후 이원수는 그젯밤 일이 떠올라 입을 연다.

"음… 내 재미난 이야기 하나 하리다."

"무슨 이야깁니까? 어서 하십시오."

"사실은 나 여기 올 때 말이오. 대화에서 하룻밤 쉴 때, 음… 저… 주막집 여자가 나를 은근히 유혹하지 않았겠소?"

"네에? 그래서요?"

"모처럼 부인을 만나러 오는데 내 양심상 그럴 수가 있어야지. 내 간신히 이겨냈다오."

"아니, 그런 일이 있었군요. 장하십니다."

"부인이 수태가 된 듯하다고 말하니까 그 생각이 나는구려. 잘 견디고 오기를 얼마나 잘했나 싶소. 안 그렇소?"

"천만다행입니다."

"허튼 여자 같지는 않았소. 은근히 눈짓을 보내는데 물리치느라 혼났지요."

"혹시 무슨 곡절 있는 여자는 아닐까요? 이번에 가실 때 한번 들러서 물어보시지요. 하룻밤 잘 만하면 주무셔도 좋습니다."

사임당은 그날부터 태교에 신경을 썼다. 곱지 않은 말을 스스로 하지 않음은 물론이거니와 듣지도 않으려고 노력했다. 애보개 덕순이가 부엌에 들어온 강아지를 부지깽이로 때리며 악을 쓴다.

"빌어먹을 새끼, 저리 못 나가?"

그네는 깜짝 놀라 덕순이를 타일렀다.

"말이란 거칠게 해 버릇하면 마음도 거칠어진다. 비록 강아지지만 빌어먹으면 뭐가 좋겠니. 그 말, 나중 사람에게도 안 한다는 법 없지. 항상 조심하거라."

그네는 우선 밥상에 앉을 때도 신경을 썼다. 전에는 아이들을 가운데 자리에 앉히고 한쪽 모서리에 앉아 밥을 먹었지만 이제 그럴 수는 없었다. 그렇다고 아이들을 모서리에 앉힐 수도 없어 아예 자리가 비기를 기다렸다가, 덕순이와 함께 버젓이 가운데 자리에 앉아서 밥을 먹었다. 전에는 아이들이 남긴 음식을 아무렇지 않게 쓸어 먹었지만 그것도 삼갔다. 자기 배 속에 귀한 생명이 들어 있다고 생각하니 도저히 그럴 수가 없었다. 남은 음식은 모았다가 개를 주면 될 것이었다.

사임당은 될 수 있으면 글을 읽었다. 훌륭한 사람이란 군자를 이름

일 터였다. 군자가 되기 위해서는 성현의 글을 많이 읽고 그들의 가르침대로 살아야 할 것이었다. 태아가 세상에 나오기 전부터 어머니의 눈을 통해서 좋은 것을 보고 자란다면 그것이 분명 아이의 성장에 밑거름이 될 것이었다. 육체의 성장을 위해 좋은 음식을 먹이듯이 정신의 성장을 위해 성현들의 말씀을 듬뿍 먹이고 싶었다.

그네는 새벽이면 일찍 일어나 남편을 깨웠다. 아이들이 자고 있는 틈을 타서 함께 글을 읽자는 것이었다. 효는 백행의 근본이니 『효경』부터 읽자고 하였다.

"그래, 그래. 알았소. 함께 읽어 봅시다."

사임당은 『효행록』을 읽다가 잠시 눈길을 멈췄다.

'증자가 어느 날 들에 나가서 나무를 줍는데 갑자기 가슴이 둥둥 뛰고 떨렸다. 이상히 여겨 급히 집으로 돌아오니 어머니의 표정이 이상했다. 필시 무슨 일이 있었던 것 같아 증자가 어머니께 자초지종을 이야기했다. 그 소리를 듣고 더욱 놀란 것은 어머니였다. 거 참 이상한 일이로구나. 음식을 만들다가 내 손가락을 좀 베었는데, 하늘이 이것을 너에게 알려 준 것이로구나.'

사임당은 문득 어머니 생각이 간절하였다. 아버지를 살리려고 스스로 손가락을 두 마디나 잘랐던 어머니. 그 불편한 손가락으로 딸들을 다 시집보내고 혼자 얼마나 쓸쓸하실까. 그네는 끝까지 어머니와 함께 살며 어머니를 보살펴 주는 덕배네가 새삼 고마웠다. 결국 자식도 뿔뿔이 헤어지고 나면 끝까지 주인을 보살피는 것은 아랫사람뿐인가. 어머니 말씀대로 그들을 형제처럼 생각해야 하는 것은 당연하다 싶었다. 갑자기 시어머님 생각도 났다. 역시 함께 살고 있는 양평댁이 제일 고마웠다.

"양평댁에게 잘 해드리세요. 어머님께는 가장 소중한 사람입니다."

"글 읽다 말고 느닷없이 웬 양평댁이오?"

사임당은 웃었다. 그리고 그네 생각의 자초지종을 들려주었다. 남편이 고개를 끄덕인다.

그네는『맹자』에 나타난 천명사상에도 관심이 많았다.

'인간지사 천명 아닌 것이 없다. 그러니 그 올바른 천명을 순리로 받아들여야 한다. 오직 군자만이 그 올바른 천명을 순리로 받아들일 수 있다.'

그네는 남편에게 물었다.

"당신께선 천명사상에 대해서 어떻게 생각하고 계십니까?"

"글쎄, 공자님도 순천자존順天者存 역천자망逆天者亡이라고 하셨으니, 섣불리 부정은 못하겠소만 보이지 않으니 확신은 없소."

"저는 보이지 않아도 믿고 싶습니다. 우리가 4대조 5대조 보이지 않는다고 그분의 존재를 못 믿습니까? 마찬가지로 하늘은 우주 만물의 주재자요 우주 만물을 창조했고 여전히 지배하고 감독한다고 봅니다. 따라서 사람은 하늘의 중자衆子이지요. 그 중자인 인민 가운데서 가장 덕망 있는 사람이 천을 대신하여 인민을 다스린다고 봅니다. 그게 바로 천자이지요. 저 요 임금 순 임금 같은 이가 그런 인물이 아니겠습니까? 우리 조선에도 그런 인물이 나와야 백성이 편안할 것입니다. 더 중요한 것은 훌륭한 신하가 많이 나와서 임금을 제대로 보필한다면 많은 화를 막을 것입니다."

"그렇겠구려. 적어도 연산 같은 임금은 아니 나오게 막아야겠지."

얼마 동안 부인과 지낸 뒤, 이원수는 다시 한양으로 돌아가는 길에 올랐다.

역시 대화 부근을 지나면서 그 주막을 지나게 되었다. 하룻밤 잘 만하면 자도 좋다는 부인의 말이 아니더라도 그 여인을 한 번 더 보고 싶었다.

주변에 다른 주막도 없으니 그 집으로 드는 것은 당연한 일이었다.

"내 또 한양 가는 길에 들렀소."

"반갑습니다. 어서 오십시오."

여인은 전과 같이 그를 반겼다. 그러나 전처럼 자기를 유혹하는 기미는 보이지 않았다.

이원수는 지레 미안한 생각이 들어서 넌지시 말을 건네 보았다.

"지난번에는 좀 미안했소. 오랜만에 부인을 만나러 가는데 미리 외도를 하고 가서야 되겠나 하는 생각에 그리 되었소."

"네. 알고 있습니다. 그리고 아주 잘하신 일입니다."

"어떻소? 오늘밤에는 우리 만리장성을 한번 쌓아 볼까요?"

"고맙습니다. 그러나 지금은 그럴 필요가 없어졌습니다."

"아니, 그게 무슨 말이오?"

"지난번에 제가 손님 품에 안기고자 했던 것은 남자의 품이 그리워서가 아니었습니다. 손님이 들어서시는데 묘한 기운이 감돌았지요. 정기라 할까요? 아무튼 그 기를 받으면 분명히 아들을 낳을 것만 같았습니다. 저는 문득 손님의 그 기를 받아 아들을 하나 얻고 싶은 욕심이 생겼던 것입니다. 남편은 없어도 영특한 아들만 하나 있으면 인생이 덜 쓸쓸하지 않겠습니까? 그래서 그랬던 것이온데 이제 다 끝난 일이지요."

이원수는 내심 놀랐다. 아, 그랬었구나! 어쩐지 그날, 내 자신도 넘치는 기운을 느꼈지. 산을 넘으면서 정기를 받은 게 틀림없어. 바로 그 기가 부인에게 갔고, 그래서 선녀에게 옥동자를 선사받는 꿈을 꾸었었구나. 그렇다면 부인의 말대로 수태는 분명할 터. 그는 여인에게 물었다.

"그대는 관상을 보시오?"

"좀 봅니다. 일찍이 남편을 잃고 내 자신의 운명이 너무도 궁금해서 주역 공부를 했지요. 그날 이상하게 손님의 얼굴에 광채가 나면서 무언가 제게 느낌을 주었던 것입니다. 부인께선 틀림없이 훌륭한 아들을 낳으실 것입니다."

"고맙소. 그대에게도 좋은 일이 있기를 바라오. 앞길이 창창한데….”

“한 가지 미리 일러둘 말이 있습니다. 분명히 출중한 아드님일 것입니다. 그런데 열두어 살쯤 되면 호랑이 피해를 볼 수가 있지요.”

“호랑이요? 무서운 소리를 하는구려.”

“예방법이 있습니다. 주변에 밤나무를 많이 심으십시오. 아주 많이, 천 그루 정도 심으십시오. 그리고 그 밤을 고루 나누십시오. 적선을 많이 하셔야 합니다.”

“밤나무를 심어라…. 그거야 가능하지요.”

이원수는 더 이상 여인에게 관심을 쏟지 않았다. 문득 부부가 함께 태교를 해야 한다는 아내의 말이 생각나서 근신하는 게 좋겠다는 판단이 섰던 것이다.

고향의 품을 찾아

소설小雪이 다가오고 있었다. 울긋불긋 나뭇잎이 떨어지고 있었다. 그런데 이상한 일이었다. 전에는 낙엽을 보면 쓸쓸해지더니, 지금은 아니었다. 사임당은 곧 태어날 아기만 생각하고 있음에서인지 오히려 희망에 부풀었다. 태몽으로 보아 아무래도 아들일 것 같았고 여느 아이와는 다를 것만 같았다. 효자 노릇을 하려는지 입덧도 수월했었다. 한 달 한 달 자라면서 별 고통을 주지도 않았었다. 사임당은 그 덕분에 많은 책을 읽을 수 있었다. 주로 『논어』, 『맹자』, 『대학』, 『중용』 등을 읽었다. 언제나 태아에게 말씀을 먹인다는 심정으로 읽었다. 가능하다면 성인을 목표로 키우고 싶었다. 학문을 열심히 닦아 나라와 백성을 위해 일할 사람으로 키우고 싶었다.

그네는 『맹자』를 읽다가 다음 구절에 머물러 태아에게 들으라고 소리 내어 읽었다.

"선비는 뜻을 높이 가져야 한다. 뜻을 높이 갖는다는 것은 인仁
과 의義에 뜻을 두라는 것이다. 한 사람이라도 죄 없는 사람을 죽
이는 것은 인이 아니요, 자기 소유 아닌 것을 빼앗는 것은 의가
아니다, 살 집은 인이요, 갈 길은 의다. 인에 살고 의를 따라가면
대인의 할 일은 다 갖추는 것이다."

"아랫자리에 있으면서 윗사람의 신임을 얻지 못하면 민중을 다
스릴 수 없다. 윗사람의 신임을 얻기 위해서는 벗들에게 신임을
얻어야 하고, 벗들에게 신임을 얻으려면 어버이를 섬겨 기쁘게
해야 하고, 어버이를 기쁘게 하려면 자신을 반성하여 성실치 않
으면 어버이를 기쁘게 할 수 없다. 자신을 성실誠實하게 하는 데
도 방법이 있으니 그것은 선善에 밝아야 한다. 선에 밝지 않고서
는 자신을 성찰할 수 없다. 그러니 성실 그 자체가 천도요, 성실
해지기를 생각하는 것은 인도이다. 지극히 성실하고도 남을 움직
이지 않는 사람은 없고, 성실치 아니한데도 남을 움직일 수 있는
사람은 없다."

그렇지, 그렇고 말고. 성실보다 더 좋은 말이 또 어디 있겠나. 아가
야. 성실해야 한다. 매사에 성실을 다하면 하늘이 감복하여 도와주실
것이다. 그네는 아이가 곁에 있기라도 한 듯 혼잣말을 중얼거리기도
했다.
그네는 붓글씨도 쓸 수 있었다.
붓을 반듯이 세우고 팔을 크게 움직이며 붓끝으로가 아니라 온몸으
로 글씨를 써 내린다.

思無邪(사무사): 생각에 사특함이 없음.
毋不敬(무불경): 공경하지 않음이 없음.
吾日三省吾身(오일삼성오신): 나는 하루에 세 번 나를 반성함.

그네는 책을 읽으면서, 또는 글씨를 쓰면서 태아와 많은 대화를 나누었다. 아가야, 좋은 말씀 많이 먹고 부디 몸도 정신도 건강하고 바르게 잘 자라다오. 네가 나중 큰 사람이 되면 더 더욱 하루 세 번 너를 반성해야 할 것이니라.

날씨가 점점 추워지고 있었다. 네 아이를 데리고 객지에서 해산을 하기에는 무리였다. 사임당은 시어머님의 허락을 받고 온 가족의 짐을 대충 챙겨 또다시 친정으로 왔다.

아, 어머니. 꿈에도 그리던 어머니는 이제 쉰여덟, 머리에 흰 서리가 자욱이 내려 있었다. 그런 어머니에게 자식은 또 대가족을 거느리고 신세를 지러 왔다. 사임당은 죄송한 마음 그지없었으나 어머니는 달랐다. 막내 인경도 이주남李胄男에게 시집보내고 몇 년째 혼자 살고 계시다가 사임당 가족이 들어서니 귀찮음은커녕 그저 반가워 버선발로 맞아 주신다.

"어서 오너라. 어서 오너라. 얼마나 고생했냐. 잘 왔다, 잘 왔어. 적막강산에 내 강아지들이 왔구나."

네 어린이를 번갈아 품어 안으며 싱글벙글 기쁨을 참지 못하신다. 홍천댁이 있고 넷째 인주가 가까이 있다고는 하지만 밤이면 말동무 하나 없이 얼마나 쓸쓸하셨을까. 사임당은 어머니의 외로움이 절감되어 신세지러 왔다는 생각을 버리기로 하였다.

오죽 동산도 그네를 반겼다. 가을바람에 댓잎들은 서로 몸을 부비며 스스스스, 즐거운 노래를 불러 네 어린이의 시선을 끌었다. 홍매화도 배롱나무도 여전했고, 경포호도 변함없이 맑고 푸르렀다. 고향은 언제 어디서 누가 와도 맨발로 뛰어나와 반겨주는 어머니의 품인가. 금의환향錦衣還鄉하는 자식에게나 포의환향布衣還鄉하는 자식에게나, 심지어 심신이 병들고 지쳐 돌아오는 자식에게까지 똑같은 사랑으로 따뜻한 손 내밀며 맞아주는 자애로운 어머니의 품인가. 사임당은 고향에 돌아왔다는 것만으로도 행복했다. 게다가 어머니가 건재해 계시니 얼마나 큰 축복인가.

그날 저녁, 그네는 안채에서 늦도록 어머니와 이야기를 나눈 뒤, 밤이 이슥해서야 토방을 내려섰다. 그리고 뜻밖에도 더 귀한 분의 환영을 받게 되어 눈물이 날 지경이었다. 별당으로 건너오느라 오죽 동산 모퉁이를 돌아서는 사임당에게 달님은 황송하게도 화안한 미소로 두 번씩이나 환영의 인사를 건네주신 것이다. 하늘에서, 그리고 경포 호수 속에서.

용꿈

하루하루 해산날이 다가오고 있었다. 어머니는 모든 준비를 마치고 때를 기다렸다.

사임당은 동산 같은 배를 안고 그날도 밤이 이슥토록 책을 읽었다. 문풍지가 우우우 울고 호롱불 심지가 깜빡거렸다. 뒷동산 솔숲에서는 이따금 후이후이 몰아치는 솔바람 소리도 났다. 몹시 추운 날이었다. 사임당은 책을 덮고 자리에 들었다.

사경四更쯤이었다. 그네는 아버지의 손에 끌려 동해 바다로 갔다. 가없이 맑고 푸른 바다. 대엿 마리 갈매기가 날고, 멀리 수평선이 보였다. 막힌 가슴이 확 뚫리는 듯. 그러나 걷기도 힘들 정도로 무거운 몸, 아버지가 손을 잡아주시지 않으면 도무지 걷지 못할 것 같았다. 어서 몸을 풀고 새처럼 가벼워져서 어디론가 날고 싶었다. 그때였다.

갑자기 바다 위에서 무엇인가 꿈틀거리는 것이 보였다. 들썩들썩 바다의 수면이 계속 움직거렸다. 이상도 하지. 파도도 없는데…. 다음 순간이었다. 시커먼 짐승의 머리 같은 것이 불쑥 물 위를 비집고 나왔다. 그러고는 풀썩 솟아 몸통을 내밀었다. 금빛 찬란한 무늬가 알락거렸다. 그네는 부르짖었다. 아, 용! 거대한 용이었다. 사임당은 너무나 놀라 몸을 움츠렸다. 용은 날쌔게 자기를 향해 몸을 뻗어 왔다. 너무나 놀라 얼른 뒷걸음질치며 눈길을 피했다. 잠시 후 다시 눈을 떠 보니 용은 순식간에 자신의 방 문머리에 똬리를 틀며 앉는다. 아니, 저런! 어머니! 어머니! 사임당은 소스라치게 놀라 소리쳤다. 그리고 제 소리에 놀라 눈을 떴다. 아 아… 이게 어찌된 것인가. 정신을 차려 보니 바다는 온데간데없고 자기는 별당 방에 누워 있었다. 어머니! 어머니!

꿈도 꿈이지만 배가 칼로 에이듯이 아팠다. 금방이라도 터질 것만 같았다. 어머니, 어머니! 갑자기 아랫도리가 척척해졌다. 양수가 터진 것이다. 어머니, 어머니! 지금 바로 아기가 나올 것만 같았다. 어머니, 어머니! 그네는 이를 악물고 고통을 참았다. 놀라 깬 어머니는 아궁이에 솔가지를 지펴 물을 데우고 홍천댁을 깨우고 부산히 움직였다. 일각이 여삼추였다. 어머니, 어머니!

으음, 으음, 아픔의 절정을 인내하는 그네의 신음 소리가 고요한 새벽의 문을 두드린다. 주인마님의 부산스러움에 자던 개도 깨었는지 컹컹 짖어대고 그 소리 사이로 어머니의 애타는 목소리가 들린다. 못 견디겠으면 소리를 질러라. 그냥 마음 놓고 질러. 그리고 힘을 주어라. 더, 더! 있는 대로 힘을 주어라. 한 번만 더…. 아아, 가엾은 여자여. 어찌하여 이토록 혹독한 고문을 당해야 하는가. 이제 더 이상은 못 참아. 으음, 으음. 어머니, 곧 죽을 것만 같아요. 죽을 것만 같아!

…후우. 마침내 몸 안에서 핏덩이가 후르르 빠져나갔다. 온몸이 땀으로 범벅이 되어 있었다. 아아, 살았구나! 그네는 두 손에 꽉 쥐고 있던 긴장의 끈을 놓았다. 그리고 고통을 견디느라 질끈 감고 있던 눈을

떴다. 흐물흐물 녹아내리는 이완감이 확 몰려왔다. 고통의 끝은 해방이었다. 아들이고 딸이고는 아무 관심도 없었다. 사임당은 자기도 모르게 기도가 터져 나왔다. 하느님 감사합니다. 제가 죽지 않고 살았군요. 감사합니다.

다음 순간 우렁찬 아기 울음소리와 덕배네의 기쁨에 찬 목소리를 들었다.

"마님, 고추에요 고추. 옥동자이십니다."

"수고했다. 튼실한 옥동자다. 아마 인시寅時말쯤 되었겠구나."

아아, 아기도 무사하구나. 하느님 감사합니다. 사임당은 어머니의 목소리를 들으며 스르르 눈을 감았다. 감은 눈 사이로 눈물이 흘렀다. 중종 31년(1536), 음력 섣달 스무엿새 날 새벽의 일이다.

뒤늦게 방으로 들어와 아내의 노고를 치하하던 이원수는 대화의 주막에서 만난 그 여인을 생각했다. 분명 훌륭한 아들을 가질 것이라는 말과 함께 호랑이를 조심하라던 말도 떠올랐다. 그런데 하필 아들이 인시에 태어나다니 무슨 연고가 있는 것은 아닌가. 공연히 가슴이 뜨끔하였다. 밤나무를 심고 적선을 많이 하라고 했었지. 어디를 가야 밤나무를 많이 심을 수 있을까. 그는 선조 때부터 살아온 파주 율곡리를 떠올렸다. 가서 밤나무를 심어야지.

한편 이 씨는 서둘러 대문간에 탯줄을 달러 나갔다. 의기양양하여 새끼줄에 숯과 함께 빨간 고추를 매달며 이 기쁨을 남편과 함께 누리지 못함을 탄식하였다. 남편이 세상을 뜬 지도 어느덧 십사 년의 세월이 흘렀다.

말씀을 먹고 자라는 현룡

아이의 이름은 현룡見龍이라 지었다. 아이를 낳은 방도 몽룡실夢龍室

이라 불렀다. 아이는 온 가족의 기쁨이고 자랑이었다. 형과 누나들도 틈만 나면 들여다보고 아이의 배냇짓이 신기하고 사랑스럽다며 숨을 죽였다. 사임당은 어머니의 도움을 받으며 매일같이 귀중한 보물을 대하듯 조심조심 아기의 몸을 씻겼다. 한밤중 아기가 울어 단잠을 깰 때도, 젖은 기저귀를 갈 때도, 졸린 눈을 감으락뜨락 젖을 먹일 때도, 응아를 치울 때도, 늘 기쁜 마음만 먹자고 다짐하였다. 천지신명께서 두 번씩 꿈으로 계시를 주신 아들이니 아무리 귀찮아도 웃으며 해내자고 하였다. 그리고 쌔근쌔근 잠든 아이 곁에서 천자문이며 사자소학을 소리 내어 외웠다. 자장가를 부르듯 말씀을 노래로 부르며 재우자고 하였다. 아이가 알아듣건 말건 그냥 젖을 먹이듯 말씀을 먹여 기르자고 하였다.

> 자장자장 우리 애기. 형제자매 동기이생 비지어목 동근이지
> (兄弟姉妹 同氣而生 比之於木 同根異枝):
> 형제자매는 같은 기운을 받고 태어났네.
> 나무에 비긴다면 한 뿌리에 다른 가지.
> 잘도잔다 우리 애기. 아신능현 예급부모 학우즉사 위국진충
> (我身能賢 譽及父母 學優則仕 爲國盡忠):
> 내 자신이 어질면 그 명예가 부모에게까지 미친다.
> 학문이 넉넉하면 나라를 위해 충성을 다한다.

아이는 기대했던 대로, 아니 그 이상으로 특출함을 보이며 잘 자라 주었다. 사임당은 위로 네 아이들을 불러 공부를 봐주면서 언제나 돌쟁이 현룡도 함께 놀게 했다. 넷 중 큰딸 매창이 하도 똑똑하여 기쁨을 누리고 있었더니 이제 현룡은 그에 버금가게 말도 잘하고 주는 대로 금세금세 받아들인다. 사임당은 행복했다. 어찌 돌쟁이 현룡 때문이기만 하랴. 아침이면 선과 번이 책보자기를 허리춤에 동여매고 서

당으로 향했다. 어린 시절, 그런 사내아이들을 바라보면서 얼마나 부러워했던가. 이제 두 아들의 그런 모습을 눈앞에서 바라보며 즐길 수 있게 되었다. 그것은 남존여비 풍습으로 인해 오랫동안 마음에 고였던 상처를 치유해 주고도 남았다.

사임당은 『시경』에서 옛날 자신이 좋아했던 노래들을 골라 다섯 아이들에게 가르쳤다. 몇 번이고 읽어서 외우라고 시켰다. 시란 외워야 참맛이 나는 법, 행여 속뜻을 몰라도 자꾸 외우다 보면 어느 날 깨닫는 바가 있고 느끼는 바가 있으리니 그저 외우라고 하였다. 스스로 아이들을 많이 낳다 보니 자손 번성을 노래한 「메뚜기」가 떠올랐고, 귀하게 길러 혼인시키리라 생각하며 「까치집」도 떠올렸다.

"메뚜기 수가 없네. 네 자손도 이같이! 메뚜기 표롱표롱 네 자손도 끝없이! 메뚜기 모여드네. 네 자손도 사이좋게!"

"까치가 집 지으면 비둘기 가서 사네. 아가씨 시집갈 젠 수레 백 채 마중하네. 까치가 집 지으면 비둘기 함께 사네. 아가씨 시집갈 젠 수레 백 채 전송하네…."

매창의 소리가 낭랑하다. 동생들은 영문도 모르고 따라 읊는다.

"자, 이제 그만들 놀고 책 좀 읽어야지."

매창은 사임당의 말이 떨어지기가 바쁘게 동생들을 데리고 별당에 꾸며 놓은 글방으로 들어간다. 그곳에는 온갖 책과 문방사우들이 놓여 있어 누구든 책을 읽고 싶으면 들어가고, 글씨를 쓰고 싶으면 들어가는 곳이었다. 매창은 글방을 좋아하였다. 책을 읽는 것도 재미있고 어머니가 쓰던 붓으로 그림을 그리는 것도 재미있었다. 어떤 때는 어머니의 채근이 떨어지기 전에 매창이 먼저 방으로 들자 하였다.

"그만 놀고 책 읽으러 가자. 누나가 가르쳐 줄게."

매창은 어머니에게서 배운 『소학』이나 『효경』을 동생들에게 의젓하게 가르친다. 아주 신나게 가르친다.

"어른과 함께 식사할 때는 어른보다 먼저 먹기 시작하면 안 되고,

어른보다 먼저 끝내도 안 된다. 밥숟갈 크게 뜨지 말고 국물 쭈욱 들이키지 말고, 쩝쩝 소리 내지 말고…."

어린 현룡은 누나를 유독 따르며 혀 짧은 소리로 잘도 따라 배우고 있었다. 사임당은 자주 글방에 들러 다섯 아이들을 지켜보면서 매창이 다 하지 못한 말을 더 보태 가르치곤 하였다. 매창은 틈틈이 그림도 그렸다. 무엇보다 매화를 잘 그렸다. 어린 시절 자기의 벗이었던 매화는 매창에게도 사랑을 받고 있다. 특히 매창은 그 나무를 아주 좋아해 걸핏하면 그림으로 그리곤 하였다. 매창은 자주 동생들을 데리고 형제애 노래를 가르친다.

형제는 집안에서 다투다가도 밖에선 업신여김 손잡고 막네.
아무리 좋은 벗이 있다 하여도 그럴 때는 우리를 돕지 않으리.
집집마다 제가끔 화목하여서 처자들과 즐겁게 지내려면
형제와의 도리를 생각해 보게. 그것이 앞섬을 알게 되리니.

돌쟁이 현룡이 혀 짧은 소리로 이 시를 줄줄 외우면 다섯 남매들이 다같이 웃고 즐겼다. 매창은 동생이 예뻐서, 안았다, 업었다, 뽀뽀했다, 어쩔 줄을 모른다. 이제 겨우 아홉 살. 저도 아직 아이건만 누나 노릇을 톡톡히 하고 있어 우습기도 하고 사랑스럽기도 했다.

사임당은 현룡이 기저귀를 걷고 형과 누나들이랑 얼려 놀게 되자 모처럼 자기 시간이 생겼다. 얼마만인가. 그네는 별당 대청마루에 화구를 벌려 놓고 다시 그림을 그리고 글씨를 썼다. 아이들이 때로 들어와 구경을 한다. 매창은 어린 동생들이 어머니를 방해하지 않도록 신경을 쓰며 찬찬히 어머니의 붓놀림을 관찰하곤 하였다. 이제 막 기저귀를 걷은 현룡도 붓에 관심을 보인다. 그네도 옛날 외할아버지가 하던 대로 헌 붓을 주어 놀게 한다.

모처럼 붓글씨를 쓰기로 한다. 경포 호수 위의 달과 나룻배들을 바라보며 당나라 때의 오언절구를 골라든다.

歸仁乘野艇(귀인승야정): 돌아갈 사람 거룻배를 타고
帶月過江村(대월과강촌): 달빛 받으며 강마을을 지나네.
正落寒潮水(정락한조수): 막 찬 물결이 밀려오기 시작하니
相隨夜到門(상수야도문): 물 따라 밤이면 문 앞에 이르겠지.
　　　－ 劉長卿「送張十八歸桐廬」(유장경「송장십팔귀동처」)

　그네는 모처럼 전서篆書도 써보기로 하였다. 가장 큰 붓을 골라 들고 화첩을 보며 천천히 써 내렸다. 연습, 연습, 이거야말로 초기 상형문자의 흉내이므로 그림에 가까웠다. 잘 쓴 것인지 잘 못 쓴 것인지 알 수도 없지만 재미있었다. 좀 잘 못 쓰면 어떠랴. 나에겐 써 본다는 것이 더 중요하다. 그네는 이 글자 저 글자를 골라 가며 거듭 써 보았다. 그리고는 마침내 비단 자투리에다 연습했던 글씨를 썼다. 保(보), 安(안), 昕(흔)… 보호하다, 편안하다, 해가 돋다, 그냥 그런 뜻들이 좋아서 한 자 한 자 써 보았다.

　그네는 한양에서 남편이 와 있을 때는 가능하면 남편에게 아이들 공부를 부탁하였다. 아이들에게 아버지에 대한 좋은 인상을 심어 주고 싶어서였다. 술을 좋아해 동네 잔칫집에서 부르기만 하면 달려가는 남편, 그리고 돌아와서는 제법 술주정을 하는 남편, 늦도록 고성방가를 일삼다가 아침이면 늦잠으로 무질서와 나태를 보이는 남편이 행여 아이들 머릿속에 좋지 않은 인상으로 남게 될까 봐 신경이 쓰였다.
　그네는『논어』의 말씀을 가르치다 좋은 구절이 나오면 크게 붓으로 써서 마루 기둥에 붙여 놓고 하루에도 몇 번씩 읽게 하고, 외우게 하였다. 그리고 어지간히 외우고 나면 다른 것으로 바꾸어 주었다.

己所不慾 勿施於人(기소불욕 물시어인):

　　내가 싫어하는 것은 남에게 시키지 말라.

君子 成人之美 不成人之惡, 小人 反是

(군자 성인지미 불성인지악, 소인반시):

　　군자는 남의 아름다운 점을 도와 이루게 하고 남의 나쁜 점을

　　선도하여 이루지 못하게 하나, 소인은 이와 반대로 한다.

無見小利 見小利則 大事不成(무견소리 견소리즉 대사불성):

　　작은 이득을 꾀하지 말라. 작은 이득에 눈이 어두우면 큰일을

　　이루지 못한다.

그네는 처음 마루 기둥에만 붙이다가 나중에는 측간 기둥에도 붙였다. 눈에 띄는 곳에서 한 번이라도 더 읽으면 기억에 남을 것이고 마음 안에 그 말씀이 새겨져 있는 한, 함부로 행동을 못하리라 믿어졌기 때문이다.

그네는 아이들이 좋은 말씀을 읽고 외우는 동안 그림을 그리기도 하였다.

마당가에 빨간 열매를 늘어뜨리고 서 있는 꽈리나무도 그리고, 원추리 나무도 그렸다. 원추리 꽃줄기에 매미 한 마리가 붙어 있었다. 높은 나뭇가지 위에서 목청껏 여름을 노래하던 저 매미가 왜 지상에 내려와 저렇게도 연약한 원추리꽃 가지에 매달려 있단 말인가. 좀처럼 만나기 어려운 순간이었다. 사임당은 재빨리 그 귀한 장면을 사생寫生했다. 마침 그 옆에서 개구리 한 마리가 뛰어오르고 있었다. 놓치지 말아야지. 사임당은 익숙한 솜씨로 뛰어오르는 개구리를 종이에 옮겼다.

그네는 자수에도 무심할 수가 없었다. 이곳에 있는 동안 여덟 폭 병풍을 만들어 어머니께 드리고 싶었다. 시간을 쪼개고 쪼개어 열심히 수를 놓았다.

또 입덧

이런 생활이 지속되는 동안 사임당에게 또 입덧이 왔다. 정말 야속했다. 이제 여섯째를 잉태한 것이다. 사임당은 현룡을 끝으로 단산이되기를 은근히 기대했다. 현룡에게 마지막 정성을 쏟고 싶었다. 또 하나, 다섯 아이를 기르는 게 결코 쉽지 않았다. 어머니가 도와주시지않는다면 참으로 어려운 일이었다. 그런데 또 임신이라니. 현룡이 두돌을 지나도 아무 소식 없기에 단산인 줄 알고 은근히 기뻐하며 모처럼 붓을 잡았는데, 또 임신이라니. 그네는 자기도 모르게 짜증이 났다. 삼신할머니도 무심하시지. 자식 없어 애태우는 사람이 얼마나 많은데, 그런 가정에나 점지해 주실 일이지 왜 또 나인가. 내년이면 어머니가 환갑이시다. 계산해 보니, 산달은 바로 환갑 전일 것 같았다. 사임당은 강릉으로 내려올 때부터 그날을 마음에 새기며 근사하게 잔치를 베풀어 드리리라 하였다. 동생들에게도 일찌감치 편지를 보내그날은 모처럼 얼굴을 보자고 하였다. 그런데 또 아이를 갖다니. 스멀스멀 어딘가로 가라앉는 듯, 모든 것이 귀찮았다. 살기가 싫었다. 임신, 임신, 두 살 터울, 세 살 터울로 계속 임신만 해대는 자신이 혐오스러웠다. 갓난이를 기르는 게 쉬운 일인가. 밤마다 깨서 우는 아이를달래느라 비몽사몽 중에 젖을 물리며, 곤히 단잠 한번 자는 게 소원이었다. 이제 겨우 그 소원을 풀려고 하는 판에 또 임신이라니….

아무것도 먹지 않으니 헛것이 보이고 더욱 건강은 나빠졌다.

"정신을 차려라. 외할머니 생각하고 감사해라. 하늘이 내린 축복이다. 배 속 아기가 원망하면 어쩌려고 그러니? 그리고 요 예쁜 현룡이좀 봐라. 고 작은 입으로 글 읽어대는 것 봐. 다 마음먹기에 달렸다. 제발 감사해라."

어머니는 계속 말씀하시지만 누가 그걸 모르랴. 알면서도 안 되는걸 어이하랴.

몇 날 며칠 쓰러져 눕기만 하던 그네는 마침내 의지를 세웠다. 그렇다. 외동딸 하나밖에 못 낳은 외할머니를 생각한다면 행복에 겨운 푸념이다. 그네는 정신이 번쩍 들어 우선 배 속 아기에게 사과했다. 미안하다. 내가 잘못했어. 아가야, 나를 용서해 다오.

사임당이 누워 있는 동안 현룡은 할머니와 많은 시간을 보냈다.

할머니는 눈에 넣어도 아프지 않을 손자 현룡을 업고 별당 뜰을 거닐고 있었다. 오곡백과가 무르익은 가을이었다. 마당가에는 석류나무 한 그루가 서 있었는데 빨갛게 익은 석류가 여러 알 매달려 있었다. 그중 한두 개는 껍질을 깨고 붉은 속살까지 드러내고 있어 멀리서 보기도 아름다웠다. 할머니 이 씨는 아이에게 그걸 보여주리라 하고 나무 곁으로 다가갔다.

"봐라. 석류가 입을 벌렸구나. 이쁘지?"

"네. 할머니."

"아가, 이게 네 눈엔 무엇과 같으냐?"

아이는 초롱초롱 빛나는 눈으로 한참을 바라보더니 뜻밖의 대답으로 할머니를 놀래켰다.

그냥 말로가 아니라 한시漢詩 구절로 대답하는 것이 아닌가.

"석류피리쇄홍주"(石榴皮裏碎紅珠):
　　　석류 껍질 속에 빨간 구슬이 부서져 있네.

그날따라 유난히 맑은 가을 햇살 아래 석류알은 보석처럼 빛났다.

할머니는 깜짝 놀라 아기를 등에서 내려 품 안으로 덥석 안았다. 세상에, 내 새끼, 이제 겨우 말 배우는 내 새끼, 어디서 그런 시를 들었단 말이냐. 설사 들었다 해도 어떻게 그런 시가 때맞춰 솔솔 나온단 말이냐. 할머니는 아이를 데리고 사임당이 누워 있는 방으로 달려갔다. 사임당이 들어봐도 놀라웠다. 형, 누나들 틈 속에서 어깨너머로 익힌 공부가 일취월장이었다. 현룡은 말을 배우면서 동시에 글을 익혔다. 사임당은 아이의 나이를 생각해서 서너 글자만 가르쳐야지 하고 시작하지만 아이가 더, 더, 하며 졸라 오는 바람에 곱절로 가르치게 되곤 했다. 밥은 한 번도 더 달라고 하는 일이 없었건만 글자나 말씀은 언제나 더 달라고 졸랐다.

사임당은 잠시잠시 현룡으로 하여 웃을 일이 생겼고 기운을 얻었다.

아이는 사자소학을 줄줄 외었다. 그냥 노래처럼 부르고 다녔다.

은고여천 덕후사지(恩高如天 德厚似地):
　　부모님 은덕 하늘처럼 높고, 땅처럼 두텁네.
혼정신성 동온하청(昏定晨省 冬溫夏淸):
　　아침저녁 살피세. 겨울엔 따뜻이 여름엔 서늘히.
덕업상권 과실상규(德業相勸 過失相規):
　　덕업은 서로 권하고 과실은 서로 말리고.

아이는 성현의 말씀을 배워 주면 놀이 속에서도 그 말씀을 놓지 않는 것 같았다.

사임당은 그런 현룡을 보면서 몹시 기뻤지만 한편 걱정도 있었다. 큰아들 선이나 둘째 아들 번이 어린 동생 때문에 열등감을 느끼지나 않을까. 그래서 현룡에 대한 사랑을 극도로 자제하였다.

10
대관령을 넘으며

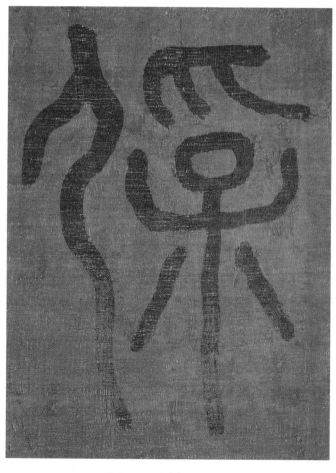

전서(篆書) | 신사임당, 조선/16세기

사임당 앓다

여섯 번째 아기는 사임당에게 무리였던가.

더구나 여름 아기라 몸조리를 제대로 할 수가 없었다. 더운밥에 뜨거운 미역국을 먹고 있으면 땀이 비 오듯 흘러내렸다. 연로하신 어머니는 애를 태우면서 간호에 힘썼지만 사임당은 더위 때문에도 지쳐 갔다. 밥을 제대로 못 먹으니 젖도 잘 안 나왔다. 그 맛있던 경포호의 부새우도 사임당의 입맛을 돋우지 못했다. 부새우! 그 자디잔 부새우를 깨끗이 씻어 물기를 빼고, 밥 뜸들일 때 얹어 두면 알맞게 익으면서 예쁜 보랏빛으로 변했다. 그것을 하얀 밥 위에 듬뿍 얹어 놓고 양념간장에 비벼 먹으면 얼마나 맛있던가. 그러나 지금은 아니었다. 녹두 가루로 만든 고향 별식 책면도 시도해 보았지만 역시 먹히지 않았다.

그러다 보니 자꾸만 건강이 나빠지고 있었다. 걸핏하면 몸이 붓고, 몸살기가 느껴졌다. 억지로 일어나 움직이다 보면 더욱 몸이 찌뿌듯해서 눕고만 싶었다. 얼굴이 붓고 손발이 부으니 몸은 천근만근이었다. 아무것도 의욕이 없었다. 머리 하얗게 세신 어머니를 봐서라도, 저 어린아이들을 봐서라도 내가 일어나야 하는데, 일어나야 하는데, 마음만 수백 번 고쳐먹었지만 몸은 말을 듣지 않았다.

남편은 사임당이 우선할 때 다녀갔으니 이런 고통을 알 리 없다. 어머니 이 씨만이 유일한 보호자로 고통 중에 있는 임산부를 지켜봐야 했다. 다행히 갓난이 봉선화는 할머니가 정성껏 쑤어다 주는 암죽을 먹고 그런대로 잘 자랐다.

사임당은 누워 있으면서도 자녀들 시간 관리에 신경을 썼다. 사내아이들은 서당에서 글을 배운다고 하지만 그것만으로 그친다면 부족할 것이었다. 큰아들 선을 불러 읽을 책을 정해 주고 하루 세 번 반드시 공부하는 시간을 갖도록 타일렀다.

"공부도 다 때가 있는 것이다. 공자님은 네 나이에 지학이라 하여 학문에만 뜻을 두셨다. 너도 성현의 언행에 마음을 지니고 우선 뜻을 세워라. 입지가 굳으면 그걸 이루려고 노력하게 되지 않겠느냐. 그리고 동생들도 당분간 네가 잘 챙겨 다오. 오늘은 『명심보감』을 읽도록 해라."

그러나 선은 건강이 좋지 않은지 자주 피곤을 호소했고, 번은 밖으로 나가 놀다가 시간을 어기곤 했다. 오히려 매창이 자미화와 현룡을 정성껏 돌보았다. 누가 시키지도 않았건만 할머니를 도와 씻기고 먹이고, 문밖에 데리고 나가 놀리기도 하고, 무엇보다 어머니가 짜 준 일과표에 맞추어 공부를 시키고, 가르쳤다. 아침 맑은 시간에는 언제나 별당 공부방에 모여 각자의 수준에 맞는 책을 골라 주며 읽혔다. 누워 계신 어머니가 늘 현룡을 걱정하고 있으니 그 일만 도와도 효도라는 생각이 들었던 것이다. 매창은 공부가 끝나면 언제나 동생들을 데리고 어머니 방으로 건너왔다.

"엄마 많이 아파? 아프지 마세요."

현룡은 근심스러이 어머니의 머리맡에 앉아 어른들 흉내를 내며 이마를 짚어 보곤 하였다.

"현룡아, 미안하다. 할머니 말씀 잘 듣고, 매창 누나 말 잘 들어라. 엄마 곧 일어날게."

"엄마, 내가 대신 아프면 안 돼요?"

"안 돼. 그런 소리 하는 것 아냐. 엄마 곧 일어날게."

사임당은 어린 현룡의 말에 가슴이 뜨끔하였다. 큰일 날 소리를 하는구나. 그네는 틈만 나면 짧게 기도하였다. 하느님, 저 현룡이를 봐서라도 제 건강을 되돌려 주소서.

사임당은 오랜 습관 때문에 아무리 아파도 새벽이면 깨어 있었다. 여름이 가는지 앞마당 배롱나무 가지에서 매미 소리가 요란했다. 쓰쓰 쓰르르. 쓰쓰 쓰르르. 목청껏 합창을 했다. 처녀 시절이 먼 옛날처럼 아득히 떠올랐다. 이 시간이면 언제나 성현들의 말씀을 읽고 있었지…. 책 읽는 기쁨을 체득케 해준 외할아버지 생각이 절로 났다. 그리고 아버지 생각이 뒤따랐다. 자신이 무엇이기에 그렇게도 사랑해 주셨을까. 생각만 해도 황송한 일이었다. 그분들께 자신은 과연 무엇으로 보답할 수 있는가. 동기들 생각도 절로 났다. 여름이면 다섯 자매가 나란히 앉아 서로의 손가락에 봉숭아 짓찧은 꽃덩이를 얹어 주며 소원을 빌고 미래를 꿈꾸었다. 그 단란하던 시절은 어디 가고 지금은 이렇게 뿔뿔이 흩어져 살고 있는가. 게다가 나는 왜 이렇게 마음도 몸도 허약해 가는가. 어머니의 환갑은 돌아오는데, 나는 지금 무얼 하고 있는가. 어린것들을 어머니께 맡겨 놓고 이게 도대체 무슨 꼴인가.

환갑날이 바작바작 다가오고 있었다. 사임당은 이웃에 사는 동생 인주를 불렀다. 권화權和에게 시집간 넷째는 아들 딸 낳고 잘살고 있었다. 어머니에게 힘이 되어 주는 딸이었다.

"권실아, 내가 어머니 환갑만은 정말 잘 차려드리고 싶었다. 그런데 이렇게 누워 있으니 어쩌면 좋으냐? 인덕 언니랑 인교 인경 다 오긴 오겠지?"

"다들 날짜 기억할 테니까 올 거예요. 허지만 언니 몸이 그래서 어디 잔치나 하겠어요?"

"그래도 동네 어른들 모시고 잔치는 해야지."

자매가 나누는 이야기를 듣게 된 어머니 이 씨의 생각은 단호했다.

"난 싫다. 너희 아버지 생각도 해야지. 마흔일곱 아까운 나이에 세상 떠나셨다. 잔치란 기쁨을 나누고자 하는 것이다. 무엇이 기뻐 잔치를 한단 말이냐. 아예 그런 말 꺼내지도 말아라. 나야 너희들 다 모이면 얼굴 보는 재미가 제일이지."

어머니의 말씀을 들으면서 문득 사임당은 생각하고 있었다. 어머니는 더 보태고 싶은 말씀을 참고 있구나. '남편도 없고, 아들도 없는 내가 무슨 환갑잔치를 한단 말이냐?' 사임당은 더욱 가슴이 미어졌다. 아무리 아들 노릇을 대신하려 해도 안 되는 것은 안 되는 것이었다.

환갑 이삼 일 전부터 하나 둘 자매들이 모여들었다. 맨 처음 인덕이 왔다. 사임당은 언니를 보자 눈물부터 났다. 어린 시절, 자기를 끔찍이도 아끼며 돌봐주던 언니. 그림을 그리고 있으면 살며시 들여다보며 좀 쉬었다 하라고 빵긋 웃어 주던 언니. 봄이면 부추로 전을 부쳐 들여다 주고, 여름이면 따끈따끈 감자를 쪄 주고, 겨울로는 빨간 홍시를 슬쩍 들여놓고 가던 언니. 부모님께 동생이 더 사랑 받아도 아무 티 없이 뒷바라지를 해주던 언니. 그 언니도 이제 마흔을 바라보며 자신의 삶을 꾸리고 있다가 모처럼 친정엘 온 것이다.

오랜만에 모인 자매들은 모두 어린아이들까지 달고 와 온 집안은 금세 북새통이 되었다. 사람 사는 이야기는 언제 들어도 흥미진진. 사임당은 동기들 덕분에 아픔도 잊고 조금씩 일어나 웃기도 하고, 찔끔찔끔 울기도 하면서 한 댓새 동안 즐거이 지냈다. 환갑잔치는 어머니의 고집을 아무도 못 꺾어 결국 식구들끼리 얼굴 보고 간소한 상차림 앞에서 큰절 드리는 것으로 끝이 났다. 그리고 이제는 모두들 흩어져 제 집으로 돌아가고, 집안에는 그동안 북적거렸던 만큼의 허탈감만 감돌았다.

그런데 사임당의 건강이 극도로 나빠졌다. 자매들을 만나 아픔을 잊고 움직거렸던 것이 화근인 것 같았다. 의원이 왔다 가고 온 집안에 한약 냄새가 진동하였다. 애가 탄 덕배네는 무당을 불러 굿을 하자고 마님을 졸랐다. 평소 그런 것을 좋아하지 않았던 어머니도 딸이 누워 있으니 마음이 흔들렸다. 조심스러이 딸의 의향을 떠보았다. 딸은 예상대로 일언지하에 거절하였다.

"어머니, 이웃에서 굿들 하는 것 못 보셨습니까? 그게 다 부질없는 짓이라는 것 어머니가 더 잘 아시잖아요. 어린것들 보는데 집안에서 굿을 하다니요. 절대 안 됩니다."

앓아누운 사람이 어디서 그런 기운이 나는지, 사임당은 단호한 말투로 거절하였다.

"나도 알지, 하도 애가 타니까 그런다. 저 현룡이를 봐서도 네가 어서 일어나야지."

"하느님이 무심치 않다면 저를 좀 더 살려주시겠지요. 어머니, 죄송합니다."

비범한 아이

그런 어느 날이었다. 현룡이 어디로 갔는지 보이지 않았다. 선이 동생들을 데리고 별당에서 책을 읽다가 잠시 밖에 다녀와 보니 현룡이 없었다. 번도 자미화도 전혀 모른다고 하였다. 매창을 따라 측간에 간 것 같다고 하였다. 늦게야 이 사실을 안 매창은 어머니 방으로 가 보았다. 없었다. 할머니 방으로 가 보았다. 없었다. 아무리 기다려도 현룡은 나타나지 않았다. 놀란 가족들이 오죽 동산으로, 바깥채 구석구석으로, 안채 방방으로 현룡을 찾아 나섰다. 그러나 현룡은 없었다. 덕배네도 모두들 나와서 사방으로 흩어져 현룡을 찾았다.

사임당이 이 사실을 알고 매창을 불러 말했다.

"조금 전에 이 방에 왔다 갔다. 내 이마를 짚어보더니 열이 있다고 하면서 찬 물수건을 갖다 얹어 놓고 나가더라. 멀리 가지는 않았을 거야."

그 말을 들으니 그래도 안심이 되었다. 도대체 어디를 갔을까. 맘 졸이던 매창은 문득 뒷동산 사당 생각이 났다. 어머니 손을 잡고 그곳에도 몇 번 간 일이 있었기 때문이다. 그러면 그렇지. 매창은 너무나 기뻤다. 그곳에 동생이 두 손을 모으고 엎드려서 간절히 기도하고 있었다. 너무 반가워 현룡아, 현룡아, 하고 불렀지만 미동도 없다. 매창은 달려가 할머니를 불렀다.

"할머니, 할머니, 현룡이 찾았어요. 사당 앞에 엎드려 있어요."

마침 병문안 왔다가 함께 걱정하고 있던 인주 이모가 기뻐 부르짖었다.

"뭐라구? 사당 앞에?"

매창은 인주 이모의 손을 이끌고 쏜살같이 달려 사당으로 왔다. 그리고 현룡의 울부짖는 소리를 들었다.

"외할아버지, 어머니가 아파요. 제발 어머니의 병환이 빨리 낫게 해주세요. 어머니가 아프시면 안 돼요. 돌쟁이 동생이 불쌍해요. 제가 외할머니 말씀 잘 들을게요. 외할아버지. 제발 우리를 도와주세요."

인주는 너무 반가워 기도하는 현룡을 끌어안았다.

"아이고, 우리 도령님이 여기 와 있었어? 우리가 얼마나 찾은 줄 알아?"

"제가 어딜 갔다고 찾아요? 어머니를 위해 외할아버지한테 기도하고 있었는데요?"

현룡은 너무나 태연하게 대답했다. 이모가 어서 가자고 아이를 일으켰다. 그러나 팔을 빼내면서 단호히 말한다.

"싫어요, 싫어요, 조금만 더 빌고 갈 거예요. 『효경』에서 읽었어요. 조상께 공경을 다하면 선조의 영혼이 나타나 감응한다고 했어요. 정성에는 천지신명도 감응한다고 했어요. 저도 엄마 살려낼 거예요."

현룡은 다시 두 손을 모으고 기도한다. 외할아버지, 외할아버지, 우리 엄마를 낫게 해주세요….

결국 인주와 매창도 현룡이 기도를 그칠 때까지 함께 기도하고 내려왔다. 집으로 돌아온 매창이 어머니께 자초지종을 아뢰자 사임당은 현룡의 손을 잡고 말했다.

"고맙다. 고맙다. 그래. 외할아버지가 들어주실 거야. 나 곧 일어날게. 일어나고말고."

그날 이후 사임당은 안간힘 쓰며 가물가물 스러지는 얼을 차렸다. 어린 현룡을 봐서도, 이제 막 젖 떨어진 봉선화를 봐서도, 자리를 박

차고 일어나지 않으면 안 된다. 사임당은 자신을 타이르고 또 타일렀다. 일어나라. 일어나라. 현룡이 어떤 아이냐. 하느님께서 보내주신 아이다. 두 번씩이나 꿈으로 계시를 주시며 네게 맡긴 아이다. 네가 처음 그 아이를 갖게 되었을 때, 너는 기뻐하며 태교에 정성을 기울였었지. 하느님께 감사하며 큰 인물로 기르겠다 약속하지 않았느냐. 일어나라. 일어나라. 정신을 차리고 일어나라.

그네는 안간힘을 쓰며 의지를 세웠다. 의지를 세우자 밥이 조금씩 더 먹혔고, 건강은 조금씩 좋아졌다. 아이들을 모두 불렀다. 열일곱 살 선, 열두 살 매창, 열 살 번, 여덟 살 자미화, 다섯 살 현룡, 첫돌 앞 둔 봉선화. 이렇게 여섯 아이들이 어머니 앞에 모였다. 봉선화는 오랜 만에 어머니 품에 안겨 방실방실 웃으며 재롱을 떨고 있다.

"엄마가 아파서 너희들 돌보지 못해 미안하다. 선아, 네가 맏형 노릇하느라 수고했지?"

"아니요, 저 별 한 것도 없어요. 매창이 수고하지요."

"그래, 매창이 수고했다. 번이는 어떻게 지냈니? 왜 엄마를 안 봐? 엄마 좀 쳐다봐."

"공부도 하고 놀기도 하고 그랬어요."

번은 얼른 말하고 눈을 피한다.

"우리 자미화는?"

"산가지로 셈 놀이도 하고 언니한테 글 배우며 지냈어요."

"우리 현룡이는 어떻게 지냈나?"

"형아랑 누나들이랑 잘 지냈어요. 『소학』, 『효경』, 『명심보감』 다 읽었어요."

"그래. 고맙다. 내가 일어나면 또 봐 주겠지만 너희들이 스스로 알아서 공부해야 한다. 언제까지고 내가 봐 줄 순 없어. 그렇지?"

"네."

그때 어머니 이 씨가 찐 감자를 소쿠리에 담아 가지고 왔다. 모락모락 김이 난다.

"아이고, 살 만하니? 오랜만에 가족이 다 모였구나. 이거 먹으면서 이야기들 해라."

어머니 이 씨가 나가는 문 사이로 자미화 만발한 배롱나무 가지가 보이고 더 멀리로 경포호가 보인다. 모든 것은 변함없이 제 궤도를 돌아가고 있구나. 정신을 차려야지. 어서 일어나야지. 사임당은 침을 한 번 꼴깍 삼키며 의지를 굳히고는 감자 껍질을 벗겨 선을 준다. 매창이 사임당을 도와 얼른 껍질을 벗겨 현룡을 준다. 사임당은 다시 번을 주고 자미화를 준다. 매창은 다시 껍질을 벗겨 어머니 손으로 넘긴다. 사임당은 뜨거운 감자 한 입을 떼어 호호 불더니, 돌쟁이 봉선화의 입에 넣는다.

잠시 멈춘 사임당의 말이 계속된다.

"학문의 길은 멀다. 촌음을 아껴 써야 한다. 우리 선이도 열일곱 살이면 다 컸다. 번이도 열 살 아니냐. 공부 열심히 해야 한다. 알고 있지?"

"네."

"그러나 공부보다 더 중요한 것이 있다. 집에 들면 부모에게 효도하고 밖에 나가면 어른께 공손해야 한다. 엄마 아파 누워 있는 동안, 할머니 공경 잘 했니? 마음에 꺼리는 것들 없어?"

"밖에서 놀다가 아이들하고 싸우고 늦게 들어와서 걱정 끼쳐 드렸어요."

번이 한마디 대답했다. 사임당은 번의 성격이 다소 과격해 은근히 걱정이 된다.

"그래? 우리 번이 그 말, 스스로 해주니 고맙다. 그게 바로 정직함이지. 그래서 네가 아까 엄마 눈을 똑바로 못 쳐다봤구나. 너희들 모두 잘 들어라. 누구든지 한두 번 잘못은 할 수 있어. 그러면 얼른 뉘우치고 용서를 빌어야 한다. 안 그러면 너희도 엄마 눈 똑바로 못 보니까 불편하지. 잘못을 빌면 용서 안 할 엄마가 어디 있겠니. 그리고 말을 할 땐 언제나 상대를 부드럽게 쳐다보고 알아들을 수 있게 또박또박 해야 한다. 눈 피하고, 소곤거리는 소리로 말하는 것은 무언가 떳떳치 못한 증거야. 알겠지?"

"네."

한꺼번에 여럿이 대답을 한다.

"그리고 어떤 경우에도 싸워서는 안 돼. 난 너희들이 맞고 오는 것도 싫지만 때리고 오면 더 싫다. 한때의 분함을 참으면 백날의 근심을 면한다고 하지 않더냐. 조금 손해를 보더라도 참아야 한다. 친구들한테는 물론, 하님 아이들한테도 거칠게 굴면 안 돼. 신의를 지키고 서로 잘 지내야 한다. 공자께서 말씀하셨잖아. 착한 사람 되는 일을 먼저 하고, 남은 힘이 있거든 글을 배우라고. 무엇보다 먼저 사람다운 사람이 되어야 한다. 알겠지?"

"네."

한여름 오후, 감자를 먹으며 아이들은 어머니의 말씀을 새겨듣는다.

"그리고 선아. 네가 매창이랑 둘이서 여기저기 기둥 글 좀 갈아 붙여 볼래?"

"네. 이번에는 무슨 글귀로 할까요?"

"응, 낙견선인, 낙문선사, 낙도선언, 낙행선의.* 무슨 뜻인 줄 알겠느냐?"

"네. 선한 사람 보기를 즐기며, 선한 일 듣기를 즐기며, 선한 말 하기를 즐기며, 선한 뜻 행하기를 즐겨라, 이런 뜻 아닌가요?"

선이 대답한다.

---

*낙견선인 낙문선사 낙도선언 낙행선의(樂見善人 樂聞善事 樂道善言 樂行善意): 선한 사람 보기를 즐기며, 선한 일 듣기를 즐기며, 선한 말 하기를 즐기며, 선한 뜻 행하기를 즐김.

"그렇다. 모두들 오며가며 자꾸 읽어서 마음에 새기도록 해야 한다. 알아들었지?"

"네."

"어디 우리 번이도 잘 알아들었지? 선한 말 하기를 좋아하는 게 무어라고?"

"낙행선의입니다."

"그래?"

"아닌데, 낙도선언입니다. 어머니."

현룡이 조그맣게 말했다.

"가만히 있어."

번이 울컥 화를 내며 말했다.

"번아. 동생한테 그러면 되나?"

"현룡이가 대답을 가로챘잖아요."

가로채긴 뭘 가로챘다고. 바로잡았을 뿐인데. 사임당은 말하고 싶지만 참는다. 둘째 번은 동생이 저보다 잘하는 게 늘 못마땅한 듯했다. 그러나 야단을 치다가는 더 비뚤어지리라 싶어 조심조심 다루고 있다. 사임당은 어쩔 수 없이 현룡에게 한마디 하고 만다.

"그래. 현룡아, 형이 대답할 땐 가만히 있거라."

"참, 틀리니까 맞게 대답한 걸 가지고, 뭘."

어머니가 아낀 말을 누나 매창이 기어이 뱉어내고 만다.

"그래, 그래. 됐다. 이제 나가서들 놀아라."

아이들은 모두 어머니 방을 나왔다. 무더운 여름이라 사내아이들은 밖으로 나갔다. 동네 아이들이 마을 앞 시냇가에서 물장구를 치며 놀고 있었다. 현룡이 형제들도 그들 속에 끼어 놀고 있었다. 그런데 갑자기 소나기가 쏟아졌다. 순식간에 물이 불었다. 아이들은 한길가 초가집 처마 밑에서 비를 피하며 서 있었다. 지나던 어른들도 비를 피해

처마 밑으로 들어왔다. 그런데 냇물 저쪽에서 동네 총각 하나가 달려왔다. 빗줄기가 어찌나 굵은지 냇물은 금세 흙탕물이 되었고 물살도 거세었다. 총각은 바짓가랑이를 걷어붙이고 내를 건너기 시작한다. 한 손으로는 비를 피하려 이마를 가리고 한 손으로는 바짓가랑이를 모아 잡고 흙탕물 콸콸거리는 내를 건넌다. 총각은 거센 물살 때문에 뒤뚱뒤뚱 중심을 잡지 못하고 흔들린다. 사람들은 그게 재미있다고 깔깔대고 웃는다. 비를 피하고 섰던 어른들도 웃고, 손위 형들도 웃고, 또래 동무들도 웃는다. 손뼉을 치며 웃는 사람도 있었다. 그때였다.

"웃지 마. 웃지 마세요. 조용히 하세요."

무리들 속에서 현룡이 속삭였다. 입에다 검지를 세로로 세우고 아주 애타는 목소리로 속삭였다. 저 사람이 미끄러져 물에 빠지기라도 하면 어쩌나. 소나기는 억수로 퍼붓고 아이의 가슴은 울렁거렸다. 사람들이 웃는 속을 알 수가 없었다. 긴장 속에 얼굴이 일그러졌다.

"야, 이 녀석아, 우리가 웃는다고 안 빠져, 걱정 마."

둘째 번이 아이에게 군밤을 먹이며 야유했다. 그래도 큰형 선은 함께 걱정해 주었다. 얼굴에 그렇게 쓰여 있었다. 현룡은 형에게 고마워하며 속으로 기도하였다.

'하느님, 저 사람이 무사히 건널 수 있게 해주세요. 물에 빠지면 어떡해요. 도와주세요.'

마침내 그 총각이 물을 다 건넜다. 드디어 현룡이 웃었다. 손뼉을 치며 활짝 웃었다.

"허허, 그것참, 어린것이 어른 속보다 더 깊네그려."

사람들이 현룡의 머리를 쓰다듬으며 지나갔다.

선에게 이 말을 전해 들은 사임당은 기뻤다.

"그래. 사람은 측은지심이 있어야 한다. 그게 바로 선한 마음의 근원이니라."

사임당은 점차로 건강이 회복되었다. 서서히 집안에 웃음꽃이 피어나고 있었다. 그네는 다시 아이들 교육에 전념하였다. 이곳저곳 문기둥에 좋은 글귀를 써 붙이고 그 말씀이 뼛속에 스미도록 몇 번이고 읽히다가 어느 정도 외워졌다 싶으면 다른 글귀로 바꾸었다.

그중에서 그네가 가장 역설한 말은 '성실'誠實 그리고 '신독'愼獨이었다.

"모든 일에 성실해야 한다. 아무리 작은 일에도 정성을 담아서 하도록 습관을 들여라. 그리고 혼자 있을 때도 도리에 어긋나는 일은 삼가야 한다. 그것은 평생 너희가 지녀야 할 경구니라. 사실상 혼자 있을 때란 없는 것이다. 하늘이 보고 땅이 본다. 늘 몸가짐 마음가짐 조심하여라. 그걸 그냥 네 몸에 배이게 하여라. 모든 성현들이 효를 강조하는데 그게 다 이유가 있는 거야. 가장 큰 어버이는 하늘이거든. 하늘은 세상을 지어내신 조물주이시다. 나무 한 그루, 풀 한 포기도 다 하늘의 조화가 아니냐. 사람이 살고 죽는 것도 다 하늘의 조화란다. 우리가 아무리 혼자 있다 해도 그 하늘을 속일 수는 없다. 항상 하늘이 내려다보고 계심을 잊지 말아야 한다. 또 하나 그것은 네가 네 자신을 받드는 자존심인 것이다. 비록 혼자 있어도 너만은 너를 보고 있지 않느냐. 너 자신의 좋지 않은 생각, 좋지 않은 행동을 보면서 너는 기분이 어떻겠느냐? 네가 봐도 싫겠지? 친구들이 좋지 않은 모습 보이면 싫었을 거 아니냐? 그걸 네가 저지른다면 네 자존심은 없어지는 것이지. 네가 너를 받들어야 남도 너를 받드는 것이다. '하늘이 보고 계시다' 그리고 '나에 대한 존중이다.' 늘 이 말을 가슴에 담고 혼자 있더라도 더욱 조심하기 바란다. 그게 바로 성실함이지."

사임당은 아이들에게 각자의 글씨로 '誠實'과 '愼獨'을 써 오라 시켰다. 그리고 자기가 가장 잘 보이는 곳에 붙이라 하였다. 다른 것은 가끔씩 갈아 붙이되 그것만은 오래오래 떼지 말고 그냥 붙여 두라 하였다.

사임당은 병석에서 일어나자 다시 그림을 그리고 글씨를 썼다. 형들보다 더 책 읽기를 좋아하는 현룡은 뜻을 아는지 모르는지 형들이 읽는 『논어』, 『맹자』를 다 읽어냈다. 그리고 걸핏하면 붓을 들었다. 사임당은 어린 시절 아버지께 배운 대로 붓 잡는 법, 글씨 쓰는 법등을 자녀들에게 정성껏 전수하였다. 그리고 자신도 그 옆에서 서도를 즐겼다. 그새 오랫동안 놓았던 붓을 다시 들고 보니 감회가 새로웠다. 살아 있음이 실감되고, 기쁨이 샘솟았다. 드디어 사는 것 같았다.

건강이란 이렇게도 좋은 것인가. 오죽 동산에는 다시 웃음꽃이 피고, 금세 세모歲暮가 돌아왔다. 사임당은 어머니를 도와 설빔 준비야, 세찬 준비야, 정신없이 바빴다. 외조부모님, 그리고 아버지의 차례상은 언제보다 정성이 많이 들었고, 풍성했다. 현룡의 간절한 기도로 앓던 자신을 병석에서 일으켜 세워 주신 조상님들께 무어든 다 바치고 싶었다. 제례나 차례의 예절이 또 하나의 아름다운 효임을 아이들에게 교육시키며 온갖 정성을 다했다.

설을 쇠고 나니 사임당 나이 서른여덟, 현룡은 여섯 살이 되었다.

사임당은 어린 현룡을 제 나이 또래의 놀이에도 참가시키고 싶었다. 마침 정월 보름이 돌아오고 있었다. 사임당은 어린 시절 답교놀이가 떠올랐다. 성호 오라버니도 함께였다. 오라버니는 지금쯤 무얼 하고 있을까. 마흔을 바라보는 나이, 지금쯤은 사는 게 무엇인지, 진리가 무엇인지, 알아냈을까? 우리는 영영 다시 만날 수는 없는 것일까. 어디에 있건 건강한 몸으로 기쁘게 살았으면…. 맨드라미꽃처럼 화안하게 살았으면…. 하늘이시여, 그를 굽어보소서.

사임당은 잠시 머물렀던 성호 오라버니에의 생각을 접고, 아이들에게 줄 연을 만들기로 하였다.

어린 시절, 계집아이들이 울안에서 널을 뛰며 놀 때, 사내아이들이 훨훨 밖으로 나가 연 날리기를 하는 게 늘 부러웠었다. 행랑채 홍천 아저씨가 오죽 동산에서 거둬다 놓은 댓가지를 얽어 틀을 짜고 종이를 붙여 연을 만들었다. 나이순에 따라 크기를 달리하고 색깔도 칠해서 정성껏 연을 만들어 세 아이에게 나누어 주었다.

아이들은 동네 아이들과 함께 찬바람 속에 신나게 연을 날렸다. 연은 모양도 가지가지였다. 네모연, 방패연, 반달연, 가오리연, 허수아비연. 게다가 색깔도 가지가지, 크기도 가지가지. 색색 물들인 종이를 오려 붙인 것, 그림을 그린 것, 문짝만 한 것에서 새끼 가오리연까지, 각양각색의 연이 겨울 찬 하늘을 수놓고 있으니 보기만으로도 즐거웠다. 텅 빈 공중을 펄럭이며 벋어 오르는 연들은 보는 이의 가슴에도 무한한 자유와 소중한 꿈을 심어 주었다.

누가 연을 잘 띄우나, 누구 연이 더 높이 뜨나, 아이들은 추운 줄도 모르고 얼레에 감긴 실을 한없이 풀어 더 높이 더 높이 연을 띄웠다. 그러다가 공중에서 연실이 서로 얽혀 연 싸움이 벌어지기라도 하면 긴장감은 더욱 고조되었다. 액땜을 하게 해달라는 뜻으로 집안 식구들의 이름을 연 뒤에 써 붙이고 훨훨 띄우다가 저녁때가 되면 그 연줄을 끊어버리기도 하였다. 어린 시절, 친척 오라버니들이 그 놀이를 즐기며 뛰놀 때 얼마나 부러웠던가. 사임당은 항상 마음에 담겨 있던 그 놀이에 세 아이들이 직접 참가할 수 있음이 무척 기뻤다.

"연아 연아 올라라. 솔개같이 올라라.
구름까지 올라라. 하늘까지 올라라."

아이들의 노랫소리도 겨울날 찬 하늘을 뚫고 높이높이 올라갔다. 노랫소리에 담긴 그들의 꿈도 높이높이 올라갔다.

현룡은 북평촌 경포 호숫가에서 푸른 꿈의 나래를 마음껏 펼쳤다. 외할머니의 극진한 사랑 속에 맑고 파아란 물을 보며 명경지수를 마음에 새겼고, 오죽 동산의 대나무와 별당 뒤 매화 등걸에서 선비의 지조를 호흡했다. 그리고 무엇보다 어머니 슬하에서 형들과 함께 성현들의 소중한 말씀을 먹고 무럭무럭 자랐다.

그러나 현룡에게도 이별의 시간이 다가왔다. 한양 할머니 홍 씨가 몸이 노쇠해져서 며느리 사임당을 불러 살림을 맡기게 된 것이다.

사랑이 담긴 다듬이 소리

입춘이 지나자 날씨는 알아보게 풀렸다.

이제 곧 딸을 보내야 하는 어머니의 마음은 분주하기만 하다. 우선 입새부터 넉넉히 마련해 주고 싶었다. 아이가 여섯이니 형들 옷을 물려 입는다 해도 보통 일은 아니었다. 사시사철 갈아입을 옷을 지어 가기로 했다. 시어머님 옷이며 사위 옷도 함께 짓고, 평생을 한 가족으로 살고 있는 양평댁 옷도 함께 짓기로 했다.

오죽 동산에는 낮이고 밤이고 다듬이 소리가 울려 퍼졌다. 댓잎 부서지는 소리도 삼키고 솔바람 소리도 삼키며, 다듬이 소리는 온 울안으로 울려 퍼졌다. 또닥또닥또닥또닥 또닥또닥또닥또닥. 이 씨는 사임당과 마주앉아 마음으로 많은 말을 하며 다듬이질을 한다. 가락 좋고 울림 좋은 다듬이 소리는 바깥채에서 쉬고 있는 이원수의 귓가에도, 별당에서 글공부를 하고 있는 형제들의 귓가에도, 묵매나 묵죽을 치고 있는 매창의 귓가에도 또렷하게 들렸다. 다듬이 소리야말로 가족들 입새를 마련하기 위해 공들이는 어머니들 정성의 노래였다. 또닥또닥또닥또닥 또닥또닥또닥또닥. 네 개의 다듬잇방망이가 소리도 정연하게 서로 엇갈리며 오르내린다. 모녀는 하고 싶은 말이 많지만 자신들의 대화가 다듬이 소리에 묻힐 것을 알기에 말을 삼간다. 그러나 서로는 마음으로 많은 대화를 한다. 그렇게 수십 번을 계속하여 네 개의 팔이 오르내리다가 어느 순간, 또다닥, 또다다닥, 정연하던 소리가 부서지고 말았다. 이 씨는 드디어 방망이를 놓고 옷감을 털어 개키며 입을 연다.

"내가 양식은 대주마. 이 많은 아이들 데리고 어떻게 떡 장사를 하겠냐. 이제 네 시어머님도 편안하게 모셔야지. 그동안 사부인 덕분에 네가 여기 와서 잘 살았지. 양평댁에게도 감사해라. 그 사람 없었으면 시어머님 혼자 두고 네가 어찌 여기 와 살았겠냐."

"네. 정말 고마우신 분들이지요."

"그 사부인 덕은 내가 제일 많이 봤다. 막내까지 다 여의고 나니 어찌 그리도 쓸쓸하던지. 사람 사는 게 아니더라. 그러자 우리 현룡이 낳는다고 네가 내려와 사람 사는 것 같았다. 세월도 빠르지. 우리 현룡이가 여섯 살이라니."

"그러게 말입니다. 여기서 육 년을 살았어요."

"그새 식구도 많이 늘었다. 수진방 기와집, 살던 이가 비워 주어서 그런 다행이 없구나. 날도 풀렸으니 이 서방이 올라가서 집부터 옮겨 놓고 권속들 데리고 가야지. 별로 크진 않아도 시어머님 모시고, 너희 식구 살 만은 할 것이다. 봉선화가 아직 어리니 애보개도 하나 데리고 가야지. 우물 갓집 뱀골댁이 자기네 둘째 딸 평심이, 너한테 잘 배우라고 딸려 보낸다더라. 그리 알고 데리고 가거라. 열다섯이니까 철도 들었고 애들 건사도 잘해 줄 게다."

어머니는 반짇고리를 꺼내며 말씀을 계속하신다. 손가락이 잘려 나간 왼손이 사임당의 눈에 확대되어 보인다. 사임당은 잠시 옛 생각을 하다가 어머니의 말씀에 귀를 기울인다.

"그 집 아이들도 생각하면 불쌍하지. 어쩌다 서자로 태어나서 기도 못 펴고."

"그러게 말입니다. 평심이 오라버니가 더 안됐어요. 어엿한 아버지랑 형을 두고 호부호형도 못하고 그렇게 기죽어 살아야 하니, 사내로 태어나 서당에도 못 가고, 과거 시험도 못 보고."

"누가 아니냐. 남정네들이 소실은 왜 보는지. 일부다처를 막지 않는 게 문제다."

"불공평한 것이 너무나 많아요. 반상의 차별도 그렇고, 남녀 차별도 그렇고, 적서 차별도 그렇고."

"글쎄 말이다. 나라 다스리는 사람들이 그런 구습을 이상히 여기지도 않으니 어느 세월에 바로잡겠냐. 조정 사람들 의식부터 깨어야지."

"어머니, 제가 우스운 이야기 하나 해볼까요? 제가 정승이 된다면 그런 것부터 바로잡아 보겠어요."

마름질을 하는 어머니를 돕다가 사임당이 불쑥 한마디 던져 놓고 웃는다.

"허허허. 좋은 생각이다. 네가 남자만 되었으면 그럴 수도 있었겠지. 너야 틀렸지만 우리 현룡이한테는 기대해 볼 만하다. 보통 아이하곤 다르니 잘 키워야 한다. 열두어 살 정도 되면 자꾸 나랏일에도 관심을 갖게 이런저런 이야기를 들려주도록 해라. 네 아버지처럼 수신제가하면서 은사로 지내는 것도 좋지만 그릇이 되면 치국평천하도 해야지. 나는 하늘이 사람을 낼 때 다 제 몫을 주었다고 생각한다. 우리 현룡이는 큰사람으로 키워야 한다. 어진 임금 밑에는 현명한 신하가 있어야지. 조정이 바로서야 백성이 편안하지 않더냐. 우선 노비 제도를 없애야 한다. 나라 지키는 병정을 뽑는 것도 그렇지 않느냐. 서출이라고 안 뽑고, 노비 자식이라고 안 뽑고, 사대부 자식이라고 안 뽑고, 그저 중인 자식만으로 충당하자니 애로가 많지. 노비 자식들을 뽑아서 쓰면 우선 숫자도 넉넉해 좋고, 공훈 세운 노비들에게는 문서를 없애 준다고 해 봐라. 그들이 얼마나 열심히 임하겠느냐. 현룡이 열두어 살만 넘으면 자꾸 이런 이야기 들려주어라. 사람이 세상에 태어나서 제 능력 모자라 천대받는 것도 서럽겠거늘, 어찌 조상 탓으로 차등을 물려받아야 하는 것인지 알다가도 모를 일이다."

"어머니 생각이 백번 옳습니다."

"그리고 나도 이제 환갑 진갑 다 지낸 늙은이다. 오늘이라도 무슨 일 있을지 누가 아냐. 육십 넘게 살았으면 많이 살았지. 네 아버지 떠나시고 스무 해 가까이 살았구나. 이제 죽을 준비도 해야지."

"어머니, 제발 그 말씀 좀 마세요. 어머니 안 계시는 세상은 생각도 하기 싫어요."

"들으라면 들어라. 너 당황하지 않도록 유서를 또 고쳐 써 두었다. 네가 첫아들 선을 낳자 어찌나 기쁘던지, 그리고 번을 낳자 더 기뻤지. 큰아들이야 이 씨네 조상을 받들어야 할 것이지만 둘째야 우리 제사 좀 안 맡아 주겠나 싶더라. 그래서 번 앞으로 한양 수진방 기와집 한 채 상속을 정했는데, 아무래도 난 셋째가 더 미덥다. 그래서 다시 현룡이 앞으로 돌려놓았다. 우리 제사 지내달라고 맡기는 것이니 그리 알아라."

사임당은 눈시울이 젖는다. 바느질 옷감이 자꾸 흔들거린다. 어머니는 말씀을 계속한다.

"이번에 가면 언제 올지 모르니, 잘 들어 두어라. 네 외할머니가 십일 남매나 되다 보니 물려받은 게 그리 많진 않았고, 아버지 쪽으로도 별 건 없었지만 내가 무남독녀이다 보니 모두 물려받았다. 수진방 집 한 채 있는 것과 지금 살고 있는 이 집, 그리고 전답과 노비인데, 넷째에겐 이 집을 물려줄 생각이다. 가까이 사니까 선영 돌봐 달라는 명목이지. 마침 권실이가 아들을 낳았으니 그 외손자 앞으로 할까 한다. 인덕이, 인교, 인경이는 노비나 물려줘야지. 그리고 이 참에 내 생각을 말하마. 그 노비들 전답 부쳐 열심히 살고 있는데, 이제 와 우리 것이라고 빼앗겠느냐. 나는 그 땅 반 이상 주고, 대신에 조건을 달고 싶다."

"어떤 조건을요?"

"자식들 교육시키고, 논밭 소출 먹을 만큼 남기고, 이웃에 가난한 사람들 있으면 도우라고 말이다. 그러다 보면 언젠가는 문서도 태워줄 날이 올 것이다. 현룡이한테 잘 일러두어라."

"정말 좋은 생각이십니다, 어머니."

모녀의 도란거리는 소리 사이로 마당에서 아이들 재잘대는 소리가 들린다. 글공부들을 어지간히 하고 쉬러 나온 모양이다. 팽이 치는 소리, 제기 차는 소리가 들린다. 그 하찮은 소리에서도 이 씨는 뿌듯한 행복을 느낀다. 그들 소리야말로 사내아이들만이 빚어낼 수 있는 소리가 아닌가. 세 살배기 봉선화가 칭얼대는 소리에 사임당이 밖으로 나간다. 마당에서 형들과 제기를 차고 놀던 현룡이 힐끗 이쪽을 바라본다. 할머니와 눈이 마주친다. 현룡은 놀이를 그치고 방으로 들어온다.

"할머니, 바느질하시네요?"

현룡이 할머니 곁에 앉는다. 눈이 어두워 바늘귀를 못 꿰어 애를 태우고 있는 참에 현룡은 재빨리 눈치를 채고 할머니 손에서 바늘을 건네다 실을 꿰어 드린다.

"아이고, 우리 예쁜 손자, 그래 한양 집에 가니 좋아?"

"전 여기가 더 좋아요. 할머니랑 함께 사는 게 좋아요."

"아서, 그런 소리 마라. 한양 할머니 들으시면 섭섭하실라고. 한양 가면 할머니한테 잘해 드려야 한다. 그분이 진짜 친할머니야. 난 외할머니고."

"네, 알겠습니다."

"참, 우리 현룡이한테 할미가 줄 게 있다."

이 씨는 문갑에서 조그마한 벼루 하나를 꺼낸다. 가장자리에 배앵 둘러 새겨진 용틀임 문양이 인상적이다. 그리고 두루마리처럼 말려 있는 붓 발도 함께 꺼낸다.

"자, 이건 할미가 아끼던 것이다. 할미는 이제 다 늙었으니, 너를 주마. 봐라, 벼루 가장에 네 이름 그대로 용이 새겨져 있다. 할미가 특별히 주는 선물이니까 잘 간직해라. 알았지?"

"네, 할머니, 용 벼루네요. 아주 마음에 들어요. 감사합니다."

현룡은 그것을 보는 순간 친구를 만난 듯 매우 기뻤다. 어린 마음에도 가장자리에 새겨진 문양이 예뻐 보였고, 작으니까 제가 지니기에 안성맞춤이다 싶었다. 도르르 말려 있는 붓 발도 얼른 펴 보았다. 중 필 하나, 세필 하나가 나왔다.

"와, 새것이네요."

현룡은 할머니의 선물을 가슴에 품고, 있는 대로 기쁨을 나타냈다.

"우리 현룡이, 에미 용꿈 이야기 들었지? 넌 크게 될 인물이니 언제 든지 몸조심하고 글공부 열심히 해야 한다. 알았지?"

"네, 할머니. 전 공부가 즐거워요."

"잘했다. 너 가졌을 때, 네 에미가 어지간히 책을 읽었어야지."

할머니는 반짇고리에서 헝겊 조각을 꺼내 꼬마 벼루를 곱게 싸서 건 네주신다.

"할머니, 이담에 커서 제가 꼭 할머니 모시고 살게요. 저희들 떠나 도 쓸쓸해하지 마시고 진지랑 잘 챙겨 드셔야 해요. 할머니, 약속!"

"아이고, 이쁜 내 손자. 어디서 그런 정스러운 말이 나올꼬."

할머니는 어린 현룡이 내민 새끼손가락에 자신의 것을 걸었다. 지 그시 바라보는 서로의 눈 속에 물기가 돈다. 할머니는 슬픔을 감추려 는 듯 아이를 품에 안고 긴 이별의 의식을 치렀다. 하늘이시여, 우리 현룡이의 앞날을 지켜주소서. 노인의 가슴에서 기도가 절로 나왔다.

강릉 산골을 떠나다

하루하루 아깝기만 한 날이 흘러 온 식구가 길 떠날 채비를 마쳤다. 한양에 올라가 수진방으로 이사를 마치고 돌아온 이원수가 앞장을 선 다.

"장모님, 걱정 마시고 들어가십시오. 제가 자주 찾아뵙겠습니다."

"그래. 고맙네. 나는 자네만 믿네. 제발 술 조금만 줄이고."

이 씨는 술이 과한 사위가 늘 걱정이었다. 처가에 있을 동안, 동네 잔칫집에 초대받아 가면 이 사람 저 사람 주는 대로 술을 받아 마시고 몸을 가누지 못할 때가 많았다. 사임당이 아무리 타일러도 소용이 없었다. 집 나갈 때는 약속을 철석같이 했다. 오늘은 절대 과음하지 않고 올 테니 두고 보라고. 그러나 워낙 무골호인이다 보니 주는 술을 거절할 수가 없는 모양이었다. 비틀거리며 다른 사람 부축을 받고 들어오기도 하고, 거리에서 노래를 부르며 들어오기도 하고, 집에 들어와서는 속이 울렁거리는지 와르르 토하기도 하여 옆 사람을 당황하게 만들었다. 사람이 절제가 있어야 할 텐데. 딸이 남편을 두고 그렇게 걱정하는 것도 무리가 아니었다. 과음한 이튿날이면 으레 밥을 먹지 못했다. 북어로 술국을 끓이고, 강판에 오이를 갈아 즙을 내 먹이기도 하면서 사임당은 늘 불평을 하곤 했었다. 건강도 많이 상할 것이고, 주변 사람들 보기도 민망했다. 그래도 사위 사랑은 장모라고, 이 씨는 항상 딸을 타이르곤 했었다. 주사가 있다고는 해도 남하고 싸우지는 않지 않느냐, 저런 정도는 애교로 봐 주려무나, 하면서.

"하하하. 이제 한양 가면 술 안 마십니다. 여기처럼 술자리도 잦지 않거든요. 걱정 마십시오."

이원수를 앞세워 대가족이 강릉 산골을 빠져나간다. 많은 사람들이 고샅에서 나와 덕담을 나누고 손을 흔든다. 모퉁이를 돌다가 뒤돌아보면 아직도 서 있는 동네 사람들. 사임당은 그 여러 사람 중에 오직 어머니만 보인다. 이미 백발이 된 어머니. 눈도 어둡고, 다리도 아프신 어머니는 이제 누구를 의지하며 사실까. 막내까지 다 여의고 나니까 적막강산이라 사람 사는 게 아니더라는 어머니. 사임당은 그런 어머니를 혼자 두고 떠나는 게 영 마음에 걸렸다. 눈물이 피잉 돌았다. 곁에 섰던 매창이 눈치를 채고, 어머니, 울지 마세요, 하고 팔짱을 낀다. 그래. 그래. 알았어. 옷고름을 들어 눈물을 훔치고 마지막 모퉁이를 돌며 또 뒤를 본다. 다행히 어머니의 팔을 끼고 서 있는 동생 인주가 함께 보인다. 그래. 인주야, 너만 믿는다. 수시로 어머니께 들러서 말동무가 되어 드려라. 그 옆에서 손을 흔드는 제부 권화도 보인다. 사임당은 제부에게 특별히 감사할 것이 많았다. 동생 인주를 사랑해 주고, 가까이서 장모님을 돌봐드리는 것은 말할 것도 없지만, 또 하나의 이유가 있었다. 사임당이 손수 써서 선물로 보낸 초서 여섯 장을 고이 간직하다가 얼마 전 사임당이 앓고 누웠을 때 병풍으로 표구를 했다며 일부러 들고 와 구경을 시켜 주던 것이었다.

"보십시오. 처형 글씨는 살아 움직이는 것 같아요. 더구나 고상한 정신과 기백이 들어 있습니다. 이건 우리 집안에서 내리내리 대물림할 가보가 될 것입니다. 그냥 놓고 보다 보면 접힌 부분 글씨가 상할까 봐 이렇게 표구를 해 왔지요. 이렇게 훌륭한 글씨도 더 남기셔야지요. 어서 건강을 회복하십시오."

사임당은 그들이 보이지 않을 때까지 손을 흔들며 마음으로 속삭였다. 고마워요, 제부. 어머니를 부탁해요.

드디어 마지막 모퉁이를 돈다. 손을 흔들고 또 흔든다.

"어서 가거라, 어서 가. 뒤돌아보지 말고 어서 가."

어머니가 손사래를 치며 고함지르는 목소리가 아스라이 들린다.

봄 산천은 아름다웠다. 나무마다 야들야들 새 잎사귀를 피어내 세상은 온통 초록빛이었다. 그런데도 가을날 지는 잎을 볼 때보다 더 마음이 아픈 것을 어이하랴. 마음에 기쁨이 없으면 봄이 와도 봄 같지 않다던가. 남편은 이런 아내의 마음을 아는지 모르는지 아들 삼 형제와 나란히 두런두런 이야기를 나누며 씩씩하게 걸어간다. 매창과 자미화도 갓 피어난 풀꽃의 아름다움에 취하여 만졌다 꺾었다 하며 산등성이를 넘고 있다. 세 살배기 봉선화만 평심이 등에 업혔다가, 사임당 품에 안겼다가 내내 곁을 따른다.

사임당은 잠시 산언덕에 서서 마을을 내려다본다. 경포대에 올라 내려다보면 저녁연기가 뭉게뭉게 피어 올라 운치를 더해 주던 고향 마을. 지금은 저녁연기 대신 자욱한 아침 안개가 온 마을을 지붕처럼 덮고 있다. 신행을 갈 때와는 또 다른 감회가 사임당의 가슴을 적신다. 그땐 어머니가 그렇게 늙지 않으셨고, 동생들도 함께 있었다. 그러나 지금은 다르다. 하얗게 머리 센 환갑노인. 그러나 환갑잔치도 치르지 못한 어머니. 오직 다섯 딸 기르며 헌신하시다가 모두 출가시키고 혼자 외롭게 사시던 어머니. 당신 떠난 뒤 자식들 당황할까 봐 미리 유서를 써두고, 잠 안 오는 밤, 다시 고쳐 쓰기도 하는 어머니. 아들이 없으니 부모님 제사 모실 일이 걱정되어 어린 외손자 앞으로 집을 돌려놓았다는 어머니. 여자 자매라도 하나만 더 있었으면 소원도 없겠다던 어머니. 그 서러운 어머니는 이제 다시 혼자가 되어 그 무서운 적막강산을 어이 견디실꼬. 사임당은 오만 가지 생각으로 발걸음이 무겁기만 하다.

마침내 일행은 대관령을 넘는다. 초록빛 생명들이 싱그럽다. 산봉우리는 셀 수도 없구나. 가까운 앞산이 맑은 초록으로 보이는가 하면 그 뒤에 다시 산, 다시 산, 다시 산, 조금씩 빛깔이 흐릿해지면서 산은 겹겹이 쌓여 있다. 산 뒤에 산, 뒷산 뒤에 더 뒷산, 옆 산 뒤에 뒷산, 뒷산 뒤에 더 뒷산. 이리 보나 저리 보나 봉우리 사이사이로 수도 없이 다른 봉우리들이 고개를 내민다. 이래서 첩첩산중이란 말이 나왔구나. 산 겹겹, 계곡 겹겹, 화첩에서 본 열두 폭 산수화다. 멀리 보이는 뒷산일수록 희미하구나. 멀리, 가까이, 머릿속에 수도 없는 봉우리를 그려 본다.

가까운 산을 보니 그 푸른 생명력이 그네의 가슴을 때린다. 가을 들어 시들기 시작한 자연은 봄만 되면 저리도 아름답게 소생하는데, 인간은 왜 한 번 가면 다시 올 수가 없는가. 어머니의 건강도 봄을 맞아 저렇게 싱싱히 피어날 수는 없는가. 아니 아버지가 생명을 얻어 저 나뭇잎들처럼 다시 태어날 수는 없는가. 다섯 딸 다 출가시키고, 노후에 더욱 친구가 되어 도란도란 사이좋게 사셨어야 할 부모님. 지금 아버지가 다시 살아나, 단 일 년만이라도 함께 사실 수는 없을까. 아니 단한 달만이라도…. 우리 가족 떠난 뒤의 허탈을 메우게 단 한 달만이라도 아버지와 어머니가 함께 즐기며 사실 수만 있다면….

사임당은 싱그러운 산야를 바라보며 오랜만에 아버지를 간절히 그리워해 보았다. 아버지가 셋이나 되는 외손자를 보고 가셨더라면 얼마나 좋았을까. 현룡의 영특함을 보고 가셨더라면 얼마나 좋았을까. 그것만으로도 나는 조금 효도를 할 수 있었을 텐데.

날이 저물고 있었다. 일행이 고갯마루에서 잠시 쉬어간다고 자리를 잡는다. 사임당도 가마에서 내려 반석을 하나 골라 앉는다. 갑자기 『시경』에서 읽었던 「죽간」竹竿이 떠오른다.

    길고 가는 낚싯대. 기수 가에 낚시질
    생각 안 함 아니나 멀고 먼 길 내 못 가.
    천원은 왼쪽이고 기수는 오른쪽에
    부모 형제 멀리 떠나 시집살이 여자의 몸.
    기수 물 굽이굽이 전나무 노, 소나무 배.
    수레 타고 나가 놀까, 이 시름을 씻어 볼까.

시심詩心이 절로 일어

남의 시를 읊고 있으니 갑자기 자신도 한 편 시를 짓고 싶어진다. 그네는 마음에 떠오르는 대로 자신의 느낌을 중얼거려 본다. 그리고 그것을 이리저리 한시 틀에 맞춰 본다. 칠언절구가 될 것 같다. 끝자리 운韻을 맞추려 이 글자 저 글자 떠올려 본다. 종이와 붓이 있으면 좋겠지만 이 산등성이에서 그것을 어찌 꺼내랴. 사임당은 그 시를 머릿속에 새겨 넣었다가 후에 붓으로 옮기기로 한다. 이리저리 머리를 쓰다 보니 어지간히 운을 맞추게 되었다. 잊지 않도록 되풀이 암송해 보았다. 제목도 하나 붙였다.

유대관령 망친정(踰大關嶺 望親庭): 대관령을 넘으며 친정을 바라봄

자친학발 재임영(慈親鶴髮 在臨瀛): 늙으신 어머님을 고향에 두고
신향장안 독거정(身向長安 獨居情): 외로이 한양 길로 가는 이 마음
회수북촌 시일망(回首北村 時一望): 돌아보니 북촌은 아득도 한데
백운비하 모산청(白雲飛下 暮山靑): 흰 구름만 저문 산을 날아 내리네.
　　　　　　　　　　　　　　　　　　　　－ 출전 : 『율곡전서』栗谷全書

　그네는 갑자기 눈시울이 젖는다. 시름을 풀려고 시를 읊었던 것인데, 시를 짓고 있자니 더욱 시름이 쌓인다. 어머니…. 제발 유서 좀 그만 쓰시고 마음 편히 계십시오. 부디 오래오래 사셔요, 어머니….
　"이제 또 갑시다."
　남편이 아이들과 함께 사임당의 곁으로 다가온다. 사임당은 깜짝 놀란다.
　"무슨 생각을 그리 골똘히 하고 있소?"
　"어머님 생각이 나서 시 한 수를 지었지요."
　사임당은 가족 앞에서 천천히 시를 읊는다. 모두들 조용히 듣다가 숙연해진다.
　"나중 집에 가서 내가 잊었다고 하면 너희들이 가르쳐 줄 수 있겠니? 한 줄씩 나누어서 외워 가지고 가려무나. 어디 한번 읊어 볼래?"
　이원수를 비롯해 아이들이 다같이 더듬더듬 복창을 시작은 했으나 끝까지 제대로 읊기는 매창과 현룡이었다.
　"참 멋진 시가 되었구려. 이제 됐소? 어머님 생각 그만 하고, 우리

가족들 생각도 좀 하시오. 자, 어서 갑시다."

사임당은 말없이 일어나 다시 산길을 걷는다. 남편의 말이 귓가에 맴돌아 근심을 풀고 산길을 걷는다. 그렇다. 나는 어머니의 딸이기도 하지만, 아내로 어머니로 더 열심히 살아야 한다. 그러자 갑자기 아이들에게 묻고 싶은 것이 생각난다.

"얘들아, 너희들 내가 평생을 지니고 살라고 한 것 잘 챙겨 왔지?"

"뭔데요?"

번이 큰소리로 묻고, 선은 뒤돌아 어머니를 쳐다본다. 매창과 자미화도 어머니를 쳐다본다. 그때였다. 현룡이 알았다는 듯이 아하, 소리를 내며 표정이 밝아진다.

"성실誠實 말입니까, 어머니?"

그제야 선도 한마디 한다.

"신독愼獨도 있었지요."

"그렇지, 바로 그거다. 자기 글씨로 써 붙여 두었던 것 잘 떼어서 다들 챙겨 넣었어?"

"네."

"설령 이런 산길을 혼자 다닌다 해도 혼자가 아니라는 것 잊지 말아야 한다. 그 이유가 무엇이라고? 우리 번이가 말해 볼까?"

"하늘이 보고 땅이 보고 있다고요."

"또 하나 더 있었지? 선이 말해 볼래?"

"바로 자기 자신이 명명백백하게 보고 있다고요."

"그래. 현룡이도 한마디 해 볼래?"

"그러니 혼자 있다고 몸가짐, 마음가짐 함부로 하면 안 된다고요."

"그게 다 성실함과 통하는 것이라고 하셨어요."

매창이 마무리를 짓는다.

일행은 이런저런 이야기들을 나누며 아흔아홉 굽이 대관령을 넘고 진부를 지나, 운교를 지나, 안흥, 횡성, 양평 등을 지난다. 봄날 싱그러운 산야를 누비며 가족마다 보고 듣고 느낀 것이 많았으리라. 이원수는 문득 육년 전 봄날, 아내가 있는 봉평으로 가던 때를 떠올린다. 하마터면 주막 여인에게 빼앗길 뻔한 맑고 푸른 산의 정기. 그는 갑자기 크게 웃으며 현룡의 손을 꼭 잡았다. 지금껏 자기가 한 일 중 가장 잘한 일이라는 생각이 들어서 더욱 웃음이 나오고 어깨가 으쓱했다. 사임당은 그런 속을 아는지 모르는지 남편을 보고 빙그레 웃는다.

11
대가족의 살림을 꾸리다

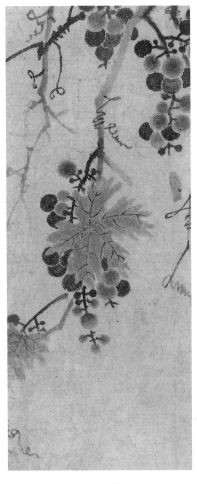

포도도(葡萄圖) | 신사임당, 조선/16세기

시어머님이 넘겨주신 열쇠

"자, 이제 네가 모든 살림을 주관해 보아라. 이게 열쇠 꾸러미다. 없는 살림이라 힘은 들겠지만, 아이들이 다 잘 컸으니 희망을 갖고 잘 꾸려 보아. 외아들한테 시집와서 이렇게 많은 손자 손녀 안겨 주니 정말 고맙구나. 더구나 사부인께서 집까지 늘려 주시고."

여섯 손자를 하나하나 안아 주는 시어머님의 머리가 완연한 반백이다. 이십 대 젊은 나이에 혼자되어 아들 하나를 데리고 한양으로 온 시어머님. 마음고생이야 말할 것도 없지만 스스로 생계를 꾸려 보겠다고 떡장수를 시작해 새벽잠 한 번 제대로 못 주무셨으니 그 육신인들 얼마나 고단했으랴. 사임당은 이제 그 어머님을 편히 쉬게 해드리고 싶었다. 평심이가 있고, 매창이 열세 살이나 되었으니 잔심부름은 할 수 있으리라. 양평댁 또한 자주 허리가 아프고 무릎이 시리다고 하였다. 전처럼 일을 할 수가 없으니 미안해서 어떻게 살 수 있겠느냐며 어디론가 가야 할 곳을 찾아보겠다고 하였다.

"아닙니다, 아닙니다."

사임당은 깜짝 놀라 양평댁을 만류했다. 이십 년도 넘게 어머님과 자매처럼 지내며 동고동락해 왔던 그분을 이제 나이 들어 일손이 느리다고 어찌 내칠 수가 있단 말인가.

"아이들도 모두 이모할머니라 부르고 있습니다. 절대로 딴 생각 마시고 함께 계십시오. 저희 어머님 말동무만 해주셔도 큰 덕을 베푸는 것입니다."

그렇게 해서 사임당이 책임져야 할 가족은 열 하고도 하나가 더 넘었다. 돈을 들여놓는 사람은 하나도 없으니 먹성이며 입성이 보통일은 아니었다. 그러나 사임당은 양평댁이나 평심이를 남으로 생각해 본 적이 없었다. 그들도 역시 소중한 가족이었다. 사임당은 열한 명 식구를 입히고 먹일 일에 은근히 걱정이 되어 이런저런 궁리를 세워 보았다.

그네는 무엇보다 먼저 절약에 신경을 썼다. 강릉에서는 서당에 보내던 것도 이제 그만두라 하였다. 어느 정도 책 읽는 습관도 들었고, 집에서 그네 스스로 봐 줄 수 있으므로 거기 드는 비용마저도 줄이기로 하였다.

그나마 양식 대어 줄 친정이 있다는 것은 큰 위안이었다. 다행히 파주에 시댁 논도 조금 있어 그것도 감사한 일이었다. 집은 마당이 좁아 텃밭 일구기도 힘들었지만 사임당은 울타리 안 구석구석 채소를 심었다. 마음 같아서는 꽃밭을 일구고 싶었다. 그러나 대가족 먹새를 위해서 당장 채소가 더 필요했다. 호박, 가지, 오이, 깻잎, 부추 등은 그네가 심는 대로 싹이 나고 잘 자라주었다. 전에 봉평에 살 때도 분명하게 느꼈지만 씨앗은 늘 희망이었다. 푸릇푸릇 채소가 자랄 때마다 그네는 뿌린 대로 거둔다는 진리를 되새기며 정성을 쏟았다. 싹이 배게 나면 솎아 주고, 넝쿨이 벋어 오르면 막대기를 질러 주고, 진디물이 끼면 잡아 주고. 키가 자라면 북을 돋워 주며 채소를 가꾸어 찬거리를 만들었다.

그네는 생각하였다. 식물도 그렇거늘 하물며 인간이랴. 아이들도 뿌린 대로 거두리라 믿고 생활 속에서 웃어른 공경, 형제간 우애를 가르치고 각자에게 맞는 일을 시켜 집안일에 동참케 하였다. 남편도 말 없이 사임당이 하자는 대로 잘 따라 주었다.

등잔에 기름을 아끼기 위해서도 저녁이면 일찍 재우고, 묘시가 되면 언제나 아이들을 깨워 맑은 정신에 성현들의 글을 읽도록 하였다. 그네는 어수선한 대낮의 세 시간보다도 새벽 한 시간이 더 소중함을 너무나 잘 알고 있었다. 글공부는 하루 세 번 규칙적으로 하도록 하였다. 새벽으로, 아침나절로, 저녁나절로 한 번씩. 그리고 열심히 공부하고 나면 반드시 마음껏 쉬도록 시간을 조정해 주었다.

집안이 이렇게 어려운데 남편이 봉록이라도 받아 오면 보탬이 되련만…. 사임당은 어쩌다 그런 생각을 품어 보았지만 내색하진 않았다. 그동안 남편은 몇 번 과거에 응했으나 결과가 없었던 것이다. 그러나 이제 남편도 글 읽기에 재미를 붙여 아이들과 함께 책을 읽고 있으니 흐뭇하였다.

"사람이 타고난 겉모양은 바꿀 수가 없지요. 작은 키를 크게 할 수도 없고, 작은 눈을 크게 할 수도 없습니다. 그러나 우리는 성현의 글을 읽고 몰랐던 것을 배워 어리석은 마음을 고칠 수는 있습니다. 군자가 처음부터 따로 있었던 것은 아니지요. 각자가 마음을 먹고 뜻을 세워 배우고 또 배우면 군자의 도에 이르지 않겠습니까?"

그네는 남편에게 공손히 이르며 아이들과 함께 책 읽기를 당부하곤 하였다. 남편의 방은 자연스럽게 온 가족의 글방이 되었다. 사임당은 자녀들에게 간곡히 부탁하였다.

"책을 읽을 때에는 단정히 앉아 마음을 먼저 모으고 한 자 한 자 곰곰 똘히 생각하며 읽어야 한다. 우선 글 속에 담긴 뜻을 깊이 깨닫고 구절마다 반드시 실천할 방법을 찾아야 한다. 만일 입으로만 읽고 마음으로 본받을 생각을 하지 않는다면 책 읽은 보람이 무엇이겠느냐. 성현들의 말씀에서 배운 바를 행동으로 옮겨 실행하지 않으면 책은 책대로 나는 나대로 되고 말 것이니 그렇게 되면 아무리 책을 많이 읽어도 소용이 없다."

현룡은 날이 갈수록 글 읽기에 정진해 형들의 수준을 능가하고 있었다. 사임당은 이따금 현룡에게 물어보았다.

"그래, 오늘 읽은 글 중에서 무엇이 마음에 들었느냐?"

"공자께서 절대로 하지 않은 게 네 가지가 있다고 합니다. 억측하지 않으셨고, 장담하지 않으셨고, 고집하지 않으셨고, 이기적인 일을 하지 않으셨다고 해요. 그 말씀을 가슴에 새겼습니다."

"그래. 그게 바로 성인의 경지로구나. 그럼 너, 그 말씀 붓글씨로 써서 마루 기둥에 붙이도록 하여라."

현룡은 외할머니가 선물로 주신 벼루와 붓을 유난히 사랑하였다. 그 붓으로 정성을 다하여 글씨를 썼다. 사임당은 다른 아이들에게도 배운 말씀 중에 어떤 것이 좋았는지 꼭 물어보고 본인들 글씨로 써서 붙이도록 시켰다. 좋은 말씀은 하루 몇 번이라도 읽어서 마음에 새기고 뼛속까지 스며들도록 해야 실천이 수월하다 하였다.

그네는 공부방에서도 절약 정신을 키워 주려 애썼다. 종이 한 장도 아끼자고 이르고 자신이 먼저 모범을 보였다. 붓글씨 쓴 자리에 덧쓰고 덧씀은 물론, 먹도 손가락으로 잡을 수 있는 마지막 토막까지 다 사용하고, 먹물 한 방울도 허투루 버리지 못하도록 늘 주의를 주었다. 그네는 모든 절약의 기본은 물을 아끼는 데서부터라고 생각했다. 무엇을 아끼느냐가 중요한 게 아니라 아끼려는 정신이 더 중요한 것이므로 우선 흔한 물부터 아껴 보라고 일렀다. '물을 아끼면 용왕님께서 복을 주신다.' 그것은 옛 어른들이 절약 정신을 심어 주려 만들어낸 말씀일 것이었다. 아무리 흔한 것이라도 아끼려는 의지가 서고 그것이 몸에 배이면 언제 어디서 무엇이든 간에 저절로 아끼게 될 것이었다. 그래서 가장 기초가 되는 물에 신경을 쓰며 한 방울도 함부로 버리는 일이 없도록 주의를 주었다.

딸들과 평심에게는 부엌살림에서도 아끼는 법을 가르쳤다.

쌀을 씻을 때나 조리질을 할 때나 절구통에 보리쌀을 찧을 때도 잘못해서 한 톨이라도 빠져나가는 일이 없도록 타일렀다. 뿐만 아니라 부뚜막에 자그마한 단지를 얹어 놓고 좀도리 쌀을 모았다. 끼니때마다 밥 지으려고 퍼 왔던 쌀에서 한 줌씩을 떠내 단지 속에 옮겨 넣으면 한 달쯤 지나 제법 부피가 느껴지곤 하였다. 그네는 그것으로 가족들 생일에 떡을 만들어 상을 차리고 이웃에게 돌렸다.

음식은 항상 적당히 만들어 남지 않도록 신경을 썼다. 채소 한 잎도 버리는 일이 없었다. 그리고 무엇보다 자녀들에게 밥을 많이 먹이지 않았다. 밥을 넘치도록 먹고 나면 포만감 때문에 머리가 둔해진다는 것을 그녜는 어린 시절부터 외조부님께 배워 잘 알고 있었기 때문이다. "항상 한 수저쯤 섭섭하다 싶게 먹어라." 조부님의 말씀을 이제 자기가 하고 있었다.

식구가 많아 입새도 만만치 않았다. 여름이라 빨래는 더욱 많아졌고, 삼베나 모시옷 들은 그 푸새 또한 만만치 않았다. 사임당은 두 노인에게도 소일거리를 드리기 위해 그 푸새나 뒷손질, 다듬이질 등은 언제나 그분들 몫으로 넘겨드렸다.

자녀들의 스승이 되어

하루하루 한양 생활의 틀이 잡혀 가고 있었다. 봉선화도 언니들과 섞여 엄마를 찾지 않고 잘 놀았고, 평심이도 집안 살림을 제법 도왔다.

사임당은 마침내 시간의 틈을 내어 또 서도를 시작하고 자수를 시작하였다. 아이들에게 붓 쥐는 법을 가르치고 글씨 쓰는 법을 가르치는 것도 사임당의 몫이었다.

날씨가 더워지기 시작한 초여름, 사임당은 대청마루에 앉아서 글씨를 쓰고 있었다. 이런 때, 여섯 남매들은 어머니 곁에 둘러앉아 신기한 듯 글씨 쓰는 모습을 구경하고 글의 내용을 따라 읽기도 하였다.

부윤옥 덕윤신 심광체반 군자 필성기의
(富潤屋 德潤身 心廣體胖 君子 必誠其意):
　　부는 집을 윤택하게 하고, 덕은 몸을 윤택하게 한다.
　　마음이 넓어지매 몸도 편안하나니 그러므로 군자는 반드시
　　그 뜻을 성실하게 한다.

"우리가 살림이 넉넉지 못해 집이 윤택하진 못하다만, 너희들이 덕

을 쌓으면 몸은 윤택할 수 있다. 비록 해어진 옷을 기워 입더라도 남들에게 나쁜 짓 안 하고, 가족끼리 화목하게 살면 그것이 행복 아니냐. 덕을 쌓는 게 별거 아니다. 무엇이든 성실히, 열심히 하고, 좋은 생각 좋은 말만 하고, 서로 위해 주고 칭찬해 주고, 그러면 되는 거야. 형제간에나 친구간에 시기하고 미워하면 서로 괴롭다. 시기할 일 있거든 칭찬을 해봐. 그럼 서로 기쁘지. 사람마다 잘하는 일은 다 있거든. 칭찬 받으면 신이 나서 더 잘하지. 엄마에게 가장 큰 효는 너희들이 사이좋게 지내는 것이란다."

그때였다. 후두둑 후두둑. 사임당의 말소리를 자르고 갑자기 빗방울 듣는 소리가 났다. 오전 동안 햇볕이 하도 좋아 빨래를 가득 마당에 널어놓았고, 간장 된장 항아리도 열어 놓은 상태였다.

"평심아, 장독대 항아리 열어 났다, 얼른 가서 뚜껑 닫아라."

사임당은 글 쓰던 붓을 놓고, 다급하게 평심이를 부르며 빨래를 걷으려고 마당으로 내려섰다. 그런데, 갑자기 앞이 피잉 돌면서 어지럼증이 왔다. 아아, 왜 이러지? 그네는 하마터면 쓰러질 뻔하다가 용케 몸을 지탱했다. 빨랫줄 매달은 간짓대를 아래로 숙여 간신히 빨래를 걷어 오긴 했는데, 자꾸만 마음이 켕겼다. 건강에 또 이상이 온 것인가? 괜찮아져서 한양으로 왔는데? 그네는 고개를 갸웃거리며 다소 근심에 쌓였다.

그런데 그날 저녁, 밥상머리에서 갑자기 구역질이 나 밖으로 뛰쳐나가고 말았다.

임신인가? 그네는 적이 놀랐다. 세상에, 이제야 겨우 건강이 회복되었는데…. 날짜를 짚어보니 틀림없는 것 같았다. 하느님, 제 나이 서른여덟입니다. 이제 그만 낳을 때도 되지 않았습니까? 안 그래도 어려운 살림에 또 임신이라니요. 이를 어찌해야 합니까? 그네는 울고 싶었다. 누구에게 말도 하고 싶지 않았다. 시어머님도 남편도 모르기를 바랐다. 그러나 밥을 못 먹고 시달리자 가족들이 다 알게 되었다. 자손 많은 것을 복으로 아는 두 노인은 경사라고 축하해 주었지만 이원수와 사임당은 떨떠름한 기분으로 마주보았다. 도대체 손만 잡아도 임신이 되는 체질인가? 앞으로 두서너 달, 그 입덧을 또 어이 견딜꼬. 그림도 그리고 싶고, 수도 놓고 싶고 글씨도 써야 하는데….

사임당은 천지신명에게 자주 원망의 말을 쏟았다. 여섯이면 넉넉합니다. 제 한 몸 가누기도 힘이 듭니다. 열한 식구 건사하기에도 늘 힘이 듭니다. 그런데 여기다 또 한 식구를 더하라 하십니까? 일곱째를 낳으라고요? 세상에….

내색도 못하고 한 대엿새 속앓이를 하던 사임당은, 그러나 서서히 마음을 고쳐먹었다. 갑자기 하늘이 두려웠다. 그네는 우주 만물을 관장하는 천지신명을 거스를 수 없다는 것을 누구보다 잘 알았다. 봉선화를 가졌을 때도 이런 불평을 했었다. 아이를 낳고 건강을 상해 누워 있으면서 천지신명께서 벌주시는 것이 아닌가 생각도 했었다. 지금 또 이런 불평을 하다니. 『맹자』에서 읽었던 구절이 떠올랐다. "인간지사 천명 아닌 것이 없다. 그러니 그 올바른 천명을 순리로 받아들여야 한다. 오직 군자만이 그 올바른 천명을 순리로 받아들일 수 있다."

갑자기 천지신명의 목소리가 들려오는 것 같았다. '생명을 낳고 기르는 것보다 더 큰 예술은 없다. 그림이나 글씨는 그 다음이니라.'

그네는 눈을 감고 조용히 아뢰었다.

'알겠습니다. 용서하소서. 소중한 생명 하나를 거저 주시는데, 감히 불평을 하다니요. 뱃속 아기를 위해서도 그건 안 될 일입니다. 잘 받아 기르겠습니다. 용서하소서.'

사임당은 마음이 바빠져 그림, 글씨, 자수 등에 더욱 열중했다. 배가 더 불러지기 전에, 피곤이 더 몰려오기 전에, 한시라도 더 자신의 일을 해보자고 안간힘을 썼다. 그런 일을 하는 동안 그네는 기쁨이 뿜솟았고 생에 대한 의욕도 생겼다. 그 이상 좋은 태교가 어디 있겠는가. 그네는 태교가 얼마나 중요한지 체험으로 알고 있었다. 둘째 매창의 돌이 지나자마자 셋째 번을 갖고 귀찮은 마음에 태교를 소홀히 했었다. 번이 마음을 넉넉하게 못 쓰는 것은 분명 그 이유 때문이거니 싶었다. 그네는 정신이 번쩍 들어 처음 마음으로 돌아가 다시 태교에 전념하자고 결심하였다.

그러나 그것도 마음뿐, 입덧이 점점 심해지면서 아무것도 먹히지 않았다. 입맛이 없어지니까 의욕도 없어졌다. 생뚱맞게 오죽 동산에서 먹던 땡감 생각이 났다. 늦여름이면 저절로 떨어지는 땡감을 주워다가 단지에 담고 미지근한 물을 부어 사나흘 우려서 먹었던 감. 초가을로는 홍시도 되기 전에 불그레한 땡감을 한 입 베어 물고 떫다고 오만상을 찌푸리던 그 감. 왜 갑자기 그 감 생각이 나는 것인지. 또 어느 날은 참게장 생각도 났다. 밥도둑이라고 불리던 참게장. 그 비싼 것을 어디서 구한단 말인가. 친정이 조금만 가까워도 어머니께 여쭈어 구해 볼 수 있으련만.

사임당은 어서 입덧이 가라앉을 날만 기다렸다.

그러던 어느 날, 평심이가 밥상을 들고 와 비실비실 사그라지는 사임당을 놀래켰다.

"마님, 이것 좀 드셔 보셔요. 입맛이 확 당길 거예요."

이게 웬일인가. 보기만 해도 먹음직스러운 참게장이 놓여 있었다.

"아니, 이 비싼 게장을 어머님이 어떻게 구하셨을까?"

"마님, 사실은요, 큰마님이 갖고 계시던 아씨 마님 그림을 팔았대요."

"뭐라구? 그림을 팔아?"

사임당이 너무나 놀래는 것을 보고 평심이 어깨를 움츠리며 말한다.

"양평댁이 그랬어요. 사임당 마님에겐 절대 말하지 말라면서."

"그래? 그럼 평심아, 말하지 말라 하신 것을 왜 말하고 있니?"

"저도 모르게 그냥 말이 나와 버렸어요."

"이모님이 말하지 말라고 하신 것은 다 이유가 있지 않겠니? 근데 너는 말하지 말란 말까지 전해 버리는구나. 그럼 넌 이모님께 의리를 저버린 것이지. 나중 이모님 얼굴을 바로 볼 수 있겠니?"

"네. 잘못했어요."

"나는 너한테 못 들은 걸로 할 테니 앞으로는 조심하여라."

"네, 감사합니다."

사임당은 왠지 서글퍼졌지만 마음을 바꾸었다. 그림이라는 것도 그렇지. 문갑 속에 박혀 있는 것보다는 그것을 보고 기뻐하고 좋아할 사람한테 가서 있으면 좋지. 주인 잘 만나 사랑받고 있으면 좋지. 그린 사람도 그렇지. 누가 자기 그림 사다 곁에 놓고 보고 또 보며 사랑해 주면 좋지. 좋고말고. 무엇이든 적재적소에 가 있어야 제 빛을 드러내지.

마음을 고쳐먹고 나니 그렇게 편할 수가 없었다. 사임당은 그림을 팔아서 사온 참게의 다리를 들어 한 입 베어 물었다. 짭짤한 것이 입맛을 당겼다. 밥이 입으로 넘어갔다. 시어머님의 사랑이 담긴 음식이라고 생각하니 더욱 맛이 있었다. 자신의 그림이 어딘가에 가서 사랑받게 된 대신에 얻어 온 음식이라고 생각하니 더욱 맛이 있었다. 사임당은 게장 덕분에 모처럼 밥을 먹으면서 뱃속 아기에게 오랜만에 먹이를 줄 수 있어 다행이라는 생각이 들었다. 상을 물리고 웃는 낯으로 시어머님께 감사의 인사도 드렸다.

그러면서 그네는 다시 성현들의 말씀을 읽었다. 몸을 위한 음식도 필요하지만 영을 위한 양식도 필요한 것이니 부지런히 성현들의 말씀을 먹이리라 생각하였다.

그네는 글을 읽어 가다가 공자님의 말씀에 시선이 머물렀다. 태아에게뿐 아니라 자라나는 아이들에게도 들려주고 싶었다. 지필연묵을 챙겨 들었다. 그네는 글씨를 쓰려고 붓을 들다가 그것이 성호 오라버니가 준 것임을 깨달았다. 요즘 살기에 급급해 오라버니 생각을 전혀 하지 못했었다. 강릉에 있을 때 한 번이나 나타날까 기다렸지만 전혀 소식을 들을 수도 없었다. 금강산에서 아직 도를 닦고 있는가. 지금쯤 산다는 것이 무엇인지 깨달았는가. 진리에 대한 목마름은 축였는가.
사임당은 오랜만에 바깥세상으로 트인 가슴속 창을 열어 신선한 공기
를 들이마시면서 붓을 놀렸다.

躬自厚, 而薄責於人, 則遠怨矣(궁자후 이박책어인 즉원원의):
　　　　자기에겐 엄하게 하고, 남의 잘못은 가볍게 감싸면 원망이
　　　　멀어진다.

사임당은 공자의 이 말씀을 아이들의 머리에 각인시키고 싶어 또박
또박 해서楷書로 써서 마루 기둥에 붙여 놓았다.

파주로 따로나다

가을이 되었다. 입덧이 가시자 사임당의 건강도 우선해졌다. 시어
머니 홍 씨는 이때를 기다렸다며 며느리를 불러 새로운 제안을 했다.
"파주에 있는 논밭 말이다. 그곳 농막을 지키던 노인들이 다 세상을
떠나고 마땅한 사람이 없어 비워 둔 상태인데, 아무래도 네가 공기 좋
은 그곳에 가 건강도 살피고 애들도 기르는 게 좋겠다. 큰 애들은 여
기다 두고 말이다."
결국 두 집 살림을 하기로 하였다. 큰아들 선과 번, 그리고 자미화
는 이곳에 두고, 매창, 현룡, 봉선화, 그리고 평심이를 데리고 파주에
가 살기로 하였다. 이곳은 양평댁이 있어 밥을 끓여 먹을 수 있다고
하였다. 비좁은 집에서 일곱째까지 임신을 해 고생하는 며느리에 대
한 시어머니 홍 씨의 배려였다. 사임당은 그저 고마울 뿐이었다.
추석을 지나고 사임당 일행은 파주로 이사를 했다. 강릉처럼 산수
가 아름다웠고 무엇보다 멀지 않아서 좋았다. 더구나 현룡을 낳던 해

남편이 심어 놓은 밤나무가 제법 자라 집 뒤로 숲을 두르고 있어서 가을 냄새가 물씬 났다.

대충 짐 정리를 마치고 나니 초승달이 시골집 마당 허공에 둥두렷이 떠올랐다. 사임당은 무의식 중 사람들 입에 오르내리는 초승달 노래를 불렀다.

> 달아 달아 초승달아 어디 갔다 인제 왔노.
> 새 각시의 눈썹 같고 늙은이의 허리 같다.
> 달아 달아 초승달아 어서어서 자라나서
> 거울 같은 네 얼굴로 두루두루 비쳐 돌아
> 울 어머니 자는 창에 나와 같이 비쳐 주고
> 우리 언니 자는 방에 나와 같이 비쳐 주고
> 우리 동생 자는 방에 내 간 듯이 다 비쳐라.

갑자기 고향집이 그리워졌다. 어머니는 어찌하고 계실까. 인덕 언니는 건강히 잘 있을까, 인교는…. 바로 손아래 동생인 인교에 생각이 머물자 사임당은 눈시울이 젖었다. 어린 시절, 자기 때문에 알게 모르게 피해를 보던 동생, 혼인해서 그런대로 행복하게 산다기에 기뻐했더니, 얼마 전에 남편이 세상을 떴다는 소식이 들려왔다. 논밭과 자식이 있다고는 하나 그 외로움이 오죽할까. 어머니는 인교 때문에도 더 잠 못 이루는 밤이 많으시리라.

인주랑 인경은…. 다들 잘살고 있을까? 가까이 사는 인주가 제일이지. 어머니께 자주 들러 말동무해 주는 게 어딘가. 증자는 말했었지. "한 번 가시면 돌아올 수 없는 게 어버이다. 나중 잘 모셔야지, 하고 미루다 보면 부모는 기다려 주지 않는다. 돌아가신 후 소 잡아 제사 지내는 것보다 살아 계실 때 닭 잡아 봉양하는 게 낫다."

틀림없는 말씀이다.

하늘에 달은 하나이건만 집집마다 다 비치고 있을 저 달. 아, 내가 저 달의 등에 업혀 그리운 사람들의 집을 한번 둘러보고 올 수는 없을까.

고향집에 생각이 미치자 걷잡을 수 없는 그리움이 가슴을 적셨다. 경포 호수도 보이고, 한송정도 보이고, 갈매기에 고깃배에 고향의 모든 것이 한눈에 들어왔다. 그네는 솟아오르는 향수를 어쩌지 못해 한 자 한 자 시어를 찾으며 시를 짓기 시작했다. 매창과 현룡이 옆에 앉아 삼매경에 빠져드는 어머니의 촉촉한 시심을 엿보았다. 그리고 마침내 어머니의 젖은 눈을 바라보며 덩달아 슬픔에 젖었다. 어머니는 글자를 고치고 또 고치고 하다가 마침내 칠언율시를 완성하고 붓을 놓았다. 그리고 아이들 앞이라는 것도 잊은 양 눈물 흘렸다.

思親(사친): 어머님을 그리며

千里家山 萬疊峰(천리가산 만첩봉): 산 첩첩 내 고향 천리연마는
歸心長在 夢魂中(귀심장재 몽혼중): 자나 깨나 꿈속에도 돌아가고파.
寒松亭畔 孤輪月(한송정반 고윤월): 한송정 가에는 외로이 뜬 달
鏡浦臺前 一陣風(경포대전 일진풍): 경포대 앞에는 한 줄기 바람
沙上白鷗 恒聚散(사상백구 항취산): 갈매기는 모래톱에 헤이락 모이락
海門漁艇 任西東(해문어정 임서동): 고깃배는 바다 위를 오고 가리니.
何時重踏 臨瀛*路(하시중답 임영로): 언제나 강릉길 다시 밟아 가
更着斑衣** 膝下縫(갱착반의 슬하봉): 색동옷 입고 어머니 곁에서
바느질할꼬.

— 출전 : 『덕수이씨가승』德水李氏家乘

---

*임영(臨瀛):강릉의 옛 이름.
**반의(斑衣):색동옷. 중국 춘추 시대 초나라에 효자로 소문난 노래자(老萊子)라는 이가 있어 나이 칠십에 오히려 색동옷을 입고 어린이 흉내를 내며 부모를 즐겁게 했다고 함.

수유授乳의 행복

이른 봄, 진달래가 온 산야를 불 밝히며 피어났다. 때를 같이하여 위璋(후에 瑀로 개명)가 고고성을 지르며 세상 밖으로 터져 나왔다. 아들로는 네 번째, 남매를 통틀어는 일곱 번째 아이였다. 사임당 나이 서른아홉, 아무래도 이번에는 막내가 되지 않을까 싶은 귀하고 귀한 아이였다.

양평댁이 와서 산 간호를 해주고, 남편이 잔시중을 들었다. 살림이 손에 익은 평심이의 도움도 컸고, 효성 지극한 매창의 도움도 커서 어느 때보다 산후 조리를 잘 마쳤다. 무더운 여름, 봉선화를 낳고 제대로 조리를 할 수 없었던 소홀함도 이번에 충분히 만회가 되었다. 여자들은 산후 조리를 잘해야 건강을 유지한다고, 시어머니 홍 씨는 양평댁에게 미역 단을 들려 보내며 한 달 동안 가만히 누워 있게 하라고 단단히 당부를 하기도 했다.

사임당은 오직 먹고 자며 아기 젖 주는 일만 했다. 미역국에 하얀 쌀밥을 말아 먹고 한숨 자고 나면 젖이 퉁퉁 불어 금방이라도 터질 듯 아파 왔다. 그것은 사람의 살덩이가 아니라 딱딱한 돌덩이였다. 그런 가슴을 어쩌다 문설주에 부딪치기라도 하면 숨이 멎을 듯이 아팠다. 오, 아가야, 어서 일어나 이 젖을 빨아다오. 아픈 가슴을 옹크리고 아이 깨기를 기다리고 있으면 신기하게도 아기는 어김없이 깨서 울었다. 젖을 달라는 신호였다. 그 쬐끄만 입, 어디서 그런 힘이 나오는 것일까, 쪽쪽쪽 대여섯 번만 빨고 나면 돌덩이처럼 단단했던 젖가슴은 금세 말랑말랑 부드러워지면서 빠개질 듯한 아픔이 가셨다.

도대체 이렇게 질서 정연한 생명의 신비를 만들어낸 조물주는 어떤 분일까. 한 치의 오차도 없이 치밀한 질서였다. 그 완벽함에 놀라지 않을 수 없었다. 그런 분의 뜻을 감히 어떻게 거역한단 말인가. 또 임신이냐고 짜증 부리던 자신이 부끄러워 고개를 들 수가 없었다.

아기는 사물을 보지도 못하는 채 먹고 자는 일만 했다. 그 밖의 일이라면 하루에도 몇 번을 기저귀에 쉬야를 하는 일, 그리고 하루 한 번씩 응아를 하고 목욕을 하는 일이 전부였다. 갓난이는 매일 씻기지 않으면 안 된다고 양평댁은 어김없이 하루 한 번씩 대야에 더운 물을 떠다 날랐다. 아기는 무럭무럭 자랐다. 발을 덮던 배냇저고리가 금세 짧아져 종아리를 드러냈고, 한 달이 지나자 눈이 띄었는지 움직이는 물체를 따라 시선도 움직였다. 초점 없이 배냇짓만 하던 아이가 엄마 눈을 맞추고 방글방글 웃었다. 사임당은 아이가 끔찍이도 사랑스러워 금방이라도 숨이 멎을 것만 같았다. 아기를 안고 있으면 자기도 모르게 팔에 힘이 들어갔다. 너무 꼭 껴안다가 그 작은 생명, 으스러지기라도 할까 봐 입술을 깨물며 참곤 했다. 깜빡깜빡 눈짓에 별이 뜨고, 오물오물 입술 짓에 꽃이 피어나는 아기의 모습은 천사였다. 이 생명의 신비야말로 인간으로서는 도저히 만들어낼 수 없는 창조주 하느님의 위업임을 어찌 인정치 않을 수 있으랴.

이렇게 예쁜 선물을 몰라보고 불평했던 생각을 하면 정신이 아찔하였다. 아기를 품에 안고 젖을 먹이고 있노라면 세상의 평화란 평화는 다 자기에게로 몰려오는 것 같았다. 이 이상의 행복을 어디서 찾을 수 있으랴. 이것은 분명 천지신명의 특은이었다. 이 아기야말로 마지막 선물이리라 싶었다. 어느덧 서른아홉. 마흔의 고비를 넘고 있다는 게 일생일대의 큰 사건인 양 불안하고 초조했지만 아기를 기르는 기쁨으로 기꺼이 넘을 수 있게 되었다. 사임당은 시도 때도 없이 짧게 기도를 드렸다. 하느님, 감사합니다. 감사합니다. 제가 무엇이기에 이렇게도 큰 선물을 주시나이까.

그네는 행복의 절정에서 아기에게 온갖 정성을 쏟았다. 젖을 물리고 앉아서도, 아기를 재울 때도, 그네는 계속 사자소학의 말씀을 노래로 불러 함께 먹였다.

자장자장 우리 애기, 물여인투 부모불안 아신불현 욕급부모
　　　　　(勿與人鬪 父母不安 我身不賢 辱及父母):
남과 더불어 다투지 말라, 부모님이 불안해 하신다.
내 자신이 어질지 못하면 그 욕됨이 부모에게까지 미친다.

　아기는 무럭무럭 자라 백일이 가까워 왔다. 포동포동 더욱 예뻐졌
다. 아기는 온 가족의 소중한 보물이었다. 매창과 현룡은 유난히 아기
를 예뻐했다. 엄마가 하던 대로 말씀으로 노래를 지어 부르면서 아기
를 얼러댔다.

　　어여쁘다 울 애기, 형우제공 불감원노(兄友弟恭 不敢怨怒):
　　　형은 우애하고 아우는 공손히 하며 감히 원망하지 말아라.
　　잘도 잔다 울 애기, 부모책지 반성물원(父母責之 反省勿怨):
　　　부모님께서 꾸짖으시거든 반성하고 원망하지 말아라.

　낳아만 놓으면 자란다더니, 위가 걸음걸이를 배우고 말을 배웠다.
현룡은 동생을 어찌나 사랑하는지, 위는 형만 졸졸 따라다녔다. 사임
당은 드디어 제 시간을 마련해 글씨를 쓰고 그림을 그렸다. 그러다 보
니 나이 마흔이 되었다. 마흔…. 기가 막혔다. 아무것도 해놓은 것 없
이 생의 반을 넘어 살아온 것이다. 그네는 어느 날 경대에 자신의 모
습을 비추어 보다가 크게 놀랐다. 이마 위며 귀밑에 흰머리가 제법 보
였던 것이다. 공자께서는 나이 마흔에는 불혹이라 하셨지. 그러나 미
혹되지 않을 만큼 중심을 잡은 것 같지도 않았고, 무엇인가를 성취한
것 같지도 않았다. 아이 일곱을 기른 것밖에는 한 일이 없는 것 같았
다. 아이들이 건강히 잘 자라준 것만으로도 감사한 일이었다. 일곱 아
이들이 옹기종기 놀고 있으면 『시경』의 「메뚜기」가 저절로 떠올라 읊조
려 보았다.

메뚜기 수가 없네. 네 자손도 이같이.
메뚜기 표롱표롱, 네 자손도 끝없이.
메뚜기 모여드네. 네 자손도 사이좋게.

그녀는 육아에서 조금은 해방이 된 듯해 다시 붓을 잡았다.

사임당이 그림을 그리고 글씨를 쓰고 있으면 매창과 현룡은 그 곁에서 글을 읽었다. 매창은 특히 그림 그리기를 좋아하였다. 오죽 동산에서 본 대나무와 참새, 그리고 매화를 즐겨 그렸다. 대나무 가지 사이로 맑게 뜬 달도 그려 넣었다.

아무리 봐도 어린 시절 자신만 같아 빙긋 웃었다. 이제 열다섯, 사임당은 매창에게 바느질도 가르치고 수놓는 것도 가르쳤다. 손수 밑그림도 그려 보게 하였다. 제법이었다.

한편 현룡은 글 읽기에 관심이 더 많았다. 사서삼경을 읽으면서 나름대로 판단력을 갖추어 자신의 생각을 한문으로 제법 표현했다. 한번은 「진복창전」陳復昌傳이라는 것을 써서 사람들을 놀라게 했다. 진복창은 수진방 집 이웃에 살고 있는 사람인데, 어린 현룡은 뜻밖에도 그를 비판하는 글을 썼던 것이다.

'군자는 덕이 안에 쌓여 있으므로 그 마음이 조용하고 넓고 너그럽다. 소인은 교활이 안에 가득 차 있으므로 그 마음이 늘 안절부절 못한다. 내가 복창의 사람됨을 보건대 속으로 남몰래 안절부절 못하면서 겉으로는 아주 조용하고 너그러운 체한다. 이런 사람이 뜻을 얻어 권세를 쥐게 된다면 그때의 재난이 참으로 헤아리기 어려울 것이다.'

그가 욕심이 많고 이기적인 것은 사실이었지만 어린 눈에 이렇게 보일 줄은 미처 몰랐다.

현룡이 글 솜씨를 드러내다

청명한 가을 어느 날이었다. 이원수는 여덟 살 난 현룡을 데리고 나들이를 갔다. 그는 현룡의 그릇이 예사가 아님을 알기에 조상들의 이야기도 들려주고 싶었다.

"이곳 파주 율곡리는 원래부터 우리 선조들이 살아온 마을이다. 내가 너한테 아주 운치 있는 정자를 보여주마."

현룡은 아버지를 따라 북쪽을 향해 한참을 걸었다. 그리고 거기 야트막한 산자락에 남향받이로 고아高雅하게 앉아 있는 정자 하나와 만났다. 현판에 '화석정'花石亭이라 쓰여 있었다. 보는 순간 마음에 찡한 울림이 왔다. 앞에는 강이 흘렀고, 멀리는 산이 병풍처럼 둘러쳐 있었다. 경치도 좋았고, 정자도 좋았고, 그 정자의 이름도 마음에 들었다.

"와, 멋지다. 아버지, 참 좋아요. 이곳이 아주 마음에 들어요."

감탄하는 현룡에게 이원수는 조곤조곤 내력을 들려준다.

"어때? 좋지? 이 강은 임진강이다. 그리고 이 정자는 지돈녕부사知敦寧府事를 지내신 내 4대조, 그러니까 너에게는 5대조 되시는 강평공康平公 명신明晨 할아버지가 세종 때 처음 지으셨더란다. 그러다가 삼십오 년 뒤에 그분의 손자, 그러니까 네 증조부 홍산공鴻山公 의석宜碩 할아버지가 홍주 목사洪州牧使의 임기를 마치고 돌아와 이 정자를 다시 짓고, 당시 문명이 높았던 연안 사람 몽암夢菴 이숙함李叔瑊 선생에게 정자 이름을 부탁했단다. 몽암은 화석이라 짓고 기념될 글을 적어 주었는데, 당시 학계 거장들이었던 김종직金宗直, 서거정徐居正 선생들이 모두 여기에 시를 지어 붙여 주었단다. 그런 내력이 있는 곳이니 너도 가끔 들러 보아라."

현룡은 아버지의 이야기를 듣고 있으니 그 정자가 더욱더 좋아졌다. 정자에 새겨진 글씨를 한참 읽던 현룡은 자기도 시 한 수를 지어 보고 싶어졌다. 화석정 위로 올라가 시야를 조망했다. 기우는 저녁 햇빛이 찬란하게 내리 쏘여 눈이 부셨다. 사방을 둘러보니 알락달락 단풍이 햇빛을 받아 반짝거리는데 꽃처럼 붉어 보였다. 산이 모두 꽃 봉우리 같았다. 앞에는 긴 강이 흐르고 몇 마리 기러기도 날고 있었다. 현룡은 머릿속 글자를 있는 대로 꺼내어 운율을 이리 맞추고 저리 맞추며 시상을 정리하기 시작했다. 그리고 마침내 오언율시 한 편을 완성했다.

임정추이만(林亭秋已晩): 숲 속 정자에 가을 이미 저물어
소객의무궁(騷客意無窮): 시인의 가슴엔 끝없는 생각
원수연천벽(遠水連天碧): 하늘과 잇닿은 물빛 파랗고
상풍향일홍(霜楓向日紅): 햇빛 받은 단풍은 선홍이구나.
산토고윤월(山吐孤輪月): 산 위에 둥근 달 솟아오르고
강함만리풍(江含萬里風): 강은 끝없이 바람 머금네.
새홍하처거(塞鴻何處去): 변방의 기러기 어디로 갈까
성단모운중(聲斷暮雲中): 울음소리 구름 속에 끊어졌구나.

이원수는 현룡이 들려주는 화석정 시를 다 듣고 나서 너무나 감격했다. 여덟 살 아이를 무거운 줄도 모르고 훌쩍 보듬어 안았다. 그리고 높이 치켜들어 하늘로 올렸다.

"오, 내 아들아, 애비보다 낫다. 이 애비보다 나아. 장차 큰 인물 될 우리 아들. 이대로 잘 커라, 자랑스러운 내 아들아."

그는 아들을 내려 주며 어서 집으로 가자고 하였다. 그 시를 잊어버리기 전에 어서 집으로 가서 붓으로 써 놓자고 하였다.

"네가 앞 네 구절 외우면서 가거라. 난 뒤 네 구절 외우며 가마. 산토고윤월, 다음에 뭐라고?"

"강함만리풍이요."

"그래, 그래, 그 다음은 새홍하처거, 성단모운중. 맞지?"

"네. 아버지 걱정 마세요. 집에 가서 다 외워 쓸 수 있어요."

아버지의 손을 잡고 화석정을 내려오는 현룡의 모습은 의젓하기 그지없었다.

이원수는 갑자기 현룡을 수태할 때의 일이 떠오른다. 아내를 만나러 봉평으로 가는 길, 하룻밤 주막에 머물면서 하마터면 이름도 성도 모르는 미망인에게 싱그러운 봄 산야의 정기를 쏟아 부을 뻔한 아찔한 순간이 떠올랐다. 그런데 그 여인은 태어날 아이를 위해 밤나무를 심고 적선을 하라 하였다. 그 뒤 그는 파주에 드나들면서 부지런히 밤나무를 심었었다. 천 그루를 심으라고 해서 틈만 나면 심고 또 심었었다. 이제 그 나무도 육칠 년 자랐더니 제법 둥치가 굵어졌다. 간간이 밤이 열려 마을 사람이면 누구든 들어가 밤을 주워 가라 하였다.

그들이 집에 돌아왔을 때, 사임당과 매창은 이제 막 말을 배우는 위의 재롱에 듬뿍 취해 있었다. 그런데 두 부자가 싱글벙글 들어오더니 한시가 바쁘게 글방으로 가자고 한다. 가을해는 짧아 금세 어둠이 깔린 저녁이었다. 남편이 어서 등잔불을 밝히라고 한다. 사임당이 불을 켜자 어둑했던 방이 화안히 살아났다. 현룡이 외할머니한테서 받은 벼루를 꺼낸다. 이원수는 마음이 바쁜지 손수 먹을 갈아 준다. 현룡이 종이와 붓을 챙겨 글씨를 쓰기 시작한다. 이원수의 걱정은 기우였다. 현룡은 줄줄 잘도 외워 쓴다. 사임당과 매창은 영문을 몰라 의아해 하며 현룡이 쓰는 글씨를 지켜본다. 오언율시 사십 자를 정확히 썼다.

"보시오. 현룡이 화석정에 올라가 쓴 시라오."

사임당은 적이 놀랐다. 매창도 더욱 감탄하며 칭찬해 마지않는다.

"아이고, 우리 동생. 어디서 그런 시상이 나올꼬. 여덟 살짜리가 누나보다 낫네."

사임당은 말없이 현룡의 손을 꼭 잡았다. 파란 물빛, 붉은 단풍, 대구對句까지 잘도 맞추어 썼구나. 장하다, 내 아들. 그래. 이대로 잘 커다오. 너는 이 에미의 기대를 저버리지 않을 거야. 고맙다! 다음 순간,

그네의 입에서는 저절로 짧은 기도가 나왔다.

'하느님, 제가 무엇이기에 이렇게 큰 선물을 주시나이까. 저 아이의 총명함이 한낱 시 짓는 일에만 머무르지 않고, 나라와 백성을 위해 좀 더 큰 곳에 쓰이게 하소서.'

그네는 기도를 마치고 현룡을 보며 말했다.

"지금 불을 켜니까 온 방이 밝아졌지? 우리 현룡이 이담에 크면 이 등불처럼 화안히, 어둠을 밝히는 빛이 되었으면 좋겠구나."

파주에서의 생활은 단란했다. 이따금 한양 나들이를 하면서 사임당은 매창과 현룡에게 글을 읽히고, 글씨를 씌우고, 아래로 봉선화와 위에게도 손때 묻은 산가지를 이용해 숫자 개념을 가르치며 그 곁에서 틈틈이 그림을 그리고 서도를 즐겼다. 텃밭에는 부지런히 오이, 가지를 심어 가꾸었고, 마당가에는 매창과 더불어 과꽃이며 꽈리, 봉선화, 맨드라미, 원추리 등도 지성으로 가꾸었으니 옛날처럼 초충도 그릴 수 있었다. 여기저기 풀밭에서 만나는 메뚜기도 그려 넣었다. 그뿐인가. 집 주변의 경치도 빼어나게 아름다워 강릉에서처럼 산수화를 그릴 수 있어 행복했다.

그러나 그 무엇보다 그네를 행복하게 한 것은 날로 늘어가는 매창의 그림 솜씨요, 날로 깊어가는 현룡의 글공부였다. 사임당은 좋은 글귀를 써 붙이는 것과 함께 그날 그날 읽은 것을 점검해 보기를 즐겼다.

"그래, 오늘 읽은 것 중에서는 무엇이 마음에 남았는고?"

"효에 관한 공자님 말씀인데요. 부모를 생각하는 마음이 있으면 마치 부모의 형상을 보고, 부모의 음성을 듣는 것과 같아서 부모가 장차 자식에게 어찌어찌하라고, 시키는 것이 있을 듯함을 느끼게 된다고 합니다. 그러면 꼭 말씀을 하지 않아도 그것을 미리 실천하게 된다는 것이지요."

"그렇구나. 정말 그렇겠구나. 그럼 아버지 어머니가 너에게 무엇을 원하는지 짐작이 가느냐?"

"성현들의 말씀 잘 새겨듣고 군자가 되어서 자기 이익만 생각하지 말고, 이웃을 위해, 나라와 백성을 위해 큰일을 하라 하시는 것이지요."

"고맙다. 고맙다. 내 마음을 다 읽었구나. 그래. 군자는 천명을 두려워하고, 성인의 말씀을 따른다고 하였다. 항상 부모보다 더 높은 부모는 하늘임을 명심하고 천명을 받들도록 애써 주기 바란다."

"네, 어머니. 명심하겠습니다."

사임당은 현룡과 이야기를 나누다가 갑자기 어머니 생각이 간절하였다. 벌써 못 뵌 지가 여러 해다. 적막강산에서 몸이나 건강하신지, 문안 편지라도 올려야지 싶었다. 그러나 편지를 써도 강릉 어머니께 전달되기까지는 너무나 오랜 시간이 걸리므로 항상 그것이 애가 탔다. 안부를 여쭙고, 그 대답을 기다리다 보면 이미 시효가 넘어 버려 소용이 없어질 때도 있었다. 그러다 보니 보고 싶은 생각만 마음에 담고, 애타게 그리워하면서 하루하루 세월을 보내기가 일쑤였다.

강릉 어머니를 그리며

사임당은 그 밤, 어머니를 그리며 마당으로 나갔다. 하늘에는 적당히 살 오른 초열흘께의 반달이 맑게 떠서 수없는 별들과 함께 자신을 내려다보고 있었다. 하늘에 달이야 하나인데, 온 세상에 가득한 달, 한양 대로에도, 강릉 오죽 동산에도, 대관령 굽이굽이 산길에도, 파주 밤나무 골에도 높이높이 떠서 등롱보다 더 밝게 세상을 비춰 주는 달. 어머니도 저 달을 보고 계신다면 함께 만날 수 있을 텐데. 어머니가 계시는 강릉 쪽을 가늠하며 시선을 돌리자 오동나무 가지 사이로 먼 산이 우뚝 시야의 끝을 막았다. 아, 산처럼 크신 품으로 다섯 자매를 길러낸 나의 어머니. 헤아려 보니 어머님 나이 칠순이 가까웠다. 건강은 어떠실까, 적막강산에서 외로움은 어찌 견디고 계실까, 제발 생전에 다시 한번 뵈올 수 있어야 할 텐데….

달은 토방을 오르내리는 그네 치맛자락을 비추며 시심詩心을 돋우었다. 방으로 들어와도 달빛은 계속 따라와 창 앞에 머물며 시심을 재촉했다. 사임당은 도저히 그냥 있을 수가 없었다. 등잔불 아래서 붓을 들었다. 한 글자, 한 글자, 자신의 시상을 표현할 한자를 찾고 운율을 맞추었다. 사임당은 문득 돌아가시기 얼마 전, 아버지가 들려주시던 말씀이 생각났다. 세종대왕께서 만백성을 위해 쉽게 쓸 수 있도록 지으셨다는 훈민정음은 언제쯤 배울 수 있을까. 아마도 그 글로 쓰게 된다면 자신의 생각을 이토록 까다로운 한자에 맞춰 정리할 필요도 없을 터였다. 새삼 아버지가 너무 일찍 세상을 뜨신 게 한스러웠다. 그네는 떠오르는 시상을 곧바로 우리말로 적을 수 없음을 안타까워하며 글자를 고르고 골라 오언절구로 마무리를 지었다.

秋月滿庭園(추월만정원): 가을 달빛은 마당에 가득 차고
桐枝懷遠山(동지회원산): 오동나무 가지는 먼 산을 품었도다.
夜夜祈向月(야야기향월): 밤마다 달을 대해 비옵는 말씀
願得見生前(원득견생전): 생전에 다시 한번 뵙고 싶어라.*

시를 짓고 있자니 눈물이 났다. 그네가 소매로 눈물을 훔치고 있는데, 매창과 현룡이 들어온다. 두 아이는 어머니의 눈물을 못 본 채, 붓으로 써둔 시를 읽는다. 현룡은 생각한다. 왜 부모랑 다 함께 살지 않고 이렇게 떨어져 그리워하며 살아야 하는가. 어머니가 외할머니 보

---

*이 시는 아래 두 구만 남아 있는데, 필자가 한학자 박후식 선생의 도움을 받아 위 두 구를 지어 넣은 것입니다.

고 싶어 하는 마음을 알 것만 같다.

다음 날 아침이었다. 현룡이 모처럼 그림을 그렸다고 가족들에게 보여준다. 평소 글을 짓고, 글씨는 써도 그림은 별로 그리지 않던 현룡이었다. 무슨 그림을 그렸을까. 그런데 어머니나 누나가 즐겨 그리는 화조도 아니요, 초충도 아니요, 산수도 아닌 뜻밖의 그림이었다. 무언가 의미가 있지 싶어 사임당이 물었다.

"그림 속에 웬 사람이 이렇게 많으냐?"

"부모님을 모시고 우리 남매들이 함께 살아가는 그림입니다.『이륜행실』二倫行實을 읽다가 옛날 장공예長公藝의 9대 가족이 한 집에 살았다는 것을 읽었습니다. 저희도 그렇게 다같이 모여 살면 좋겠습니다."

그러고 보니 그림 속에는 할머니 둘, 아버지, 어머니를 비롯하여 차례차례 형들, 누나들, 동생들, 아기까지 열한 사람이 옹기종기 들어 있었다. 이원수도 사임당도 웃음이 절로 났다. 그래, 그래, 언제까지나 가족이 오순도순 행복하게 살 수만 있다면 얼마나 좋겠느냐.

아홉 살 현룡이는 어른스럽기 한량없다가도 때로는 그렇게 귀엽기 그지없었다.

사임당은 어린 현룡의 그림을 보고 형들 보고 싶어 하는 그 마음을 헤아렸다. 안 그래도 위璿가 어느 정도 컸으니 설에는 한양으로 올라가 가족들 다 같이 차례를 모시고 명절을 쇠기로 했었다. 이번 설을 쇠고 나면 맏아들 선璿은 스물둘이 된다. 선을 장가보낼 일에도 신경을 써야 할 때가 되었다. 그러나 선은 건강이 썩 좋은 편이 아니었다. 몸이 아파 눕는 것은 아니지만 이따금 손발이 붓기도 하면서 피곤을 호소했고, 무엇보다 청년다운 패기가 없어 걱정이었다. 공부도 한다고 하는데, 과거에 응시해 보아도 결과는 없었다. 하긴 과거는 해서 무엇 하나. 시끄러운 조정을 생각하면 초야에 묻혀 지내는 선비가 제일이라 싶었다.

아닌 게 아니라 조정은 한시도 조용할 날이 없었다. 그해 1545년은 더욱 그랬다. 인종이 재위 여덟 달 만에 승하하자 이복동생인 경원대군이 열두 살 나이에 즉위하여 명종이 되었다. 이에 어린 왕을 돕는다고 문정내비가 수렴 청정하는 과정에서 많은 희생자를 내고 말았다. 명종의 외숙인 윤원형尹元衡 일파가 정권을 잡고, 인종의 외숙인 윤임尹任 일파를 몰아내어 많은 신하들이 사형당하고 유배당하는 등 유혈이 낭자한 을사사화乙巳士禍가 일어났던 것이다.

그런데 놀라운 것은 현룡이 말한 진복창에 대한 예언이었다. 그는 크게 출세하여 대사헌이 되었는데 세도가인 윤원형에 붙어 이기李芑 등과 함께 이 사화에 앞장을 선 것이었다. 죄 없는 선비를 수없이 죽이고 어린이 늙은이에게까지 못할 짓을 했으며 심지어 자기의 소행을 나무라는 스승 구수담具壽聃을 역적으로 몰아 죽이기까지 해 나라의 도적이라는 말까지 들었다. 그런 진복창의 인물됨을 어린 현룡이 어찌 그리 정확히 간파했을꼬.

사임당은 물론 이원수도 아들의 영특함에 깜짝깜짝 놀라곤 하였다.

사부자四父子 강릉을 가다

이듬해 설을 지내고 날씨가 조금 풀리자, 이원수는 아들 셋을 데리고 강릉 처가로 갔다. 이원수는 든든한 세 아들 덕에 그렇게도 멀게만 느껴졌던 대관령 고갯길도 가볍게 넘었다.

혼자 외로이 늙어 가는 이 씨 부인에게 네 부자의 방문은 더할 나위 없는 반가움이었다. 검은 머리는 찾아볼 수도 없이 된 이 씨는 위로 두 손자들을 차례로 안아 기쁨을 나누고, 마지막으로 현룡을 안고는 오래 팔을 풀지 못하며 눈물을 흘렸다. 현룡은 할머니의 품 안에서 자기도 모르게 결심을 했다. 내가 어른이 되면, 할머니는 내가 모시리라. 내가 모시리라.

이원수는 세 아들을 데리고 경포대에 올랐다. 명경지수의 물도 좋지만 멀리 보이는 산도 마을도 모든 것이 예나 지금이나 아름답기 그지없었다. 그때 현룡은 한참을 넋 놓고 무슨 생각에 잠겨 있는 성 싶더니 집에 돌아와 지필묵을 챙겨 들고 긴 글을 써 내렸다. 이른바 「경포대부」鏡浦臺賦였다.

'…기氣를 잘 기르지 못하면 방탕하게 되어 뜻을 잃는 것이니, 이름을 구하고 이利를 구함은 틀림없이 성정에 해로운 법이다. 물을 즐기고 산을 즐김은 그윽이 어질고 지혜로움을 간절히 사모하기 때문이다….'

열 살 어린이의 글로는 너무도 깊은 철학을 담은 글이어서 외조모를 비롯해 아버지도 형들도 모두 놀랐다. 그리고 며칠 후 현룡은 자기가 태어난 몽룡실에서 잠을 자다가 이른 새벽녘에 이상한 꿈을 꾸었다. 현룡은 일어나자마자 붓부터 찾았다. 꿈에 받은 글귀를 잊기 전에어서 써 놓고 싶었던 것이다. 다행히 선명히 기억에 남아 그대로 적었다. 그리고 이미 일어나 계신 할머니와 아버지를 모시고 꿈 이야기를 들려드렸다.

"제가 꿈속에서 글을 읽고 있는데, 갑자기 문밖이 화안해지면서 어떤 어른이 문안으로 들어서셨어요. 눈이 부시게 빛을 뿜고 오신 분이셨어요. 그런데 조그만 첩帖을 하나 꺼내 주시면서, 열어 보아라, 하시기에 조금 두려웠지만 열어 보았지요. 거기엔 황금빛 글씨로 이렇게 쓰여 있었어요. 이거 잊지 않으려고 얼른 일어나 쓴 것입니다. 제가 그 글을 읽고 났더니 그 어른은 온데 간데 없으셨어요. 제 마음에 꼭 하느님 같은 느낌이 들었어요."

할머니와 아버지는 현룡이 내민 그 글씨를 찬찬히 읽는다.

용귀효동운유습(龍歸曉洞雲猶濕):
　　용이 돌아간 새벽 골짜기엔 구름이 아직까지 젖어 있고

사과춘산초자향(麝過春山草自香):

사향노루가 지나간 봄 산에는 풀마저 저절로 향기롭네

이 씨는 속으로 걱정이 되었다. 용은 현룡과 관련이 있을 터인데, 어찌하여 용이 돌아갔다는 표현이 있을꼬.

"무슨 뜻일까요?"

사위가 묻는다. 이 씨는 얼른 표정을 바꾸고 기분 좋게 대답하였다.

"글쎄, 향기롭다는 것으로 봐서 상서로운 꿈인 것 같네."

"그렇지요? 우리 현룡에게 좋은 일이 있을 모양이지요?"

"암, 우리 손자, 오래오래 세상에 향기를 남길 인물이 될 것이네."

봄날 이른 아침, 오죽 동산의 대나무 향기며 뒷동산의 소나무 향기가 은은히 바람 타고 실려와 마루 끝에 앉아 있는 세 사람의 코끝을 간질였다.

12
아들이 안겨준 기쁨

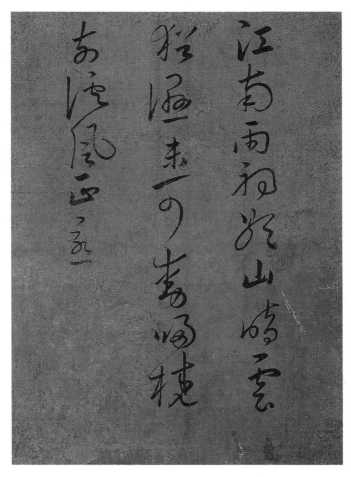

초서병풍(草書屏風) ǀ 신사임당, 조선/16세기

단산의 기쁨을 누리며

 겨울 동안 사임당은 한양 집에 머물면서 매창과 함께 가족들 입새를 준비하느라 여념이 없었다. 형 옷을 물려 입고 언니 옷을 물려 입는 것도 한계가 있어서 한바탕 새로 준비하지 않으면 안 되었다. 매창은 어린 나이에 버선볼 대는 것부터 배우더니 이제 제법 바느질에 익숙해져 치마며 저고리를 근사하게 만들어내고 있다.

 "아이고, 우리 매창 아기씨는 영락없이 사임당 솜씨구먼. 작은 사임당이라고 불러야겠어요."

 "누가 아니오. 그림에 자수에 바느질까지 우리 맏손녀는 제 에미를 쏙 빼닮았어."

 양평댁의 말에 시어머님 홍 씨도 맞장구를 쳤다. 두 노인은 눈이 어두워 바느질은 못해도 다 해놓은 저고리 섶이며 도련에 인두질을 해 마무리 짓는 일을 거들곤 했다.

 그렇게 한양 생활을 하고 있는 동안, 이원수는 글공부에 소홀하더니 어딘가로 자꾸 나들이를 갔다. 사임당이 이상히 여겨 물어보니 정승을 지내고 있는 친척 이기李芑의 집엘 간다는 것이었다. 사임당은 대번에 못마땅하게 여겼다.

 "갑자기 그 댁을 자주 드나드는 이유라도 있으십니까?"

 "나도 속셈이 있소. 나이는 자꾸 들고, 말단이라도 관직 하나 얻어볼까 하는 것이오."

 "죄송합니다만 저는 반대입니다. 그 아저씨가 한 일을 아시지 않습니까? 윤원형과 함께 을사사화의 주축이 되어 많은 사림士林들을 죽이고 매장시켰던 사람 아닙니까? 그런 일로 공을 세워 영의정까지 올랐습니다만, 인륜에 어긋나는 행위를 한 사람이 오래갈 리가 없습니다. 금력과 권력에 아첨하는 것은 부끄러운 일이요, 어진 사람을 해친 이는 반드시 그 끝이 안 좋을 것입니다."

"그렇지만 남도 아니고, 바로 우리 집안 숙항叔行인데….."

"아무리 아저씨뻘이라 해도 불의한 사람임을 알면 출입을 삼가야 합니다. 오르막길이 있으면 반드시 내리막길이 있습니다. 윗자리에 있으면서 남에게 교만하지 않고 자기 욕심 부리지 않고 법도를 삼가 지키면 권세가 차도 넘치지 않겠지만, 그 아저씨는 평판이 좋지 않습니다. 무슨 화를 당하려고 그러십니까?"

"식구는 많고, 하도 살림이 어려우니까, 나도 좀 보탬이 되고자 해서 그렇소."

"공자님 말씀 잊으셨습니까? 사람을 관찰함에 있어 먼저 그 행동을 보고, 다음은 행동의 동기를 보고, 다음은 행동의 목적을 살피면 그 사람됨을 알지니, 그 사람됨을 어찌 속일 수 있으랴, 하셨지요. 또 거친 밥에 물 마시고, 팔베개로 누웠어도 즐거움이 그 안에 있다고, 불의로 얻은 부귀는 뜬구름과 같다고 하시지 않았습니까? 부부가 화평하고 순탄하면 아침저녁 끼니를 잇지 못할지라도 즐거움과 여유가 있는 법입니다. 우리가 지금 굶는 것도 아니잖습니까?"

"굶는 거야 아니지만 넉넉하지 않으니까 아쉬울 때가 많지 않소?"

"만족할 줄 알면 가난하고 천해도 즐겁고, 탐욕을 부리면 부하고 귀해도 근심이 떠나질 않는다고 하지 않습니까?"

부인의 말을 듣고 보니 다 옳았다. 아닌 게 아니라 그 얼마 뒤 이기의 추종 세력은 모두 화를 입었지만 이원수는 아무 일도 당하지 않았다. 아찔한 일이었다.

한참을 한양에서 머물던 사임당 가족은 초여름 농사철을 맞아 다시 파주로 왔다.

사임당은 딸들을 데리고 맨드라미, 봉선화, 패랭이 등을 이웃에서 모종해 마당가에 심고, 텃밭에는 오이, 가지 등을 심어 정성껏 가꾸었다. 하루하루 안정된 나날이었다. 무엇보다 임신의 공포에서 해방된 것이 기뻤다. 막내 우瑀가 다섯 살. 자기도 벌써 마흔셋이었다. 삼신할머니도 더 이상 아기를 주시진 않겠지. 이제 온전한 자기만의 시간을 갖게 된 것이 참으로 기뻤다. 그네는 다시 그림을 그리고 글씨를 썼다. 시골에 오니까 다시 화조도, 초충도, 산수화를 그릴 수 있어 좋았다. 그리고 붓글씨는 주로 초서를 썼다.

마음을 가다듬고 경건한 자세로 앉아 먹을 갈았다. 먹물에 붓을 찍어 반듯이 쥐고 팔을 활발히 움직여 옛사람들의 훌륭한 시를 쓰고 있으면 그들의 정서에 함몰되면서 아늑한 행복감이 밀려왔다. 그네는 당나라 시인들의 시를 즐겨 썼다.

淸淺白石灘(청천백석탄): 맑고 얕은 백석탄 여울에서
綠蒲正堪把(녹포정감파): 푸른 창포 움켜잡고 캐기도 했지.
家在水東西(가재수동서): 집은 개울과 동서로 마주했어
浣紗明月下(완사명월하): 밝은 달 아래서 비단 빨래도 했지.
　　　　　　－ 王維「白石灘」(왕유의「백석탄」)

靑山臨黃河(청산임황하): 푸른 산은 황하에 임하였는데
下有長安道(하유장안도): 아래로는 장안 가는 길이 있네.
世上名利子(세상명리자): 세상에 명리만 좇는 이들은
相逢不知老(상봉부지노): 서로 만나도 늙어 감을 모를 테지.
　　　　　　－ 孟郊「送柳淳」(맹교의「송유순」)

그네는 처음 시작하는 기필起筆에서도 붓을 또박또박 명확히 대고, 마지막 붓을 거둘 때도 까실하게 갈라진 마무리가 되지 않도록 깔끔하게 삐치거나 눌러 주었다. 또 글자마다 중심이 되는 세로획과 가로획을 해서楷書처럼 곧고 반듯하게 긋고 나머지 획은 부드럽게 둥그런 곡선으로 처리하였다. 그네는 언제나 원만함을 나타내는 곡선이 좋았다. 그래서 봉선화며 맨드라미, 꽈리, 오이, 가지 등을 그릴 때도 줄기를 되도록이면 곡선으로 그렸던 것이다.

그네가 이렇게 글씨를 쓰거나 그림을 그리고 있으면 자녀들도 둥그렇게 모여 앉아 글씨를 쓰거나 책을 읽었다. 그중에서도 매창은 그림 그리기를 좋아했다. 어린 우瑀도 유난히 그림에 관심을 보이며 시종 곁에 앉아 붓을 만지작거렸다. 그네는 아이에게 종이를 주고 붓을 주고 먹 가는 것에서부터 붓 쥐는 것까지 실습도 시켰다. 그러는 가운데 한결같이 하루 세 번 자녀들에게 성현의 말씀을 읽혔다.

"읽다가 모르는 것이 있거든 형이나 누나에게 묻고, 그래도 모르겠거든 아버지나 어머니에게 물어야 한다. 잘 모르겠는데도 귀찮아서 그냥 넘어간다면 학문에 아무 진전이 없을 것이다. 알겠느냐?"

"네."

여러 아이들이 함께 대답을 한다.

"그리고 너희들에게 평생을 마음에 지니라고 한 두 마디 말은 잊지 않았겠지?"

"네. 성실과 신독입니다."

열한 살 난 현룡이 망설임 없이 대답한다.

"그래. 그럼 다시 한번 너희들 글씨로 써 봐라. 옛날보다 글씨가 좀 늘었는가도 볼 겸."

자녀들은 '誠實', '愼獨' 두 마디 말을 정성껏 써 왔다.

그네는 그들이 써 온 글씨를 두루 살피며 칭찬할 것은 칭찬하고 서툰 부분은 지적해 주면서 다시 물었다.

"혼자 있을 때도 왜 도리에 어긋나는 일을 삼가야 한다고?"

"저 하늘에서 하느님이 보시니까요."

"또 한 가지는?"

"자기 자신에 대한 존중이니까요."

"그래.『명심보감』「존심편存心篇」에도 그런 말이 있지. '좌밀실여통구'坐密室如通衢, 밀실에 앉았기를 네거리에 앉은 것같이 하라고. 그게 바로 자존심 아니겠느냐.”

다섯 살 난 우는 무슨 뜻인지도 모르고 고개를 끄덕인다. 어린 시절 이렇게 자주 들어 어렴풋이 뼛속에 스미면 언젠가는 제대로 뜻을 알고 그 말씀을 소중히 간직하겠지. 사임당은 그런 확신을 갖고 언제나 형들 위주로 어린 동생들에게도 좋은 말씀을 함께 먹이고 있었다.

“오늘은『대학』에서 한 장을 공부해 보자꾸나.”

그녀는 ‘혈구지도’絜矩之道에 대한 한문 구절을 읽어 주다가, 한 구절씩 돌려가며 읽자고 하였다. 차례로 아이들이 돌려 읽기를 마치자 어려운 한문을 쉽게 풀어 설명을 했다.

“윗사람에게서 싫다고 느껴진 것으로 아랫사람에게 부리지 말 일이요, 아랫사람에게서 싫다고 느껴진 것으로 윗사람을 섬기지 말며, 앞사람에게서 싫다고 느껴진 것으로 뒷사람에게 행하지 말며, 뒷사람에게서 싫다고 느껴진 것으로 앞사람을 따르지 말며, 오른쪽 사람에게서 싫다고 느껴진 것으로 왼쪽 사람에게 건너지 말며, 왼쪽 사람에게서 싫다고 느껴진 것으로 오른쪽 사람에게 건네지 말 일이니, 이것을 혈구지도라고 한다. 무슨 말인지 알아듣겠느냐?”

“네.『논어』에 나오는 ‘기소불욕 물시어인’과 통하는 말이 아닌가요?”

현룡이 말했다.

“그렇지. 바로 그것이다.”

“『중용』에 나오는 ‘추기탁인’推己度人*과도 통하는데요.”

큰아들 선도 한마디 했다.

“그렇지. 아들에게 바라는 것으로 아비를 섬기고, 신하에게 바라는 것으로 임금을 섬기고, 아우에게 바라는 것으로 형을 받들고, 벗들에게 바라는 것을 네가 먼저 베풀어라, 하는 말이지. 네가 바라는 것은

＊추기탁인(推己度人):자기 자신을 미루어 다른 사람을 헤아림.

남도 바라기 마련이란다. 그것을 먼저 네가 해주라는 것이지. 이런 것이 바로 남에 대한 배려다. 사람이 살아가는 데 자기 이익만을 생각하는 사람은 아무것도 얻지 못한다. 항상 소탐대실하게 마련이다. 이웃이 있을 수가 없지. 명심하여라. 큰 그릇이 될 너희들은 항상 이웃을 생각해야 한다. 알겠느냐?"

그네는 현룡을 염두에 두고, '큰 그릇이 될 너희들은'이라고 힘주어 말했다. 특별히 현룡을 바라보며 하고 싶은 말이었지만 공연히 눈치가 보여 시선을 번에게 두었다. 그네는 번에게 항상 미안했다. 세 번째 아이라서 솔직히 태교에 조금 소홀했었다. 게다가 매창이 워낙 예쁜 짓을 하던 판이라 번에게는 사랑도 조금 덜 쏟았던 것이 사실이다. 그런 이유로 번이 다른 아이들보다 조금 거친 성격이 되지 않았나 싶어 더욱 신경이 쓰였던 것이다.

공부 시간이 끝나자 그네는 곧바로 '誠實', '愼獨'이라 쓰인 여러 장의 종이를 마루 기둥에, 거처하는 방에, 측간 벽에, 고루 붙여 놓고 오며가며 읽고 마음에 새기라 일렀다.

남편을 덮은 병마

사임당은 글로써만 가르치는 게 아니었다. 우선 행동으로 모범을 보여야 했다. 아무리 화가 나는 일이 있어도 큰소리를 치지 않으려 노력했고, 아이들에게 매를 들지 않으려 노력했다. 버드나무 회초리가 없는 것은 아니었다. 사임당은 지극히 드문 일이긴 하지만 그 회초리를 들 경우가 있었다. 밖에서 친구들과 싸우고 왔다든지 형제자매끼리 우애를 나누지 못할 때, 그네는 그 회초리를 들어 종아리나 손바닥을 한두 대씩 때렸다. 그야말로 사랑의 매였다.

비교적 외향적인 성격이라 바깥출입이 많은 번은 어쩌다 동생들에게 험한 욕설을 퍼부어 사랑의 매를 맞기도 했다. 그때마다 사임당은 모두를 불러 놓고 타일렀다.

"욕설이란 그걸 듣는 사람에게 누가 되는 것이 아니다. 항상 그 욕설을 발설하는 사람에게 누가 되는 것이지. 내뱉는 그 순간 바로 네 입이 더러워진 거 아니냐. 그건 너에 대한 존중을 잃어버린 것이다. 사람은 언제 어디서나 자존하는 마음을 잃지 말아야 한다. 그래서 신독을 강조한 것 아니냐. 자기를 스스로 존중해 주지 않으면서 어떻게 남에게 존중 받기를 바라겠느냐."

그네는 또 둘째 딸 자미화가 걸음걸이도 바쁘고, 말도 좀 수다스러운 게 늘 못 마땅해서 자주 불러 타일렀다.

"앞을 보고 천천히 걸어라. 이쪽저쪽 쳐다보며 바삐 걷는 것은 좋지 않다. 항상 마음이 한곳으로 모아져 똑바르게 걸어야지. 그리고 말도 그렇다. 또박또박 천천히 말해야 듣는 사람도 편하고 너도 할 말을 다 하는 거야. 미리 마음만 바빠서 재재거리면 듣는 사람도 피곤하고 너도 사실은 할 말 다 못하게 되는 거야. 또 말을 많이 하다 보면 실수도 있게 마련이다. 같은 말을 여러 번 하는 것도 삼가거라. 아무리 좋은 말도 거듭하면 듣기 싫은 법이다."

아이들을 가르치며 서도를 즐기고 있으니 이 세상 부러울 것이 하나도 없었다. 더구나 매창의 그림 솜씨는 일취월장이었다. 달과 매화, 참새와 대나무, 화조 등이 화판에 옮겨질 때마다 한층 나아지는 솜씨를 보고 사임당은 그윽한 미소를 띠었다.

그러나 문제가 없는 삶은 죽은 후에나 가능한 것인가. 문제, 문제, 하나가 풀리면 기다렸다는 듯이 다른 문제가 꼬리를 물고 나왔다. 산다는 것은 행복한 시간보다 고통의 시간이 더 많은 것인가. 행복은 반짝 빛나다 떨어지는 별똥별처럼 그렇게 순간을 스치는 것인가.

편안했던 그들의 가정에 또다시 해일이 일었다. 이원수의 건강에 이상이 온 것이다.

더운 여름을 나며 지치기도 했고, 워낙 술을 좋아하는 탓에 이따금씩 마을 잔치에 나가면 절제 없이 술을 마신 게 화근이었던가. 이제 그의 나이 마흔셋. 청년의 시기는 진즉 지나고 어쩔 수 없이 중년에 접어들었건만 기분이 나면 폭음을 하곤 해 가족들의 걱정을 사곤 하더니 기어이 탈이 나고 말았다. 마흔 아니라 쉰이 넘어도 마음이야 청춘임을 왜 모르랴. 그러나 적어도 군자가 되려면 아무리 좋아하는 술이라도 불혹을 넘긴 나이에까지 미혹되지는 말아야 옳지 않겠는가. 사임당은 아이들 보는 데서 주사를 부리며 들어서는 남편이 딱해 보여 몇 번이나 주의를 주었지만 한 서너 달 잘 나가다가 어느 순간 또 해이해지곤 했다. 아무래도 마음이 모질지 못해 남들이 주는 술잔을 거절하지 못하는 게 이유려니 싶었다. 술 좋아하는 사람치고 악인은 없다더니 옳은 말인 것 같았다.

어쨌건 그는 추석을 지나자마자 덜컥 병이 난 것이다.

우선 소화가 잘 안 되어 음식 먹기가 고역이라 했다. 새벽이면 속이 쓰림과 동시에 신물이 넘어온다고 했다. 게다가 메스꺼움도 심하게 느낀다고 했다. 그뿐인가. 측간에 다녀온 그는 피똥을 쌌다고도 했다. 사임당은 겁이 덜컥 나 의원을 불렀다. 진맥을 해보고, 이런저런 증세를 듣고 나더니 위장이 몹시 상한 것 같다고 했다. 약을 지어 주고 가면서 그는 이원수의 손을 잡고 술을 끊어야 한다고 신신당부했다. 그리고 사임당에게는 짜지 않고 맵지 않은 음식, 그것도 부드러운 음식을 먹이라 하고, 가능하다면 소의 양을 구해다 즙을 내서 먹이면 좋겠다고 했다.

사임당은 미음이나 죽을 준비했다. 참깨나 들깨, 녹두 등으로 골고루 죽을 준비하고, 어디서 양을 구할 수 있을지 수소문을 했다. 선과 번을 한양으로 보내 양을 구해 보라 하고 매창과 현룡은 늘 아버지 곁에 두어 간호를 돕도록 했다. 그러나 그의 병세는 날로 악화되어 온 가족이 얼굴을 펼 수가 없었다.

그런 어느 날이었다.

매창이 놀란 목소리로 어머니를 불렀다. 어머니, 어머니, 아주 다급한 목소리였다.

사임당이 뛰어 들어가니 현룡이와 남편 사이에 실랑이가 벌어지고 있었다. 현룡은 왼쪽 약손가락을 아버지의 입에 넣은 채 빼지 않으려 하고 이원수는 빼내라 하고.

"무슨 일이냐?"

"현룡이가 제 손가락을 깨물어 피를 내더니, 아버지 입에 넣고 있어요."

"뭐라구? 현룡아, 그만 그만, 어서 손가락을 빼거라."

"어머니, 아버지 얼굴이 창백해지는 것은 피가 부족하기 때문이에요."

"알았다. 알았어. 어떻게든 음식물로 피를 만들어 드릴 테니 어서 손가락을 빼거라. 그래야 아버지가 더 기뻐하신다."

열한 살 어린것이 어디서 그런 소견이 났을까, 이원수도 사임당도 그저 감격할 따름이었다. 달래고 달래어 손가락을 빼어내고 헝겊으로 싸매 주자 현룡은 피잉 하니 어디론가 나간다. 걱정이 된 매창이 따라 나가니 현룡은 조상들의 신주를 모셔둔 사당으로 들어간다. 그리고 대번에 엎드려 울부짖으며 기도한다.

"하느님, 조상님, 저희 아버지를 살려주소서. 저는 『효경』에서 여러 가지 효행을 읽었어요. 저도 효도를 하고 싶어요. 차라리 저를 데리고 가시고 아버지를 살려주소서. 제가 대신 죽겠습니다."

그 모습이 너무 간절해 매창 또한 동생 곁에 무릎을 꿇었다. 남매는 한참 동안 나란히 앉아 아버지의 쾌유를 눈물로써 빌고 왔다.

그 정성을 하느님이 돌보신 것일까. 사경을 헤매던 이원수가 정신을 차렸다. 그리고 사임당이 정성껏 쑨 미음을 한 술 한 술 더 받아먹었다. 며칠 후 선과 번은 구하기 어렵다는 양도 구해 왔다. 오는 도중

변할 것을 염려하여 한양 할머니가 끓는 물에 데쳐서 주셨다고 했다. 사임당은 시컴시컴한 털 껍질을 말끔히 벗겨내고 잘게 썰어 중탕으로 즙을 내어 남편에게 참참이 먹였다. 그는 서서히 기운을 차리기 시작했다.

그러던 어느 날, 그는 기운이 좀 났는지, 이상한 꿈을 꾸었다며 사임당에게 현룡을 데려오라 하고 꿈 이야기를 들려주었다.

"아주 선명한 꿈이었소. 스르르 잠이 들었는데, 하얀 두루마기를 입고, 머리도 수염도 하얀 백발노인이 나타나지 않았겠소. 나는 아파서 누워 있고, 내 곁에는 현룡이 앉아서 나를 지키고 있었지. 그런데, 그 노인이 현룡이를 가리키면서 하는 말이, 이 아이는 예사 아이가 아니다, 앞으로 동방에 큰 유학자가 될 아이니 그리 알아라, 우선 이름을 바꾸어라, 구슬 옥 변에 귀 이 자를 붙여 이珥라고 지어라, 그리고 너도 이제 일어나서 아이를 잘 돌보아라, 하고는 스르르 사라지고 말았소. 꿈이 하도 선명해서 잊혀지지 않는구려."

"네…. 참 신기한 꿈이군요. 무언가 뜻이 있을 것 같으니 오늘부터 그럼 이라고 부르지요. 현룡아, 아니 이야, 너도 그렇게 알고 항상 몸조심하거라."

"네. 그런데 그 글자는 귀고리 이 자가 아닙니까?"

"글쎄 말이다. 왜 갑자기 귀고리 이 자를 주실까?"

"아마도 우리 이가 백성을 위해 무슨 일을 하려면 많은 사람들의 의견을 수렴해야 할 테니 큰 귀고리를 하나 달아 주시려나 봅니다."

"하하하. 어머니 해석이 좋군요."

열한 살 현룡은 그날부터 이珥라고 불렸다. 우선 집안 형제자매들부터 이야, 이야, 불러 새 이름을 익혔고, 특별히 대소가 어른들에게, 그리고 동네 친구들에게도 알려 그렇게 불러 주기를 청했다. 이렇게 해서 어머니가 용꿈을 꾸고 얻은 이름 '현룡'은 아버지의 꿈에서 받은 이름 '이'로 옮겨가게 된 것이다.

그리고 그 일이 있은 후, 이원수도 기운이 좀 나는지, 몸을 추스르고 일어나 조금씩 출입을 하게 되었다. 너무나도 다행인 것은 그날 이후 술을 거의 마시지 않게 된 것이었다. 고통을 당하고 있을 때는 누가 생각이나 할 수 있으랴. 그러나 지나고 보면 그 고통 뒤에 어김없이 기쁜 일이 생긴다. 사임당은 인간의 성장이 고통을 통해서만 가능한 것이고, 세상에 헛고생이란 없다는 것을 여러 번 깨달았다. 그래서 지금껏 치러낸 고통에 감사하며 천지 만물을 주관하시는 하느님께 짧게 기도를 드렸다.

"감사합니다. 우리 가정을 살펴주시는 하느님 감사합니다."

호랑이를 물리친 스님

가을이 무르익고 있었다. 한 달 가까이 병마에 시달리던 이원수는 자리를 털고 일어나 서서히 나들이를 시작했다. 그는 앓고 있던 때의 꿈이 하도 선명해, 이珥가 행여나 잘못될까 봐 마음이 쓰였다. 아파서도 안 되고, 누구에게 업혀 가도 안 되고, 행여 호환을 당해서도 안 된다. 그는 이따금 대화 주막집에서 만난 여인의 말이 생각나 불안한 마음이 드는 것을 어쩌지 못했다. 그래서 파주에 머물 때면 으레 밤나무 동산을 둘러보곤 하였다. 호환이 두려워 수년을 오가며 심어 놓았던 밤나무에서 몇 년 전부터 열매를 거두었고, 거둔 밤은 지성으로 이웃에 나누어 왔다. 금년 수확은 어찌 되려는지, 알밤을 주울 생각으로 삼태기와 걸망태를 챙겨 들고, 이와 함께 동산으로 올랐다. 생각대로 여기저기 알밤이 수도 없이 떨어져 있었다. 두 사람은 준비해 온 삼태기에 알밤을 주워 담으면서 이야기를 나눈다.

"이야, 이 밤나무는 너 태어나던 해부터 꾸준히 심어 왔는데, 아마 천 그루는 될 거다."

"그럼, 제일 큰 것은 십 년도 넘었겠군요?"

"그렇지. 밤나무를 많이 심어 여러 사람에게 적선을 베풀어야 너한 테 좋다고 해서 말이다."

"네에. 적선은 누구에게 좋아서라기보다 그 자체가 기쁨이지요."

"그렇지. 그렇지."

"모두들 악한 생각 버리고, 서로 선을 베풀고 살면 좋겠어요."

"누가 아니냐. 그래도 살다 보면 악한 사람이 있더란 말이다."

"맹자님은 사람의 바탕은 다 선하다고 하셨는데요."

"그래. 세상엔 좋은 사람이 더 많지."

"그럼요. 그런데 아버지, 제가 나중 커서 호를 율곡이라고 하면 어 떨까요?"

"그것 좋지. 아주 좋다. 형은 외갓집 대나무 생각하고 죽곡이라고 지었으니, 넌 이곳 밤나무 생각해서 율곡이라고 하자. 아주 좋다. 스 무 살만 넘으면 그렇게 부르자꾸나."

"전 외가 동네도 정들어서 좋지만 이곳 파주도 참 좋아요. 무엇보다 화석정이 있어서요."

"그래. 한양보다는 더 정든 고향이지. 어른 되면 이곳에 살려무나. 허기야 나라의 일꾼이 되면 시골에만 묻혀 살 순 없지. 이제 너도 서 서히 초시에 응해 보도록 해야겠다."

"아버님이나 형들이 합격을 한 뒤에 하면 어떨까요?"

"글쎄, 난 이제 그만둘까 한다. 다음에 초시가 있으면 너희 셋이 함 께 가서 치르고 오는 게 좋겠구나."

부자가 밤을 주우며 도란거리는 동안 날이 저물고 있었다. 그새 밤 도 많이 주워 걸망태 두 개가 그득 찼다.

이원수는 걸망태 하나를 어깨에 메었다.

"날도 어두웠으니 이제 그만 돌아가자. 내가 이것 갖다 두고 다시 올 동안만 넌 좀 더 줍고 있거라."

이원수가 집으로 간 지 얼마 안 되어서였다.

갑자기 산언덕 쪽에서 이상한 기척이 느껴졌다. 휘잉 바람소리가 났다. 이가 얼른 그쪽을 바라보니 이게 웬일인가. 황소만한 호랑이가 어슬렁거리고 있지 않은가. 사람의 낌새를 눈치 챘는지 이쪽으로 다가온다. 이를 어쩌나. 이는 당황했다. 주변에 큰 밤나무를 찾아 잽싸게 타고 올랐다. 이는 문득 생각하였다. 호랑이에게 물려도 정신만 차리면 산다는데…. 아버지가 걱정이 되었다. 건강을 회복한 지도 얼마 안 되셨는데, 걸망태를 갖다 두고 다시 오시다가…. 이는 정신을 놓지 않으려고 이를 악물었다. 무서워서 눈을 질끈 감았다. 그러나 궁금해서 다시 살짝 떴다. 호랑이는 어슬렁거리며 주변을 맴돌고 있었다. 가슴이 콩당콩당 뛰었다. 나뭇가지를 더욱 꽉 움켜쥐었다. 그때 갑자기 마을 쪽에서 인기척이 났다. 아버지, 안 돼요. 소리를 지르려고 보니, 아버지가 아니었다. 한 스님이 올라오고 있었다.

'스님, 호랑이가 있어요. 이리 오시면 안 돼요.' 이는 마음으로 부르짖었으나 소리가 되어 나오지 않았다. 호랑이는 한 발 한 발 더 가까이로 다가왔다. 이는 스님 쪽을 향하여 어떻게 표시를 해보려고 손짓을 한다는 것이 그만 잡고 있던 나뭇가지를 놓치고 말았다.

"스님, 스님, 저기 호랑이가 있어요."

이는 마침내 숨넘어가는 소리를 지르며 떨어졌고, 스님은 나무에서 떨어지는 이를 잽싸게 받았다.

스님은 품에 안은 아이를 보고 대뜸 눈을 크게 뜨며 생각했다.

'보아하니 보통 아이가 아닌데….'

스님은 아이를 당신의 몸 뒤로 숨기고, 얼른 밤 자루를 들어 호랑이를 향해 훌떡 던졌다.

"자, 여기 고란이가 있다. 어서 물고 가거라. 이 아이는 여느 아이가 아니야. 어디서 감히, 어서 고란이 물고 썩 물러가지 못할까!"

스님의 호통은 온 산을 쩌렁쩌렁 울렸다. 놀란 호랑이는 고란이라고 던져 주는 밤 자루를 물고 오던 길을 되짚어 돌아갔다. 스님은 천연스레 이를 등에 업고 마을로 내려왔다.

세 아들을 과거장에 보내고

이가 어느덧 열세 살이 되었다. 책을 손에서 놓지 않아 형들과의 대화 속에 거리낌 없이 낄 수 있게 된 아들. 사임당은 잘 자라주는 이가 항상 고마웠다. 그럴 때마다 연전의 일이 떠오른다. 호랑이의 위험에서 이를 구해 업어다 준 스님, 그분의 은혜를 어찌 잊으랴. 그런데, 사임당은 그 스님을 생각할 때마다 왠지 성호 오라버니와 연결짓는 버릇을 어쩌지 못한다. 느닷없이 이를 업고 들어와 어리둥절한 자기들 내외를 번갈아 쳐다보더니, 마루 끝에 이를 내려놓고 남편 쪽을 바라보며 한마디 건넸다.

"이 아이는 보통 아이가 아니니 잘 키우십시오. 호환을 조심하고."

그뿐이었다. 사임당이 보시를 드리고자 뒤주 문을 여는데, 갈 길이 멀다고 피잉 사라져 버린 스님. 얼굴도 제대로 보여주지 않고 승복자락을 펄렁이며 서둘러 떠나 버린 스님. 그분이 혹시 성호 오라버니는 아니었을까. 그걸 확인하지 못한 게 항상 아쉬움으로 남곤 했다. 오랜 세월 동안 얼굴도 못 보고 지냈으니 서로 봉성명을 하기 전에는 어이 알랴.

이원수는 세 아들을 데리고 한양 길에 나섰다. 이번 과거에 선과 번이 응시키로 한 것인데, 열세 살 이도 구경삼아 참여시키기로 한 것이다.

"어려운 문제가 나와도 당황하지 말고, 잠시 생각한 뒤에 차분히 쓰도록 해라. 합격 못해도 나무랄 사람 없으니, 편안한 마음으로 성실하게만 임하고 오너라."

과거가 무엇인지, 남편은 이제 그만 보겠다고 물러났고, 선은 벌써

네 번째요, 번도 두 번째다. 사임당은 누구보다 큰아들 선이 합격하기를 빌었다.

그네는 덩달아 두근거려지는 마음을 가라앉히고자 바느질을 하기로 하였다.

바늘에 실을 꿰려고 하니 눈이 알아보게 침침해져 바늘귀를 찾을 수가 없었다. 벌써 두어 달 전부터 느껴 온 증상이었다. 옛날 어머니가 딸들에게 바늘귀를 꿰어 달라고 하던 바로 그 나이가 된 것이다. 어머니는 하얀 실을 꿸 때는 검은 천 위에, 검은 실을 꿸 때는 하얀 천 위에 바늘을 놓고 꿰셨다. 과연 옳았다. 자신도 그 지혜를 빌릴 수밖에 없었다. 이제 사임당은 손에 익은 바지저고리나 겨우 만들 뿐, 섬세한 것은 하기 힘들었다. 수를 놓는 것은 더욱 그랬다. 가느다란 비단실을 쪼끄만 수바늘에 꿰는 것도 여의치 않았고, 밑그림 따라 빛깔을 맞춰가며 수를 놓는 것도 여의치 않았다. 금세 눈이 아파지고 눈물이 질금질금 나와서 오래 할 수가 없었다. 마음만 앞서서 시작했다가 어물쩍 매창에게 넘기기 일쑤였다.

매창은 대견하기 그지없었다. 밑그림도 잘 그리고 빛깔도 잘 맞출 뿐 아니라 수도 꼼꼼히 잘 놓았다. 어느 것 하나 지적할 것이 없었다. 솜씨도 솜씨였지만 차분하게 자수에 임하는 태도며 맵시를 바라보고 있으면 양귀비꽃 한 송이 방안에 핀 듯 아름다웠다. 어찌 자수뿐이랴. 경전이며 『사기』 등 성현들의 글도 열심히 읽고, 좋은 문구를 열심히 붓으로 쓰고, 틈을 내어 그림에도 열중하는 참으로 만족스러운 딸이었다.

이제 매창 나이 스무 살. 좋은 배필을 구해 시집을 보내야 하는데 오라비인 선이 아직 미혼으로 있으니 바짝 서둘 수도 없어 애가 탔다. 선의 나이 스물다섯. 일가를 이루고도 남을 나이다. 선이 제발 이 기회에 합격해서 장가들 수 있으면 얼마나 좋을까. 사임당은 그 꿈이 이루어지기를 빌며 묵묵히 바느질을 했다. 얼마 후, 조각조각 마름질한 형겊은 어엿한 남편의 바지로 탄생했다. 이것이 바로 일하는 즐거움이 아닌가.

사임당은 곧 이어 문방사우를 챙겼다.

"이제 좀 쉬시지요, 어머니."

"글쎄다. 아무것도 안 하고 있으면 시간이 너무 아까워서."

그랬다. 밤 시간 누워 잘 때 아니고는 한시도 그냥 있지 못했다. 긴 긴 여름 낮잠 한 번 자는 일 없었고, 우물가에 편안히 앉아 아낙들과 수다를 떨어 본 적도 없었다. 그런 시간 있으면 글 한 줄이라도 더 읽고 싶었고, 그림 한 장이라도 더 그리고 싶어서였다.

어머니가 지필연묵을 챙기는 것을 본 막내 우가 얼른 연적의 물을 벼루에 조심스레 따른다. 이어서 자세를 바로 하고 먹을 갈기 시작한다. 이제 더 이상 말이 필요 없다. 일곱 살 어린아이는 벼루 위에 먹을 똑바로 곧추세우고 정성껏 힘주어 간다. 붓글씨를 쓰는 데는 아직 시력에 문제가 없어 얼마나 다행인지.

그네는 당나라 시집을 뒤적이다가 이백二白의 시를 골라 쓰기 시작했다.

白鷺擧一足(백로거일족): 백로가 한 다리를 들고 있는데
月明秋水寒(월명추수한): 달이 밝고 가을 물이 차서인가.
人驚忽飛法(인경홀비법): 인기척에 놀라 갑자기 날더니
直向使君灘(직향사군탄): 곧바로 사군탄을 향해 가버렸네.

水國秋風夜(수국추풍야): 강마을에 가을바람 부는 밤
殊非遠別時(수비원별시): 멀리 이별할 때가 더욱 아니네.
長安如夢裏(장안여몽리): 장안 추억이 꿈속 같은데
何日是歸期(하일시귀기): 어느 날 돌아온다 기약할거나.

이제 서첩書帖 같은 것은 보지 않았다. 자기 나름대로의 독창성도 살리면서 힘차게 붓을 놀려 초서를 쓰고 있으면 무어라 형언할 수 없는 기쁨이 샘솟았다. 갇힌 세계를 박차고 무한대변으로 나아가는 것 같은 호연지기가 느껴졌다. 어떤 틀에서 벗어나 자기 나름대로 파격을 이루며 확확 벗어나는 희열이 있었다. 그것은 해방이고 자유였다.

글씨 쓰기를 마친 사임당은 매창과 자미화를 불러 『내훈』의 말씀을 가르치기로 하였다.

두 딸을 앉혀 놓고, 그네는 옛날 강릉의 어머니가 그랬듯 도란도란 들려준다.

"소혜왕후라고도 불리는 한 씨는 성종 임금의 어머니시다. 어린 나이에 수양대군의 맏며느리로 출가를 했는데 효심이 지극하여 대군의 총애를 받았다. 훗날 대군이 왕이 되자 당연히 수빈粹嬪으로 책봉되었지. 그런데 불행히도 남편이 스물도 안 되어 죽는 바람에 중전이 되지 못했단다. 청상으로 얼마나 어려움이 많았겠냐만 훗날 아들이 임금이 되었으니 그런 다행이 없지. 이제 인수대비로 불리는 그분은 우리나라 여자 중에 공부를 제일 많이 하신 분이다. 바로 그 학식으로 부녀자들의 교육을 위해 『내훈』이라는 책을 만들었단다. 그분은 남자는 넓은 곳에서 마음을 단련하고 오묘한 데 뜻을 두어 자기 수양을 하는데, 여자는 한갓 길쌈이나 배우고 덕행의 높음을 알지 못하니 한스럽다고, 여자에게 교육이 필요함을 강조하셨지. 얼마나 고마우시냐. 자, 우리 첫 「언행장」에서 한 구절 배워 보자꾸나."

"어진 사람은 친한 사이일수록 공경하며 두려워하는 사람도 사랑한다. 내가 사랑하는 사람이라도 그 악한 점을 알아야 하고 미워하는 사람이라도 그 착한 점을 알아야 한다. 재물을 쌓아 두었어도 풀어서 남을 구제할 줄 알아야 한다. 재물에 대해서는 구차히 이를 얻으려고 하지 말며, 어려운 일을 당했을 때는 이를 구차히 면하려고 하지 말아야 한다. 남과 싸우는 데는 꼭 이기려고 하지 말며, 물건을 나누는 데는 많이 가지려고 하지 말아야 한다. 의심스러운 일을 당해서는 구태여 밝히려 하지 말며, 이미 옳게 이루어진 일을 가지고 여러 말을 하지 말 것이다.”

스무 살 매창과 열여섯 자미화는 어머니의 말씀을 귀담아듣고 있었다.

그때였다. 고요를 깨고 갑자기 바깥에서 시끄러운 소리가 들린다.

“너, 이리 못 나와? 네가 내 동생을 놀려? 내가 가만두나 봐라. 어서 나와!”

이웃 삼돌이의 성난 목소리였다. 봉선화가 겁을 먹고 화다닥 마루로 뛰어올라 어머니 품으로 안겨 온다.

“아니, 웬일이냐? 네가 무얼 잘못한 게로구나.”

사임당은 봉선화를 매창에게 맡기고 삼돌이 앞으로 다가갔다.

“무슨 일인가? 차근히 말 좀 해보게나.”

“마님도 아시다시피 누군 꼽추가 되고 싶어서 되었습니까? 봉선화가 우리 삼순이를 놀려대는 바람에 놀다 말고 들어와 엉엉 울고 있습니다.”

사임당은 놀랐다. 방안에서 큰 아이들에게 좋은 글을 읽히고 있는 동안 열 살 난 봉선화는 남에게 상처를 주고 다녔음을 생각하니 부끄럽기 짝이 없었다.

“총각. 정말 미안하네. 봉선화야. 어서 나오너라.”

그네는 그 당장으로 봉선화를 데리고 삼순이네 집으로 갔다. 그리고 그 어머니의 손을 잡고 무릎을 꿇었다.

“다 이 에미의 불찰입니다. 용서해 주십시오. 다시는 그런 일이 없을 것입니다.”

봉선화도 어머니 하는 대로 무릎을 꿇고 빌었다.

“잘못했습니다.”

"친구에게도 사과해야지. 어서!"

사임당의 말에 봉선화는 삼순을 향해 기어드는 목소리로 말했다.

"미안해, 이제부턴 정말 안 그럴게."

"등에 뿔이 났다고 놀려댔답니다. 안 그래도 기가 죽은 아이를….봉선화야, 부탁이다. 제발 놀리지 말고 우리 삼순이 잘 데리고 놀아다오."

그 어머니도 눈물을 거두며 그들의 사과를 받아들였다.

집으로 돌아온 사임당은 한참을 가만히 앉아 있었다. 자미화가 봉선화를 나무라고, 매창과 어린 우는 어머니의 표정을 살핀다. 사임당은 조용히 마음을 다스린 뒤, 아이들에게 무릎을 꿇리고 나직이, 그러나 단호히 말한다.

"봐라. 자식이 잘못하면 그 욕됨이 부모에게까지 미치는 법이다. 우리 동네에 다리 저는 아이, 언청이, 꼽추 등 불구가 몇 있다. 그들이 얼마나 불편하고 마음고생이 많을까 짐작도 안 가더냐? 측은지심은 만선의 근원이다. 불쌍해서 어떻게든 도와줄 마음이 생겨야 옳지, 그걸 놀리다니 웬 말이냐. 너희는 반듯하게 태어났으니 감사한 줄 알고, 앞으로는 절대 그런 일이 없도록 해라. 알겠느냐? 형제는 한 몸인데, 다들 한 대씩 맞아야겠다."

매창이 벽에 걸린 회초리를 내려 왔다. 사임당은 진즉 그런 교육을 시키지 못한 책임을 느끼면서도 다음을 위해 종아리 한 대씩을 아니 때릴 수가 없었다.

하늘이시여!

다음 날, 사임당은 세 아들이 과거장에 들어가 시험을 보고 있을 그 시간을 초조히 기다렸다가 뒤란 호두나무 밑으로 갔다. 그곳에는 동그만 반석이 놓여 있었다. 그네는 두 어머니의 옥체 보존을 위하여, 그리고 가족들의 평안을 위하여, 이른 아침 그 반석 위에 정화수 한 그릇을 떠 놓고 치성을 드려 왔다.

"하늘이시여, 세 아이들이 지금 시험을 치르고 있습니다. 어떤 문제가 나와도 당황하지 않고 제 실력대로 충분히 풀어낼 수 있도록 도와주십시오. 특히 우리 선이가 마음도 몸도 건강하게 시험에 잘 임할 수 있기를 천지신명께 비옵나이다."

그네는 치성을 드리고 들어와 아이들을 불러 한자리에 앉히고 말했다.

"지금쯤 과거장에 들어갔겠다. 너희도 마음을 모아 빌고, 정신이 산만해지지 않도록 함께 책을 읽자꾸나."

그네는 아이들의 수준에 맞는 책을 골라 주고 자신도 『중용』을 골라 들었다.

『중용』은 워낙 두께가 얇아 손에 들기도 좋았지만, 유학의 근본정신이 함축적으로 나타나 있고, 첫 장부터 '하늘'에서 시작하여 마지막 역시 '하늘'로 끝맺고 있는 글의 짜임도 마음에 들어 평소 좋아하던 책이었다. 그중에서도 지은이 자사子思는 할아버지 공자의 말씀이나 고전의 사례, 시 등을 인용하면서 무엇보다 성誠을 강조하고 있어서 좋았다. 그에 따르면 저절로 참되어 있는 것은 하늘의 도道이고 사람은 언제나 참되도록 노력해야 하는 바, 이것이 바로 사람의 도라는 것이다. 노력하고 노력하여 참된 성誠의 경지에 이르면 바로 성인聖人이 된다는 것이었다. 사람이 살아가는 데 성실보다 더 중요한 태도가 또 있을까. 과연 지성至誠은 모든 것을 변화시키는 힘을 가진 것이요, 그러기에 천지가 감응한다고까지 하지 않던가.

그네는 한 장 한 장 읽어 가다가, 과거에 응시하고 있을 세 아들을 생각하며「덕성 수양과 천명장」에서 눈길을 멈추었다.

'시詩에 이르기를, 환히 밝은 착하신 덕이여, 백성이랑 관인官人들을 흐뭇하게 하신지라, 복록福祿을 하느님께 받으셨나니 하느님 보우하사 명하시고 끊임없이 돌보시네, 라고 하였다. 그러므로 대덕大德은 반드시 천명天命을 받든다.'

그네는 또 「성론장」誠論章에서도 눈길을 멈추었다.

지은이는 정치와 치자治者의 덕성을 이야기하면서, 천도天道, 인도人道, 치도治道가 다 각각 별개로 떨어져 있는 것이 아니라 혼연한 하나이면서 항상 그 중심은 인도에 있다고 하였다. 그리고 정치란 이 인도의 실천이며, 주나라의 문왕, 무왕은 바로 이런 덕치주의를 잘 실천한 왕들로 역사에 기록되어 존경받고 있다고 술회하였다.

'그러므로 군자는 몸을 닦지 아니치 못할 것이니 몸 닦기를 생각한다면 어버이를 섬기지 아니치 못할 것이요, 어버이를 섬기기를 생각한다면 사람을 알지 아니치 못할 것이요, 사람 알기를 생각한다면 하늘을 알지 아니치 못할 것이다.'

결국은 '하늘'을 염두에 두어야 했다. 그네는 그 모든 말씀에 공감하였다. 문득 이珥의 얼굴이 떠올랐다. 아니, 이를 가질 때의 꿈들이 어지럽게 떠올랐다. 태몽에서부터, 해산 직전의 꿈까지 한꺼번에 떠올랐다. 과연 이는 하늘이 주신 아이일까? 그렇다면 부디 하늘의 명을 받아 인도를 제대로 실천할 수 있었으면…. 그네는 또 짧게 기도하였다.

"하늘이여, 이는 과연 천명을 타고난 아이인가요? 저는 때로 두렵습니다. 제가 잘 길러야 할 텐데, 저는 너무나 부족합니다. 하느님께서 언제나 눈여겨 살펴주시고, 제 형들의 질투를 받지 않도록 이가 더욱 겸손한 마음으로 형들을 공경할 수 있게 도와주소서."

시험이 끝났을 시간에 맞추어 그네는 긴장을 풀 겸 아이들을 데리고 마을 앞을 산책하였다.

마을 앞에는 작은 못이 있었다. 강릉의 연당처럼 크진 않아도 물가에 새도 놀고, 물소도 한 마리 한가히 풀을 뜯고 있었다. 저만큼엔 두루미 한 마리가 가늘고 긴 다리를 곧추세우고 먼 하늘을 바라보고 있었다. 그네는 그들 물소나 두루미의 모습을 그림으로 그리고 싶었다. 조금 전 이백의 시에서도 백로 한 마리가 나왔는데, 이제 물가에서 두루미를 직접 보게 되니 반가웠다. 그네의 눈은 대상에 대한 관찰을 시작했고, 날카롭게 관찰된 물소나 두루미의 모습은 주변 윤곽과 함께 그네의 마음속 화선지에 이미 옮겨지고 있었다.

사임당은 안으로 들어오자 그림 그릴 준비를 서둘렀다.

우선 사방 한 자쯤 되는 종이에 길게 서 있는 두루미 한 마리를 가득 채웠다. 두루미는 입을 조금 벌린 채 먼 곳을 바라보고 있는 모습으로 그렸다. 배경으로는 야트막한 언덕과 작은 폭포를 그려 넣었다. 수묵 위주로 하되 담황과 옅은 갈색을 넓게 번지게 했다. 두루미의 정수리와 긴 부리 안쪽 혀에는 선홍빛을 칠했다. 그것은 순백의 몸통과 대조를 이루어 붉게 타올랐다. 꼬리 부분은 조금 넓게 검은 색을 쓰고, 긴 다리 역시 검은 색을 묻힌 세필로 가느다랗게 세웠다. 사임당은 마지막 잔손질을 다 끝낸 뒤, 그림을 저만큼 밀어 놓고 바라보았다. 제법 단정학丹頂鶴의 모습이 드러났다. 아, 그네는 갑자기 가슴이 더워 왔다. 그 모습에서 자기도 모르게 아들 이를 떠올린 것이다. 이야, 너는 단연 이런 모습이 되어야 한다. 부디 잘 커서 군계일학이 되어다오. 그네는 또 기도하였다.

"하느님이시여, 당신께서 두 번의 꿈으로, 아니 남편 꿈까지 합한다면 세 번의 꿈으로 계시해 주신 아들입니다. 부족한 어미 품에서나마 잘 자랄 수 있도록 보살펴 주옵소서."

옆에서 어머니의 손 움직임을 넋 놓고 바라보던 막내 우瑀가 그림이 완성된 것을 보고는 자기도 종이와 붓을 달라 졸랐다.

우 나이 일곱 살. 제법 글을 읽게 되었고, 그림이며 글씨에 재주를 보이고 있다. 일곱 자식 중에 어린 시절부터 재주를 드러낸다 싶은 아이가 셋이니 매창과 이와 우였다.

우는 특히 붓을 좋아했다. 붓만 들면 놓을 줄을 모른다. 아직은 해서楷書에도 서툰 나이건만 어머니의 초서를 보고 벌써부터 흉내를 내고 있다. 사임당은 해서부터 쓰도록 주의를 주다가도 그것이 아이에게 재미난 놀이인 듯해 그냥 두고 지켜본다. 우는 그림도 제법이었다. 어머니가 그리는 것은 무어든 흉내를 내 보이고 있었다. 마치 자신의 어린 시절을 들여다보는 듯. 그래라. 그래라. 이 에미도 일곱 살 때, 아무것도 모르고 안견 선생의 산수화를 모사했단다. 벌써 그 이전, 다섯 살 때, 외할아버지로부터 헌 붓 한 자루를 선사받고 얼마나 기뻐했는지 모른단다.

맨 처음 그렸던 그림이 생각났다. 아들을 원하는 조부모님, 그리고 누구보다 어머니를 기쁘게 해드리려고 '사내아이' 얼굴을 그렸었다. 그러나 할아버지께서는 그 그림을 문갑 속에 감추셨다. 그때 어린 마음에 얼마나 섭섭했던가. 그래서 그런 그림은 더 이상 그리지 못하고, 마당가의 봉선화, 원추리, 맨드라미, 꽈리…. 꽃 주위를 맴도는 나비들, 잠자리들, 땅 위를 기어 다니는 여러 가지 곤충들을 그렸었다. 비록 미물이지만 생명 있는 모든 것들이 소중하고 사랑스러워 보는 대로 그림을 그렸었다.

맨드라미…. 닭의 볏처럼 붉게 타오르던 그 꽃, 그 꽃을 생각하니 금세 성호 오라버니가 떠오른다. 성정 사나운 새어머니 때문에 금강산으로 들어가고 말았던 오라버니. 인생이 무엇인지, 진리가 무엇인지, 공부나 더 해보고 싶다던 그는 지금 어디서 무얼 하며 지내고 있을까. 그네는 손에 쥔 붓을 가만히 내려다보았다. 신행 갈 때 그 오라버니가 선물한 세필이었다. 이 작은 붓 한 자루가 그네에게 얼마나 큰 위안이었던가. 그네는 또 밤 동산에서 이珥를 업어다 준 스님을 떠올렸다. 갈 길이 바쁘다며 보시도 받지 않고 피잉 떠난 그분이 왠지 성호 오라버니일 것만 같았다. 얼굴 못 본 지 이십오 년이 넘었으니 길에서 만난들 서로 알아볼 수나 있을까?

장원 급제 소식

삼 형제가 한양으로 올라가 초시를 보고 온 지 한 달쯤 후, 관아官衙에서 사람이 왔다. 하필이면 사부자가 외출하고 없는 시간이었다. 마구 대문을 두드리며 그가 외치는 말.

"장원이요, 경사 났소, 경사 났소, 이 댁 아드님이 장원 급제요. 우리 고을 경삽니다!"

대문 안으로 들어서는 그의 얼굴이 온통 기쁨으로 들떠 있었다.

사임당은 가슴이 두근거렸다. 선璿일까? 번璠일까? 설마 어린 이珥는 아니겠지? 제발 선이었으면!

두근두근, 가슴을 졸이며 관아에서 온 사람이 내미는 두루마리를 펼쳤다. 아, 그러나 거기 쓰인 이름은 선도 아니요, 번도 아니요, 이였다. 율곡 나이 열세 살 때, 명종 3년, 무신년戊申年(1548)의 일이다.

사임당은 마당 가운데서 두루마리를 펴 든 채, 침묵 속에 혼잣말을 쏟아 놓았다.

'오, 이를 어쩌면 좋은가. 우리 선이 얼마나 마음을 다칠까. 선아, 이에미 마음을 알아다오. 제발 상심하지 말고, 사심 없는 마음으로 동생을 축하해 다오. 이야, 장하다. 장하다. 우리 현룡이, 어린 나이에 참으로 장하다. 네가 내 소원을 풀었구나. 그리고 번아, 넌 그래도 형보다는 낮지 않니. 제발 동생의 합격을 축하해 다오.'

매창이 기다리다 못해 마당으로 내려서며 묻는다.

"어머니, 누군가요? 오라버니예요? 번이예요? 혹시 이 아닙니까?"

"자 보아라. 이가 진사 초시에 장원 급제를 했단다."

온 고을에 소문이 퍼지고 외출했던 사부자가 하나 둘 들어왔다. 이원수는 마당에 들어서자마자 이를 불러 두 손을 잡고 뱅글뱅글 춤을 췄다. 자미화도 봉선화도 마당으로 내려서 얼싸덜싸 손뼉을 쳐댔다. 어린 우도 덩달아 합세를 했다. 매창이 가만히 다가가 이를 껴안았다.

이원수는 계속 흥분해서 떠들었다.

"장하다, 장하다. 우리 이 장하다. 나이 어려도 믿는 구석이 있어서, 내 한번 가 보자고 했지. 선아, 번아, 어서 이리 오너라. 너희도 이런 때가 곧 올 테니 실망하지 말고, 어서 이리 와서 동생을 축하해 주어라."

사임당은 그러는 남편을 바라보며 빙그레 웃을 뿐, 손끝 하나 움직이지 못한다. 위로 두 아들의 표정을 살핀다. 선이 동생 곁으로 간다. 번도 말없이 그 곁으로 간다. 선이 먼저 이를 안아 주며, "축하해. 우리 동생 정말 장하다" 한다. 번도 이의 어깨를 토닥거리며 "잘했어. 축하해" 한다. 오, 선이나 번의 마음이 어떨까. 번보다는 선의 마음이 오죽할까. 사임당은 남편처럼 마음 놓고 기뻐할 수 없음이 안타까웠다. 이야. 미안하다. 그러나 넌 내 마음 알지? 기회를 보자꾸나. 그네는 속으로 중얼거렸다.

그 밤이었다. 사임당은 은밀히 매창을 시켜 이를 뒤란 호두나무 밑으로 불러냈다. 관아에서 보내온 종이를 반석 위에 올려놓고 무릎을 꿇었다. 이도 덩달아 무릎을 꿇는다.

"하느님 감사합니다. 감사합니다."

그 이상은 할 말이 없었다. 그네는 이를 안았다. 자기도 모르게 자꾸자꾸 팔에 힘이 들어갔다. 아무 말도 없이 그렇게 아들을 꼬옥 껴안고만 있었다. 침묵의 포옹 속에 시간은 흐르고 있었다. 이도 어머니의 마음을 아는지 그냥 옥죄인 품에 안긴 채 아무 말도 하지 않았고, 어머니의 말을 재촉하지도 않았다. 마침내 사임당의 눈에서 눈물이 주르르 흘렀다. 그 눈물이 아래로 흘러 이의 볼을 적셨다. 이윽고 이가 고개를 들어 말했다.

"어머니, 죄송합니다. 형들만 갔어야 하는데 제가 괜히 따라갔습니다."

"아니야, 아니야, 그래서가 아니란다. 넌 내 한을 풀어 준 거야."

"……."

"그동안 아버지도 형들도 낙방만 해서 얼마나 섭섭했는데… 고맙다. 외할아버지가 살아 계셨으면 얼마나 좋아하셨겠니. 고맙다. 정말 고맙다. 허지만 이야, 행여나 형들 앞에서 뻐기면 안 된다. 이럴수록 형들을 더 공경해야 한다. 그리고 여기서 끝나는 게 아니야. 계속 공부해서 대과에도 응시해야 하고, 인격도 더 닦아야 하고, 앞으로 해야 할 게 더 많다. 절대로 자만하면 안 된다. 알았지?"

"네."

"글을 읽을 때는 성인 되는 것에 뜻을 두라 하였지. 우선 인격을 닦아야 한다. 그리고 벼슬에 나아갈 때에는 마음을 임금과 나라에 두어야 한다. 아직은 네가 벼슬에 나아갈 나이도 아니지만 자꾸 들어 두어라. 유학자들이 정치는 정치, 학문은 학문, 하고 양자를 나누는 것은 잘못된 것이지. 학문에서 배운 이론과 현실이 조화된 바른 정치를 행해야지. 정치 경제의 재才를 겸비하여 국가에 봉사해야 할 줄 안다. 네가 이담에 조정에 나아가면 평소 내가 생각했던 바를 염두에 두었으면 좋겠다. 지나치게 개혁을 내세워서는 안 되겠지만, 온고지신의 정신으로 서서히 좋지 않았던 구습을 개혁해야 할 것이다. 내가 바라는 것은 남녀 차별, 반상의 차별, 적서 차별 등을 없애는 것이다. 하루아침에 그 인습들을 없애기야 힘들겠지만 그런 문제에도 신경을 쓰기 바란다. 외조모님께서는 늘 이야기하셨다. 노비나 서출들을 군대에 뽑아 쓰고 그들이 국가에 세운 공로로 벼슬길을 터 줘야 한다고. 그럼 그들도 신분 상승이 가능해지는 것이니 더욱더 충성하지 않겠느냐. 무슨 말인지 알아듣겠느냐?"

"네."

"다 못 알아들어도 좋아. 그냥 자꾸 듣다 보면 어느 날 귀가 틔어 전에 들은 말들까지 생각나면서, 이것이구나, 하고 깨닫게 될 것이다."

"네. 지금도 조금은 들립니다."

"고맙다. 난 너를 믿는다. 견리사의 애민여자見利思義 愛民如子,* 네 장원 급제 선물로 이 에미가 주는 말이다. 간직하여라."

"네. 명심하겠습니다."

그들 모자의 대화를 엿듣기라도 하는 듯, 하늘에서는 맑게 뜬 반달이 셀 수도 없는 별들과 함께 온 세상을 내려다보고 있었다.

그때였다. 갑자기 사임당은 왼편 가슴께에 저릿한 통증이 옴을 느꼈다.

"아!"

그네는 오른손을 들어 가슴을 눌렀다. 식은땀이 좌르르 흘렀다. 이게 무슨 증상인가.

"왜 그러세요, 어머니?"

"아, 아, 여기가 따끔거리면서 숨이 막히는구나."

"아니, 갑자기 웬일일까요?"

이는 어머니를 안으며 근심스레 물었다.

"후우, 이제 괜찮다. 괜찮아. 잠시 숨이 좀 가빴던 것 같다."

"어머니, 저 때문에 신경을 너무 쓰셨나 봐요. 얼른 방으로 드셔요."

"걱정 마라. 조금만 안정을 취하면 괜찮을 거야. 지난번에도 한 번 그러더니."

이는 곧 어머니를 모시고 방으로 들어 아버지께 자초지종을 알렸다. 이원수는 부인의 증상을 듣고 당황한다. 사임당은 이가 장원 급제한 기쁨에 큰아들 선에 대한 안타까움까지 겹쳐 신경을 너무 써서 그런 것 같다고 남편을 안심시킨다. 듣고 보니 그럴 듯했다. 이원수는 서둘러 사임당을 자리에 눕혔다.

---

*견리사의 애민여자(見利思義 愛民如子):이를 보면 의를 생각하고, 백성을 자식처럼 사랑함.

13
아름다운 귀향

노연도(鷺蓮圖) | 신사임당, 조선/16세기

시어머님 대상大喪을 치르고

사임당 나이 마흔일곱. 덧없이 중년이 되었다. 젊은 시절부터 썩 건강치 못했던 그 몸으로 스물한 살에 첫아이를 낳기 시작하여 서른아홉까지 일곱 남매를 낳아 길렀다. 여섯째 봉선화를 낳고는 몸이 안 좋아 고생도 했지만 서서히 회복했고, 막내 우瑀를 낳아 기르면서 기쁨을 되찾아 하늘에 감사할 줄도 알게 되었다. 게다가 뜻밖에도 어린 이珥가 진사 초시에 장원 급제를 해서 온 고을 사람들의 축하도 받았다.

그러나 그 기쁨의 여운이 가시기도 전에 또 하나의 시련이 그네의 치맛자락을 잡아당겼다. 시어머님 홍 씨가 병환으로 몸져누운 때문이다. 사임당은 한양으로 올라와 시어머님 간호에 온갖 정성을 쏟았다. 생각할수록 고마운 어머님이었다. 어려운 집에 시집와 고생이 많다고 이것저것 자신을 감싸 주시던 분, 친정어머니가 얼마나 쓸쓸하시겠느냐고 아버지 제삿날에 맞추어 강릉으로 보내주며 오래 머물러도 좋다고 마음 써주시던 분. 이가 일곱 살이 될 때까지 산자수려山紫水麗한 강릉에 살면서 친정어머니께 효도도 하고, 자신의 예술혼도 마음껏 불태울 수 있었던 것은 오직 시어머님 홍 씨의 배려 덕분이 아니었던가.

사임당은 그 은혜에 보답하고자 지극 정성으로 간호하였다. 그러나 칠순 노구는 회복될 기미를 보이지 않더니 기어이 청상靑孀의 고독한 삶에 종지부를 찍고 말았다. 사임당은 그동안 효를 다하지 못해 죄송한 마음 그지없었다. 오직 한 가지 위안이 있다면 어린 이가 장원 급제한 일로 잠시나마 기쁨을 드렸으니 다행이랄까.

그들 부부는 『예기』禮記에 적힌 대로 정성을 다하여 상을 치렀다. 그리고 꼬박 두 해 동안 궤연 앞에 조석으로 상식上食을 올리며 시어머님을 기리다가 이제 대상大喪까지 마치고 궤연을 치웠다. 옷가지며 즐겨 쓰시던 소지품 등도 묘소 앞에서 불살라 시어머님의 영혼과 함께 하늘로 보냈다. 그런데… 홀가분해야 할 사임당의 마음은 왜 이렇게 허전한 것일까. 전에 돌아가신 외조부모님이며 아버지 생각까지 나서 우두커니 먼 산을 바라보고 앉았기가 일쑤였다.

이토록 심란한 판에 남편은 남편대로 주막에 가는 횟수가 늘었다. 몸에 이상이 와 한 번 혼이 난 뒤로는 술을 제법 잘 참아 오더니 어머님 돌아가시고부터는 긴장이 풀리고 말았다. 걸핏하면 동네 주막집으로 가서 술을 마시고 거나히 취해 오곤 했다. 어린 시절, 아버지를 잃고 어머니와 단 둘이만 살아온 사람이니 그 허전함이 오죽하랴. 사임당은 너그러운 마음으로 그를 이해하려고 애를 썼다.

이래저래 사임당은 친정어머니 생각이 간절하였다. 아버지 돌아가신 뒤 금방 무슨 일이 날 것처럼 유서를 쓰시던 어머니. 헤아려 보니 금년 나이 일흔둘. 몸은 어떠실까. 꿈에라도 한번 나타나 주셨으면. 그네는 어머니 그리움에 눈물 흘리며 오랜만에 붓을 들었다.

어머니 전 상서.

시절은 바야흐로 입하立夏를 지났습니다. 평안히 계시는지요.

저희 가족은 어머니께서 염려해 주시는 덕분에 대상도 무사히 치르고 잘 있습니다. 인편에 들려오기를 권 서방이 여러 가지로 처가에 마음을 써 주고, 권실權室이 또한 효성스런 딸 노릇을 하고 있다니 고맙기 그지없습니다. 저는 어린 시절부터 집안의 아들 노릇을 하리라 결심했었지만 멀리 떠나와 칠 남매 건사하다 보니, 아무 도움도 되어 드리지 못해 죄송합니다.

그러나 어머니, 어머니는 제 마음을 아시지요? 제가 어머니를 얼마나 그리워하는지, 명절이나 어른들 기일이 돌아오면 제가 얼마나 고향을 그리워하는지…. 마음으로는 수십 번도 더 대관령을 넘었고, 달 밝은 밤이면 으레 강릉으로 치달아 어머니 품에 안기곤 했었지요. 아버지랑 경포 호숫가를 거닐고, 오순도순 다섯 자매 답교놀이 하다가 문득 눈떠 보면 꿈이어서 소리 없이 눈물 흘린 적도 여러 번입니다.

보고 싶은 어머니.

색동옷 입고 어머니 곁에서 바느질 배우던 때가 엊그제 같건만 세월은 참으로 무상합니다. 어느새 제 나이 사십 중반을 넘었고, 양평댁마저 고향으로 떠나 버려 영락없이 이 집안의 어른이 되었습니다. 어머니 품에서 재롱부리던 선璿도 스물일곱, 매창은 스물둘, 둘 다 혼기가 지났습니다. 자나 깨나 아이들 배필 구할 일이 저의 큰 근심입니다만, 인연은 하늘이 맺어 주는 것인지 백방으로 노력해도 풀리지 않습니다.

자랑스러운 어머니. 어머니는 저를 지탱하는 큰 힘입니다. 삶이 아무리 고단해도 어머니 생각만 하면 모든 근심 눈 녹듯 사라집니다. 어머니가 살아 계신다는 것만으로도 저는 힘을 얻고 행복해집니다. 부디 끼니 잘 챙겨 드시고 오래오래 평안히 계셔 주십시오.

근간에 꼭 한번 오죽 동산을 찾아가려 합니다. 제가 사랑하던 매화 등걸에 지친 삶을 부려 놓고, 어머니 슬하에서 해묵은 정담 나누며 쉬다 오려 합니다. 기다려 주십시오, 어머니.

경술庚戌년 초여름 불초 인선 올림

사임당은 행여 강릉 가는 인편이 없는지 수소문해 어머니께 이 편지를 부치리라 하였다. 편지에 쓰인 대로 그네는 큰아들 선과 큰딸 매창을 볼 때마다 걱정이 많았다.

선은 약한 몸으로 과거에 매달려 혼사가 늦어졌지만 매창은 누가 봐도 훌륭한 규수감이었다. 좁은 공간에서도 매창은 열심히 그림을 그리고 수를 놓고 있다. 배필을 정하면 별당 하나는 있어야 한다. 친정 덕분에 밥걱정은 않고 살았지만 아이들이 크고 보니 집을 늘릴 일이 급선무였다.

그런 사임당 마음이 조정에 전달된 것일까. 그 해 경술년(1550) 여름, 남편에게 행운이 왔다. 쉰 살 나이에 수운판관水運判官으로 임명이 된 것이다. 그것은 지방으로부터 나라에 조세로 바치는 곡식을 배에 실어 나르는 일을 맡아보는 종 5품 벼슬이었다.

사임당은 뜻밖의 행운을 얻어 너무도 기뻤다. 젊은 시절, 십 년만 따로 있으면서 공부를 해보라고 그렇게도 간곡히 청했건만 세 번씩이나 되돌아온 그였다. 다행히 네 번째에는 한양으로 가서 공부를 했지만 그것도 겨우 삼 년을 채우고 말지 않았던가. 그토록 공부가 짧은 그에게 어찌 번듯한 벼슬이 내리기를 바라겠는가. 초시에 합격도 못한 그를 누군가 천거해서 내려진 직책이라 생각하니 수운판관도 감사한 일이었다.

당사자인 이원수의 기쁨은 말할 것도 없었다. 행여나 하고, 이기李芑 아저씨 집을 들락거리던 때가 엊그제 같건만 늘그막에야 말단이라도 얻어 보는구나 싶어 감회가 새로웠다. 물론 몇 날 며칠 배를 타는 일이 쉽지는 않을 터이었다. 파도가 거세면 계획한 날짜에 일을 마치지 못할 것이고, 그러다 보면 몸도 마음도 지칠 터. 그래도 남의 모함을 받거나 크게 머리 쓸 일은 아니니 다행이라 싶었다. 뒤늦은 지천명 나이에 얻은 벼슬이 아닌가. 부부는 기뻐하였다. 어머님 홍 씨가 조금만 더 사셨으면 이 기쁨을 보고 가셨으련만…. 사임당은 강릉 어머니께도 하루속히 알리자고 하였다. 얼마나 기뻐하실까. 이珥가 장원 급제했을 때도 누구보다 기뻐해 주신 어머니가 아닌가.

그날 오후, 이웃에 사는 친척 심공沈公의 시희侍姬가 놀러 왔다. 그 처녀는 가끔 건너와 매창이랑 자미화와 잘 얼려 놀았는데 유독 거문고에 관심이 많았다. 긴긴 겨울밤 외롭고 적적할 때 벗 삼아 보시라고 시어머니 홍 씨에게 사드렸던 거문고인데, 시희는 건너올 때마다 관심을 보여 제법 가락을 내게 되었다. 홍 씨가 떠난 뒤에도 시희는 자주 와서 거문고를 탔고, 그 덕분에 막내아들 우도 어린 나이에 거문고를 만질 수 있게 되었다.

안 그래도 무료한 여름날 신시申時 초, 가족들은 시희가 타는 거문고 소리에 귀를 기울였다. 둥덩 둥덩 둥둥덩 덩덩둥…. 구성진 가락이 방 안에 울려 퍼졌다. 아버지의 임관 소식 때문인지 모두들 즐거운 마음으로 듣고 있었다. 그런데 사임당은 자기도 모르게 눈물을 흘렸다. 뜻밖의 일이었다. 본인뿐 아니라 옆에 있는 자녀들도 몹시 당황하였다. 아버지가 국록國祿을 받게 되었는데, 어머니의 눈물은 어인 까닭인가.

"어머니, 왜 그러세요?"

"아니, 이 기쁜 날, 웬 눈물이세요?"

"글쎄다. 거문고 소리가 그리움이 있는 사람을 느껍게 하는구나."

"…또 외할머니 생각을 하시는 거지요?"

열다섯 난 이가 정확히 어머니의 마음을 헤아리고 물었다. 곁에서 매창이 안타까운 표정으로 고개를 끄덕인다. 다른 남매들도 기쁜 표정을 거두고 잠시 어머니의 마음에 동참하였다.

타는 저녁놀을 바라보며

이튿날, 사임당은 마루 끝에 앉아서 서쪽 하늘을 바라보고 있었다. 유시酉時가 다 지나도 해는 제 빛을 강렬히 쏘아대다가, 술시戌時쯤이 되자 조금씩 누그러지면서 구름 사이로 얼굴을 내밀었다 감추었다 아름다운 볼거리를 자아내었다. 그 서슬에 구름은 알락달락 투명한 채운이 되어 사람의 시야를, 아니 혼을 어지럽혔다. 구름 한 점 없는 허공에 타는 듯 붉은 해만 덩그렇게 남아 있을 때보다 훨씬 다채로운 저녁놀이었다.

해는 혼신의 힘으로 제 마지막 빛을 뿜어, 건너편 산까지 불그스레하게 물들이더니 차츰차츰 사라지고 있었다. 고개 빳빳이 들고 뜨겁게 타오르던 정오의 태양은 어디로 갔는가. 때가 되면 모든 것은 기울기 마련. 해도 기울고, 계절도 기울고, 인생도 기울고, 모든 것은 제때를 알아 돌아간다. 머지않아 나도 사라져 가겠지….

시어머님의 대상을 치르고 난 뒤, 죽음이 뇌리에서 떠나지 않았다. 더구나 최근에도 한 번 왼쪽 가슴께에 통증이 오면서 숨이 꽉 막히는 듯한 순간이 스치고 지나갔다. 큰일 끝에 너무나 피곤해서 그렇겠지, 하고 태연했지만 그 숨 막히는 시간이 잦고 길어지면 결국 눈을 감는 것이 아닐까. 사임당은 아직도 아름다운 채운이 남아 아스라이 빛나는 서녘 하늘을 바라보며 문득 자기의 마지막도 저토록 아름다웠으면 좋겠다는 생각을 해보았다. 채운까지는 아니라도 무언가 여운을 남기고 떠날 수 있다면….

그날 밤이었다. 사임당은 남편과 마주앉아 진지하게 이야기를 나누었다.

"서방님, 제가 드릴 말씀이 있어요."

"갑자기 무슨 말이오? 설마 공부 더 하라는 말은 아니겠지요?"

"흐흥. 더 하라면 더 하실 수는 있으십니까?"

"못하오. 제발 그 말은 마시오. 그 옛날 내가 얼마나 임자를 원망한 줄 아시오?"

"그래요. 잘 참아내셨어요. 비록 삼 년이긴 하지만."

"그 덕에 오늘 내가 이만큼이라도 행세하고 사는 것 알고 있소. 그러나 그땐 정말 힘들었다오. 나는 누가 보나 임자보다는 한 수 아래지요. 그래서 내가 항상 임자를 존경하고 고마워하고 있지 않소."

"별말씀을…. 아녀자라고 무시하지 않고 제 뜻 받들어 준 서방님이 더 훌륭하지요. 정말 감사합니다."

"아니, 그런데 오늘 무슨 말을 하고 싶어 이렇게 서두를 떼는 것이오?"

"말씀드리지요. 전 어쩐지 오래 못 살 것 같아요. 서방님보다 먼저 갈 것만 같아요."

"아니, 왜 그런 쓸데없는 소리를 하오?"

"제가 몸이 약한 걸 알고 계시지 않습니까?"

"그거야 임자가 몸을 너무나 혹사하니까 그런 것 아니오? 남들처럼 편안히 살면 훨씬 나으련만. 지금부터라도 제발 게으름도 좀 부리면서 편안하게 살아 보시오. 낮잠도 한숨씩 자고."

"허지만 저는 그럴 시간이 없어요. 젊은 시절부터 아무것도 안 하고 있으면 시간이 그렇게 아까울 수가 없었어요. 할 일이 자꾸 눈에 보이고 생각이 나는데, 어떻게 낮잠을 잔단 말입니까?"

"임자는 일 욕심이 너무 많아요. 집안 살림만도 벅찬데 그 붓글씨며 그림, 자수, 그게 보통 힘든 일이오? 사람이 좀 느긋하게 앉아 쉬기도 해야지, 원!"

"송구스럽군요. 그래도 그런 일 하고 있을 때가 행복하거든요."

"그러게 말이오. 내 그걸 아니까 말릴 수도 없었던 거 아니오."

"제 딴엔 열심히 살았어요. 이제 하늘이 부르면 미련 없이 떠나야지요. 일곱이나 되는 아이들 성혼도 안 시켰는데 서방님이 혼자 남게 되면 어쩌나, 그게 걱정입니다."

"참, 별소리를 다하는구려. 쓸데없이 그런 말 자꾸 하지 마시오."

"아닙니다. 사람이란 예감이 있는 것입니다. 그래서 여쭈어 보는 것인데, 제가 죽으면 새장가 드시겠습니까?"

"어허이, 시끄럽소."

"아닙니다. 이 말은 해두어야 할 것 같습니다. 제발 재취再娶는 하지 마십시오. 부탁입니다. 아들이 없다거나, 아이가 어려서 기를 사람이 없다면 몰라도 우리는 이미 아들을 넷이나 두었고, 큰딸 매창이 저만큼 장성했으니 동생들 건사는 할 것입니다. 그리고 평심이도 있지 않습니까? 그러니 『예기』에 가르친 대로 한 번 혼인한 것을 소중히 여기고 재혼은 하지 마시기 바랍니다."

"그렇다면 공자가 아내를 내보낸 것은 무슨 예법에 합하는 것이오?"

"그야 공자가 노나라 소공 때에 난리를 만나 제나라 이계라는 곳으로 피란을 갔었는데 그 부인이 따라가지 않고 바로 송나라로 가버렸기 때문입니다. 공자가 그 부인과 동거하지 아니했을 뿐이지 아주 버렸다는 기록은 없습니다."

"그렇다면 증자가 부인을 내쫓은 까닭은 무엇이오?"

"그것은 이유가 있었지요. 증자의 부친이 찐 배를 좋아했는데, 그 부인이 배를 잘못 쪘어요. 말하자면 부모 봉양하는 도리에 어긋남이 있었던 것이지요. 그래서 부득이 내쫓았던 것입니다. 그러나 증자도 한 번 혼인한 예의를 존중하여 다시 새장가를 들지는 아니했습니다."

"주자의 집안 예법에는 이 같은 일이 있소?"

"주자가 마흔일곱에 부인 유 씨가 죽고 맏아들 숙은 아직 장가들지 않아 살림 살 사람이 없었지마는 주자는 다시 장가들지 않았습니다."

"그렇구면."

"왜, 서방님은 새장가가 들고 싶으십니까?"

"어허이, 임자랑 오래 살아야지, 자꾸 그런 소리 마시오."

"서방님이 주막에서 권 씨를 자주 만난다는 것은 알고 있지요. 그 사람 심성이 어쩐지는 모르겠습니다만, 날마다 술잔을 놓지 않는다는 소문을 들었습니다. 만일 그런 여자를 집안에 들이면 아이들이 무엇을 배우겠습니까? 또 하나둘도 아니고, 일곱 남매나 되는 아이들과 어찌 갈등이 없겠습니까? 그러다 보면 당신도, 그 여자도 마음 편할 수 없고, 무엇보다 우리 아이들이 얼마나 고통스럽겠습니까? 자칫하면 당신과 그 여자 사이에도 문제가 생기고, 당신과 아이들 사이에도 문제가 생기지 않겠습니까? 잠 안 오는 밤이면 자꾸 그런 일이 걱정됩니다. 그래서 언젠가는 이런 이야기를 당신과 나누고 싶었습니다. 참으로 미안합니다."

"어허이, 참 지금 무슨 일이라도 났소? 공연히 사람 마음을 흔들어 놓는구려. 그만하시오."

"물론 재취로 들어와 전처 아이들 잘 길러 주고, 행복한 가정 이루는 여자도 많습니다만 그게 어디 흔합니까? 서로들 마음고생이 많겠지요. 우리 외갓집 성호 오라버니도 어린 시절 어머니를 잃고 방황하다가 절에 들어가 버리지 않았습니까?"

"알았소. 알았소. 제발 그만합시다. 기분 나쁘게 왜 죽는 이야기를 하오."

사임당은 그쯤에서 이야기를 그쳤다. 언젠가는 꼭 해두고 싶은 말이었기에 후련했다.

새로운 곳, 새로운 삶

이듬해 신해년(1551) 이른 봄, 마침내 수진방에서 삼청동으로 이사를 했다. 강릉에서 올라와 시어머님으로부터 열쇠를 물려받고 살림을 맡아 한 지 십 년만이었다. 아이들이 크고 보니 수진방 집도 좁아져 그 집을 세놓고 삼청동으로 늘려가게 된 것이다. 이제 행랑채도 딸려 있어 사람도 둘 수 있게 되었다. 다행히 평심이를 파주 일갓집 머슴 아들 삼덕이가 탐내어 짝지어 주고, 행랑채에서 함께 살기로 했다. 십여 년 동고동락해 온 평심이가 곁에 있어 준다 싶으니 사임당에게는 그것만 해도 큰 위로가 되었다.

도성에서 경치 좋기로 으뜸인 삼청동! 조금만 안으로 들어가면 계곡이 있고, 폭포가 있고, 많은 사람들이 둘러앉아 놀 수 있는 암반이 있어, 봄이면 사람들이 화전놀이를 즐기는 곳, 강릉처럼 경치 좋은 삼청동에 집을 마련하고 보니 꿈만 같았다.

게다가 제법 넓은 마당도 있었다. 딸들은 한쪽 구석에 꽃씨를 심고 화단 가꾸기에 바쁘고 삼덕은 아침마다 싸리비를 들고 쓰윽쓰윽, 비질 소리도 정겹게 마당 쓸기에 바빴다. 이제 좀 사람 사는 집 같았다. 강릉 친정에서 느끼던 분위기가 살아나 삶이 제법 격상된 듯싶었다. 사임당은 이것저것 살림을 정리하면서 하루에도 몇 번씩 중얼거렸다. 하느님께, 그리고 조상님께, 감사합니다, 감사합니다, 하고.

대충 집안 정리가 끝나가는 어느 날, 남편이 관서 지방으로 조운漕運 일을 나가게 되었다. 그동안 몇 차례 지방을 다녀왔지만 배로 물건을 실어 나르는 일이 당일로 끝나는 게 아니어서 생각보다 고단해 보였다. 그런데 이번에는 꽤 멀리 평안도까지 가는 일이었다. 사임당은 남편이 객지에서 오랫동안 혼자 지내야 할 일이 걱정되어 의견을 내놓았다.

"이번에는 선과 이를 데리고 가시면 어떨까요?"

"선과 이를? 왜 갑자기 그런 생각을 했소?"

"오래 혼자 지내려면 쓸쓸하실 겁니다. 그리고 선은 몸이 약해서 항상 걱정입니다. 그곳에 가서 휴양도 하고, 혹시 좋은 의원이라도 만나면 도움도 받게 될지 누가 압니까?"

"알았소. 내 잘 챙겨 보리다."

"그리고 당신도 알다시피 이는 특출한 아이가 아닙니까? 견문을 넓혀 큰 인물 되게 키워야 합니다. 학문도 학문이지만 무엇보다 사람 사는 것을 많이 보고 견문을 넓혀야 할 것입니다."

"알았소. 듣고 보니 좋은 생각이구려. 아이들에게도 그렇게 이릅시다."

사임당은 서둘러 빨 것은 빨고, 다시 기울 것은 깁고, 세 부자의 옷가지를 챙기기에 여념이 없었다. 이제 가면 적어도 한 달 남짓 볼 수 없으리라. 인편이 생기기 전에는 보내고 싶은 것이 있어도 보낼 수 없고, 전하고 싶은 소식이 있어도 전하기가 어렵지 않겠는가.

그들을 떠나보내고 못다 한 집안 정리까지 다 마치고 나니 마음도 몸도 한갓졌다.

나른한 봄날 오후, 사임당은 모처럼 작설차 한 잔을 마시며 마루 끝에 앉아 앞산을 바라보는 여유를 즐겼다. 세월은 어찌 그리도 때를 잘 알아서 흐르고 있는가. 엊그제까지만 해도 산을 덩어리째로 불그스름하게 물들이던 진달래는 다 지고 온 산에 푸르름이 남실대고 있었다. 갑자기 고향 마을이 아스라이 다가온다. 화전놀이 때 오르던 시루봉이 보이고, 경포호가 보이고, 마침내 오죽 동산이 보인다. 지금쯤 댓잎들도 더욱 싱그러워졌겠지. 매화 등걸에 피어난 꽃은 지고, 푸른 잎들이 반짝반짝 윤기를 더하고 있겠지. 아, 굽이굽이 아흔아홉 고개, 가도 가도 끝이 안 보이던 대관령고개의 온갖 나무들도 일제히 손에 손 잡고 일어나 한 목소리로 생명의 찬가를 부르고 있겠지. 세 부자가 조운 일을 마치고 돌아오면 어머니를 찾아뵈러 가자고 졸라야지….

그런데, 참 이상한 일이었다. 그 푸른 생명감 앞에서 느닷없이 밀려오는 슬픔은 무엇 때문일까. 사임당은 솟구치는 설움에 어찌할 바를 몰랐다. 해마다 오월이면 느슨해진 감정이 다시 살아나며 가슴이 후끈 달아오르곤 했었다. 그래서 더욱 희망을 품고 자수에, 서도에, 그림에, 즐거운 마음으로 몰두하곤 했었다. 그런데 지금은 그게 아니다. 푸르른 산야를 보면서 자꾸 눈물이 흐른다. 왜 그럴까. 너무나 아름다운 것은 사람에게 슬픔을 전하기도 하는 것일까….

해는 주변 하늘을 버얼겋게 물들이며 서서히 산 뒤로 넘어가고 있다. 사임당은 꿈쩍도 않고 해만 바라보았다. 차츰 둥근 모습이 잠식되어 갔다. 보름달 같던 해가 반달처럼 되고, 그나마 계속 더 작아지고 작아진다. 이내 그믐달 같은 모습이 되어 겨우 산등성이에 걸렸다. 저마저 금세 사라지겠지. 사임당은 너무도 안타까워 그 모습을 붙들고 싶은 심정이었다. 마침내 눈썹 같은 모습, 실오라기 같은 모습이 되더니 꼴깍, 흔적도 없이 사라지고 말았다. 서녘 하늘 가득 알락달락 채

운만을 남긴 채.

다음 순간, 사임당은 오싹 몸을 떨며 찻잔을 떨어뜨렸다. 아, 그네는 왼편 가슴에 손을 얹었다. 콕콕, 무엇엔가 찔린 듯, 옥죄인 듯, 심한 통증이 왔다. 왜 이럴까. 갑자기 숨이 막혔다. 죽음으로 가는 징검다리인가? 직감이었다. 그네는 그만 정신을 놓고 마루에 엎드렸다.

저녁을 준비하던 매창이 놀라 어머니를 부축하고 방으로 들었다. 얼마 후 사임당은 정신을 차렸다.

"어머니, 어머니, 왜 이러세요?"

자녀들이 분주히 왔다 갔다 하는 통에 정신이 들었다. 가슴의 통증은 사라졌다.

"괜찮다. 이제 아무렇지도 않아. 걱정 마라."

그네는 그 밤, 늦도록 잠을 이루지 못하고 자신이 살아온 길을 한 굽이 한 굽이 되돌아 걸었다. 주마등처럼 스쳐 지나가는 삶의 궤적 속에서 그네는 한동안 허우적대었다.

어린 시절, 아들 노릇을 하겠다고 장담했던 나는 과연 어머니께 무엇을 해드렸나. 남편에겐 좋은 아내 노릇을 했을까. 일곱 자식들에게는 좋은 어머니 노릇을 했을까. 번을 갖고 태교에 신경 쓰지 못했던 것, 봉선화를 낳고 젖도 제대로 못 먹인 것, 일곱 번째 수태를 알고 심히 불평했던 것, 생각할수록 부끄러운 일이었다. 남편에게도 참으로 곰살궂지 못했다. 세 살이나 위인 사람을 존경은커녕 항상 동생 다루듯 했었다. 그 역시 부끄러운 일. 그동안 데리고 있던 아랫사람, 끝순이, 덕순이, 평심이 들에게 말 한마디라도 따뜻이 했을까? 내 아이들하고 똑같이 먹이고 입혔을까? 그동안 그들에게 상처를 주지나 않았을까? 그 무엇보다 청상인 시어머님께 상처를 드린 일은 없었을까? 양평댁에게는? 아아, 알게 모르게 저지른 죄, 얼마나 많을까. 다 용서받았으면 좋겠구나….

나는 이제 어떻게 죽어갈 것인가. 외조부님처럼 수월히 죽을 수 있다면 얼마나 좋을까. 외조모님처럼 오래 앓아누워 어린것들 고생시키면 어이하나. 아직 결혼도 못한 선이나 매창에게 병 수발이나 시키게 되면 어이하나.

그런데 죽으면 어떻게 되는 것일까. 인명은 재천이라는데, 인간은 하늘이 내보내 주고, 또 하늘이 거두어 가는 것일까? 그렇다면 하늘에는 먼저 가신 외조부모님, 그리고 아버지가 계시겠지. 내가 그분들을 뵙게 되면 무엇 하나라도 떳떳이 자랑할 수 있을까?

그네는 오만 가지 생각을 하다가 잠이 들었다. 그리고 다음 날 이른 아침, 남편에게 편지를 썼다.

객지에서 얼마나 어려움이 많습니까? 선과 이도 잘 있겠지요. 아이들이 당신에게 도움이 되었으면 좋겠습니다. 좁은 집에 살다가 넓은 집으로 이사 오니 마음도 확 트이고, 무엇보다 매창에게 방을 하나 줄 수 있어서 기쁩니다. 매창은 막내 우를 데리고 글씨 쓰기, 그림 그리기에 여념이 없습니다. 그곳에서도 좋은 배필이 있는지 살펴보시기 바랍니다.

저는 요즘 자꾸만 삶에 자신이 없어집니다. 전에 말씀드렸듯이 오래 살지는 못할 것 같습니다. 곰곰 생각해 보니, 그동안 제가 아내로서 당신을 제대로 보필하지 못한 게 많았습니다. 그런데도 항상 너그러운 마음으로 저를 이해해 주고, 제 뜻을 따라 준 당신에게 정말 감사드립니다. 부디 섭섭했던 것 모두 용서해 주시기를 바랍니다.

당신은 저에게 큰 방패였고 울타리였습니다. 무엇보다 당신이 계셨기에 사랑스런 자식이 일곱이나 생겼으니 그 고마움을 어이다 이를 수 있겠습니까? 이제 얼마를 더 살지 알 수 없지만 지금부터라도 좀 더 곰살궂은 아내가 되어 당신을 잘 받들어 드리고 싶습니다.

조운 일 무사히 마치고 하루속히 귀가하소서.

신해년 오월 사임당

사임당은 번과 매창을 시켜 이 편지를 보낼 수 있는 인편을 찾아보라 하였다.

창포물에 머리 감고

온 들판에, 산에, 푸르름이 남실대는 오월. 어느새 봄의 끝자락인 단옷날이 다가왔다.

아녀자들은 며칠 전부터 냇가로 나가 창포 잎과 뿌리를 구해 왔다. 그걸 우려낸 물이 악귀를 쫓는다고 어른 아이 할 것 없이 이른 아침부터 그 향긋한 창포물에 세수하고 머리를 감았다. 해가 중천에 오르자 마을 사람들은 장농 속에 아껴 둔 고운 옷을 차려입고 삼청동 계곡가의 공터로 모였다. 그곳에는 늙은 소나무, 느티나무, 팽나무 들이 서 있어서 그넷줄을 매기에 안성맞춤이었다.

더할 수 없이 청명한 오월. 오늘은 사임당도 모처럼 바깥나들이를 하기로 하였다. 새로 이사와 시루떡을 쪄서 마을 사람들에게 돌리긴 했지만 한 사람 한 사람 얼굴을 맞대고 이야기라도 나눌 수 있는 좋은 기회였다. 또 누가 아는가, 매창이나 자미화를 보고 중매를 서 준다고 나설 사람이 있을지. 아니, 구경꾼들 중에서 딸들을 점찍어 스스로 사위가 되겠다고 과감하게 나설 총각이 있을지.

그네는 과년한 두 딸 매창과 자미화, 그리고 이제 열세 살 난 봉선화를 데리고 나섰다. 손수 지어 입힌 옷 때문에도 예뻤지만 창포물에 갓 감아 가지런히 땋은 머릿결이 함초롬해서 더욱 예뻤다. 이제는 파

주택으로 불리는 행랑채 평심이도 물론이요 번과 우도 씨름 구경 가는
길에 그네 터부터 구경하겠다고 따라나섰다.

벌써 많은 사람들이 나와서 그네를 타고 있었다.

일년 내내 특별히 바깥 구경 할 일이 없던 젊은 여인들이 얼마나 기
다렸던 단옷날인가. 아낙네며 처녀 할 것 없이 고운 옷을 차려입고 계
곡가로 몰려나왔다. 물가에서 한가히 노닐던 백로가 모여드는 사람들
을 쳐다보고, 모여든 사람들은 공터로 몰려가 큰 팽나무 주변을 둘러
싸고 마냥 즐거워서 깔깔거리고 있었다. 남자들은 그넷줄을 매느라고
바빴다. 그넷줄은 볏짚이나 삼을 꼬아 겹겹으로 탄탄하게 만든 동아
줄이지만 색색으로 물들인 천을 찢어 겉을 모두 감쌌기에 알락달락 무
지개를 연상케 하였다. 게다가 아가씨들 옷까지 화려한 물색이라 온
동네가 화사했다.

미끄럽지 않도록 양손에 무명 수건을 감은 채, 그넷줄을 꽉 쥐고 줄
밑 발판을 힘차게 구르며 하늘로 오르는 아가씨들. 허공중에서 물빛
고운 치맛자락이 펄럭, 옷고름이 펄럭, 댕기가 펄럭, 푸른 신록 우거
진 사이로 소리개같이 높이 떴다가 물 찬 제비처럼 아래로 내려 땅을
스칠 듯 말 듯 훑고 지나가는 모습은 한 폭의 움직이는 그림이었다.
오월의 따스한 초여름 햇볕 아래 서로들 맵시를 뽐내며 누가 누가 높
이 오르나 내기하는 모습은 아슬아슬! 보는 사람이나 타는 사람이나
모처럼 누리는 자유에 흠뻑 취하여 시간 가는 줄을 몰랐다.

한나절 즐거운 시간을 누리고 그곳을 떠나올 때, 사임당은 딸들에
게 물었다.

"누가 가장 이쁘더냐? 누가 가장 그네를 잘 타더냐?"

아이들은 각기 누구요, 누구요, 대답하였다. 같은 이름도 나오고 다
른 이름도 나왔다.

"그래. 그럼 그 사람들한테 가서 칭찬해 주고 가자."

사임당 또한 이 사람 저 사람에게 다가가 손을 잡고 칭찬을 아끼지

않았다. 누구 하나 빠지는 사람이 있으랴. 높이 오르는 사람, 맵시가 예쁜 사람, 옷이 예쁜 사람, 댕기가 예쁜 사람, 웃는 표정이 예쁜 사람, 이래저래 모두들 칭찬거리가 있었다. 자녀들도 자기가 점찍은 사람들한테 다가가 손뼉을 친다. 칭찬하는 사람도, 칭찬 받는 사람도 방실방실 미소를 띠며 좋아한다.

"어떠냐? 기분이 좋지? 누가 무얼 잘하면 언제든지 바로바로 칭찬을 해주도록 해라. 남을 칭찬할 때는 자신들도 기분이 좋으니까 얼굴이 밝아지고 입이 예뻐지게 마련이란다. 그러나 흉을 볼 때는 눈도 입도 비틀어지거든. 그러니 항상 흉은 삼가고 칭찬은 아끼지 마라. 그래야 너희도 남한테 칭찬을 듣지. 알겠느냐?"

"네."

딸들과 파주댁이 고개를 끄덕이며 대답한다.

집으로 돌아온 사임당은 텃밭으로 들어갔다. 한참 가물었으니 해거름에 채소, 나무에 물을 주자고 하였다. 모두들 따라 들어간다.

텃밭에는 가지, 오이, 고추나무 등이 잘 자라고 있었다. 엊그제 파주댁을 데리고 옆으로 벋는 가지들을 바로잡아 막대기로 받침대를 질러 주었더니 똑바르게 잘 자라고 있었다. 그네는 그것을 보며 이른다.

"봐라. 이걸 그냥 두면 한쪽으로 기운 채 제멋대로 벋어 가겠지. 그래서 막대기로 받침대를 질러 반듯이 세워 준 것이다. 사람도 이와 같다. 처음 잘못 간다 싶을 때, 얼른 잘 잡아주면 바르게 자랄 수 있지. 너희들도 서로 잘못이 눈에 보이거든 애초에 잘 타일러 주도록 해라. 한 번 잘못 길들면 그게 나쁜 것인지도 모르고 예사로 하게 된다."

사임당의 음전한 가르침 아래 집안은 화평한 상태로 하루하루 흘러갔다.

하지夏至를 앞두고 해가 많이 길어지고 있었다. 묘시만 되면 해가 동창을 밝게 비추었다. 사임당은 일찌감치 자녀들을 깨웠다. 맑은 정신에 성현들의 글을 읽자고 하였다.

매창과 자미화는 『내훈』을, 번은 『맹자』를, 봉선화는 『효경』을, 우는 『소학』을, 그들은 자기들이 읽던 책을 들고 중얼중얼 읽었다. 어머니가 시키는 대로 책을 안 보고도 외울 수 있도록 읽고 또 읽었다. 그들에게 공부는 재미난 놀이였다.

사임당도 모처럼 큰 붓을 들어 새 집 기둥에 붙일 글귀를 골라 썼다. 미관말직이나마 나라를 위해 일하게 된 남편 생각, 그리고 머지않아 벼슬길에 오르게 될 이珥를 염두에 두고 고른 문구였다.

廉者 萬善之源 諸德之根(염자 만선지원 제덕지근):
청렴은 선행의 원천이요 덕행의 근본이다.

서도를 마친 사임당은 또 그림을 그리기로 하였다.

단옷날 그네 타러 갔던 계곡에서 유심히 보고 마음에 모사했던 백로 한 쌍을 떠올렸다. 이가 연이어 과거에 급제하기를 바라는 마음, 벼슬에 나가면 나라와 백성을 위해 부디 그 백로처럼 고결한 관리가 되어 주었으면 하는 마음, 아직도 결혼하지 못한 선과 매창이 어서 좋은 배필을 찾았으면 하는 마음, 그리고 자기들 부부의 다정한 노후를 바라는 마음에서 한 쌍의 백로를 그려 보자고 하였다.

그네는 백로의 깨끗한 모습을 살려 비단 조각에 수묵으로 그리기로 하였다. 한 마리는 아래쪽 가운데에, 한 마리는 조금 위 오른쪽 구석에 그려 넣고, 무언가 결과를 기대하면서 맨 위쪽 중간에는 연蓮 열매도 그려 넣었다. 그네는 세심하게 이곳저곳 음영을 넣으면서 연밥과 새의 주둥이, 다리 등에 검은 빛을 칠하니 제법 생동감 있고 사실적인 그림이 되었다. 매창과 우는 어머니의 그림에 유독 관심을 보이며 넋 놓고 바라본다.

죽음의 예감

사임당은 초여름 산들바람을 쐬며 뜨락으로 내려섰다. 티 없이 맑은 밤하늘에 둥근달이 둥두렷이 떠올라 있었다. 그 바짝 옆에서 별 하나가 반짝이고 있었다. 그네는 문득 어머니를 생각하였다. 어머니도 저 달을 보고 계실까. 갑자기 보름달이 어머니의 얼굴로 느껴졌다. 그리고 그 바짝 곁을 졸졸 따르는 별이 자신처럼 느껴졌다. 저렇게 가까이서 어머니를 모시고 살 수만 있었으면 얼마나 좋았을까.

달은 또 경포 호수를 상기시켜 주었다. 답교놀이를 하고 들어올 때면 으레 하늘에서, 호수에서 밝게 빛을 뿜던 달. 그 달을 생각하자 성호 오라버니도 함께 떠올랐다.

난 오라버니 말대로 경포 호수의 달처럼 빛나게 살았을까? 빛나게는 어림도 없지만 곱게는 살았을까. 맑게는 살았을까. 그네는 고개를 절레절레 흔들었다. 아니야, 어림도 없어….

그네는 어린 시절의 추억이 담긴 오죽 동산이며 경포 호숫가를 두서없이 떠올리고, 젊은 날을 보냈던 봉평, 파주, 수진방 등을 한 바퀴 돌며 과거에 젖어 있다가 현재의 삶으로 돌아왔다. 집도 늘렸고, 아이들도 다 자라 생활이 퍽 안정된 느낌이었다. 그러나 또 다른 문제가 그네의 어깨를 무겁게 눌렀다. 과년한 자식들을 어이할까.

하나도 아니고, 선이, 매창이, 번이, 셋이나 혼기를 넘겼고, 자미화도 벌써 열아홉이었다. 여러 번 매파를 불렀지만 성사가 되지 않으니 어찌하랴. 인명이 재천이듯이 혼인의 연도 하늘이 맺어 주지 않으면 불가능한 것인가.

이런저런 생각을 하고 있는데, 앗, 다시 가슴에 통증이 왔다. 가슴 속에서 무엇인가가 타닥타닥 튀는 것 같았다. 아, 아! 그는 오른손을 들어 왼쪽 가슴을 눌렀다. 예감이 이상했다. 아무래도 죽음이 다가오는 것인가. 앗, 다시 통증이 왔다. 가슴에서 무엇인가 쥐어짜는 느낌이다. 이럴 수가, 이렇게 답답할 수가. 후우. 숨이 꽉 막혔다가 다시 풀린다.

어이하나. 저 아이들 혼인도 못 시키고 내가 먼저 가면….

또 하나 걱정이 있었다. 근래에 어머니를 뵙지 못한 것이다. 이사가 끝났으니 한번쯤 가 뵈어야 하는데, 남편이 지방으로 떠나는 바람에 그 역시 미루어지고 말았다.

옛말에 남편은 죽으면 동산에 묻고, 자식은 죽으면 가슴에 묻는다는데 내가 어머니 앞에 떠나면 어찌 되는 것인가. 효를 하겠다고 그렇게 다짐을 했건만, 효는커녕 씻을 수 없는 불효를 저지르는 것은 아닌가.

그네는 마당가 대추나무를 보고 『시경』의 「개풍장」凱風章을 우리말로 풀어 조용히 읊조린다.

"남쪽에서 불어오는 훈훈한 바람이 대추나무 새싹을 어루만지네.
대추나무 새싹이 어리고도 성하니 어머님 노고가 크셨다.
남쪽에서 불어오는 훈훈한 바람이 대추나무 줄기를 어루만지네.
어머님 사랑이 거룩하시건만 우리는 착한 자식 못 되었네."

사람은 어디서 와서 어디로 가는 것일까.

어른들은 걸핏하면 말씀하셨다. 조물주의 조화니라. 인명은 재천이니라. 유학儒學에서는 가장 큰 어버이가 하늘이라 하여 천명사상을 가르쳤다. 그렇다면 저 하늘에 어떤 크신 분이 있어 우주를 관장하는 것은 틀림없는 일. 이승 건너에 저승은 바로 그분 계신 하늘인가. 그분이 우리를 만들어 이승으로 보내시고 때가 되면 다시 불러 저승으로 돌아가는 것인가. 돌아가면 먼저 간 혼령들과 다시 만나 모여 살게 되는 것인가.

사임당은 믿고 있었다. 할아버지 할머니, 그리고 아버지가 이미 돌아가셨지만 결코 그것으로 끝난 것이 아니라고. 그분들은 언제나 자손의 가슴속에 살아 계셨고, 분명히 남은 가족을 지켜주셨다. 제사 때마다 그 혼령이 직접 오시는 것처럼 느껴졌다. 그렇듯 나 또한 죽더라도 남은 가족을 지켜줄 수 있겠지. 어머니와 남편, 그리고 사남 삼녀 일곱 자식들을 내가 어찌 모른 척할 수 있으랴. 그네는 특히 어머니께 하고 싶은 말이 많았다.

'어머니, 비록 자주 가 뵙지 못했지만 제 마음은 늘 어머니께 향하고 있었음을 아시지요? 혹시라도 제가 먼저 떠나면 너무 슬퍼하지 마셔요. 한양보다 더 먼 곳으로 이사를 갔다고 생각하셔요. 제가 먼저 저승에 가 있다가 언젠가 어머니가 오시는 날, 버선발로 뛰어나와 인도할게요. 먼저 가신 분들을 우리가 마음 안에 모시고 살았듯이 저도 어머니 가슴에 묻힌 채, 함께 살아 있을 겁니다. 행여 제가 먼저 가더라도 부디 너무 서러워 마셔요.

어머니. 저는 좋은 부모 만나 행복한 어린 시절을 보냈어요. 특히 어머니를 제 어머니로 모실 수 있었던 건 제 생애 가장 큰 행운이었어요. 참으로 감사합니다. 오래오래 평안하옵소서. 어머니, 존경하고 사랑합니다.'

사임당은 그 밤, 또 가슴에 통증이 옴을 느꼈다. 무언가가 있는 힘을 다해 자기 가슴속을 쥐어짜는 것만 같다. 다리 힘이 쫙 빠지고 정신이 혼미해졌다. 곁에 있던 매창에게 말을 건넸다.

"이제 내가 떠날 때가 되었나 보다. 아무래도 더 이상 살지 못할 것 같구나."

"어머니, 무슨 말씀이세요. 아버지랑 죽곡 오빠, 그리고 우리 효자 동생 이뽀가 곧 올 텐데 왜 그렇게 마음 약한 말씀을 하세요. 마음을 굳게 가지세요, 어머니."

"아니야, 아무래도 이상이 온 것 같다. 가슴이 꽉 막히는 게 숨을 제대로 쉴 수가 없구나. 매창아 다들 모이라고 해라."

매창과 번이 매우 근심하며 객지에 가 계신 아버지께 이 일을 어떻게 알리나 걱정을 한다.

낌새를 눈치 챈 사임당은 말한다.

"공무로 나가 있는 사람에게 사사로운 일로 방해를 해서는 안 된다. 아무 소리 말고 그냥 있거라. 내 한 며칠 쉬고 나면 일어날 것이다."

그러면서도 그네는 은근히 걱정이 되는 듯 아이들을 모아서 유언 비슷한 말을 한다.

"형제는 한 부모의 몸에서 태어났으니 한 몸과 같은 것이다. 형이 굶는데 나만 먹는다든지, 동생이 헐벗는데 나만 입는다든지, 하는 일은 없도록 해라. 형제가 우애하지 못하는 것은 부모를 사랑하지 않는다는 증거다. 어찌 형제에서만 그치겠느냐. 형제의 자식인 조카들을 사랑하고 가르치는 일도 마땅히 같아야 한다. 내 자식은 배불리 먹고 형제의 자식은 배곯는 일이 있다면 하늘이 두렵지. 그리고 아버지를 잘 모셔야 한다. 늦은 나이에 소중한 나라 일을 맡으셨으니 건강이랑 잘 챙겨 드려야 한다. 내 할 일 못다 하고 먼저 떠나게 되어 정말 미안하다. 그래도 위로 누나 형들이 그만큼 컸으니 동생들 잘 건사하고 바르게 살아야 한다. 항상 양심에 어긋나지 않게만 행동하면 크게 비뚤어지지는 않을 것이다. 어머니가 저승에서 늘 너희를 지켜보고 있다고 생각하여라. 알겠느냐?"

"어머니, 의원을 부를게요. 제발 그런 말씀 하지 마세요."

"매창아, 너를 기르면서 나는 참 행복했다. 너를 보면 꼭 내 어린 시절 보는 것 같았지. 네 그림 솜씨를 알아줄 좋은 배필을 만나야 할 텐데…. 내가 네 혼사를 못 서둘고 떠나는 게 정말 미안하다. 어린 동생들까지 다 네게 맡기고… 나는 죽어서도 너희를 위해서 빌 거야. 아직 열 살밖에 안 된 막내 우가 제일 걱정이다. 글씨며 그림 솜씨도 보통이 아닌데 네가 잘 길러다오. 그리고 이를 잘 부탁한다. 너 알다시피 그 앤 하늘이 우리에게 맡기신 아이다. 언젠가 나라와 백성을 위해 일할 날이 오면 네가 늘 일러라. 맹자께서 말씀하셨지. '양심에 하기 싫은 것은 하지 말라.' 정말 바르게 열심히 잘 살아야 한다. 양심만 잘 따르면 그게 바로 의를 지키는 길이다. 인과 의만 지키면 누가 뭐라 해도 떳떳하지 않겠느냐."

그네는 매창의 손을 놓고 번의 손을 잡았다.

"번아, 우리 번이도 장가갈 나이가 되었지? 형이 어서 가야 너도 갈 텐데. 우리 번이는 몸도 튼튼하고, 머리도 좋으니까 공부 열심히 해보아라. 틀림없이 좋은 결과가 있을 것이다. 그리고 좋은 것만 생각하고 좋은 말만 하면서 다른 사람과의 관계를 원만히 가져야 한다. 남 기분 나쁜 말은 하지 말고, 형제간에도 친구간에도 네가 꼭 이기려고 하지 마라. 조금 손해 보더라도 상대편 배려하면 네 마음이 더 편해진다. 지는 것이 이기는 것임을 명심해라. 부귀영화 다 갖추어도 사람과의 관계가 원만치 않으면 마음이 편할 수가 없단다. 나는 우리 번이를 믿는다."

그네는 번의 손을 더욱 힘주어 잡았다. 그리고 한참을 놓지 않았다. 번은 알았다는 듯이 고개를 끄덕이며 손을 빼내 두 팔로 어머니를 안았다.

그네는 자미화를, 봉선화를 차례로 불러 손을 잡고, 매창 언니 말 잘 듣고 착하게 살라 이르고 끝으로 막내 우를 불렀다.

"우야, 에미가 몸이 좀 아프다. 에미 없어도 형이랑 누나들 말 잘 듣고 바르게 커야 한다. 우리 우는 글씨도 잘 쓰고 그림도 잘 그리고 거문고도 좋아하지? 뭐든 네가 하고 싶은 것 하고 살면 행복할 거야. 아버지 말씀 잘 듣고 형들, 누나들 말 잘 듣고 바르게 커야 한다."

사임당의 눈에서 눈물이 주르르 흘렀다.

"어머니, 왜 울어요? 어머니 많이 아프세요? 곧 나으시라고 하느님께 빌게 울지 마세요."

"그럼, 그럼. 곧 낫고말고. 어서 형이랑 건너가서 자려무나."

매창은 이상한 예감이 들어 자미화와 함께 그 밤 어머니 곁을 떠나지 않았다. 그런데 어머니는 해시亥時 말쯤 되자 스르르 잠이 드셨다. 아주 편안히 숨을 고르게 쉬며 주무셨다. 아, 이제 괜찮아 지시려나 보다. 그럼 그렇지. 매창은 안심하며 어머니 곁에서 스르르 잠이 들었다.

빛깔 변한 유기그릇

이원수와 두 아들은 그곳에서의 모든 일을 마치고, 조세로 받은 곡식을 배에 가득 실은 채 한양을 향해서 떠났다. 몇 날 며칠 배를 타고 황해를 거슬러 오면서 세 부자는 집 생각이 간절하였다. 이때는 갑자기 어머니가 보고 싶었다.

"형님, 어머니는 잘 계실까, 왜 자꾸 어머니 생각이 나지?"

"객지에서 오래 떨어져 있다 보면 누구나 집 생각이 나고, 어머니 생각이 나는 거지 뭐. 이제 조금만 있으면 뵙게 되겠지."

"이사를 끝내고 어머니 건강이 좀 안 좋아 보였는데, 괜찮으시겠지?"

"그럼. 별일 없으시겠지."

형제간에 나누는 대화를 들으면서 이원수는 문득 사임당이 자기가 먼저 갈 것 같다, 재가는 하지 말아라, 하던 말들이 떠올랐다. 게다가 엊그제는 인편에 편지도 한 장 받았다. 곧 만날 텐데 갑자기 편지는 왜 썼을까. 혹시라도 아내에게 무슨 일이 생기는 것은 아닐까?

모두들 약간은 불안한 마음이 된 채 배 안에서의 몇 시간을 보내고 나니, 드디어 서강西江* 나루터가 눈앞에 보였다.

"얘들아, 다 왔구나. 어서 짐들을 챙겨 보자."

이원수의 말에 따라 두 아들은 옷 보퉁이에서부터 취사도구까지 하나하나 챙기기 시작했다.

그런데 놋그릇을 꺼내어 담던 죽곡이 깜짝 놀란다.

"아니, 이게 웬일일까?"

"형님, 왜요?"

"이것 좀 봐라. 놋그릇이 왜 이렇게 빨갛게 되었지?"

정말이었다. 누르스름하게 금빛처럼 반짝거리던 놋그릇이 이상하게 붉은 빛이 돌면서 칙칙하게 변해 있었다. 전혀 윤기가 없었다. 전에 한 번도 없었던 일이었다.

"아버지, 이것 좀 보세요. 왜 이럴까요?"

이원수도 기이히 여기었다. 아무래도 이상했다. 틀림없이 안 좋은 일이 일어날 징조 같았다. 마음이 몹시 불안했지만 아이들을 안심시킬 요량으로 시침을 떼며 말했다.

"바닷바람이 거세고 습하기 때문이 아니겠느냐. 집에 가서 어머니에게 여쭈어 보자꾸나. 잘 닦으면 말짱해지겠지."

대화를 나누는 동안 마침내 배는 서강 나루터에 닿았다.

그들은 대기하고 있는 관원들에게 곡식을 내리게 하고 자기네들의 짐을 옮기고 있었다.

그 순간 이珥는 왠지 가슴이 덜컹 내려앉았다.

"어서 집으로 갑시다, 아버지. 어서요."

세 부자는 모두 불길한 예감에 휩싸인 채 허둥지둥 걸음을 재촉하여 집으로 향했다.

---

*서강(西江): 현재 마포

아름다운 귀향

이른 새벽, 사임당은 어렴풋이 눈을 떴다.

한숨 자고 났나 싶은데, 다시 급격한 통증이 왔다. 심장이 타닥타닥 뛰고 가슴이 꼭꼭 찌르는 듯 쓰리고 아팠다. 누군가 있는 힘을 다해 자기의 가슴을 쥐어짜는 것 같은 통증이 계속되었다. 금세라도 숨이 멎을 것만 같았다. 딸들이 옆에서 자고 있는데, 행여 깰까 봐 혼자 끙 하고 한번 앓았다. 다시 정신이 혼미해지면서 스르르 눈이 감겼다.

얼마나 지났을까. 사임당은 하늘을 향해 치솟고 있었다. 몸이 그렇게 가벼울 수가 없었다. 차츰 높이 더 높이 하늘을 향해 치솟았다. 한 마리의 솔개가 된 느낌이었다. 그런데 이게 웬일인가. 갑자기 두 팔을 벌려 흔들어대며 춤을 추듯 너울너울 날았다. 정월 대보름날 사내아이들이 하늘 높이 띄우던 연처럼.

아니, 이게 꿈인가 생시인가. 도대체 어찌 된 것인가. 무섭구나, 무서워. 이러다 떨어지면 어찌하나? 추락할까 봐 겁이 나 죽겠는데 자기도 모르게 솔개처럼 너울너울 날고 있었다. 아래를 바라보니 무수한 집들이 있고 텃밭이 있고 산이 있었다. 그런데도 하늘길이 훤하게 트이면서 무작정 날고 있었다. 자기 의지가 아니라 저절로 날아지는 것이었다. 도대체 언제까지 이렇게 날 것인가. 사임당은 점점 무섬증이 가시고 이제 웃음을 띠면서 비상飛翔을 즐기고 있었다. 한참 뒤 누군가의 조종에 의해 하강이 시작되었다. 아래로, 아래로….

마침내 그네가 안착한 곳은 뜻밖에도 고향 강릉이었다. 정확하게 오죽 동산 뜨락이었다. 경포 호수에 뜬 달이 자기를 향해 손짓하고 있었다. 그네는 천연스럽게 오죽 동산 뜨락을 거닐고 있었다. 키 작은 검은 대나무가 보이더니, 금세 꽃들이 보였다. 봉숭아, 맨드라미, 과꽃, 원추리, 양귀비, 오만 가지 꽃들이 무리지어 피어 있는 꽃길이 훤언히 보였다. 그 꽃길 속을 따라 걷고 있었다. 혼자였다. 그런데 저만치서 아버지가 손짓하였다. 아버지 뒤에는 외할아버지도 보였다. 그네는 너무 기뻐 그들을 향해 꽃길 사이를 걸어 나갔다. 아니, 하도 반가워 뛰어 나갔다. 그런데 이게 웬 일인가. 갑자기 자기가 어린애로 변해 있었다.

'할아버지! 아버지!'

아이는 환희에 들떠 그분들을 부르고 또 불렀다. 그분들이 팔을 벌리며 다가오고 있었다. 길 양편에서는 꽃들이 춤을 췄다. 온 얼굴에 보름달 같은 웃음을 머금고 마구 팔을 흔들면서……

아이는 할아버지와 아버지를 향해 마구 뛰었다.

"할아버지! 아버지!"

마침내 사임당은 그분들의 품에 안기며 일찍이 상상도 해본 적이 없는 행복의 세계로 빠져 들었다.

아아, 어머니, 어머니, 딸들의 곡성哭聲이 담을 넘었다.

1551년 음력 오월 열이레 새벽, 사임당 나이 마흔여덟, 병석에 누운 지 사흘 만의 일이다.

유족으로는 부군 이원수 51세, 장남 선 28세, 매창 23세, 번 21세, 자미화 19세, 이 16세, 봉선화 13세, 우 10세.

그나마 세 부자는 아직 서강에서 오고 있는 중이었다.

14
에필로그

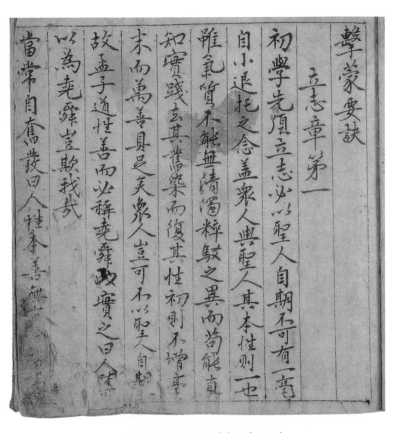

격몽요결(擊蒙要訣) | 이이, 조선/1577년

산 자와 죽은 자의 만남

현룡 나이 열여섯. 갑자기 어머니의 상을 당한 그에게 온 세상은 칠흑 같은 어둠으로 변하고 말았다. 하루 가고, 이틀 가고, 아무리 밝은 해가 중천에 떠도 그는 암흑에서 헤어 나올 수가 없었다. 천붕지통의 아픔이었다. 이제 그에게는 아무것도 보이지 않았고, 들리지 않았다. 산다는 것에 아무 의미가 없었다. 도대체 인생이란 무엇인지, 그동안 공부한 주자학만으로는 시원한 해답이 나오지 않아 그는 심한 회의에 빠졌다.

현룡은 기어이 파주 자운산 기슭 어머니 무덤 옆에 묘막을 짓고 여묘盧墓살이를 하였다. 손수 조석 끼니를 지어 올리며 생전에 못다 한 효를 올렸다. 그새 아버지는 어머니의 부탁을 어기고 기어이 괴팍한 성격에 술 좋아하는 권 씨를 재취로 얻어 하루도 편할 날이 없었다.

삼 년 동안 여묘살이를 끝낸 뒤, 불교에서 진리를 찾을 수 있을까 궁구해 보려고 산행을 서둘렀다. 그러나 하루하루 공부를 하는 도중 그는, 불교에 무슨 심오한 이치가 있어 진리를 깨우쳐 주는 것은 아님을 깨달았다. 다만 분산되는 마음을 막고 정신을 모아 고요함이 최고조에 달하는 허명虛明의 세계를 만들도록 스스로 정진하라는 것이 아닌가 싶었다. 아무리 경전을 읽어도 진리를 찾을 길이 더욱 아득해 보이고 공즉시색空卽是色, 색즉시공色卽是空의 논리도 어딘지 허망해 보였다.

이에 스무 살 성인이 된 율곡은, 『논어』등 성현의 글을 읽으며 진리를 탐구하는 것이 더 옳은 길임을 깨닫고 다시 사람들 사이로 돌아왔다. 다행히 산행에서 빈손으로 나온 것은 아니었다. 장시長詩「풍악행」楓嶽行을 지어 소중히 지니고 집으로 돌아왔다. 그리고 외할머니께 문안을 드리러 갔다가 자기가 태어난 몽룡실에서「자경문」自警文을 쓰며 마음을 다스렸다. 이듬해 다시 집으로 돌아와 장원 급제도 하고 혼인도 했으니 외할아버지 신위 앞에 얼마나 떳떳한 외손자인가.

세월은 덧없이 흘러, 사임당 떠난 지 칠 년 후 동짓달 초이렛날, 신명화의 제삿날이었다.

팔순 노인 이 씨는 아직도 정정한 모습으로, 환갑을 바라보는 홍천댁과 믿음직한 덕배 내외의 보살핌을 받으면서 남편 신명화의 제사 준비를 주관하고 있었다.

그날, 아침부터 어슥어슥 시간을 달리하며 매창, 율곡, 옥산玉山(막내 瑀의 호) 등이 강릉 오죽 동산을 찾아 들었다. 이 씨는 멀리서 찾아온 외손자들을 기쁘게 맞이했다. 선과 번은 사정이 있어 참석하지 못했고, 바로 이웃에 사는 넷째 딸 인주와 사위 권화, 그리고 외손자 운홍雲鴻(權處均의 어린 시절 이름)도 자리를 함께했다.

적막강산이던 집이 시끌벅적. 오랜만에 만난 동기들은 혈육의 정을 나누느라 여념이 없다.

그동안 살아온 각자의 삶을 한꺼번에 마구 쏟아내며 재회의 기쁨을 나눈다. 이 씨는 얼굴에 이랑이랑 패인 주름을 활짝 펴고 시종 웃음을 머금은 채 그들의 이야기를 듣는다. 제사는 죽은 자 덕분에 산 자의 만남이 이루어지는 축제인가. 오늘밤 분명 신명화도 인선을 데리고 찾아오겠지.

그들이 어지간히 이야기를 나누고 나자 이 씨가 말했다.

"운홍이는 모사 그릇 준비하고, 지방이랑 축문은 우리 우가 써 보아라. 사임당은 여기 살 때, 동네 사람 지방이랑 축문 많이 써 주었지. 너희 남매들이 에미 닮아 붓글씨도 잘 쓰고 그림도 잘 그린다니 기쁜 일이다. 자식들 혼사 때문에 눈도 편히 못 감았을 텐데, 서른 넘은 우리 큰손자 죽곡도 혼인했고, 우리 매창이 애기도 낳았고, 정재도 율곡도 혼인을 했으니 그런 다행이 없구나."

이제 죽곡 나이 서른다섯, 매창이 서른이요, 정재定齋(璠의 호)가 스물여덟, 율곡은 스물셋, 옥산이 열일곱이다. 율곡은 스물하나에 한성시漢城試에 장원 급제하고 이듬해인 작년에 곡산 노씨谷山盧氏에게 장가들었으니 이제 막 새신랑이다. 게다가 금년 별시別試에도 천도책天道策으로 장원 급제하였으니 사임당이 살아 있었더라면 얼마나 기뻐했을까. 봄에는 경상북도 예안禮安으로 퇴계 이황 선생을 찾아가 학문을 묻고 들었던 바, 서른다섯 해 연상인 퇴계 선생이 젊은이의 깊은 학식에 탄복하더라 하니 그 또한 큰 기쁨이 아닌가.

모두 한자리에 도리도리 둘러앉아 저녁식사를 마치고, 제사 시간을 기다리며 앉아 있을 때, 이 씨는 근엄한 목소리로 다시 마음속 말을 시작한다.

"내가 이제 팔십이다. 이렇게 오래 살 줄 누가 생각이나 했겠느냐. 그러나 늙은이 목숨 오늘 저녁이라도 무슨 일이 날 줄 모르니, 유산에 관해서 잘 들어라. 한양 수진방 기와집 한 채는 율곡 앞으로 돌려놓았다. 살아 있을 동안은 어른들 제사를 내가 지낸다만 내가 떠나거든 율곡이 우리 집 제사를 맡아 주었으면 좋겠다. 증조부모, 우리 내외, 그렇게 넷만 지내거라. 네 에미 어릴 때 증조부모 사랑 많이 받았다. 증조부 덕에 학문도 했지. 물 한 그릇이라도 정성이 제일이니 힘닿는 대로 잘 모셔야 한다. 그리고 지금 살고 있는 이 집은 운홍이 앞으로 돌려놓았다. 아무래도 묘소는 가까이 사는 손자가 돌보는 게 좋지 않겠느냐. 이종도 친형제나 진배없다. 사이좋게 의논하면서 외갓집 선영 잘 돌보고 봉제사 잘하도록 해라."

"제사뿐 아니라 이제 할머니도 연로하셨으니 제가 모시고 싶습니다."

율곡이 정중하게 한 말씀 올린다.

"아니다. 새신랑인 너에게 내가 얹혀살 수도 없고, 아직은 내 건강이 괜찮으니 이 집을 지켜야지. 너는 학문을 더 닦아 큰사람 되어야 한다. 나한테는 마음 쓰지 마라."

"율곡, 외할머니 걱정은 하지 말게나. 내가 곁에 사니까 자주 왔다

갔다 해야지. 행여 옥체가 안 좋아지시면 얼른 알릴 테니 그때나 와서 잘 돌봐드리게."

이모부 권화가 한마디 하고 열일곱 살 된 이종 아우 운홍이 고개를 끄덕여 동의를 한다.

"우리 현룡이 금강산에 들어간 뒤 이 할미가 얼마나 섭섭했는지 아느냐. 다시 돌아와 내 곁에서 「자경문」을 쓸 때 정말 기쁘고 고마웠지. 새어머니 때문에 마음고생 많은 줄 안다만 어쩌겠냐. 양가집 여인이 들어왔으면 좋았겠지만, 재산이 있는 것도 아니고 출가 안 시킨 일곱 남매 있는 집 누가 선뜻 들어오겠느냐. 그 사람 안 들어왔으면 우리 매창이 시집인들 마음 놓고 갔겠느냐. 너희 아버지 한 분 건사해 주는 것도 고맙게 여기고 잘들 받들어라."

"네. 할머니, 잘 알겠습니다."

"네가 산으로 가자, 우리 친정 조카 성호가 생각나더라. 네 에미와 같은 또래라 어릴 적에 함께 공부도 하고 친하게 지냈지. 열다섯에 새어머니 들어오고 불화가 잦더니 그만 절로 들어가 버린 거라. 사람이 세상에 태어났으면 가족이랑 이웃과 더불어 살아야지 혼자 절로 들어가서 어쩌겠다고. 지금 어디서 어떻게 사는지 끝내 소식 없구나. 사람이란 서로 이해하고 용서하며 함께 어울려 살아야지 혼자는 못 산다. 여기가 고통스럽다고 다른 데로 피해 가면 거긴들 고통이 없을까."

"고통 때문이라기보다 공자께서 '지자요수 인자요산'이라 하셨으니 사람이 타고난 기를 제대로 잘 기르려면 산과 물을 버리고 어디에서 구하겠는가 싶어 산행을 결심했지요. 더욱이 어머니의 죽음을 겪고 보니 도대체 인생이 무엇인지, 생로병사에 대한 궁금증이 저를 붙들고 놓아 주지 않았습니다. 그 의문을 좀 풀어 볼까 하고 산에 들어가 불교 경전을 공부해 본 것인데, 해답은 못 찾고 금강산 절경만 원 없이 보고 왔습니다. 여러 편 시를 써 왔으니 그것만으로도 수확이랄 수 있지요. 생사존망의 비밀은 아무래도 조물주 하느님만이 아실 것 같습니다. 그래서 유교의 천명사상이 오히려 제가 따를 길인 것을 깨닫고 산을 나왔던 것입니다."

"잘했지. 대장부 사나이가 혼자만 도 닦는다고 산으로 가서야 되나. 학문을 했으면 나라를 위하고 백성을 위해서 좋은 뜻을 펼쳐야. 네어멈 처녀 적에 그러더라. 자기가 남자라면 과거도 보고, 조정에 들어가서 잘못된 일들 바로잡아 보겠다고. 남녀 차별, 적서 차별, 반상의 차별, 다 개혁해 보겠다고 하더라. 우리 율곡이 머지않아 조정에 들어가면 어른들과 그런 문제도 의논해 보면 좋을 테지."

"네. 명심하겠습니다. 안 그래도 공부를 하다 보니 유학 중 역易에 바탕을 둔 논리가 타당해 보였습니다. 변화에 순응하는 것이 순리順理이고 변화를 거부하는 것은 역리易理임을 느꼈습니다. 가정에서나 나라에서나 구습 중에 좋지 않은 것은 속히 버리고 항상 새롭고 발전적인 것을 추구해서 실천에 옮겨야 하겠지요."

"그래, 잘 생각했다. 그럼 어디 금강산 구경하고 지었다는 시나 한 편 읊어 보려무나. 내 늙어 산 구경은 틀렸으니 네 시로 상상이나 해 보자."

"그럴까요?"

모두들 그게 좋겠다고 읊어 보라 한다.

금강산 봉우리 만 이천 봉이 눈길이 닿는 곳 모두 맑구나.
안개는 바람에 산산 흩어지고 우뚝한 그 형세 허공에 섰네.
바라만 보아도 이미 기쁜데 하물며 산속을 유람함이랴.
기쁜 맘에 지팡일 잡긴 했으나 산길은 오히려 끝이 없구나.
시냇물 둘로 갈려 흘러오는데 골짜긴 어이해 끝도 없는지.

"그래. 내 눈에 산 경치가 훤언히 들어오는구나. 좋은 경험했다."
"좋아요. 산도 보이고 물도 보여요."

"저도 가 보고 싶어요. 형님."

비슷한 또래인 옥산과 운홍이 즐겁게 맞장구를 친다. 그런 그들의 대화를 들으며 매창은 제사에 쓰려고 꺼내 놓은 병풍을 펴서, 정겨운 눈으로 바라본다. 이 씨는 화제를 매창에게 돌린다.

"우리 작은 사임당도 아이들 키우면서 그림도 그리고 수도 놓겠지?"

"네. 아이를 기르다 보니 더욱 어머니 생각이 납니다. 둘 가지고도 쩔쩔매는데 일곱을 어찌 키우셨을까요. 그런 중에도 그림 그리고, 글 읽고, 글씨 쓰고, 수놓고, 정말 어머니가 존경스러워요."

"그래. 한시 반시 쉬는 꼴을 못 봤지. 참말로 부지런했어. 늘 성현들 책을 가까이 해서 성품이 바르고 아는 것도 많고, 그만하면 어디다 내 놓아도 자랑스러운 딸이었지. 그런 에미를 본받아라."

"네."

잠시의 침묵 뒤에 매창이 묻는다.

"그런데 할머니, 이 병풍 수 어머니가 놓은 것이지요?"

"그럼. 율곡 낳으러 왔다가 여기 육 년 살 때 수놓은 거지. 내가 표 구해 놓고 제사 때마다 쓰고 있다."

"우리 집에도 자수 병풍 있단다. 언니가 나 혼수로 마련해 준 것이 지. 또 초서 병풍도 있어. 이모부가 애지중지하신단다."

인주가 말하자, 남편 권화도 그럼, 그럼, 하고 맞장구를 친다.

길게 펼쳐진 여덟 폭 병풍 속에서 모든 생명 있는 것들이 한데 얼려 움직이는 듯, 사임당의 손길과 체취가 물씬 느껴진다. 수박과 석죽화, 풀과 나비, 풀꽃, 가지와 벌, 풀과 도마뱀, 풀과 개구리, 풀과 쥐, 풀과 여치…. 팔 폭이 다 같은 규격으로 길이는 두 자 정도, 너비는 한 자가 조금 넘는 검은 공단.

훗날 양천 허백련 선생은 이 사임당의 병풍을 보고 다음과 같은 발 문을 써 바쳤다.

율곡 선생 어머님 사임당 신 부인은 여자 중의 군자이시다. 나는 평생에 부인을 숭모할 뿐만 아니라 마치 자손이 조상을 대함과 같이 하고 있다. 이제 이 자수 병풍을 보니 그 수놓는 법이 어떠하다는 것은 감히 논평하지 못하나 그 그림법에 있어서만은 고상하고 청아한 품이 보통 도안 따위와는 견주어 말할 수 없다.

　　　　　　　　　　후학 양천 허백련이 손을 씻고 삼가 씀

매창이 어머니의 체취가 담긴 병풍 수를 정겹게 지긋이 들여다보다가 말한다.

"저는 왠지 달빛만 보면 어머니를 뵌 듯 반가워져요. 초승달도, 그믐달도 어느 달에서나 어머니를 느끼지만 보름달에서 제일 많이 느껴요. 그래서 보름만 되면 으레 문을 열고 나와서 하늘을 쳐다보지요. 어두운 밤, 허공중에 둥두렷이 떠 있는 보름달은 꼭 어머니 얼굴 같아요. 하늘에 달이야 하나지만 우리 사는 곳곳, 동네마다 골목마다 고루비춰 주듯, 어머니도 한 분이지만 우리 일곱 남매 사는 곳곳마다 찾아다니며 빛을 선사하시는 것만 같거든요. 그리고 언제나 보름달 바짝 옆에는 별이 하나 따라다니지요. 그게 우리 각자라는 생각이 들어요. 각자 자기 사는 곳에서 어머닐 바라보며 바짝 옆을 따라다니는 것처럼 보여요. 또 조금 떨어진 곳에는 북두칠성이 오순도순 사이좋게 모여서 반짝이고 있지요. 그건 꼭 우리 칠 남매가 모인 자리 같아요. 어머니는 형제간 우애를 끔찍이도 강조하셨거든요."

말없이 듣고 있던 인주 이모도 한 마디.

"그래. 너희들이 어머니를 그토록 아름답게 기억해 주니 정말 고맙다. 나도 이제 보름날 밤이면 하늘을 바라보며 언닐 만나야겠구나. 언니는 정말 어렸을 때부터 남달랐어. 내가 막내랑 놀다가 각시를 부서뜨려 애태울 때 첫 솜씨로 각시를 만들어 옷 입혀 줬는데 얼마나 이뻤는지. 걸핏하면 『시경』에 나오는 시도 읊어 주고, 글도 가르쳐 주고,

틈만 나면 그림 그리고 글씨 쓰고, 정말 잠시도 느슨히 노는 꼴을 못 봤지. 일찍 갈 줄 알고 그렇게 부지런을 떨고 열심히 살았는지…."

할머니 이 씨도 한 말씀.

"달빛 같다니까 생각난다. 네 에미가 정월 대보름날 답교놀이 마치고 돌아올 때마다 경포호에 뜬 달을 보고 퍽도 좋아했었지. 그뿐이냐. 율곡 낳으러 왔을 때도, 경포 호수에 뜬 달이 저를 반겨주었다고 얼마나 좋아했는지. 하기야 강릉 사람치고 그 달을 사랑하지 않는 사람이 있겠느냐만…. 경포대의 가경은 경포월삼鏡浦月三을 빼놓을 수 없지. 그 하나가 하늘에 뜬 달이요, 두 번째가 호반에 비친 달이요, 세 번째가 풍류객의 술잔에 뜬 달이란다. 달돋이의 장관이 하도 아름다워 이것을 보는 사람은 누구라도 시 한 수를 읊지 않고는 발길을 돌릴 수가 없다고 했단다. 특히 음력 팔월 한가위 다음 날 달이 떠오를 때, 동해와 경포대를 이어 수놓는 달기둥의 신비스러움은 일대 장관이지. 호수와 동해가 이어지는 죽도에 뜨는 달도 죽도명월이라 하여 경포팔경을 이루었단다. 우리 현룡이 열 살 적에 지은 「경포대부」鏡浦臺賦에도 달 이야기가 나왔었지. 어디, 한번 읊어 보려무나."

율곡이 빙그레 웃고 있는데 옥산이 나선다.

"제가 외워 볼까요? 저도 붓글씨 연습할 때 그 구절을 써 봐서 욀 수 있어요."

천유유이익원(天悠悠而益遠): 하늘은 유유하여 더욱 멀고
월교교이증휘(月皎皎而增輝): 달은 교교하여 빛을 더하네.

"그래. 하늘은 멀고, 달은 빛나고, 좋구나. 나도 이제 밝은 달을 우리 사임당 얼굴이거니 하고 쳐다봐야겠다. 하여간 너희 에미 같은 사람 드물다. 늦잠 한 번 안 자고, 새벽이면 언제나 글을 읽었지. 살아생전 그렇게도 새벽을 좋아하더니, 우리 율곡 낳을 때도 새벽이었고, 떠

날 때도 새벽이라 신기하다 싶더라. 가을에 태어나 봄에 떠났으니 여느 식물과는 반대구나. 봄이 오면 만물이 소생하듯, 너희 에미도 새잎 돋아날 때마다 너희들 가슴에 새로 태어났으면 좋겠다."

새신랑 율곡도 한마디.

"다 같은 사람이라도 잘 살다 간 사람은 결코 죽지 않습니다. 육신만 없어지지 그와 함께 나누었던 정, 말씀, 모두 남은 가족들의 마음 안에 남아 있기 마련입니다. 산 자가 죽지 않는 한, 죽은 자도 살아 있는 자의 가슴에 영원히 남게 되지요. 당사자를 보지 못한 후손들에게도 그분 덕담을 들려주면 그 빛과 향기가 대대로 전해질 것 아닙니까? 결국 어머니처럼 잘 살다 간 사람은 이 세상에 생명이 사라지지 않는 한, 영원히 함께 사는 것이지요. 그리고 언젠가 우리가 이승을 떠나면 저승에서 얼굴을 맞대고 만날 날이 있겠지요."

"정말 옳은 말이다. 오늘밤, 제사 모시는 네 외할아버지도 바로 그런 분이시지."

방안에 앉아 있는 모두가 기쁘게 웃으며 고개를 끄덕였다. 이윽고 삼경三更이 되고 그들은 제사상에 진설陳設을 시작했다.

작가의 편지

사임당 어머니,

당신의 영정을 모셔 놓고 아침저녁 문안드리며 소설을 써온 지 아홉 달입니다. 그동안 시도 때도 없이 어머니와 함께 대화를 나누며 참 많이 행복했습니다.

어떤 사람들은 말했지요. 당신은 아들 율곡 선생 덕분에 과대 포장된 인물이라고.

그러나 저는 믿고 있습니다. 당신이 계셨기에 겨레의 스승 율곡 선생이 탄생하셨고, 당신이 계셨기에 율곡 선생의 심오한 학문과 사상이 이루어졌음을.

글씨면 글씨, 그림이면 그림, 시면 시, 자수면 자수, 당신의 향기 가득한 유품들을 어찌 아들 율곡 선생 덕분에 남길 수 있었단 말입니까?

당신 떠나신 해, 열여섯 나이의 율곡 선생이 쓰신 「선비행장先妣行狀」을 읽으면서 당신이 참으로 훌륭한 분임을 알았습니다. 가장 가까이 있는 자식에게 존경받는 부모는 누가 뭐래도 향기로운 삶을 살았다고 확신해도 좋겠지요.

당신은 칠 남매를 낳아 기르셨습니다. 두 살, 세 살 터울로 줄줄이 태어나는 아이들. 육아가 얼마나 어려운 일인가는 세상 어미들이 다 압니다. 달랑 하나만 낳아 기른 어미도 압니다. 잠 한 번 충분히 자 보는 게 소원이던 젖먹이 어미 시절. 그때도 당신은 틈만 나면 붓을 들었습니다. 그러자니 낮잠은커녕 밤잠인들 제대로 주무셨겠습니까?

어떤 이는 말합니다. 사임당은 사대부집 딸이라 모든 일 하인이 하고 자신은 오직 취미 생활만 하면 되었다고. 하지만 자료를 조사하다 보니 당신은 사대부집 딸도 아니었고, 사대부집 며느리도 아니었습니다.

외증조부가 참판을 지냈을 뿐, 친가도 시가도 사대부 집안은 아니었습니다. 더구나 시댁은 너무 어려워 친정 도움을 받고 살아야 할 정도였습니다. 설사 사대부집 딸이나 며느리였다 해도 본인의 근면 성실이 없었다면 어찌 그 귀한 예술 작품을 남길 수 있었겠습니까?

당신은 늘 성현들의 말씀에 귀 기울이며 훌륭한 인간이 되려고 노력하셨습니다.

한 번뿐인 인생, 참답게, 열심히, 부지런히, 최선을 다하여 살고 가신 어머니.

부모님께는 효도하고, 남편에게는 누나처럼 따뜻한 보살핌으로 내조하고, 자녀에게는 잉태의 순간부터 세심한 태교로, 기를 때는 삶으로, 본을 보였던 어머니. 아드님 율곡 선생이 관직에 나가기까지 무려

아홉 번이나 장원 급제하여 구도장원공九度壯元公이라 불리게 된 것이 어찌 율곡 선생 자신만의 노력이라 할 수 있겠습니까?

존경하올 사임당 어머니!

당신이 오늘토록 우리 겨레의 가슴속에 최고의 어머니로 각인될 수 있었던 것은 그러한 현모양처의 모범 때문만은 아닙니다. 가족을 위해 그토록 헌신하면서도 자기에게 주어진 재능을 묵히지 않고 백분 발휘했던 자연인으로서의 한 여성. 여자는 아이 기르고 살림만 잘하면 충분했던 그 시절, 없는 시간 쪼개고 쪼개어 그 많은 예술품을 생산하면서 자신의 세계를 펼쳐 나가신 어머니. 그 작품들이 오늘토록 향기를 발하고 있다는 사실이 저희를 더욱 무릎 꿇게 합니다.

사십여 년 전, 당신을 존경하는 여성들이 모여 '주부 클럽'을 창설하고, 해마다 오월이면 당신을 기리는 축제를 벌이고 있는 것, 당신께서도 아시지요? 그분들의 노력으로 1970년대 박정희 대통령 치하에서 육영수 여사의 적극적인 도움을 받아 오죽헌이 복원되고, 파주에 있는 가족 묘지가 성역화된 것도 아시지요? 두 곳 다 당신 후예들의 발길이 끊이지 않고 있으니 얼마나 다행입니까?

그런데, 그토록 오랜 세월 동안 온 국민이 당신을 기려 왔으면서도 정작 당신을 다룬 소설 한 편이 없더군요. 탄신 500년 후에야 부족한 제가, 가슴 떨리는 사명감으로 당신 생애를 더듬어 이렇게라도 엮어 내오니 기쁘게 받아 주십시오.

다행히 시조 시인이며 역사 학자이신 노산 이은상 선생께서 이십 년 넘게 거듭거듭 수정한 『사임당의 생애와 예술』(성문각, 6판 1982년)이 있어서 큰 도움을 받았지요.

하지만 당신의 어린 시절 자료가 미비해 성호 오라버니라는 인물을 지어냈는데, 혹 그 비슷한 사람이라도 있었다면 다행이겠습니다. 그리고 인선이라는 당신 이름 외에는 네 자매의 이름도 남아 있지 않고, 또 매창 외에는 두 따님 이름도 남아 있지 않아, 그냥 제가 이름을 지어 붙였으니 양해하소서.

저는 자료를 읽으면서 누구보다 당신의 어머님 이 씨의 훌륭함에 감탄하였고, 모전여전으로 당신께서, 그리고 당신의 딸 매창이 뒤를 이어 삼 대의 모범을 보였음이 참으로 기뻤습니다. 한 가정에서 어머니 역할이 얼마나 중요한 것인가를 확인시켜 준 셈이니까요.

사랑하올 사임당 어머니!

무궁세세 그 영원한 달빛으로, 중심 잃고 헤매는 이 땅의 여성들에게 올바른 삶의 길을 비추어 주소서.

당신의 생애를 연구함에 있어 가장 열심이었던 노산 이은상 선생의 시를 읊어 다시 한번 당신의 고매한 삶을 기리옵니다.

"고운 모습 흰 백합에 비기오리까.
맑은 지혜 가을 달에 비기오리까.
사임당 그 이름 귀하신 이름.
뛰어난 학문 예술 높은 덕을 갖추신 이여!
어찌 율곡 선생 어머니만이오리까.
역사 위에 길이 사실 겨레의 어머니외다.
겨레의 어머니외다."

2005년 음력 유월 보름
치자꽃 향기 맡으며
안 영 올림